三十而立

袁伟◎著

中国言实出版社

图书在版编目(CIP)数据

三十而立 / 袁伟著 . -- 北京 : 中国言实出版社，
2023.12

ISBN 978-7-5171-4622-3

Ⅰ. ①三… Ⅱ. ①袁… Ⅲ. ①长篇小说—中国—当代
Ⅳ. ① I247.5

中国国家版本馆 CIP 数据核字 (2024) 第 024205 号

三十而立

责任编辑：郭江妮
责任校对：王蕙子

出版发行：中国言实出版社
    地　　址：北京市朝阳区北苑路180号加利大厦5号楼105室
    邮　　编：100101
    编辑部：北京市海淀区花园路6号院B座6层
    邮　　编：100088
    电　　话：010-64924853（总编室）　010-64924716（发行部）
    网　　址：www.zgyscbs.cn　电子邮箱：zgyscbs@263.net

经　　销：新华书店
印　　刷：成都市兴雅致印务有限责任公司
版　　次：2024年3月第1版　2024年3月第1次印刷
规　　格：880毫米×1230毫米　1/32　11印张
字　　数：234千字

定　　价：78.00元
书　　号：ISBN 978-7-5171-4622-3

第一章　想报名进厂

男子三十而立。这一个"立"字，无疑是立业的意思。加上有成家立业一说，是成家在前立业在后。想想，我们的老祖宗又是极崇尚极信奉早结婚早生子早得济的，就是我们现代人男女正常的结婚年龄，也大都在二十五六岁。因此，这"无疑"便无疑得多么有理。所谓"立业"，也不过是立得一个职业罢了；所谓"男子三十而立"，也不妨说是：一个男子到了三十岁，他从事的职业也就该确立下来了。这解释当然不见得全对，但有了这一解释，下面的故事也就可以开始了。

故事的主人公姓孟，名一凡，是七五后，按现在的年份算来，他已是近五十岁的人了。他十九岁高中毕业，时值 20 世纪 90 年代的中期，虽说 80 年代盛行的"文学青年"风他没赶上，却很受了余波影响。那时有一本书叫作《最后一个匈奴》，他就自诩为"最后一个文学青年"。无奈他这最后一个文学青年家穷路也穷，现实不容他专心爱好，毕业后，投身建筑工地做了一个小工，却也不去想怎样拜师学个手艺，以后也好养家糊口，有空还是把他喜欢的小说翻出来看，做他的文学美梦。年复一年，竟把婚前的黄金岁月浑浑噩噩地浪费掉。他是二十六岁结的婚，婚后，小说还是爱看，文学梦却已渐醒了；仍是在工地上打工，只是出大力的小工活他已不再做，做的是支模板的木工。他没有师傅，因此他的手艺算不得一流。算不得一流，他也就没有一流手艺人的怪脾气，本村的那个小包工头也就不至于讨厌他，只要有活干，总还是乐意招呼他一道。

婚后三年里，太远的门是没有出过了，只在东西两面，东到连云港，西到徐州，不过二百里路。要说家中有事，请假走人，不消两小时准能到家。也幸亏是近，因此那次村里划宅基地，才没有被别人争去。可是话又说回来，像这样散漫自由，占不着工日，一年下来又能挣得多少钱呢？答案倒是不难知道，因为有了新宅基，就想盖新房。别人盖，他也盖。不同的是：别人可能是手头宽绰绰地盖，但他一定是手头拮据地盖。当时他家的存款总共才七千块。为了省钱，头年十一月份里把房子的主体做起，过了年这房子的粉刷活及砌院墙建门楼的活，都是自己干的。就这样新居落成，一算算，也花了两万一。不用说，刨去七千块，剩余一万四，就全是借的喽。

在他粉刷活的时候，恰巧遭遇了全国的那场非典，外出的人不得回来，回来的人出不去。等他把粉刷的活儿忙好，非典也接近了尾声。记得到了四月里收获大蒜的时候，出行限制就没有先前那样严了。这时候他又应了村里的好事者之邀，男女老少十余人，去了一趟邳州乡下，那里盛产的大蒜就如同他们这里盛产小麦一样。一去一回，帮人家挖了半个月大蒜，挣了三百多块钱。

回来后，自家的小麦也要忙着收割，挣的那钱，刚好够一个麦收开销的。麦收过后，他就跟那个也回家来收麦的小包工头去了工地，没想到干了一个月，竟成了烂尾工程，老板跑了，一个月白干。跟着又与小包工头转到另一家工地，收秋时再回家去收秋。收秋时，工钱也不是人走钱就清的，因此，除了路费，身上所带的钱，也不过又是够一个收秋的费用。秋收罢，再去，一直就干到了腊月。这期间，又换了一家工地，是徐州矿区的工程，工程并不大，先是建一小办公楼，楼框架建好，天已经很冷了。原本这时就可以卷铺盖走人，后因为要维修一旧水塔，天气虽冷，但甲方要求乙方头年里一定要把水塔周围的架子搭起来，就又迟缓了几天。这几天真是受罪：气温零下七八摄氏度，还呼呼地刮着西北风，又是高空作业，人在架子上，脚踩一根钢管，怀抱一根钢管，左手卡子，右手扳子。为了干活利索，身上的衣服却是不能穿得太厚；尤其是一双手，虽戴了手套，手套是纱网的，十指连心，那寒气可就透着网眼，锥子般一点点地往人心里钻。回得家来，就是孟一凡不跟他的老婆丁凤娟讲，丁凤娟一看到他的手上黑一块、青一块、紫一块，指节处还咧着血赤赤的一个个口子，就知他在外面所受的罪了。及至把当时的情形和感受说出来，丁凤娟的眼圈儿一下子就红了。回得家时，腊月已过半。丁凤娟既是心疼丈夫，原本腊月里除了办吃办喝并无农活可做，也就凡事不劳他，让他好好地歇上一歇。

老婆如此贤惠，按说孟一凡该高兴了才是，偏偏，他心里要想：这一年马上过去，明年自己就是三十岁了。三十而立，立在哪里？这辈子难道就这样在工地上风吹日晒胡乱混了吗？他既有此心事，又如何能够高兴得起来？他老婆也不是呆人，自然能猜到他的心里去，免不得又要拿话来安慰他。一个男人感到前途渺茫，三言两语又怎能安慰得了？纵然是恩爱夫妻，安慰中也免不得又会有一番长吁短叹，倒正应了那句"贫贱夫妻百事哀"了。

却说这一天是腊月二十六，年味儿越来越浓。原打算今天吃了早饭，一家三口就好上街去办些年货，不料头天晚上看一本小说月报，很好看，他睡晚了，早上八点钟才醒来。这时候老婆孩子俱已起床，娘儿俩时而在院子里，时而在外间屋，来来去去的脚步声愈显得这卧室里的宁静。被窝里暖暖的，实在是舒服，他不愿意马上起床去，睡又睡不着，不由得想了一阵子"人生若是不愁吃不愁喝不愁钱花，这样子想起就起，想睡就睡，想干什么就能干什么，该有多好"！又明知是异想天开，这就把自己想得先扑哧地笑出声来，跟着"唉"的一声叹了口气叹得他更不想起床了，那本小说月报昨晚还没有看完，索性在被窝里，两肩向下一缩，虾子般两腿蜷起，侧着身子，两手捧着那小说月报看了起来。这一看，可就把十点钟都看过了。这期间，老婆一遍遍来催他起床，总不下四五次，最后连三岁的儿子也出动了。小家伙小步蹒跚，衣服穿得又多，像个小熊猫站在床边儿，那床比他矮不了多少。孟一凡睡在床上，连他的眉眼儿也看不完全，却耳听得他奶声奶气一口一个"爸"地叫着，同时似感到他在用他的小手扯拽着被子。当然是扯拽不动，但这一份徒劳的努力激起了伟大的父爱，孟一凡差点儿"呼啦"爬起来，猛地一想：儿子太小了，可别吓着了他。口中就"小乖""小宝贝"地一边轻轻地叫，一边就慢慢地坐起来穿衣服。正在这时，只听得院门外有人喊："一凡在家吗？"听声音，像是陆三洲，跟着又听得老婆在院子里接了腔："是三叔吗？来家坐。"接着响起放铁大门的"咣当"声。这就容不得孟一凡再慢慢地穿衣服了。

进来的果然是陆三洲，只见他穿着一件黄色的短大衣，手是袖在袖筒里，大概还觉得有点冷。他本来就个子不高，这样子又似乎短了三分去。看脸上倒是阳光灿烂、人逢喜事精神爽的那般。他和孟一凡是朋友又是工友，称呼上却是孟一凡要喊他一声表叔。这倒不是那姑表的表，不过是个乡里乡亲的乡表罢了，皆因两人平时走得密些，总觉得这一个"表"字能把人的关系喊远了去。陆三洲排行老三，孟一凡干脆喊他三叔，自觉得亲切多了。他这样喊，他老婆也就跟着这样喊。当下，陆三洲进了院里，向着丁凤娟又问了一句："你二嫂，吃了吗？"未及对方答话，他已用最快的眼神儿把院子里看了个遍。丁凤娟不知他是想看院子里有没有孟一凡，还是想看这院子里收拾得干净不干净，兀自回一声："还没有呢。"这个时候还没有吃早饭，说出来终究是有点不好意思，为了掩饰这一点，不能不迅速地向堂屋里喊一声："一凡，三叔来了。"

陆三洲跨进堂屋的门口，刚好孟一凡也从里间屋到了外间屋的门口，两个一见，先是相互哈哈一通大笑。笑罢，陆三洲说："你一凡真是有福之人哪，都什么时候了，才刚起来？"孟一凡说："睡个懒觉就是有福吗？我倒不觉得。"陆三洲说："身在福中不知福，原来就是说你这小子的。"孟一凡说："你可别这样说，等会儿你走了，两口子要是吵起架来，你这个做长辈的可是罪魁祸首啊！"说着话，孟一凡就引着他向屋里的沙发去坐。

陆三洲坐下来，笑了一笑说："好，那我就说个正事你听，管保你们吵不起来。"孟一凡正待去倒两杯水来，听他这一说，就坐了下来，打趣说："那这正事，分明还是好事喽。"这话说出来，又马上喊："凤娟凤娟，你帮我给三叔倒杯水来，好不？"凤娟是在院子里，不曾进来。她这时正站在花坛前，一手牵着孩子，一手对着花坛里的一株蜡梅在数着那花骨朵儿给孩子看。那孩子原是在里间屋喊着他爸爸起床的，听了外面有动静，也早已一颠一颠地扭出来，到了他妈妈那里。孟一凡这样子一喊，在凤娟还没有把茶水端来前，陆三洲小声说："你这小两口，怎能吵得起架？你听你说话多么客气，还说一个什么'帮'字，真正是相敬如宾啊。"孟一凡也小声说："你对三婶不相敬如宾吗？"陆三洲忙"呸"了一声，笑着说："咱那是老夫老妻的了，还相敬个屁！"孟一凡撇了撇嘴，大为不服说："哟，你八十了还是九十了？你不就大我四岁吗？你不是相敬个屁，你是老个屁！"正好凤娟端了两杯茶水进来，一听，明知是丈夫在跟这个小长辈说笑，也就笑着插嘴说："刚才不是叫我倒杯水来吗，现在怎又说起什么屁来了？"这丁凤娟原也不是个爱说笑的人，只因了陆三洲为人不坏，他在他们面前是个做长辈的，年龄却相差不大。借了这个，小辈在长辈的面前胡说八道一点，长辈的不仅不觉得没面子，反而更是表示着自己的好人缘，原本两家又走得近些。丁凤娟这个本分人能说出这样的话来，也就不足为奇了。

　　二人面面相觑：解释吧，实在是没必要；不解释吧，又怕丁凤娟受冷落，会心里不高兴。这样一犹豫，茶水已是送到了面前。陆三洲到底是客人，他接了茶杯，就不能不说话。他望着丁凤娟，笑说："你二嫂，刚才一凡是说我笑话。不过，我今天来是要和他说一个正事。"说罢，又朝着孟一凡看了一眼，就把水杯放在面前的茶几桌上。丁凤娟说："什么正事？我也能听听吗？"陆三洲又把目光看向她说："那怎么不能的？还要你同意，一凡才能去得成呢。"丁凤娟高兴地说："我有这么大本事？那三叔别忙说，我得去院里看看孩子，等我回来你再说。"说完，真个就急急忙忙地出去了。

他俩这样说话的时候，孟一凡一直是在静静地坐着。他手捧茶杯，看似是急于喝，却因茶水太热而不能入口在等的样子，实则他的脑子里是在想：老婆和陆三洲说话，你一句我一句，倒是说得来的。他俩都是老实人。假如他俩都不是老实人的话，像这样子时间长了，不就能很容易有一腿吗？又想：我到陆三洲家去，我说话，陆三洲的老婆也喜欢和我接话，我心里也觉特别美。我虽然喊她三婶，她虽然也大我几岁，可我看她的时候，总要偷看她几眼。这是为什么呢？我也不是个坏人，我和陆三洲还是好朋友。我看他老婆时是那样，那他此时看我老婆时是不是也是那样呢？正想到这儿，听老婆说要到院里看看孩子，就又想：我何不趁这个机会来观察一下陆三洲，他要是在我老婆出去的时候还望着她的背影，那就是有想法；要是不望，那就没有。于是赶紧来观察陆三洲的目光走向。因他和陆三洲是同坐在一张双人沙发上的，他要观察就得转下脸。不料就在他一转脸的时候，陆三洲恰好也把脸转向了他，同时嘴里说："你别说，这事儿还真得他二嫂同意了，你才能去。"孟一凡就说："这是什么事我还不知道呢。"口中这样子说，心里可又想着：我都这样子提醒他啦，他要是真等着我老婆回来才说，那也就足以证明他是有讨我老婆喜欢的意思了。可是陆三洲又已开口说："宋学武招工的事，你知道不？"孟一凡一听，这就不仅一下子杂念顿无，还忙将上半身朝陆三洲面前凑了凑，不迭声地问："宋学武回来了？他不是在苏州吗？听说混得不错。"陆三洲笑着说："是啊！我来找你，就是想问问你，想不想去？你要想去，咱俩就一道去找他报个名，你看怎样？"说着，端起了面前的水杯慢慢地呷着，静等着孟一凡回话。

这时丁凤娟带着孩子进来，在旁边三步远的一张小椅上坐下。大概也是把他俩刚才的话听了个七八分去，为了有个十分的确定，就不能不打问一句："三叔是说宋学武回家招工来了吗？"陆三洲对她点点头，微笑着说："我就是来问问一凡去不去。你看，他要是去的话，这事可不得你同意了，他才能去？"丁凤娟说："脚长在他腿上，他想上哪儿就上哪儿，我还能管得了他？"孟一凡嘿嘿一笑说："怎么管不了？怕老婆有饭吃，你管我我高兴啊！"丁凤娟看一眼丈夫，再看一眼陆三洲，嘴一撇，这就笑着说："当了三叔面，倒净说好听的。"陆三洲笑了笑，轻声说："这也不是管得了管不了的事，你俩要想一想，这去厂里上班，和在工地上打工是完全不一样的，舒服可能是舒服点，可就没有工地上的自由。农忙两季，不是想回来就能回来的。这你俩可得预先考虑好。我和你三婶就为这个商量来商量去，好不容易她才松了口。"这番话说出来后，大家都沉默了。不能不沉默呀。是的，进了厂，农忙两季不能想回来就回来了，怎么办？

过一会儿，还是孟一凡先开了口，他说："三叔的本意是要我和你一道去找宋学武报个名，我看那不如先去见见他，问个清楚再说吧。"陆三洲闻听，就站了起来，跟着孟一凡也站起来了。丁凤娟看着丈夫说："你不吃了饭再去吗？"孟一凡说："去也不过一会子时间，我回来再吃吧。"陆三洲走在前面，这时回过脸来笑着说："有福之人哪！"孟一凡本想回他一句，因已到了院里，又怕因回他一句话越说越多，让左邻右舍听到他现在还没有吃早饭，岂不是笑话！因此只笑了笑，算作回应，二人就奔着宋学武家去了。

　　孟一凡家和宋学武家相距并不太远。宋学武原是个小混混，年轻时留长发，穿喇叭裤，狐朋狗友一大帮，打架斗殴，惹是生非，派出所里是挂了名的。他既是小混混，也就没有个稳定的职业。凡是混混之人，脾性总有些暴躁，暴躁的同时，却又看似讲一点道理。这宋学武自然也不例外。正因了这样，村里人对他向来是又畏又敬。有一年村里成立联防队，就请他出来任大队长，可惜没到一年联防队又解散了。他跟本村的那个小包工头也上过工地，小包工头不想要他，却又不敢不要。要了，果然是出工不出力，小包工头还不能不对他十二分客气。后来干了两个月，听说是他自己不干了，这当然正合了小包工头的意，而他不干的原因，是嫌工地上出力干活有辱了他在朋友前的面子。后来他能到苏州进厂，多亏了他邻居赵吉富。赵吉富在苏州是做卖煎饼小生意的，一年回家一次。赵吉富有个侄女叫赵小曼，上学上到十八岁不上了。一次赵吉富年底回家，赵小曼问她叔叔能不能在苏州给她找个厂上班，赵吉富说能。这话传到了宋学武老婆陶香枝耳里，陶香枝也想去，和丈夫一合计，宋学武就去找赵吉富，赵吉富哪敢不答应。过了年，陶香枝赵小曼就和赵吉富去了苏州，三个月后，陶香枝打电话又把宋学武叫了去。当时，村里的电话还很稀罕，电话是打到队长家的……宋学武接了电话，第二天就去了苏州。这一去竟是去对了。前两年就听说他在苏州的一家鞋厂里混得不错，不料今天更是抖起来了，能为厂里招工，那混得还能错了吗？

不一会儿，孟一凡和陆三洲来到了一座院落的门楼前。这正是宋学武的家。大门敞开，堂屋门敞开。进得院来，两人先前一直是并肩着走，这时一凡就自觉地落了后，相跟着。到了屋里，见有四五个小孩子，有的在看电视，有的在沙发上打纸宝。电视声在院子里听已是不小，到了屋里更觉着是响得厉害，屋子里却并没有宋学武和他家人的身影。二人你看看我，我看看你，正觉得有点奇怪，但见一个打纸宝的小孩子朝他俩望了望，也不说话，只用手指向里间屋一指。陆三洲就朝那小孩子咧嘴一笑，并朝他竖了大拇指，这就转过脸，向着里间屋喊一声："谁在家？"不见里间屋回音，便跟着又来一句，"里间屋有人吗？"还是不见回音。陆三洲就有拔腿要往里闯的意思，孟一凡在背后忙一拽他说："也许是没听见吧。"继而自己高喊了一声，"二叔二婶在家吗？"里间屋仍是没有回音。陆三洲又要拔腿闯。却在这时，就见一妇人在两个姑娘模样的陪同下慢慢地走出来。这妇人正是陶香枝，当年的白牡丹，如今虽已青春不再，却正合了那句"徐娘半老、风韵犹存"，她是陶娘了。只见陶娘穿一件黑色毛茸茸大衣，长及膝处，腿上是肉色的紧身裤，脚上是一双细高跟的小马靴，小马靴是黑色的，大衣是黑色的，这就把小腿上紧身裤的肉色显出来，既时髦，又洋气。陆三洲一见之下，大咧着嘴笑说："哟，怪不得叫半天没人应！"陶香枝拿眼皮儿瞄一瞄他，眉毛梢儿一扬，尖腔尖调着回应说："我以为是哪个鬼呢，原来是老三呀。"孟一凡这时候也不敢细瞧，对着陶香枝弯一弯腰，也笑着说："二婶，好久不见，您发财了！"陶香枝受了恭维，却并不见怎样高兴，抬眼瞟他一下，又把眼皮儿垂下，才说："你这孩子怎说这话？"陆三洲笑着接话："二嫂子，他这孩子说这话不对吗？你这一身衣服，加上人长得又美，说你是富婆，怕把你说老了，你不高兴；说你是富姐，你总不会见怪吧？"陆三洲和她是平辈，陶香枝敷衍了笑说："老三，我当然不见怪。托你的福，我哪天要是个富姐富婆就好了。"陆三洲笑说："二嫂，我的福要托你才对呢。我和一凡今天来，就是要拜托拜托二嫂的。"陶香枝一听这话，脸上的笑容一下子僵住了。她耳朵上戴着两只白亮亮的大耳环，不知怎的这时恰是一闪，那份光和她脸上的表情一比，就不得不让人想到"冷冰冰"这三个字来。她说："老三，你两个莫不是也想来报名进厂的吧？"不容陆三洲回话，她就叫苦说："这可怎么好，厂里要招五十名的，这已经有六十多人报名的了。"陆三洲先前看她态度不冷不热，一副目中无人的神情，心里多少已有点不爽，如今又听她说出这样的话来，以为是故意不想要的，遂想到强扭的瓜不甜，也就不愿再废话，只说声"那就是招齐了"。说时，望向孟一凡，意思是：那——咱俩回去吧？

不料，孟一凡却不理会，兀自向着陶香枝一笑说："二婶，反正是多了，再多两个也不要紧。"陶香枝倒也是笑了一下，回他说："你这孩子说得容易，哪就是这样子简单。收了人家的钱，就要对人家负责到底。万一安排不下去，大家不都没有面子？"陆三洲听了一愣，又以为是自己听错了，忍不住来问："二嫂，你说什么，要去还要交钱？"陶香枝白了他一眼，正着脸说："你没看到贴的那广告吗？报名费一百五，车费一百五，总共是三百块。"陆三洲脸一下子红了，不好意思地说："我没看到广告，只听说是招工，这就拉着一凡来了。噢，还要交钱的。"他既是有点不好意思，这话就越说越低，及至那一个"噢"字后面是更低了下去，又幸好电视的音量不曾减小，陶香枝没有二次听见。她要是再听见，照着她现在的傲慢情形，准会认为陆三洲是在冷讽她认钱不认人。她刚才白他一眼，就是因他问那一句"要去还要交钱"。太不中听了！可是，陆三洲受了人家白眼，只觉得不好意思，倒也无意这么多，他把话"咕嘟"了出去，就巴不得这时候能快点离开。无奈孟一凡兴致不减，只听得他又向陶香枝说："二婶刚才那样子说，当然是很对的，不过，凭二叔的本事，别说是我们两个人，就是再来个二十个人，二叔也一定安排得了。"陶香枝听他把话说了回来，话说得又极恭维。说自己的男人有本事，那就等于是说自己，正所谓妻以夫荣，心里很受用，同时，这话还提醒了她怎样来打发他俩。只听得她说道："那就等你二叔来家再说吧。"

　　话已至此，二人也就相继往外走，出得院来，却是不由得同时叹了口气。跟着，孟一凡先小声开了口："三叔，咱俩晚上再来吧，那时他总要在家的了。"陆三洲却说："要来你来，我是不再来了。"孟一凡又小声地笑说："怎么？你知难而退了吗？"

陆三洲也压低了声音说："还要交报名费，这我可不去。都是一村的，真是好意思！"孟一凡就又强笑着问："那——你真不去了？"陆三洲说："真不去了。你要去你去，我是真不去了。"说着话，已走到了一个路口，二人就此作别。

孟一凡回到家闷闷不乐，把事情原原本本地跟他老婆一说，丁凤娟明白了，丈夫想去，只是愁没有报名费。他原本在徐州做工的钱，前两天算账，算了两千两百多块，第二天却是还了两千块的债，还剩二百多块，就留着准备过这个年。早知道先还一千块就好了。可是哪又会早知道了呢？看着丈夫发愁的样子，丁凤娟确定了丈夫的确是想进厂。其实，就是她自己也非常愿意丈夫改行进厂去。丈夫讲的在工地上，爬那样高的架子的经历是真让她担惊受怕，现在既是得着个这样进厂的机会，又怎肯轻易错过呢？因此当机立断，集也先不赶了，让孟一凡带孩子，她就跑去娘家向自己的父母亲伸手。

丁凤娟在娘家姊妹里是大的，下面两个妹妹都还在卜学，她没有哥弟，婚前为娘家也是出了力的。当初自己是图猪不图圈，就图那孟一凡长相不错，又是个高中毕业生，家穷就家穷吧，人穷只要志不短，日子还不在乎各人过的嘛。她的父母亲也不是那嫌贫爱富的势利人，但也不是有钱人，他们的钱也是一个汗珠摔八瓣那样来之不易。去年因为盖房子，父母亲已主动把四千块钱交到她手上，一家知一家，都是干农活的，又能有多少钱？可是逢着这时候，年底了，这三百块钱的报名费缓不得，她不去向娘家伸手向哪个伸手？幸好是娘家几天前卖稻子卖了一千块，一听说是这事儿用钱，二话也没讲，就给了她五百块钱拿回来。

当晚，孟一凡揣了三百块钱在身，又奔宋学武家来。这次宋学武在家。一开始陶香枝仍是抢着把那报名满了的话来说，孟一凡也不得不又把上午那极为想去的话再说一遍。所不同的，上午说"反正是多了，再多两个也不要紧"，因为陆三洲没来，陆三洲也已不去了，所以后面的那句就改成了"再多一个也不要紧"。跟着，把三百块钱掏出来，望了望宋学武，又望了望陶香枝，诚意十足地说："二叔二婶，你们看，我把报名费都带来了。我是真想去的啊。"宋学武坐在沙发上，这时眼睛一亮，跟着"啪"地一拍大腿，像是下了一个豁出去的决心，大声说："好，那就这样子说。你这孩子既然一定要去，钱我就收下。那你也要记好了：过年初六，八点钟，大巴车到半桥路口来接。大家在那里会合。记住，是半桥路口。"孟一凡连说了几声"好"，见他把钱接在手上，对半一折，揣了怀里去，知道事情完全已妥，也就要告辞了。宋学武夫妇这才客气地想到要给他让座。他当然不会坐，就回家去了。

他刚出得大门，陶香枝已开始抱怨宋学武不该答应孟一凡去。陶香枝说："你回家来，我都对你说了，他是个高中生，有文化。你不能要他去，你就是不听！"宋学武说："高中生怎么啦？高中生到了那，就一定能吃香的喝辣的？"陶香枝说："你忘了你要不是因为才小学五年级，凭你跟厂长的交情，说什么也得提你个班长干干！"宋学武说："我没当班长，这不也很好，他们这个长那个长不照样都对我客客气气；就是回到家来，你看哪一个对我又不是客客气气？包括对你。"陶香枝娇笑了一下，又瞬间皱着眉"叭"了一下嘴说："不知怎的，我这心里总有点担心。"

宋学武是哈哈大笑："你不用瞎担心，你还记得在厂里三个月前，我把那许正强骂得狗血喷头，你担心他是厂长的表弟，他又是部长，会把我怎么样，不也是什么事没有！我告诉你，南方人再聪明，却是怕揍的。我们北方人比不得聪明，偏是拳头大，拳头大却是喜欢揍人的。我再告诉你，一凡那忿孩子他要能吃香，那也是我叫他吃香，我不叫他吃香，他吃什么香！"听他这一番海说，陶香枝也就不再因担心而抱怨了。

却说孟一凡往家走，一路上不免去想：两次来都没让坐着说话，真是看不起人。又感慨：谁叫自己穷呢，怨得了别人看不起吗？人家不答应他进厂时，他闷闷不乐，现在答应了他进厂，他还是高兴不起来。到了家，他往南墙边的沙发上一坐，两眼直直地盯着对面柜子上一个茶盘，什么话也不说。丁凤娟一看他这样子，以为他又碰了壁，原本坐在靠东墙的饭桌子旁，一边看护着孩子，一边拿了脚边的一个袋子里的花生来剥。孩子拿一个小擀面轴在桌子上滚来滚去地玩，她时不时转脸看一眼，防止孩子把碗弄砸，也防止孩子摔跟头。她面前有一个白瓷碗，放在一张小凳子上，白瓷碗里已是大半碗的花生米；另有一个小塑料垃圾桶放在凳子边，垃圾桶里的花生壳也有了大半桶。如今她一手歪提了垃圾桶，一手平提着那张小椅子，连椅带碗来到了孟一凡身边坐下，这就忍不住来问："还是不答应吗？"孟一凡"唉"的一声叹了口气，眼睛还是直直地盯着柜子上那个茶盘，轻声说："答应了。"丁凤娟一笑："答应了怎么还叹气？"孟一凡转过脸来看她一眼，又转过脸去，看着先前所看的地方，说："我怎能不叹气呢！一个人穷，就要这样被人看不起。"丁凤娟还是笑着说：

"谁又看不起你啦？"孟一凡说："还能有谁！"脸又转过来，看定了丁凤娟说，"你想想，两次到人家里去，连个座位都不让，不是看不起是什么？可又不能怪人家看不起，谁叫自己不努力，把日子过穷了呢！"丁凤娟仍是笑着说："你晓得这个理就好，我还以为你不晓得呢。"说完，干脆"咯咯咯"地笑出声来。孟一凡心想："我这样子无用，娶了这样一个通情达理的老婆，也真是幸运。"又想起自己小伙子的时候，在北京打工，给她的书信里，字字可都是写着以后要让她幸福的呀！因此，不能不勉强笑了说："你跟着我过穷日子，不怪我，反来安慰我，我就更觉得对不住你了。"丁凤娟说："那你到了厂里好好干，将来能升个一官半职不就对得住我啦。"孟一凡说："我什么时候没有不好好干吗？就是在工地上，我不也是好好地干吗？这回进了厂，两季农忙都没法回来，厂里比不得工地，没那么自由，回不来，你一个人怎么干？还要带好孩子。白天陆三洲说得是不错。这都是个问题呢。"丁凤娟说："这个问题你别担心，该我吃的苦，我吃。你说厂里比不得工地，我看工地比不得厂里。"说到这里，又一笑，接着说："工地上都是男的，就算有女的也不会多；那厂里就不一样了，不仅多，还应该是个个漂亮，花枝招展。你不要被她们迷了去！"孟一凡笑说："瞧你说的，我这样穷得要命，还能有那个心？"丁凤娟刚拿了一颗花生在手，正准备剥，听他这么一说，就停住手，望着他笑嘻嘻说："哟，你要是不穷，那就有那个心了？"孟一凡忙辩白："我要是富了，也不敢有那心。要知道糟糠之妻不可弃。为什么不可弃？因为那富都是糟糠之妻带来的，弃了糟糠之妻，那富也就随着糟糠之妻走了。"丁凤娟把刚才的那个花生剥了米，丢在嘴里，边嚼边说："你听你一口一个糟糠之妻，但愿你不会口是心非。"孟一凡说："你不相信我，事实会证明给你看，现在我怎么说你都不会信！"丁凤娟停止嘴里的咀嚼，又笑说："我哪是不放心，我是提醒你。"说完，也就听得她嘴巴里"咕嘟"一声，想是把那嚼碎的花生米咽了下去。孟一凡原要再和她接话，只见那一直把个擀面轴在桌上滚来滚去玩的孩子，拿着擀面轴高过他自个儿头顶去，忽然转过身来，一趔一趔的，步子不大，却迈得很急地朝这边来。来到近前，那手上的擀面轴不管三七二十一地就向下一丢，差点砸着那盛花生米的碗，砸在小椅子一只角上，"啪"的一声落在地上，又"当嘟嘟"滚了几滚。丁凤娟吓了一跳，嘴里叫嚷着："哎呀个小老祖，差点把碗砸了。"孟一凡就笑说："谁叫你刚才乱说的！"丁凤娟弯身把擀面轴捡到手上，白了孟一凡一眼："你怎么不说你要是在厂里被别人迷了去，那就跟这差不多——小心你的饭碗！"她虽是开玩笑地说，那脸上的表情却是一本正经，声音又是不低，倒把小孩子唬得哇的一声哭了。丁凤娟嘻嘻一笑，忙把孩子搂在怀里，左一声"乖"，右一声"乖"，直道"不是说你的"。可那孩子就在她怀里不依不饶、哼哼唧唧地拱来拱去。丁凤娟就把他抱了横在腿上，边拍着孩子的屁股边把腿一直颠。孩子仍是不愿意。丁凤娟说声"这孩子闹觉了"。说时，抱着孩子站起来，向里间的屋子走去。

孟一凡看在眼里，又不由得来想：这就是一个家庭，老婆、孩子，吃饭、穿衣、睡觉，这样那样的，一个男人要是不努力地去打拼，如何能让他的家人过上好日子？过不上好日子，自然就要被人看不起。想到这里，脑海中便不能不把在宋学武家所经的情形，像放电影样地过滤一遍。滤过了，又想：我原本是望了老婆孩子进里间屋去，觉得一个男人必须要好好挣钱养家，这是不可推卸的责任，怎么又想起在宋学武家的情形来了？人家看不起我，我只要自己不看不起自己就行了……待要将这个念头除去，不料脑子里又因此想到老婆和老宅邻居家媳妇怀孕时的事来。同是新媳妇，同是挺着大肚子，邻家的婆婆那时在村里逢人就说："我看一凡表弟家的表妹，她是上怀下怀一般大，保准将来是生女孩；你看俺儿媳妇，肚子上就像扣着个小锅，保准将来生男孩。"这话说得多神气，传到耳朵里来听了，就不能不叫人生气。可是，人家既是说了，就不怕你会生气，你生气又能怎样，找人家理论吗？只怕理论不出什么结果，反得罪了人家，毕竟是远亲不如近邻啊！当时就只好忍了。如今想起来，人家为什么不怕？人家为什么就不顾及远亲不如近邻呢？还不是日子过穷，人家看不起吗？

　　正想到这里，丁凤娟已是从里间屋走了出来，问他多会子睡。孟一凡答一声"不忙"，抬头看一看丁凤娟，反过来问她："孩子睡着了？"丁凤娟"嗯"了一声，又坐回他身边，再来剥起了花生。不过剥了两个，她笑嘻嘻问："你刚才在想些什么？不能说给我听听吗？"孟一凡笑答："我能想什么呢，还不是想一个人有了家庭，那就更得要为这个家庭去奋斗嘛。"丁凤娟说："你能这样想，那就想对了。"孟一凡又愁着脸说："光这样想对了有什么用！你可记得我们结婚前，我在给你的书信里是怎么写的？要让你幸福要让你幸福，我就是这样子让你幸福的吗？说句心里话，要不是你平时省吃俭用，这么会过日子，今天连这个房子都盖不起……"丁凤娟笑着插话："你真正盖起了吗？"孟一凡脸红了："你说得对！虽说房子是盖起来了，可是欠了一屁股债，虽说这一屁股债，除去丈母爷丈母娘一把手给的四千块，那一万块是借了六家亲戚的，那六家亲戚倒有四家是你那头的亲戚，只有两家是我这头的。你看，这可不大都是你的功劳你的面子？"丁凤娟又笑说："你怎么记得这样仔细？跟你说了，俺爷娘那四千块钱是给俺的，不要还了，你怎么还提？"孟一凡说："说是给俺，我们就不还了吗？他们的钱又来之易吗？往下他们一年老一年，来钱就更不容易，你还要占他们的便宜吗？"丁凤娟看着他，一撇嘴，仍旧笑着说："我娘家那头要是有哥有弟，你想不还都不行。说不定，就是借，还一分都没得借给你。这还不是没哥没弟嘛。我又是最大，爷娘不给我给谁？等到再过几年下面那两个也成家了，不用说，钱也就不会这样子好给了。这也只能说是现在。"孟一凡坚持说："你说的这些我全明白，但是，还，总要还的，不过是迟早的事……"丁凤娟连连摆手："你别说了你别说了，你能有这份心我就很高兴了。有了钱，先把俺那头的二姑钱、表妹钱还了就是了。俺爷娘的钱到什么时候说什么话吧。"孟一凡又笑说："今年能把大姨钱跟姨妹钱紧紧还了，就真是不错。去掉她们的两千块，不连丈母娘丈母爷那四千，还有八千块。你那头二姑的两千跟表妹两千，加起来这四千，明年一年还了，总不是个问题。"丁凤娟皱了皱眉："不能盘算，一盘算，就觉得这账目要压得人喘不过气来。光是挣钱还账恐怕也要还上三年。"孟一凡听了这话，哈哈一笑："你瞧我这样大的压力，你还说我到了厂里被别人迷了去！"说时，一伸手，把老婆的腰揽了，轻轻一带，丁凤娟也就倒向了他怀里。孟一凡握着她一只手，另一只手就抚摸着她的头发，抚摸来抚摸去，又说道："我在工地上打工，你嫌我爬高上低了，不放心；我要进厂了，也是你大力支持的，你却还是不放心。"丁凤娟一只手被孟一凡握着，另一只手原是有一颗未剥的花生米还攥在手心里，她就用那一只手悄悄地剥了那颗花生。花生壳弃了，只把那两粒花生米用手指头捏着，身子一转，手一抬，就把那花生米向孟一凡的口中塞来，同时，红了脸笑着说："我这还不是因为太爱你！"

这一句话这样子说出来，孟一凡听了哪能不兴奋？只见他一弓腰，把丁凤娟抱了起来。那丁凤娟也就趁势勾搂了他的脖子，她这时两条腿儿还蹬了两蹬。腊月数九天，那两条腿儿是穿了厚厚的毛线裤，上身穿了厚棉袄。孟一凡浑身上下也穿得不薄，这样一来，厚对厚，把个丁凤娟差点抱脱了手。他心里一急，忙小声说："别动别动，再动我就把你抱掉了。"

第二天，夫妻两个倒都起了个早。吃过早饭，一家三口高高兴兴去镇上赶集。这原是昨日就打算做的事，因为报名进厂一事，耽搁了。今天到了镇上，也是因为报名成功了，心里头透着愉快，购买起年货来。计划买五六斤肉的，买了八九斤去；计划买一条鱼的，结果买了两条。这样也就把这个年过得高高兴兴。到了正月初六这天，天还蒙蒙亮，也不过是六点钟的时候，丁凤娟第一个起床，孟一凡第二个起床，小孩子贪睡，还睡得正香。两口子起床来，一个去烧火做饭，一个把昨晚已收拾好的行李再检查一遍。没多会儿，住在老宅上的老母亲过来了。老人家手上提着个塑料袋子，袋子里装着十来个草鸡蛋，说是在家刚刚煮熟的，让孟一凡带着它路上吃。孟一凡不想带，老人家就哽咽着说："你娘我没什么送给你，就这几个鸡蛋你也不要吗？"孟一凡鼻子一酸，只得带着了。又过一会儿，老父亲也过来了，叮嘱他几句话，无不是出门在外要注意身体注意言行，他都一一点头。

七点半钟时，丁凤娟骑着自家的小三轮车送他出门。本来他要骑的，可是说什么老婆也不让，只好恭敬不如从命了。他坐在车厢里，身旁是装被褥的一个牛仔包，另有一个手提袋，袋里除了母亲送来的熟鸡蛋，还有一沓煎饼，一个罐头瓶子装的盐豆。看看离家门已二三十米远了，自家的父母还站在院门楼下相望，孟一凡就把手挥了挥，心头突然涌起一阵酸楚，不忍再看。低下头来却又想着：天下真没有不是的父母，纵然他们没给我什么家业，可是这一份牵挂别人是不能够给的。这样一想，又不由得抬头来看，却正好看到母亲向着院里一个急转身，这就叫他联想到可能是孩子睡醒了，不见大人，哭了起来吧。不由得他又低下头去，瞬间眼圈儿红了，为避免落下泪来，干脆把眼睛闭上，同时告诫自己别再多想，脑子里也就随着车身的颠簸有点混沌起来。过了一会儿，耳听得车轮与地面的摩擦声清晰起来，自己不免打了个"激灵"，睁开眼睛，脑子里却又立刻想：我这是怎么了？好男儿志在四方，我又不是第一次出门，我怎么能……可是没容他想下去，丁凤娟问他："你的身份证带了没？"他就不能不答："带着了。"丁凤娟又问："那两百块钱也装好了？"他答："装好了。"及至半桥村口，也不过十来分钟。果然是宜早不宜迟。丁凤娟把三轮车停住，孟一凡从车里下来，但见两辆大巴车已在

"丁"字村口的"一"字那边，行李仓全部敞开，有两个人正在往仓里放行李。车上车下都有人，车下的人三个一起，五个一群，或叽叽喳喳，或喁喁细语。这景象虽谈不上怎样热闹，但因为人多，一股子气势总还是有的。

孟一凡这时看见宋学武穿着黑呢子风衣，大背头梳得锃亮，他一只手臂里夹着个皮包，另一只手指间夹一根点着的香烟。他老婆陶香枝就站在他身边，头发也是上过油的，虽还是那天的穿戴，手上却是多了个小坤包。夫妻俩一个夹着皮包，一个提着坤包，这派头真是十足。孟一凡想趁他们还未曾看见他时，主动上去招呼一下，因此和老婆匆匆道了别。就见他左手拎牛仔包，右手拿塑料袋到了宋学武面前，郑重地点一点头，很快地又转向陶香枝，笑着说："二叔二婶早！"宋学武看一看他，"嗯"了一声，把那只夹了香烟的手随便地一挥，又面无表情地说："先上车吧。"孟一凡笑答一声"好"，就朝路对面最近的一辆大巴车走去。始终不见不闻陶香枝任何的反应，他心里就不得不有一点点恼。可是这一点点恼，在他把牛仔包放好行李仓后，要转过脸来时，就又不能不注意自己的表情。这一注意，表情是恢复自然了，这表情一自然，他的心里已是自我解嘲："我不过是又被人看不起一次罢了。"这时候，手上只剩了那装了煎饼、鸡蛋和盐豆瓶子的塑料袋，并不重，拎在手里给身子多一个衬托，心里便能感到踏实。想想车上的人一定还没有车下的人多，他现在若上车去，也显得他太死板了，不如看一看这车下的人，能有多少熟面孔，若认识的，点点头，笑一笑，这动作总不至于不好意思做；不认识的，看一看，也心里有个数，到了苏州以后那就一定会认识了。于是，孟一凡往路边闪了闪，站定了，就把目光由远及近地移动，看几眼，却是认识的人不多，虽是不多，也不曾有人注意到他，总可以如他所预想的那样去做。看着看着，那天和陆三洲同去宋学武家里所见的那两个姑娘也来了，她们也都看到了他。因为是见过面而不曾说过话的，他看到时不由得心想：我且认真注意她们两眼，她们要是也和我这样认真地注意，我就先对她们点点头、笑两笑也不妨。可是结果，她们两个看到他只当没看见，又都迅速地看向了别处，谈何注意？既是心里所想，所受的窘也就在心里，没有别人会知道。虽然能感觉到自己的脸红了，却终究不是人前丢面子，倒因此生出这样的感慨来：我是老了，比不得小伙子了，要是不努力，这一辈子真就完了。又想自己刚交三十岁，哪里就老了？再一想这感慨只因是人家姑娘对自己的冷淡才产生的，不正应了"红颜祸水"一语吗？好在是被他"化悲痛为力量"了，便顿觉释怀，又向别处继续看了看，不一会儿就看到了路对面的老婆，竟没有转回，刚好也正在看着他，四目相对，这就不能不有所表示。不过，看他的表示，除了笑得深些，点头得深些，一只手还在胸前摇了两摇。丁凤娟对他的示意只报以点头微笑，仍没有动身转回，孟一凡也就由她。

　　正待再看向别处，肩膀上却被人轻轻一拍，他一惊，忙转身来看，不知何时身边多了个毛头小伙子。这小伙子在他转身的当儿，叫了一声"表哥"，不用说是表弟了。乡里乡亲的表弟，他叫李昆明，也就十八九岁的年龄。孟一凡真没想到是他，当下两人闲道了几句，倒觉得很投缘。这时听得有人高喊："都上车都上车，都先上车。"孟一凡循声而望，喊这话的人是宋学武的本家侄子宋小溪——不知何时站在了宋学武的身旁,手上拿一张纸,大概是去苏州的人员名单,他一边喊一边去看那张纸。车下的人也就得了令似的,蜂拥着去上车。孟一凡对李昆明轻声说:"咱俩也上车吧。"说时,却是向路对面一瞥,看看老婆是否还在那里。一看还在,并且也仍是正在看着他,就又一点头,虽没有笑,却是挥一挥手,不是摇一摇手了。登那几级车梯的时候,他不由得想:我两次看,两次她也都正在看我,不知道是巧了,还是她一直就是这样看我。若是一直,那足见得她对我的感情深厚……此念刚起,又转念自责起来:她对我难道感情还不够深厚吗?不是她去向她的爷娘拿五百块钱来,我今早怎能坐上这车?于是到了车上,刻意找了向路面的一边坐下,虽然是最后排,但这样也就好透过车窗来和她做此行最后一眼的告别了。

第二章　都是打工的

　　沂新至苏州，约有十三四个小时的行程。早上原说是八点集合出发，结果到了八点一刻。好在一路高速，当中在服务区的两次停歇也不过一个小时，到苏州已是晚间的九十点钟。说是苏州，其实是苏州边上的一个小县城，工厂离城都还有四十公里，就是离镇也总有个二三公里，好在交通很是发达，工厂的门口就是一条南北国道。车子停下，大家纷纷下车。一路上孟一凡李昆明两个坐在一起，因坐的是最后面的座位，下车时也就最是落后。一下车，车外与车内的温度悬差立刻能明显地感觉到。不过，终究是南方，与苏北相比，这里的气温不算多冷。这时只见下车早的人有的已进了厂门，有的却往别处走，更多的是留下来围在厂门口等着有人发号施令的。每个人的面前都放着自家的行李，或密码箱，或牛仔包，或编织袋。在等的过程中，大多数人不肯安静一点，这就有了满耳叽叽喳喳的说话声。

　　孟一凡不明白：同是家乡一路来的，怎么有的人进了厂门，有的人另向别处？这时又不好去问哪个，看到毕竟留下来的居多，吃螃蟹看大家，也就不担心什么。跟着恰好看到宋学武正在门卫室前和两个门卫说话，他老婆陶香枝和侄子宋小溪也在那里。门卫室门口的灯光雪亮雪亮，不要说这几人的面目能看得清，就是灯光圈外，悬挂在厂门口上空的四个大红灯笼及那灯笼上的"欢度春节"四个大字，也依稀可见。正因为此，孟一凡也就又想：这工厂的效益应该是不错。看这大红灯笼高高挂。可是灯笼里为啥没有灯呢？若是有灯，灯亮着，映出那红灯笼的红来，岂不更显得喜庆兴隆吗？这样一想，脑海中便非要把那喜庆兴隆的情形虚构一下不可，虚构成了，再一想：人家不这样做总有人家的道理。哦，对了，也许是为了安全防火呢。一个工厂，总不至于小气得连四个灯泡也舍不得买吧？想着想着，连宋学武进门卫室里打电话他都没注意到，甚至后来宋小溪对大家喊的一句话他也没有去注意。还是李昆明拨了他一下胳膊，说一声"走了"，他才回过神来，跟在人流的后面，穿过马路，感觉是一直在向南行进。

行进中，沿途都有路灯，路也是水泥马路，平坦好走。然而，除了一上来还有人边走边交谈，或是边走边望望路两边，不愿做路痴的缘故吧。渐渐地，交谈声止息了，只剩下行走的脚步声及行李箱拖在地上发出的轰轰声。就是那不愿做路痴的人，也低下了头来走路。这样走了总有个二三十分钟，就见路左边的不远处出现了黑巍巍的建筑群，在这黑巍巍里，又明显有着点点的灯火闪烁。宋小溪走在最前面，这时边走边回过脸来朝大家说："看见没有，这就是他们的集镇，改天要买东西尽可以到这里来买。"有人响应了几句，但很快寂然下来。不知道大家是因为都感到了疲乏，还是因为走到与集镇平行的一个路口而又向东拐了弯，这里路道窄了许多，虽仍是水泥路面，却多了坑坑洼洼，尤其能给人一种似生似熟的味道。大家原本都来自乡下，不一会儿也就明白了：这是乡下的味道啊。走不多远，下坡穿过一桥洞，再上坡行十多米，往南一拐，再行数十米，就进了一村子。这村子名叫水头村，村口有一公厕，村中央有一条小河，河上有一座小桥，桥南角有一家茶炉子卖开水。现下走到这里时，那里亮着灯，还见有三三两两的男女提着水瓶朝那里去。走在前面已到了桥上的宋小溪，又转过脸来向大家说："看见没有，那是茶炉子卖开水的地方。一毛钱一壶。大家也要知道的。"大家听他这么说，就都不出声地往那里看了看。

过了小桥，居家住户已然密集起来，路灯却是没有了，脚下的道路更是窄，而且七拐八弯的，时不时地还要穿一个又一个巷子，那些拖箱子的人就遭了罪，箱子不好拖，只得在手上提着。箱子的主人无一不是女子，这就更显遭罪，一会儿左手换右手，一会儿右手换左手。她们原先是走在前面的，有的也就把脚步落下了，直落到后面来。这些女子中，就有两个是孟一凡在宋学武家见过，也是在上车前半桥的村口见过的。此时夜色正浓，村子里极静，亮着灯光的人家很少，自然不容易看得出来。既看出来了，不忍心就想伸手帮个忙，可又担心被人家拒绝。

正犹豫着，不料和他走在一起的李昆明突然叫起来："表姐，是你吗？"其中的一个应声说："是我，表弟，快来帮忙，我提不动了。"说时，手中的箱子往地上一放，也不走了。那另一个女子见她这样，就也立住了。孟一凡看这表姐表弟已"帮上"了，就对那个姑娘小声说："我来帮你吧。"那姑娘不说话，黑夜中又看不清她脸上的表情，只隐约看她是把身子扭了几扭，这便让人想象到她是有点不好意思，而非拒人千里的。孟一凡也就不再说二话，上前一步把她的箱子提在手。果然没拒绝，也果然是很重。再重也不能说别的了——他身上背着牛仔包，左手是箱子，右手是那个塑料袋，只说声"走吧"，那姑娘也就乖乖地跟了。这时又听得李昆明表姐问李昆明："我还是上车前和你说的话，怎么一上车就没看到你了？"李昆明说："可能咱们不是坐一辆车吧。我是和一凡表哥坐在一起的。"他表姐大概是一时没明白过来："你一凡表哥？"李昆明说："是啊。他叫孟一凡，我们是一个村的。你以为是咱俩这样的表吗？"说这话时，队伍的最前头已到了一拐屋角的地方，那右侧人家里有狗，突然"汪汪"地叫起来，把一村里的狗惹叫起来不说，黑灯瞎火的，把大家都吓了一跳。不过因着这一吓，脚步反而是加快。也不知拐了多少弯，穿了多少巷子，最后在一栋楼前停下了。

既然是在楼前，那也就说明没有院子，不过楼前的地方很大，楼门厅上的一盏灯虽没有先前那厂门口看的灯大，却也把楼前照得通明、雪亮。一个五十多岁的小老汉站在楼廊下，满脸堆着笑。宋小溪走向前，用并不标准的普通话对他说："张伯伯，让你久等了。"那张伯伯也很客气："你们辛苦了你们辛苦。"不用说，他的普通话也是南腔北调。宋小溪又说："总共是五十二个人，不知道住不住得下？"张伯伯一听，反是不解地问他："不是说八十多个人的吗？怎么成五十二个人了？"宋小溪说："是八十多个人不错，连老带新的加起来，一共是八十六个人。新工人是五十二个人，我都领你家来了。我这样说，张伯伯该懂了？"张伯伯点点头："我懂了我懂了。"难怪下了车，有的人进厂里，有的人往别处走——孟一凡听他俩这一番对话，这时也是懂了。又听张伯伯说："我以为是八十多个人，准备了四间房，二楼两间，三楼两间，就是不知道你们多少男的，多少女的？要不，你看怎么方便你就怎么安排吧。"宋小溪回脸看一下众人，又转向张伯伯说："我早已数过了，男的十七个，女的三十五。"张伯伯笑着说："那就男的住一间，女的住三间吧。"跟着又说，"男的在二楼，女的在三楼和二楼，你看怎样？"宋小溪说："行，那就这样说，给张伯伯添麻烦了。"说完，转过身来，面向了大家，把刚才的话声音不大不小地重复一遍，大家也就跟着他噔噔噔地上了楼。

不知道女子的那三间是如何准备，单说男子这一间，房间确实很大，可是房间里除了一地的稻草，别无他物。那稻草倒是铺得很厚，也很规范，两边铺开，当中一条过道，人走进去，只需在稻草上——有席子的铺席子，没席子的铺被单子铺毯子，再把被子一盖，就可以睡觉了。这样的睡法，这样大的房间，慢说是十七个人，就是二十七个人也能睡得下。

一夜无话。次日早晨，大家醒来了。宋小溪本是住在厂里的宿舍，因为昨夜太晚了，加上还有些事情要向大家交代清楚，也就没回去。这时听得他喊："大家都醒了吧？我马上要去上班了，只能先草草地跟大家说几句。我二爷昨晚对我讲，叫大家先住在这里。"说到这里时，他笑了一笑，又说："这话，昨晚就应该讲的，现在讲也不迟。当然，要是有想自己出去租房子住，不想住在这里的也可以。总之，先耐下心来等待。厂里招工，总是要经过报名面试体检这些关的。先耐下心来，今天正好大家可以到镇上买一买所需要的东西。反正嘛，我这几天下班后都要来，到晚上再说吧。我要走了。对啦，那些女同胞们我现在无法跟她们说。男女授受不亲嘛。"说到这里，大咧咧地一笑，又接着说，"要是有人问起来，你们就把我刚才的话对她们说。好，我走了。"这宋小溪是个二十啷当岁的小伙子，剃个小平头，个子不算高，人却是很精干的样子，虽然说话是东一句西一句，想哪说哪，却也透着几分能说会道。他走了后，一会儿大家全起了床，刷牙漱口吃早饭。早饭大都是去小卖部买了"来一桶"来泡着吃，那小卖部就在那茶炉子边，是同一人开的。正好现买现泡，还省了茶水钱。茶炉边的这一个早上那也的确壮观，站满了许多吃"来一桶"的人，竟引得那些来打开水的人及过路人侧目，看他们的眼神无不是好奇不已。他们仗着人多，并不怕别人看。有的一边吃，一边还要大声地说笑。

孟一凡的早饭也是夹在这一群人里这样子吃。他吃过也就回到了住处，同他一道回来的自然还有李昆明。这时房间里也就他们两个人，两个人就统统地坐到被窝里去。两个人的被窝是连在一起的。先说了一会儿话，陆陆续续地又有人转回来。人多嘴杂，孟一凡不知不觉地闭了口，从牛仔包里拿出一本书来看。李昆明又加入别人的话题里去了。可是他的书哪里看得下去，不是因为别人谈话影响了他，而是因为刚才吃泡面的情形在他看书的时候一次次地袭入他的脑海，提醒他现在不是看书的时候，应该把自己的吃饭问题计划一下。于是书本摊开在面前的被子上，他的眼睛却是不在书本上了。他想：自己的身上只带了两百块钱出来，一路上也没舍得花一分。昨日都是吃的家里所带的煎饼卷盐豆，也根本用不着花费，可是接下来就不同了。刚才吃一份"来一桶"已花去五毛钱，这五毛钱原本也不用忙着花的，带来的煎饼总还可以对付个三到五天；要说营养不营养，娘给的那十个熟鸡蛋昨天已消灭掉两个了，其实自己只吃了一个，有一个送给李昆明吃了。当然人家又送了他一个苹果吃。若是一天两个鸡蛋，又没有什么体力劳动，营养总该能跟得上。这样的话，还有八个鸡蛋，够吃四天，现在的天气，四天总不会坏，煎饼也算它是四天，想来这四天里，除了花过的那五毛钱，保证不要花一分钱的了。不对！饭盒子茶杯毛巾牙刷牙膏这些生活用品都带来了不用买，热水瓶却是必得要买一个的。买一个多少钱还不知道，就先算它五六块钱，不，算个整数，算它十块钱，不，就连那刚才花的五毛钱一起算它十块钱吧，还剩一百九。四天之后，煎饼盐豆跟鸡蛋都吃光了，就都要靠着这一百九来吃了。四天之后，若是我已在厂里上班了那也好办——听说中午厂里是管饭的，那我一天只要花费两顿钱，一顿一"桶"方便面……不行，干活跟不干活饭量不一样，算一顿两"桶"，两"桶"就是一块钱，两顿四"桶"就是两块钱。咦？我为啥还要买桶装的呢？我不能买袋装的吗？袋装才三毛钱一袋，两袋才六毛钱，三袋还不到一块钱。得得得，别管是吃袋装还是桶装，反正是算它一顿一块钱，一天两顿就是两块，两个月就是一百二。一百九去掉这一百二，还剩七十。我刚才把星期天也算吃两顿了，星期天若不上班，那就要吃三顿，不不不，既是不上班，吃两顿就吃两顿。不不不，还是往圈外算，算它三顿吧。那这七十块钱，或用在这多一顿的花费上，或因为贪嘴，平时买一点水果，或牙刷牙膏用完需买牙刷牙膏，总可以够的了。两个月以后呢，一有工资发下来，那当然就不用愁的了。

这样一番计算，身上的钱竟是够两个月的吃用，孟一凡就放心欢喜地继续来看书。可刚看了几行字，楼下有女子喊："昆明昆明，昆明表弟。"李昆明答一声"来了"，见孟一凡正疑惑着看他，就笑了一下，压低了喉咙说一声"烦死人"，穿上鞋子，人就走出去了。屋子里有他一个不多，没他一个不少。拉呱的人该拉呱还拉呱，当然，也有那睡回笼觉的人，就该怎么呼噜还怎么呼噜。孟一凡经这再一次分神，也就干脆合拢了书本，身子向下一出溜，也睡起觉来了。待醒来时，李昆明尚没回来，另有几个人不在，在的人可都还在唱着呼延庆打擂。他轻手轻脚地起来，去了一趟洗手间，回转后又趴着窗台望一望外面，那正对着脸的白眼子太阳告知他：已是中午时分了。早上吃过了就睡，本来也并不曾觉得肚子多饿，只因趴过窗台，一转身，不经意看到了一个新水壶，他又过去拎一拎，里面还有多半瓶子水。这就想道：我不如现在倒杯水，先卷两张煎饼吃了吧。等会儿有人醒了，问问是谁的，我再来谢谢人家。他这样想也就这样做了。及至倒水时，他突然想到自己上午的计算，却是漏掉了一项费用：开水也是要一毛钱一壶的呀。自己是把买开水壶的钱算进去，打开水的钱却没算。没算就没算吧，大不了是水果不吃了吧。这样一想，也就觉得嘴里煎饼的味道是愈嚼愈香了呢！

可是两张煎饼下肚，再喝了一杯白开水，就觉得肚子有点撑了，这时候又不宜马上坐在被窝里看书，复来到窗前，眺望着远方。也许是他的神情太专注，以至于有一个人经过院子，上了楼来，都走到他的背后了，他还不曾发觉。这个人就是他那"江西老表"李昆明。小伙就是小伙，嘴上没毛的人，自然不顾及屋子里还有在唱呼延庆的人。他一心要同孟一凡开个玩笑，就蹑手蹑脚地，想从后面玩蒙其双眼的把戏，不料被一个口袋绊了一下脚。这个口袋原是被它的主人用来装行李被褥的，被褥被掏出来后，只剩下换身的衣服还装在里面，便被平放着做睡觉时的枕头用。因为是平放的，那口袋的口却不知怎么稍张开了一点，恰好李昆明一脚正插在了那里，脚一抬，往前一迈，那整个口袋就跟着往前要掀。还未掀起时，那另一只脚正好又踏了上来。这样，李昆明的身子就趔了几趔，同时嘴里"哎哟"了一声，自己把自己的把戏彻底地败露。

不过，孟一凡还是被吓了一跳，他转过脸来，吃惊地望着李昆明，忍不住责怪他说："你、你吓我一跳！"李昆明这时也有点尴尬，好在他向来是懂得坦白从宽这一道理的，便赶忙嘻嘻地说："我是想吓唬你的，表哥，但我害人如害己，没吓到你，反差点把我自己绊倒了。真是活该！"说完，又赶忙左右开弓地做出自打嘴巴的假举动来。这一下子，孟一凡想生气都不行了，只好淡笑说："你是在外受了什么刺激，一回来就这样兴奋？"说时，转脸看了看那睡熟的人，生怕惊扰了人家。李昆明见他这样子小心，也就对着他挤了挤眼睛，蹑着脚走到自己的那个密码箱前，边开箱边小声说："我是受了刺激。我是看到人家搬了出去，住的铺板床，真爽。"箱子打开来，里面除了衣服，还有几个罐头瓶子，瓶子里都已不再是罐头，而是从家里带出来的盐豆咸菜一类的土特产。只见他手拿了一个，又小声说："刚才我那表妹问我带盐豆没。我得给她送一瓶过去。"孟一凡一听，满脸是笑地小声说："我说你受了刺激，还真被我说中了。"李昆明合拢箱子右手端了罐头瓶子，站起身来说："我真是看人家搬出去，一人住一个铺板，羡慕人家的。不信你跟我去看看。"孟一凡还未来得及表态，李昆明又说，"反正你也是没事，省得一个人站在窗前想俺表嫂。走，我带你去表姐她们那里看看，保准你也想搬出去。"声儿是越说越高，有一个睡着的人翻了一下身子，嘴里嘟囔着地不知说的什么，身子已然翻过来了，没停留，一下子又翻了过去，继续大睡。两个人不由得面面相觑，不好再说什么。于是，孟一凡也就随了李昆明走下楼去。

其实李昆明表姐她们所租住的那户人家距这里并不算远，只需上了村里的那条主干道，往东进第二个巷口，走过两户人家的门口，再拐一个巷口，第一家就是了。这一家三间正堂屋，三间小南屋，大门朝东开。院子虽不大，可也不能说小。院子里有一口井，圈在西面的墙边，井边儿放了几个水桶和几个水盆，还有一块凳起的水泥板。那水泥板上倒是什么都没放，但板上湿漉漉的，周围的地面上也是湿漉漉的。一扫眼，但见那堂屋的走廊里，晾衣绳上的衣服还在吧嗒吧嗒地往下滴着水。李昆明的表姐叫张梅，还有那位和她形影不离的，也就是昨儿夜里孟一凡帮着提箱子的那位，叫胡娟。她们租住在一起的还有五位，号称"七仙女"。五位中有一位是她们的头，"七仙女"中只有她一人是结了婚的。她虽是结了婚，可年龄比她们大不了几岁，她的相貌又挺好。自古漂亮的人，无论男女都是最容易令人高看的——她叫钱英。现如今，她正在小南屋里向她们讲话。小南屋说是三间，间与间却没有隔墙，只有四根木头柱子架起的两座小梁。没有隔墙才好，她们的床铺占了朝里的一半，朝外的这一半暂空无一物；床铺是分两边排开，当中一条过道，每个人坐在床尾，腿都搁在过道里。钱英坐的这边，恰是张梅和胡娟一左一右地偎着她的臂膀，对过的四位姑娘也都是臂膀偎着臂膀。只听得钱英说："在家靠父母，出门靠朋友。我们不是朋友，我们是姐妹。既然是姐妹，就要往好里处，不能叨瞎话，不能叽叽咯咯，更不能吵架打架。要是有谁做得不对，大家都要多体谅体谅。咱们在一起不是住一天两天，也不是住一月两月，真要是不团结合不来，那就笑话大了。我们总共是七个人，可以说，我们是七仙女……"姑娘们听到这里，都嘻嘻哈哈笑起来，钱英自个儿也哈哈地笑了。一个胖嘟嘟的，叫丁红梅的姑娘大声地嚷嚷起来："对！我们就是七仙女！"其他的姑娘也都跟着嚷起来："对！我们就是七仙女！我们就是七仙女！"

　　二人到了这里时，正赶上她们这样的情景。未进屋前，二人闻其声已是相视一笑，这时孟一凡轻声说一句"董永来了"。及至屋里，李昆明先"哎哟喂"地叫了一声，"七仙女"齐刷刷地向他俩转过脸来，李昆明就又嘻嘻地叫一声"董永来了"。想是谁都听说过董永和七仙女的故事。不得了，这就有一仙女跳将了起来，随即又坐下，气呼呼地说："李昆明，董永就是你这个样子吗？"另有一仙女坐着没动，却是娇声接了话："李昆明，董永哪能有你好看呢？"反话正话谁还听不出来？到底亲戚是亲戚，张梅这就对着她俩不笑不恼地抗议："怎么了？我表弟不是董永，就配不上你俩了吗？"这话把她俩说得羞不得气不得，只得扭扭身子，跺跺脚，手掌扬起来，又乖乖地放下来。其他仙女一哄而笑。

李昆明才不管什么反话正话，也不管表姐的打抱不平，脸上嬉笑的神情不减，把身边孟一凡的肩头一拍，盯着那后一个说话的仙女，眼睛眨也不眨地朗声说："仙女姐，这其实可不是我说的。是他——我表哥说的。他不比董永帅得多吗？"这一仙女正窝心地难受，这就对着他发泄起来："胆小鬼，说了还不敢承认，承认了能把你吃了吗？"话音刚落，张梅又接茬了，不过，这一回她可是笑容满面的。张梅说："邓小丽，小仙女，你真想吃他这个董永吗？"这个叫邓小丽的却不和她还嘴，倒向着那钱英撒娇求援："大姐，你看着有人来欺负我，你也不管吗？"钱英就笑着说："吃什么董永，这是董永送盐豆来给他表姐吃的啦。"其他仙女又是一哄而笑。笑过，静下来了，钱英就走过来招呼孟一凡："这位大哥也是老家的人喽？"李昆明抢着答："表哥和我是一个村的。"这时候钱英已到了近前，一双眼飞快地把孟一凡上下打量了一下，不知是因为出门在外多个老乡总是好事，还是因为孟一凡长一副相貌不俗的模样，再张口时，她那脸上带着笑意，却又因为对方毕竟不是相熟的人，这笑意就不好浓了；淡了吧，又担心对方怀疑自己的诚意多少。这一犹豫，心里是生出了一点点羞来，脸上就有了一点点红。浓也罢淡也罢，如此却恰好是最可爱、最动人的。只听得她又问："你跟赵金贵是怎么个称呼啊？"孟一凡一听，有点明白了，不过又担心不是同一个人，便反问她："你说的是赵欢的爸爸吗？"四目相对，钱英笑了说：

"就是的。他是我姐夫。"孟一凡也笑了一下，说："我喊他表哥。这样一来，等般辈儿，我跟你也好称呼了。"钱英笑着说："那你得叫我姐姐了。"孟一凡心想：那可不一定。你比我大，我叫你姐姐，你比我小，我也叫你姐姐吗？可是钱英没等他答话，已朝院子里走了。一边走一边喊："房东房东，有没有板凳，给两个坐？"原来是给他俩找板凳去了。

没人应声，大概房东已不在家。她到了院里，东瞅瞅，西瞧瞧，发现走廊里是有一把小椅子的——也只此一把，就过去把它提了进来，放在了孟一凡的腿边，又笑着说："客人来了，甭说一杯茶了，连个体面的椅子都没得坐，你多包涵。"一转脸，又朝着李昆明笑了："李小弟呢，就一把椅子，你小伙子到里面坐床沿吧。"孟一凡又不由得心想：这倒是个心直口快女人，我要是把刚才想说的那句话说出来，不知道她会怎样回答。可是错过的话题若再有意地提起，对方不会认为我居心不良吗？这样一想，话到嘴边，也就咽了回去。可是，万没有料到，一番谦让后，待他在小椅子上坐定了，钱英又朝着他笑说起来："怎么样？你叫我姐姐没错吧？"孟一凡也就笑说："你哪有我大呢？"钱英走到她原来坐的地方坐了，这时把上半身转过来向着孟一凡，说："大有什么好嘛？你要想做大，那就让你做大，不过你做了大，以后在这厂里干好了升官了，别忘了照顾照顾我们这些做小妹的。"孟一凡也知这不过是对方随口说的话，不必当真的。但被人拍捧的滋味实在是受用，尤其像他这样领略了几次被人看不起的人，相比之下，那滋味实在是更加地受用！又因他确实是个实诚人，脸面上这时候反有点不好意思起来，口里只管说："我能吗？我能吗？"那六个仙女这时也都已是面对着他，胡娟和那个胖嘟嘟的邓小丽齐声说："你能，你一定能！"张梅接口说："在家报名时，我俩就听陶姐讲，这个厂正在什么城建分厂，要不然也不会一下子要招这多人。"说时，看一眼胡娟，她说的"我俩"一定指的是她和胡娟了；她说的"陶姐"也一定指的是陶香枝了；她说的这话，也就勾起孟一凡那天心里的不快来。李昆明这时并没有到里面去坐仙女们的床沿，他靠着外间南面的一根柱子，就离孟一凡所坐的椅子半步之远。他伸出手来，把孟一凡的臂膀晃了两晃，向着众仙女大声说："俺表哥真能行！他是高中生，有文化，又正干，保准能被领导看中！"其实孟一凡是不是高中生李昆明哪里会知道呢？他这么一起哄，众仙女们跟着就鼓起掌来。孟一凡刚才本来被张梅所说的那话勾起那天心里不快，但正因为此，愈是加倍地知道此番进厂的不易，若是以后在厂里真能够干出个人样来，当初的忍辱负重不提也罢了，倒是应为当初进厂的这着棋被他走对了，感到庆幸才是……不过，像现在这样的八字还没有一撇，不要说自己万万高调不得，就是李昆明这个嘴上没毛的小家伙，也不能任由他来胡说八道，传到宋学武夫妇的耳朵里，那还得了？有此担心，他忙将手摆了摆，一脸苦笑连连说："大家可都别这么说，大家可都别这么说。"说着，眼睛望了望张梅，又望了望胡娟，说："别人不知道，你俩还不知道吗？那天报名差点就没报上。我没说错吧？"说到这里，顿了一顿，眼睛把她俩又望了一望，看她俩坐在那里，已是微微地点了点头，便又接着说，"能来进厂，我已经是很知足了。要说好好干，当官当将，哪个不想好好干，哪个不想当官当将？可是也要有那命啊。自己坛里有几粒米自己还能不知道吗？我今年这都三十岁了，有志不在年高，要有出息还能等到现在？"孟一凡说这话的声音不高，也不急，脸上的表情又那么平静，因此也没人觉得拍马屁拍到了马蹄子上的尴尬无趣，倒是他说他今年三十岁又引来了新的话题。

钱英第一个向他发问："你能有三十了？不相信。"孟一凡问她："是大了还是小了？"钱英说："当然是大了，你哪有三十岁呢。"孟一凡说："我是属兔的，可不是虚岁三十了？"钱英说："你要说你是属兔的，那倒是虚岁三十了。"孟一凡自然也想知道钱英的年龄，可对方不主动说，他也不好直接问的，便这样子说："我至少要大你四岁。"钱英笑说："我要能回到二十六岁就好了，我都二十八了，属蛇的。"在他俩这样你一句我一句你来我往的时候，其余人有的在甘做听众，有的也相互在问询对方年龄，偏偏在钱英说她是属蛇的话音刚一落，只听得李昆明大叫一声："美女蛇！"他叫得太突兀，把大家都吓了一跳，待明白了是怎么个回事，他又早已在对着钱英躬身打拱个不停了。钱英虽然一张脸臊得通红，毕竟媳妇不是姑娘，总还是有话来对付这个嘴上没毛的冒失鬼的，她说："小昆明，你就这样说你老姐的？你老姐要是美女蛇，首先就要咬你一口。"不想这最后一句又是经不得细嚼回味的，她一说出口，自己就先哈哈地笑了起来。张梅也觉得她表弟不该那样子说，拿眼睛瞪了瞪他后，正打算代他给钱英赔个不是，见此情景，也就把赔不是的话咽回去，跟着钱英嘻嘻笑起来。张梅的一举一动，胡娟是全看在眼，张梅一跟着笑，她也就无声地跟着笑起来。那胖嘟嘟的小仙女邓小丽可没这么安静，站起身来，手指着李昆明："你——"却是没了下文，人又扑通一声，气呼呼地坐下。还有三个小仙女，一个口里道"没大没小"，一个口里道"太没大没小"，一个则是红着脸含笑不语。孟一凡呢，不用说，他是更觉得李昆明千不该万不该！本来两个人聊得好好的，被这横空而来的三个字搅黄了，不仅自个儿受尴尬，还要暗暗地为钱英捏一把汗。他真怕她受不住这三个字的刺激而拉下脸来，对李昆明一通臭骂。你想想：他是跟李昆明过来玩的，没有李昆明，他今天就不会和她们认识，不会在一起说话聊天。这三个字是因跟他聊天引起的，两头都有牵扯，要是钱英对李昆明一通臭骂，他孟一凡坐在这里，不也是非常无趣吗？眼下一看到钱英转愠为笑，忙不失时机地岔开话题，说："对了，我差点忘了到这里来的初衷了。你们租这房子月租费是多少？"他口中虽说着"你们"，眼睛却是向着钱英来问。而这一问之下，自己忽地想起来：盘算了一上午的开销，打开水的钱忘记算，房租费竟然也忘记算了。

这时钱英脸上的笑意尚未完全消失殆尽。她看看他，又看看众仙女，最后再看着他说："你是问我们这房租多少钱吗？实话告诉你，可不便宜，就这破房子，一个月还要我们六百块！"孟一凡听她口中说"破房子"，也当真就上下左右地把这房子里睃了睃，然后笑着说："这房子破吗？倒不破啊。要说价钱嘛，当然不能跟老家比，跟老家比，那确实贵了三分之一。好在你们一人一架铺板，比我们的草窝可就强多了。"钱英坐在那里，但见她身子向上一挺，手拍了大腿说："甭提了！我们昨晚不也是住了一夜草窝吗？要是不住的草窝，也就不会搬出来住啊。"她这话得到一片声的附和。她又说："你说不贵，七个人六百块，这就每人每月花去了八十多块，日不可长算，一个月八十多块，一年十二个月，这就每人要一千块，不是小数目啊。"正说到这里，房东两口子回家来了。女房东去了主屋，男房东却是到了这边一趟，他大概是听到了有男子的声音想要瞧个究竟吧，这一瞧不要紧，钱英自然是向他抱怨起没有板凳一事。他就嘿嘿地直笑，边笑边打量着孟一凡，并问他和她们是不是一块儿的，是不是都要进天宇橡胶厂上班。他所问的话，结尾都是带着"啊"音，而非"吗"音，不用说这就透着相当的和气。他又问孟一凡住在哪里。孟一凡不知道那老张伯的名字，只知道是姓张了无疑，也就实话实说。这时候"七仙女"中有一仙女叫起来："就是我们搬出来的那家。"房东说："那也就是张必成家了啊。"

为证实这一点，倒是他自个儿就把张必成的个头长相述说出来，看到孟一凡点了头，他继而又述说出张必成的家门旁有个大磨盘，磨盘旁有棵大枣树。看到孟一凡又连连地直点头，这就更添了他说话的兴致，话也就越说越多了。这房东的普通话和那房东张必成的普通话比较起来，一个是南腔北调，一个是北调南腔，也可谓旗鼓相当了。好在还都能听得懂。尤其在这一个听得懂之中，孟一凡收获不小，因为这一个所说的，让他才知道了老张伯的儿子张允是天宇橡胶厂包装车间的一名小班长。不仅如此，更重要的是——老张伯的妻弟，也就是张允的舅舅，是天宇橡胶厂厂长。孟一凡虽非大慧大智之人，那文学书却也不是白读的，他知道他是绝不会从老张伯家搬出去另租房子住了，他要安心地住下来。并且，在回老张伯家的途中，在巷口里，他一而再、再而三地叮嘱着李昆明："以后可别说什么你表哥真能行，什么保准能被领导看中这样的话。"李昆明有点懵懵懂懂，刚想张口细问个为什么，孟一凡没容其张口，又追加一句："拜托了。"

晚上，宋小溪果然是来了，他给屋子里的人每人发了一张表格，手上还有着厚厚的一叠。他望望这个，又望望那个，把每个人都望了一眼，然后说："这个表格大家能明白是怎么回事吧？不明白就问。"开始没人吱声，不过一会儿就有人问："这是不是要我们填写简历的？"宋小溪两眼一瞪，却是笑说："知道了还问！"这时又有人叫起来："笔呢？没有笔怎么填？"宋小溪就掏出笔，交给离他最近的一个人，说："轮流着来吧。"

一表在手，看这表上的一排大标题是"天宇橡胶有限公司职工简历表"，下面便是姓名性别出生年月籍贯学历等的条条框框。孟一凡自己有笔，不要轮流的，所以照着栏目就刷刷地填写了起来。当他填写到学历一栏时，心想：我虽是个高中生，可是毕业证却在那年去报名验兵时给搞丢了，如今我填个高中毕业，若是人家还要出示毕业证的话，那可就麻烦了。心里正犹豫，忽地又看到了下面还要填写毕业学校的一栏，就打定了主意：我虽是丢了证拿不出来，但毕业学校的名称地址填写上，那是包可以查到的，也就不怕到时候会因拿不出毕业证，被厂里负责招工的领导误以为是在虚报了。要知道一旦被领导误认为是虚报，即使是进了厂，还能会被信任重用吗？正想到这里时，耳听得身边李昆明说："我表姐她们七个人已搬出去住了，你要不要给我七张表格，我给她们送过去？"孟一凡这就不由得停住手中笔，朝着宋小溪望去。宋小溪"哦"了一声，神情呢，可就为之一愣，但马上又镇定了下来，问："你是说有七个人搬出去了？"李昆明说："对，七个人。"宋小溪把眼珠子转了一转，说："你等一下子，我过会儿再来给你。"说罢，人往外急走，到了门口的过道里，只听得他嚷："屋里的美女出来一个，快点。"接着就有开门的声音，大概是有美女出来了，继而的几句喁喁私语就不大能听得清，大概是问那屋子里住了多少人，把多少表格给那一美女的交涉，跟着是上楼梯的噔噔声。总之，不过十余分钟后，宋小溪又回来了。他一进门，就大声说："我刚才发下去的表格填好后就交给我，明早我一定要交到厂里去的。大家听好了，过时不候。另外，你们先把房租交出来，也不贵，每个人一晚两块钱，先每人交一个月的吧，现在就交！"

孟一凡把表格填好了，正在检查有没有写错的地方。宋小溪先说得上半截子话，他听了心想这有何难的，巴不得是早早地交上去，早早地进厂去上班。及至听下半截子话，他头脑里"嗡"的一声，真是哪壶不开提哪壶！白天盘算了一上午，打开水的钱忘记算，房租忘记算，后来虽是都想起来了，甚至前者已把吃水果的钱做了抵消了，后者恐怕就再无什么可做抵消的了，房租钱不能不交，但没想到要交得这么早——现在就交！罢罢罢，早交也是交，晚交也是交，反正是一项跑不掉的开销。也别想那么多，车到山前必有路，船到桥头自来直。心头平和了，也就按着对方的话去做。屋子里这么多人，也不是就他一个。六十块钱，他不是第一个交的，但也不是最后一个交的。钱交了，表格也交了。

不一会儿，大家全部交齐。这就见宋小溪一手拿着钱，一手拿着表格，噔噔噔地又跑了出去，一会儿又噔噔噔地跑了回来。

手上已是只见表格不见钱了。这次他一进门，首先就数了七张表出来，交给李昆明说："哎，这是她们那七个人的表，你去递给她们吧！"李昆明说："现在去？这么晚了。"宋小溪说："晚什么晚？明天更晚！现在还不到九点，厂里要是加班，现在还没下班呢。"李昆明就不说什么了，走到房门口又回过头来喊孟一凡："表哥，不如你跟我一道去了。"孟一凡正想说不去，李昆明又说："外面黑咕隆咚的，我得请表哥跟我一道去。"他就不好说不去了，不仅去，还顺手把自己的那支笔装进了衣兜里带去。

现在时间虽然晚是晚了点，到了那边，好在她们都还不曾上床休息。见了表格，一个个都是兴高采烈，自然更不会有半丝困意。可是表格在手，问题跟着就来了——也是没有笔。这可怎么办？这时候孟一凡就从衣兜里把自己的那支笔拿了出来，说："担心你们会没有笔，我这里已经准备好一支了。"说时，把她们望了一望，把手中的笔扬了一扬。大家齐声欢呼，真像是都中了大奖一样。钱英离他最近，笔就递给了钱英。钱英接了笔，说声"到底是结了婚的人细心——"话音未落定，人就哈哈地笑了起来，边笑又边说："就凭你这一份细心，赶明儿你非能在厂里升个一官半职不可！"她这样子说，孟一凡可就不敢接腔了，怕一接腔，类似的话还会被连三赶四地说下去；可是不接腔，那总不大好，热脸蹭了冷屁股，任谁的心里都要不痛快；情急之中，只得向对方绽放了一个大大的笑容，笑容里又不乏显出一副难为情的样子来。当对方的目光和他的目光一相撞，他却是更加不好意思似的躲闪开去，于这一躲一闪间，恰将其余六仙女的神情尽收眼底。不得了！她们的眼睛此时也全是齐刷刷地盯在他一人身上，她们的神情竟是那样一致：对她们老大的话坚信不疑！这就不能不让孟一凡有了一种感觉，这感觉是什么呢？四个字：众星捧月。直到回去了，这感觉美美地还在，乃至屋子里的人全睡着了，他还睡不着，心想：我这次选择进厂难道还真是选对了不成？你看现在八字还没有一撇，她们对我都这么热情，都这么说我的好话，这是不是一个人要交好运的征兆呢？我将来真要在厂里能升个一官半职，那她们对我的热情还要加倍呢！这么一想，眼面前可就浮起了张梅胡娟这两位仙女来。那天在宋学武家初见她俩，她俩是何等的高傲、冷若冰霜啊！当然，这不能怪人家，人家是姑娘，正值青春年华，又长得漂亮，又是初次见面谁不认识谁，傲也好冷也好，都属正常。自己当小伙时，不也曾傲过、目空一切过吗？不过她俩对他由冷变热的态度，要说仅因为当初不认识现在认识了，那也不一定。书上说：一个人只要有权有势，金钱美女全不愁。看来果然是不假！我不为金钱不为美女，就为了争一口气也要好好地干！让那些看不起我的人都像这俩姑娘一样由冷变热，岂不扬眉吐气、大快我心？想到这里，人就愈发地感到兴奋。

可是兴奋过后，不一会儿他也就疲倦上身、眼皮儿打架了。朦朦胧胧中，自己却是不惊动任何人，蹑手蹑脚地来到了一房门前，正要举手敲门，那门竟然一下子开了，门后闪出一女子来，乃是钱英。钱英说："你怎么现在才来？我都等了半天了。"他说："来早了我怕她们没睡呀。"钱英说："她们早就睡着了。想不到你一个大男人，倒怕起几个小姑娘来了。"他说："我这还不是为着你好吗？我俩这样子偷好，毕竟有违道德呀。"钱英撒着娇说："你嫌有违道德，丢了你的人，那你现在回去吧，咱俩不偷好了还不行吗？"说着，伸出双手佯装要推他的样子。他顺势把她的双手逮住，只往自己胸前轻轻地一带，钱英便乖乖地偎在了他的怀里。他说："你相信缘分吗？我从第一眼看到你的时候，就知道我们之间会有故事。"钱英说："你看中了我什么？我很漂亮吗？我能有你老婆漂亮吗？"他说："你当然很漂亮啦！不过，不要和我老婆比呀，你俩根本就是两类人。要说我看中了你什么，我也说不好，我只知道一看到你，一听你说话，甚至是一想到你，我就浑身是劲。这大概就是人们通常所说的爱情的力量吧！"说着，两手一搂，手上是用了劲的。钱英就"哎哟"了一声，说："坏蛋，你勒死我了。"正在这时，半空中只听得一声暴呵："狗男女！往哪里走？"但见一老汉提根棍子拦住了去路。他定睛一看，心说这不是钱英的房东吗？正要答话，那老汉又是一声暴呵："我白日里看你倒真像个仁人君子，不料却是这等龌龊之徒！"手中棒随着这一声暴呵，可就直奔他头上打来，眼看着要打到头上，他"啊"的一声醒了，原来是做了一个梦！梦醒了，屋子里漆黑一片，梦里的点点滴滴却都还记得清清楚楚。感觉自己身上潮湿湿的，一摸，竟是惊出了一身的冷汗，好在并未有惊醒他人。万幸万幸！不然，人家问起来，那可叫他如何答对？

　　做了这样的梦，自然心里是一时难以平静，这就不能不又思虑起来了：这虽是一个梦，是不是也是一种征兆呢？这虽是一个梦，梦里的人物却是现实中活生生的。古语说"日间所思夜间所梦"，白日里我见那钱英是个漂亮、热情之人，的确是心生好感，不料入得梦来，这好感倒演变成了男女私情。要说一个大男人只身在外，若有个红颜知己相伴，那真是美得不能再美的美事了。哪个英雄宁愿孤单？有首歌里不就是这样唱的嘛，可我是英雄吗？我只是个穷光蛋！连进厂的报名费都是老婆借来的，我这还没有进厂，就想做对不起老婆的事了，我还有良心吗？——想到这里，不由得勾起那天晚上老婆和他所说的那席话来，这又不能不感叹女人的直觉真是准了。感叹之后，继续想：老婆深情对我，我要是真做了对不起她的事，只怕天理难容！既是天理难容，老天爷又岂会佑我出人头地、心想事成？固然男欢女爱乃人之常情，我在这个时候也万万不能。梦里的那一棒子打来，可不是老天爷给我的一个警醒！——想到这里，心头一凛，又一振，自己对自己说："好，一凡，你小子给我听好了，万恶淫为首，你要是真想有出息、扬眉吐气，那就从现在起，远离女色，堂堂正正做人，认认真真做事，老天爷一定会保你心想事成，保你出人头地！"他这样子对自己说完了，还手握拳头，顿了一顿。而同时，他的一颗心因目标已定也就平复了下来，不一会儿，困意来袭，人也就很快地睡着了。

第三章　进厂第一天

　　万事开头难。这话真是不假。不说要进厂的人从老家到了苏州，千里迢迢之远，到了这里还要等候通知的那一份着急，就是为这事来回跑路的宋小溪也显得有点不易。你看他头天晚上来，把表格发下去再收上来，又为缴房租的事忙得跑前跑后。在大通铺上挤一宿，第二天天一亮，就得赶去厂里上班。白天按他叔叔的吩咐，把表格交给了人事部，到了晚上又从他叔叔手里得了一张名单拿回来。那名单上有二十个人的名字。这二十个人是要明天八点钟到厂里面试的。孟一凡、李昆明及"七仙女"都在这名单之列。自然，得到通知的人是兴高采烈，五十二个人，还有未得到通知的那三十二个人，相形之下，可真是一个鲜明的对比。其实，得到通知和未得到通知的也就一天之隔，不过在当时，高兴与黯然那是由不得人心的。得到通知的人明知自己的得意会让未得到通知的人心里不爽，也想低调表现，可就是低调不下来；同样，未得到通知的人呢，也明知自己的失落情绪会让得到通知的人有所顾忌，也想装作无所谓，可就是无所谓不起来。

翌日，这二十个人在宋小溪的带领下，赶在七点半前到了厂门口，他自个儿进门卫室去和门卫交涉了一番，出来后要大家少安毋躁，说是门卫师傅一会儿就把他们带到大会堂去。说罢，他也就急着往厂车间里去了。

大家在厂门口等了约莫一根烟的时候，一门卫师傅出来了，却是嚷着要他们往一边站站。他这样子嚷，自然也有他的道理，因为这时候上班的人已是如高潮般涌来，有的骑自行车，有的骑摩托车，要是撞着了，岂不是他的责任？当然这些来人中也有步行的，但一会儿也就知晓了，那步行的人也是和他们一样，今天是来面试的。看到他们站在一边，料想吃螃蟹看大家那是绝没有错的，也就自觉地加入进来。彼此若是无意中对看了一眼，双方脸上的表情一定会露出一个微笑来，仿佛是在说："你也是新来的？我们是一样的人，请多关照。"而那些赶来上班的工人，就没这么好的表情了，他们中有穿厂服的，也有没穿厂服的，看到这些人大多是现出鄙夷之色。不奇怪，天下之大，俗人之多，哪有俗人不欺生的呢？他们也不想想自己当年不也是如此过吗？他们看这些人是瞧不起，这些人看他们却是满满的羡慕。因此，被他们瞧不起的这些人，哪又会有闲心来和他们计较，一心只想着快快面试，快快能成为他们这样的人就行。

上班的高潮很快过去，宋学武和他老婆陶香枝出现的时候，那上班人已是稀稀拉拉了。宋学武骑着一辆崭新的踏板摩托车，陶香枝坐在车后。两天没见，这夫妻俩都穿着厂服，下了车，孟一凡差一点就没认出来。待认出来时，别人已经有好些个上前打招呼了，他也就只好跟着上前打招呼，心里却在想：人是衣马是鞍。换了干活衣服，不也看不出他俩有什么特别之处吗？又有什么好傲的？不过，这宋学武一来，那门卫师傅却是笑呵呵地对他点点头，说："宋总来了，刘科长还没有来呢。"宋学武笑说："他不来，这些人就不能进去了吗？他要是一天不来，这些人也就一天不给进去了？"门卫师傅笑说："刘科长有令在先，在下怎敢不听？宋总别急，你先进去上班，刘科长保准脚前脚后也就到。"宋学武脸一沉，说："你听你一口一个宋总，好像有多恭维我似的，实则连这点面子都不给！"孟一凡始终在听他俩说话，心里一直纳闷着：门卫怎么称起他宋总来了？听到这里，方才明白过来：这不过是相熟人之间的调侃。想到这里，他就暗笑起门卫的滑头，同时暗笑起自己的木讷了。

双方有点相持不下，陶香枝站在丈夫身边，一见这情形，她心里未免发急起来。这事若在平时，听门卫怎么说就怎么做，让不让面试的人进去不进去，对她来说倒也无所谓。可是现在当着这么多的家乡人，她就不能不有所计较，要不然，日后回到家里，有人提起他们两口子来，说是连个小小的门卫都搞不定，那多丢人！这时她想起昨晚丈夫已买一部手机，何不让他给那个刘威科长打个电话，也正好可以显摆一下。要知道手机在那时还属稀物，那时最为普遍使用的通信工具是座机电话，苏州这样发达的地方也毫不例外的。你若是走在大街上，那两边的店铺——尤其是那种卖百货的店铺，非在柜台上安设几部座机电话不可，长途电话是三毛钱一分钟，市内电话是一毛钱一分钟，打电话的人还特别多。因此，那时有部手机的确是很让人羡慕的。宋学武一经老婆提醒，只觉得浑身一下子长了许多气势，似乎身也肿了，膀也肿了，手也肿了，他去腰间掏手机的动作幅度就相当地夸张。为什么是去腰间掏手机呢？因为刚兴手机时，都兴给手机配个套子，手机装在套子里，套子挂在腰间——这形象70后的人一定不会忘记。而且那时手机的牌子不是诺基亚就是摩托罗拉，现在这两款牌子连个魂儿都找不到了。好，因为手机没有普及，有了手机的宋学武也就觉得相当地荣耀，他在掏手机时那相当夸张的动作也就不难理解，且不难想象出来。可是，他正要去拨号，突然一个声音响起来："哇，买了手机了嘛。是不是要打给我的？我来啦！"话说完了，跟着就是哈哈两声大笑。只见一个头戴黑毛线帽子，身穿蓝羽绒服的中年男子骑着一辆半新的自行车。笑声落了音，自行车也"嘎"的一声刹住，这就见骑车的人左脚一踏着地，那右腿迅速划了个漂亮的半圆，人也就双手扶车把，立在了宋学武面前。正是人事科的刘威科长。

未等宋学武开口，陶香枝已抢着说："刘总哎，你再不来，我们这面子今天可就丢大了。"刘威也就望向她，笑着问："怎么回事怎么回事？嗯？怎么回事？"陶香枝并不答话，只朝着那门卫把眼一瞥，冷冷地"哼"了一声，转回眼来，谁也不看，盯起了自己的鞋尖来，可是那嘴巴鼓鼓的。一望可知，她这肚子里得窝了多少的气啊！刘威看她如此模样，竟是无声地笑了一笑。这时候宋学武已从上衣口袋里掏出烟来，手指头夹了两根烟，他先散了一根给刘威，剩下的那一根就朝着那门卫扬了一扬。那门卫一见，赶忙躬身着来接，眼见得他手离烟卷儿不过二指的时候，宋学武竟是把手向后一缩，那烟卷儿无疑就也跟着向后一缩。接烟的门卫脸一红，明知对方是在要他好看。可当着面又不能发作，只好涎着脸笑说："宋总你……"一句话才刚开头，不料那宋学武又是将烟卷往前一伸，竟直递到手上来。这一下子，刚刚才有的那份尴尬瞬间也就消失个干干净净，门卫忙笑呵呵地接了，边笑边说："宋总你逗我。"烟接了，并不抽，顺手夹在了耳朵上。宋学武可不管他抽与不抽，接了就行。见他接了，随即哈哈一笑说："自己的兄弟……"这时又恰巧刘威说了话："好了好了，上班的时间马上到了，赶紧进去吧。小马呢，你先把人数点一下，看来了有多少，我马上回转来再来做安排就行了。"宋学武也就不好再说什么，"扑扑扑"地把车子发动了起来。这时候陶香枝张了张嘴，本要说两句不三不四的话给那狗眼看人低的门卫听听，又不能不咽了回去。可转念一想：我平时在家乡人面前面子摆得十足，说话也伶牙俐齿、盛气凌人，如今要不装着仍气不忿地说上一句，事后，只怕这些家乡人明里不笑话，暗里也要小瞧了我的。这样想时，她丈夫已是提醒她一声"坐好了"，她就一扭脸，对着这边的人群叫一声："张梅，你们都别急。保准一会儿就好。"

她虽是叫着一个人的名字，话却是冲着大家说的。因为受了摩托车发动机声音的影响，自然这话有人听见，也有人没听见。听见的人当然是要有所表示，或忙不迭地点点头，或嘴巴里嗯嗯嗯地答应着；没有听见的人一见这情形，纵然是没有听见，也就知道了是怎么回事，有当无地跟着点了几下头。孟一凡算是站在前列，他面前横竖不过有七八个人而已。这七八个人中，又有一多半是女的，他一米七八的个子本身就是个佼佼者，因此，刚才的一幕他一眼不落地尽看在眼里。即便是对陶香枝后来所说的那一句话，他也听了个清清楚楚，而他当时不仅忙不迭地点点头，还目送着他们，直到拐了弯看不见了为止。因为姓刘的科长丢下一句话，他也是听得个清楚的，要那个门卫小马先把人数点一下，这就又来望向了门卫，看他有何指示。这一望，只见那门卫把一根烟卷正用他一手的拇指和食指把它直立着，然后那另一只手伸过来，拦腰儿一掐，把一根烟卷儿掐成了两截，窝在手心里，两手对着一搓，再向地上一抛，同时嘴里"呸"的一声，一口唾沫吐在那碎烟卷上。他这样做的时候，当然是谁都不看的，做完了方才抬起头来，目光直视着，有点吓人。虽是直视，却仍是任谁都不看，直到他嘴里说出来："我知道你们有好多人是姓宋的同乡，我也不怕你说给他听，不过我以后要是知道了是谁说给他的，那就别怪我不客气！"他不开口则罢，一开口，眼睛就开始在大家的脸上逡巡起来，待这句话完了，眼睛刚好是停留在了孟一凡的脸上。而孟一凡则是一直瞧着他的，本来这时对他的话也就越听越不对劲儿，心想：这人真是个小人！当面一套，背后一套。心里这样想，脸上就不免有了鄙夷对方之色。如今对方把一双眼睛停留在了他的脸上，这又不由得他不心想：坏了坏了，我可不能给他留下特别深的印象。这样一想，忙把眼皮儿一垂。眼皮儿垂下来了，又一想：不行，我这样避开他目光，他不是更要疑我心虚吗？这就忙又抬起眼来，正要向对方直视过去，偏事有凑巧，耳边忽听得"嘚嘚"之声，由远而近，越来越响。不要说他身边的人已纷纷转脸仰脖子去看，就是那个门卫也没能例外。还顾虑什么呢？孟一凡一扭头，也就顺了众人所看的方向望去。因为自己个高的优势，固然是站在人群的里面，倒不难看了个清楚。原来是一男三女，正由马路那里向着这边走来。

三个女子都穿着黑色的高跟鞋，这"嘚嘚"之声也就无须奇怪了。看那三个女子，两矮一高，矮的两个一个走在最前，一个走在最后。走在最前的不仅模样一般，肤色还有点黑。若是单单把这一前一后比较起来，走在最后的要比这最前的俊一点儿，白一点儿。而且不难看出，这走在最后的女子，和四人中那唯一的男子应是一对夫妻，若真是夫妻，倒还真是挺般配的：妻子不高，做丈夫的也只比妻子高出那一点点；妻子有点秀气，做丈夫的也是个白净脸儿。两个人走在一起，衣襟挨着衣襟，肩膀挨着肩膀，无意之中，与那个走在中间的女子就稍稍拉后了一点点距离。唯其如此，却是更显得这中间女子的高挑。而如此一来，大伙在看着这四人时，不由得中间的女子多看上一眼。第一眼自然是看到她的高挑，第二眼就看到她那一张椭圆的鹅蛋脸上，有一双大大的眼睛，真是漂亮。假如看她的人正好和她目光相接，那是一定还要看她第三眼的。因为谁都知道，眼睛是心灵的窗口，对方眼睛里的那一份芙蓉出水般的清纯，就把她内心的善良暴露无遗，导致看她的人不怕她生气，愈发胆大地要看下去了；假如看她的人并没和她目光相接呢？那自然是无关胆量大小，脸皮薄厚地也要看将下去。这一看，又有了新的发现：对方的鼻子虽然不失为秀美挺直，但鼻子下的嘴巴微微凸起。看她的嘴唇又不厚，想必是嘴巴里的牙齿在作怪，这也算是她的美中不足了。人无完人，因不足而真实，倒也无可非议。不过，看她本人的情形，她却是挺在意这一点的。当大伙儿不住眼向她一望再望的时候，她不由得把她的嘴唇抿上一抿。这一抿，神情中就多了几分娇羞，还有几分矜持，把她原本的不足弄拙成巧，不是弄巧成拙。因此，有那一心要贪睹她芳颜的人最终不但不会对其失望，反叫她的那一点不足由衷地对其怜惜起来。

　　孟一凡虽不是一心要贪睹她芳颜的人，可是依着"同性相排斥、异性相吸引"的定律，并没有比其他人少看一眼。他虽是站在人群里，而且是靠近厂门的地方。要知道离厂门越近，离马路也就越远，看那女子时，也就看得偏远了点。好在，人群里的人算不上密集，无论是上面的一张脸蛋，还是下面的一双黑色高跟鞋，透过人体间的缝隙，也都能一览无余。他既是和其他人一样，看了又看，对那女子的印象一定是不坏，他又是个喜读小说的人，脑子里的风花雪月故事也就不少，心想：要是以后能成为同事，我一定要和她结交一下，不为别的，就为了和她说说话也是好的。这样想着，不觉得就点了点头，待自己察觉到，头已是点完了。这就又不由得心想：我这样子不知道有没有被别人注意，要有别人注意，人家非以为我是个色狼不可！这样想时，就前后左右地瞅了瞅，不料瞅到身后时，正好和身后的钱英对上一眼。其实他点头不点头，要说左右的人注意到，那倒很有可能，他身后的人怎么可能看得到呢？不过，这里头可有一层缘故，他点头全因为是看美女看的。和钱英一对眼，想起夜间所梦，突觉得有点对不住钱英，这就把方寸乱了，不去想对方站在身后是看不到他失态的，只想着对方已然看到，自己应怎样才会不让她误会呢？情急之中，故意做出一副漫不经心的样子，轻声地说一句："万事开头难啊！"钱英听了，以为他还是因了宋学武那一波所感，也就随口附和说："是的哟，你看这有多难！"一凡一听，知她并没有误会，不由得向她一笑，正要再和她搭一句话，那刘威已是回来了。门卫小马又立时换了一副笑脸，迎上两步说："科长，您回来得真快，我这里正准备要点数呢。"刘威说："没点就没点吧。点不点倒也无所谓的。"说罢，目光望了人群，顿一顿，大声说："这样吧，现在是八点十多分，大家先随我进去。不要乱，不要大声喧哗。"他只说进去，也不说是去到哪里。大家就不敢乱跑，紧紧地跟随在他后面。左拐右拐，最终来到了一所大屋里。

这大屋其实是厂里的食堂。宋小溪早上所说的大会堂就指的是这里。厂里只有一个食堂，却是分为南北两个大屋的，北大屋里设着厨房间、打菜窗口，还有几排桌凳。打菜的人打了菜，要是桌凳有空着的，一转身，往前走两步，那就可以坐下来吃饭了；反之，要是桌凳没有空了的，那就半转身往右走，出了门，过门口大场地，去南大屋。南大屋桌凳多，一次至少可容两百口人吃饭，厂里因为这样，吃饭的时候南大屋就是食堂；开职工大会的时候，南大屋就是会堂。反正桌凳都是现成的。而且，在吃饭的时候都能容那么多人吃饭，开会的时候那里容的人就翻倍了。现在，刘威带着大家来到这里，看样子，这里预先已是安排人打扫过卫生了。桌面也好，地面也好，都还有点水渍渍的。屋梁上悬着的六盏大灯全都明晃晃地亮着。刘威一进门，身子往门里侧一让，大家是如潮水般地继续往里涌。他要大家各自找个座位先坐下。待大家都坐下了，他就朝最前面，也是最正中的一张桌子走过去。那张桌子不能不说是临时所设的主席台，但也只是这一张桌子，连一把椅子也没有。这时候，大家自然是知道他有话要讲，不消半分钟，全都闭了口。

刘威走到那张桌子前，因为没有椅子坐，他就站着。他个子那么高，桌子那么矮，两手撑在桌面上，微弯着腰说："各位，今天到了这里来，都是为了要得一份工作。我先祝愿大家心想事成、成竹在胸、胸怀大志、志得意满、满满而乐！"说到这里，他顿了一顿。下面就劈里啪啦地鼓起掌来。他站直了身子，两手一摆，也不等掌声完全地停下来，又继续说："那么，一会儿生产部的许部长要来面试，要来分配工作，还是那句话，大家不要乱，不要喧哗。"说完，将肩膀扛着耸了几耸，就走了出去。他走后，又来了几拨人，都是自觉地向后面找了位子坐下。这时候屋子里三成的位子已坐满了两成，虽没有人大声喧哗，那交头接耳的嗡嗡声倒是不绝于耳。又过了一刻钟光景，进来了一个人，四十岁左右，中等个子，不胖不瘦，文质彬彬的样子，要是一袭长袍在身，那倒真像旧时授馆的先生一般。可是现时他上身穿了一件皮夹克，皮夹克的拉链三成拉上两成，还有一成没拉，露出里面穿着的一件毛衣；下身的裤子不怎么新，但穿得笔挺挺的，可见这裤料是不差；脚上一双皮鞋虽没有擦得锃亮，倒也干干净净。这个人手拿了一本文件夹，一进来，一转身，就径直地走向主席台的那张桌子。屋子里马上肃静下来。他把那文件夹放到桌子上，然后打开来，却没有马上去看，而是对着台下缓声说："大家好！我叫许正强，是厂里生产部的部长。因为生产的需要，今年厂里拟定对外招收二百名员工。今天，到会者应在一百名左右。现在，我就按着我手中的登记表，由前到后，一一点名分派工种。点到谁的名字，谁就站起来。我说话的声音不是很高，又没有扩音器。为了保证大家能够听得清楚，在我点名分工的时候，请大家务必保持安静。谢谢！第一位，马加喜——"

"喜"字一落音，果然就有一个人站了起来。许部长向他看了足有半分钟，方才神情严肃地说："好，你到前面来。"那个叫马加喜的人就离开座位，朝他走去。在这一时候，他则拿起桌上的那支笔来，在文件夹里的一个小本本上书写着什么。待马加喜来到他近前，他也就轻轻一扯，扯下刚才书写的那页纸片儿交给了马加喜。这就算把第一位的工作安排过了。第一位如此，第二位不仅也是如此，还把那句"好，你到前面来"省了。因为许部长在看了看第二位之后并不说话，只略一点头，那第二位就心领神会朝着他来了。这一省，所看的时间又不曾减少，原是半分钟之久，还是半分钟之久，而且，他脸上的神情自始至终都非常严肃。因此，他虽是省了那句话不说，但台下无论是谁，心里都一百二十分地清楚，他若不点头表示，那也是不能贸然前去的。既是大家都完全清楚了这一点，那也就没有乱子会出。不消十分钟，已是七位安排过去了。孟一凡是第八位。当然，他预先是不知道的，及至一听到叫"孟一凡"，无疑是叫着自己了，赶忙就站了起来。尽管前面的七位让他做好了心理准备，真正一站起来，众目睽睽之下，还是不由得有点紧张，尤其当台上的许部长一双眼如锥子般犀利地朝他看来，更是让他有着躲也不是，不躲也不是的不安。按说，他一个三十岁的成年人走南闯北，也到过不少地方，所接触的人与事自然也不能算少，何以就这一点出息又怕起人来了呢？说起来，这都是读书读出来的毛病。书读得越多，想法就越多，而且那些想法看似是积极的正能量，实则让人畏首畏尾、瞻前顾后。比如刚才许部长一叫马加喜起来，孟一凡就想：

这第一印象是特别重要，站起来后一定要目不斜视，落落大方。后来许部长叫马加喜过去，他又想：这走路的姿势一定要端正，步伐一定要矫健有力。在他心里笃定了要给领导一个好的印象，那是非要这样做不可的。没想到，轮到自己站起来了，待要目不斜视迎接领导目光的时候，突然有点心虚：我这样子行吗？敢和领导对视目光，不想好了吗？领导会怎么想？如此他心里一虚，这就把目光躲开了。刚一躲开，又想了：领导看我不敢和他对视，会不会以为我是个胆小鬼？俗话说胆小不得将军做。我要是给他留下个胆小鬼的印象，那以后还会被提拔重用吗？这样子一转一个念，怎不让他觉得躲也不是，不躲也不是呢？好在那许部长看了看他，半分钟之后，同样是略一点头，他也就离开座位向着他走去了。对于预先所想的走路姿势、矫健步伐，他倒完全是想到做到了。而且这一点，竟是把他的自信心鼓了起来。一个人有了自信心，那是极容易做出与众不同的事情来。在许部长将手中的纸片儿交给他的时候，他就做出来了：不仅是双手接过，接过了还对着许部长鞠了一个躬，才慎重地向外走去。这在那前面的七位的确是不曾有过的行为。可是谁又能说他这行为做得不好不对呢？不是说读书能读出来毛病吗？看来，这话又是不对的呀。

　　孟一凡虽是慎重往外走，到了屋门口，可就迫不及待边走边来看那纸片——那是一张如身份证般大小的纸片，为首一排的印刷铅字：天宇橡胶厂入职券。下面依次为姓名、部门、工种、负责人、年月日这样的名目。在姓名一栏里，已是用黑芯笔赫然地写了"孟一凡"三字。想来这就是许部长刚才现写上去的。看这字体，倒是很漂亮。心想：字如其人，看来许部长定是个肚里有货之人。也就一念而已，还得急急地往下看，在部门一栏里，分别是排列着"出型""制鞋""包装""研发"四组的铅字，每一组铅字的后面有一个印刷的方框框，如今看"制鞋"的方框框里已是用黑蕊笔画了一个勾，想来这也是许部长刚才亲笔所为了；再来看下面的工种一栏，也似那"部门"一栏一般，排列着四组铅字，铅字的后面也是一个个方框，不过那四组铅字分别是：普工、杂工、技工、硫化工。这一栏自然也是画的勾，勾是画在硫化工后面的方框里；接着往下看，就是负责人一栏也列着四组铅字，这四组铅字无疑就是四个人的名字。同样地，每组后面是一个方框，看那画钩的方框前是一个叫卫华的人；再看年月日，自然也是手写的，写着"2004年2月3日"。看到这里，这张入职券孟一凡算是完完全全地看完了，也看明白了：自己是分在了制鞋部，做一名硫化工，他的上司是一个叫卫华的人。我只要拿着这入职券去制鞋部找到卫华就行了。

他这时已走出门外二十多米远，这里有一条往南的路是通往厂区深处的，身边也没个闲人可问，他想着这制鞋部一定是走这条路才对。正要迈开大步子，只听得身后有个女子的声音，好像是钱英在叫他："一凡，你等我一下。"回脸一看，可不就是钱英嘛！孟一凡真没想到，钱英会排在他后面，而且这么快就被分派了出来，不要出了什么意外吧，这就不好再走了，停下来等她。那钱英也就"噔噔噔"地向他疾跑过来，跑到跟前，手朝他面前一递，笑嘻嘻说："你给我看看，我分的什么工种？"孟一凡这才明白是怎么一回事，接过她的入职券，也不说话，边看边走。钱英挨着他走，说是自己看不明白，这时却又偏着头边走边凑过来看。两个人并排走在一起，不要说她的肩膀会时不时地碰着他的肩膀，就是她身上的一股香水味儿也时不时钻进他的鼻子里。一心不能二用，纵然钱英她不避嫌，孟一凡此时也不能想入非非。先前他并不知道钱英的名字，看了入职券，方才知道她叫钱英。看到第二栏时，就对她说："这上面分的你是普工。"钱英问："什么普工？就是普通工种吗？"孟一凡说："是的。不过，我想普通工种包括可就多啦，不知你……"他话不曾说完，钱英抢着说："我不管了，只要能干得下来，也就行了。现在拿着这条子，我们却要找谁去？"孟一凡说："我看这条子上，我跟你都是属制鞋车间的，负责人都是叫卫华的，可见这卫华就是制鞋车间的车间领导。我们俩现时只要找到制鞋车间，再问谁是卫领导，不就行了吗？"钱英说："我是一点头绪都没有，你说怎样就怎样，我跟着你一道就是了。对了，你分的是什么工种？"孟一凡说："是硫化工。"钱英说："什么是硫化工？"孟一凡笑说："我也不知道什么是硫化工呀。"说话时，已是来到了一车间门口，门口放有一茶水桶，一个工人正好从里面出来打茶水。孟一凡忙上前一打听，按着对方所指的方向，又走了十多米，那里有一个岔道，拐进去，只见有一排大厂房呈现于面前。人还远远在厂房之外，就听得厂房里"哗啦"之声响个不停。直到门口，看门庭上有一牌子，上写"制鞋车间"四个大字，料定就是这里无疑。两个人相互看了一眼，就向着这车间里走来。

在车间外已是听得嘈杂声响个不停，到了车间里，那嘈杂之声更是刺耳了，而且，除了那"哗啦、嘭嘭"声之外，还多了一种嗡嗡的声音。刺耳也就罢了，又兼有一股刺鼻的味道。初来乍到，人的各个器官是最为敏感的。二人不由得皱了皱鼻子。车间里有两条制鞋流水线，每条流水线的两边都站着一排人，那些人十个有九个都是女的，男的倒实在是少数。每个人都忙着在做自己手上的事情。流水线既是称之为流水线，那就是像流水一样，不争先，只争个滔滔不绝的。既是滔滔不绝，那每个人的手中也就没个闲着。不过，在他们这样不停手工作的时候，因着熟练，每个人的眼睛和嘴巴大概总还有几分忙里偷闲的自由，所以时不时地总有人或抬起头来张望一下，或是和临边的人低语一句。这些人中，就有陶香枝。当孟、钱二人一进车间，她就远远地看到了，但因为远，她又不好喊叫着来招呼，只能暗自盘算着等他俩走近了，再招呼不晚。她虽是在心里这样地盘算，嘴巴却又是不说话难受的，这就一碰她身边的同事小周，嘴巴向前方一努，说："你看，那两个人就是我带过来的，不错吧。"小周是一个少妇，手上拿着一个橡皮榔头正在敲打转到她面前来的一个鞋子底儿，经她一提示，这就边敲边看过去一眼，又马上转回脸来，垂了眼说："不错。是两口子吧？这两口子倒是挺般配的。"陶香枝扑哧一笑，小声说："你真能扯，看人家一男一女走在一起，你就说是两口子，那改天我那口子要是恰巧跟你走在一起，那不也是两口子了吗？"说完，又是嘻嘻地笑了。那小周大概是和她说笑惯了的，笑嘻嘻地回她说："你也真能扯，你咋不说你哪天和我那口子走在一起的？不过，假使我真要顺了你意的话，你又该吃起飞醋来了。"陶香枝所做的工作，是拿一把剪刀把鞋帮角多余的橡胶皮剪掉。在她和小周闲扯的时候，一双眼盯在一双手上，可不敢太大意。估摸着孟、钱二人该快到近前了，抬眼一看，却是不见了二人的踪影。她之所以要等着孟、钱二人过来，无非是急于想知道他俩被分派的什么工种。尤其对孟一凡，她的心里总有一点担心，担心他所分到的工种会把她丈夫宋学武的工作比下去。现在，她的这一愿望暂时是落了空了。

她不知道，就在刚才她和小周说话的时候，有一个女子对着孟、钱二人招了招手。二人正是无助。这时有人招手，那还犹豫什么。招手的人等他俩到了面前，就问："你们俩是分到制鞋部的吗？"孟一凡笑着朝对方点点头说："是的。"那女子说："单子给我看。"钱英的入职单还在孟一凡的手里，这就两张单子一起递了过去。那女子看了看单子，又看了看孟一凡，把单子还了回来，问："你是孟一凡？"孟一凡说："是的，我叫孟一凡。"女子又看了看钱英，说："办公室在那儿，卫科长大概在办公室了。"说时，又转身向她身后不远处的一间小房子指了指。二人连声谢过。到了小房子门口，门是大敞开的，只见一位三十多岁的女子正坐在办公桌前，对着桌上的一只雨鞋看过来看过去。孟一凡走在前面，料想着这大概就是卫科长吧，因此，抬手在门边上敲了两敲，轻声地说："请问您是卫科长吗？"那女子说："是的。你是新来的？进来吧。"二人就进来了。孟一凡把那两张单子主动交给了卫科长。卫科长看了看单子，这就把它放进了办公桌的抽屉肚里，抬起头望了望孟一凡，说："你叫孟一凡？"不待孟一凡回答，又望了钱英说："你叫钱英？"二人这就忙着回答说"是的是的"。卫科长站了起来，把桌上那只鞋子拿在手上，一边往外走一边说："你俩跟我来吧。"这又出来了。刚才招手叫他俩的那女子这时还在那里，不过她的面前已有了一辆鞋楦车，她手上戴着塑料手套，拿着一块抹布，正在一个一个地擦着那车上的鞋楦。卫科长就停了步，叫她一声"刘班长"。刘班长哎了一声，放下抹布，就小跑了过来。卫科长指一指钱英，对刘班长说："你让她去学压接头吧。"说罢，又对着孟一凡把她的下巴颏一摆，面无表情地说："你跟我来。"

他们所行的方向和刘班长带着钱英所行的方向恰好相反。看来这车间也是够大的，虽然厂房低矮，是老式样的陈旧，有些地方的墙皮都大面积地脱落了，但是看车间里的物件摆放不失为整齐有序，各条通道也尽皆畅通无阻。孟一凡跟在卫科长后面，行至一个有着许多鞋车鞋楦的地方，原先在车间外就能听到的那种"哗啦、嘭嘭"之声，到了这里就更加清晰、刺耳。定睛一看，这就有四个男子都只穿了半截袖的褂子，正站在两张大铁桌子前，一手把鞋楦从车上取下来，倒立在面前的台子上；一手拿起身旁的布套子，然后两手掰开布套子的口，往鞋楦上，用力地一套，再把鞋楦正过来，楦筒口三撮两撮，撮过之后，就在桌子的前半边码齐了。孟一凡虽是看不懂他们所做的工作是何工种，但已看清楚了那"哗啦、嘭嘭"的声响正是他们这个地方所造成的。心想：这工作一定是很挣钱的，不仅吵人，还要卖很大的力气。这还是初春的天气，这么冷，他们就赤了膊来干，假使分了我这样的工作，可不知我能不能干得下来。他心里这样子想，两只脚可不曾停下来。走过这个地方，面前又来到了一处所在，正是把刚才套好袜套的鞋楦挂在一个个的钩子上。那钩子安在链条上，链条在转，钩子也就在转，套过袜套的鞋楦挂在钩子上，从一个口里转进去，又从另一个口里转出来。转出来的时候，就有一个女工把它取下来复套到鞋楦车上去。孟一凡自然又是一个看不懂。只觉得这地方味儿太刺鼻了。可是跟在领导的后面，他又怎敢做出怕闻这气味的表情来。好在并不停留，仍往前走。

前面所走的路又变为了一窄小夹道，但过了这夹道，又是一开阔地方了。在这开阔的地段，停了五六辆鞋车。此时此刻，正有几个女工围着一车鞋子在剪鞋口，她们也是剪好了一只鞋子，再插到鞋车上，跟着又取下一只鞋子来剪。看这几个女工都是在四十岁往上的年龄，女人在这个年龄段，是最爱话多、最爱耍滑的，可是看这几个，不仅没有一个人说话，还把那车上的鞋子比赛似的来剪。这情形，任何一个做领导的人都是很乐见的。自然卫科长也不例外。她一直是板着一张脸，在这时，她的嘴角边竟也泛起了一丝微微的笑意来。孟一凡默默地跟在她后面，话是说不得一句，脑子里所想的就多了。他虽然看不到卫科长的脸上去，却是能想象到。因为想象得到，不免就要在心里为那几个女工感到高兴，同时，心里又想：这也都是领导有方、管理得好呀！这样想着时，已是把那剪鞋口的地方走过去了。前面，就看到一个老头子坐在靠墙的一张木椅上，脸对着这边，正在翻着一本画报似的大本子。他不由得心里一激灵：坏了，人家都是忙得要死，这老家伙倒坐在这里偷懒，非是要挨一顿骂不可了。

不料，卫科长来到那老头跟前，不但没有骂，还好声好气地说："老关，正好你在这里，我就不用过去了，你把他交给陈小海，跟你们学抄表，就说我说的。去吧。"说时，也就把孟一凡指了一指。那个老关嘴里"噢噢"着，人也就笑呵呵站了起来，同时向孟一凡望了一望。卫科长倒也不再和他多话，自转身去了。

这又叫孟一凡多了一份心思：看这老头子，也不像是个管事的，他上班时间坐在这里看画报，科长看到，也不骂他，还把我交给他，这分明他又是个管事的。像钱英，卫科长交给那个姓刘的，那姓刘的就是个班长；可是，听刚才科长那一句"就说我说的"，这老头子又不像也是个班长啊！在他这样乱想的时候，老关已抬脚往前走了。他心里又是一激灵：卫科长把我交给他，他又是年龄大的人，我总要和他招呼一声，以示我对他的尊重才好。于是，孟一凡紧走了两步，几乎和老关平行了，这就望向了老关的脸上来，笑着问："老师傅，您贵姓？"他其实从卫科长口中已知他是姓关，为确保自己没有听错——当然，没话找话地这样问一句，也是无妨的。老关倒也忠厚，笑着来回他说："贵什么贵呀，不要客气，我姓关，关羽的关。"孟一凡料想他是个老好人无疑，也就略略大了胆子，要和他套点近乎，又笑说："关师傅，我姓孟，孟一凡。关师傅就叫我小孟好了。我初来乍到，什么都不知道，以后还得关师傅多多指教。"老关笑呵呵地，把头直个点说："好好好，这都好说。你们年轻人学什么都快，你不用怕……"话刚说到这里，忽然"哗"的一声响，叫他不用怕，他倒两肩一哆嗦，着实是吓了一跳。老关恰看在了眼里，这又一笑说："这就是我们要干的事。"孟一凡吓了这一跳，三魂七魄还未完全安定，响声到底是个怎么回事他都还搞不清，老关这一句话，他听了更是一头雾水。因此也不好接腔，可又担心冷落了老关，老关会不高兴，只得连连地点头敷衍着。这时有一个戴着口罩的工人推着一辆平板车从旁边过来，车上平放了两层鞋子。因为是两层，那人推着车子也就格外地小心，看到老关，他也就把车子停了一停，同时对老关点了一点头，老关又笑呵呵地回了人家。孟一凡正打算看那人所推的车上鞋子是怎么做的，不料这时，他的鼻子却是闻到了一股从未闻过的、说不上来的气味儿。看一看老关，人家仍是自然得很。这就不能不注意了，初来乍到，万不能露出嫌这嫌那的样子来，别忘了自己只是个穷打工的穷小子呢，现在好不容易进厂了，有工作了，可别不知足啊。什么活不是人干的呢？管它是什么味儿！人家能闻惯，我也就能闻惯！怕什么？如此一转念，真个就连连地耸了两下鼻子，微微地发出了"噌噌"的声音来。这样一来，自然是引起了老关注意。老关就一边走一边问他："可闻得惯吗？"他闻不惯，也不能说闻不惯啊。可要说闻得惯，又是睁着眼睛说瞎话，又恐有信口雌黄之嫌，于是，就把话照实了说："这味儿说不上是什么味，我从没有闻过的。乍闻……"话说到这里，已是来到了一所空旷之处。老关突然紧走了几步，孟一凡也就把下面的话省了。

这一所空旷之处，实则它的一侧是置有一排似罐型的东西，共有三台。孟一凡不知为何物，更不知是做什么用的。现如今有一个和自己年龄相仿的人正站在一台罐边，微弯着身子，一只手垂着，那另一只手被罐身挡了看不见。从他整体的姿态来看，似乎是在等待着什么。老关紧走几步，把一根收在罐下的铁钩拽扯了出来。那铁钩总有个三米多长，拽扯时用一只手，拽扯出来后就用两手端住，抖了一抖。那站在罐边的人就对老关笑了说："不忙，我的销子还没拔呢。"说着话，可就把那被罐身挡着的一只手举了起来，对着罐上方一个钢爪儿轻轻地一拔，钢爪儿出来，那罐里的一点儿尾气也就"哧溜"一声，排放得干干净净。老关说："我晓得。我是急等着你把缸开了，我还有话跟你讲呢。"
又转脸对着孟一凡说："你往一边站站，你先看着，不要你伸
手。"孟一凡听他这么一说，忙左右看了看，看过之后，觉得还
是不要离得太远为好，可是站近了，又恐怕妨碍了人家，就往后
趔了趔，离老关有两步远。这时候，他心里已多少有点明白：他
的工种叫硫化工，这三台庞然大物大概也就叫硫化罐吧。且好好
地来看他们是怎么操作的。这样一想，眼睛就望了那个站在罐边
的人。那人现在不仅是弯着上身，上身还倾斜着，是为了探着脑
袋看硫化罐罐门的转动。他靠近罐身的那只手，已是按在了一个
长方形的小铁盒子上，那小铁盒子上端是一个电动机，电动机发
出嗡嗡的声响，硫化罐的罐门也正在向上慢慢地移动。罐门上有
一个箭头，罐门的外圈上也有一个箭头，当两个箭头对直了，那
人的手就离开了小铁盒子，同时身子向后退，罐门这时"咔吧"
一声，罐口闪现一溜缝出来，沿着这缝，就有一圈浓浓的烟气往
外泄，又往上蹿。老关手上所持的铁钩显然是有了用武之地，只
见他持着铁钩，朝着罐门上的一个铁把手一送，那铁钩就钩在了
铁把手上，再用力把铁钩往怀里一带，那罐门就大大地被完全拉
开了。烟气如云如雾般跑出来，烟味也就立刻浓重了许多，别看
那烟气一出来时是散的，很快却在罐口又聚成了团，成了团地往
上蹿了。蹿到上面，上面的屋顶是个亭子式的，一仰头就可以看
到：四周洞开，正对着罐口这地方。烟气一蹿上去，那就向着四
面八方散开了。不一会儿，这罐口的烟气烟味儿也就淡了下去。
人站在罐口，这罐内所硫化熟的共三车鞋子，倒不难看个清楚。
又因着罐身是坐落在洼漕里，较之他们立脚的地面，要有个四十

厘米的高度，一米二三的长度。每台罐前的地面上都放有三根钢槽，这就是为着车上的鞋子进出罐用的。开罐的那人这时拿起了钢槽来搭好。老关始终是持着铁钩没撒把的，这就把钩子又钩在了鞋车上，用力拽起，车往前行，人往后退，拽至车身出了钢槽，就见他钩子猛地一带，又一抖，钩子离了车身。那个人手上已是戴了厚厚的手套，把这车鞋就推了出去。老关再来拽第二车，接着是第三车。

三车鞋都拽完了，孟一凡不知他俩从哪里又推来了三车鞋放进去，然后撤轨道，关罐门，罐门关好后，那钢爪儿插销又被插进去了。罐与罐之间是用钢板搭起来的平台，硫化工的抄表工作是在那平台上进行的，平台那么高，上平台又非要走几步铁梯子不可。这铁梯子也就焊搭在罐门的电开关边上。因此，那人一转身，走几步蹬铁梯，就到了平台上。他先把罐中央一根管子上的阀门迅速地转起，又去转动罐后面一根管子上的阀门，接着一伸手，对着身旁电箱上的绿色键一按，只听吱的一声电机响，又立马恢复了平静。平台上有一张小桌子，还有两张小凳子，他这时就在那小桌前坐了下来，桌子上有纸有笔，他倒不客气，拿起笔就在一本纸上写了起来。在这个时候，孟一凡跟着老关到了台上。那人写好后，放下笔，扫一眼孟一凡，又看着老关，笑了一笑。老关说："小海，忙到现在，总算得着空了。你看给我们加人了。这是科长要我交给你的徒弟。对了，我忘了，瞧我这记性，你叫什么名字？"孟一凡到了台上，难免要望望这里，望望那里。迎头的一面墙上开了个大窗户，铁焊的窗扇上却是空荡荡的，一块玻璃也没有，直可以看到窗外去。窗外有人来来往往，男男女女，也不知他们是干什么的，正寻思着，听到老关在问他的名字，就赶忙收了眼神，看向老关说："我姓孟，叫一凡。两位师傅，多多指教！"小海看着他，笑说："别客气别客气，都是打工的。对老关，那是要叫他一声关师傅；对我呢，我姓陈，大概是要大你个一两岁，你就叫我一声陈大哥吧。"孟一凡笑说："我今年三十岁了。"陈小海说："果然，我要大你两岁，我三十二了。"孟一凡心想：他虽是嘴上要我叫他一声陈大哥，未必就心口如一。天底下没有人不喜欢被人敬着的。他说归他说，我该喊师傅还要喊师傅。这样一想，越发是谦卑了说："师傅您别客气，我喊关师傅是关师傅，我喊您，师傅是师傅。一个是关师傅，一个是师傅。我喊不错，你俩也错应不了的。"老关听了，看向陈小海说："小孟倒是个会说话的人。"陈小海也笑了一笑，却没有说话，起身去把罐后面的那个阀门转了几转。

　　孟一凡听老关说这话，以为他多少有点是把自己看成个马屁精了。干脆一不做二不休，我就马屁到底吧。谁不喜欢听好话，谁又不喜欢勤快人呢？反正我是个初来乍到的学徒工，是来向人家学东西的，就是低三下四一点，那也算不得什么。有道是人心换人心，四两换半斤；又道是路遥知马力，日久见人心。我只要怀一颗感恩之心，日后他们总会明白的，我并非是个马屁精。想了这么多，也就把时间耽搁了不少，对方的话总不能不理。若再理会，又觉得时间上间隔得有点久了。不过，他毕竟算是个脑筋灵活的人，只需把老关说他的那一句话，重上一重，再说出自己想说的话，也就可以了。因此，他先是低着头、抿着嘴，笑了一笑，然后轻咳一声，才说："关师傅说我是一个会说话的人，我想着，这是您老人家过奖我了。现在，我又想着，如果我真像关师傅所说的这样，那我不仅是要会说话，还要会做事才行。从今以后，只要我能做的事情就要我去做好。"他看到小桌上有两个盛满水的茶杯，就说，"比如打茶倒水这些，我保证能做得到。"老关笑说："好好好。"笑的时候，还把个脑袋直点，眼睛直盯着他，眨也不眨。那眼里的光也分外明亮，显见得他老人家的心里面是非常痛快！那话又不是说给老关一个人听的。陈小海听了，自然也不能不有所表示，他想：人家既然这样子谦逊地叫我师傅，我这个做师傅的就不能不尽点责任，我应当先让他了解一下硫化罐的基本操作常识才好。这样一想，陈小海也就笑了笑说："这样吧，那里有个牌子，你先去看一下，回头有不明白的，我再来告诉你，不是更好嘛。"他说着那里的时候，已是把一只手对着硫化罐后面的墙壁指了指。果然不错，那里的墙壁上钉了一个八开大的纸质牌子。其实，这牌子也就在那个没有玻璃的窗户边上，孟一凡刚到这台上时，只看到窗户，没留意边上的牌子罢了。这就走过去，花了不过五六分钟，确把这牌子上的内容看了个详细。这才知道，他先前在心里把这些庞然大物意之为罐的，在这牌子上的文字皆谓之为缸。因此，他先前所言的硫化罐就成了硫化缸了。让他感到欣慰的是，"硫化"这二字倒让他言中了。像那出缸进缸时所使用的三根钢槽，这牌子上是谓之为轨道，这倒是让他长了见识。另外，牌子上所谓的进气阀、排气阀、温度阀，他只知道是个开关阀门罢了，至于哪个对哪个，他当然是一头雾水。因此，这牌子看下来，也就落得个懵懵懂懂，一知半解。转回来，孟一凡到了陈小海身旁，对于那些阀门，也就向师傅一一请教。

陈小海也真是不错，悉心地一一向他讲解。一会儿，孟一凡也就把硫化缸的操作了解个差不多了。下一缸再开的时候，孟一凡为了尽早地学会，师傅动口，他动手，还真把一缸鞋子的出缸进缸圆圆满满地完成了。他在这里这样认真学习认真对待自己工作的时候，却完全不知道在另一个地方，有一个人向另一个人正打听着他分到哪里去了。这个人就是宋学武的老婆陶香枝，另一个人就是和他一块儿进车间的钱英。

第四章　当庄不养鹤

　　原来钱英被分为普工，这普工的名目可就实在是多了。卫科长叫刘班长带着她去学压接头不假，这压接头是属普工，就是陶香枝的剪帮脚，还有她临边的敲帮脚都是属普工。而且巧得很，这压接头就在敲帮脚的下一道，也算是在一起了。更为巧的，不是两条流水线嘛，刘班长又恰巧是陶香枝所在的这条线的班长。不用说，她带着钱英自然奔着这里而来。虽是奔着这里而来，因着压接头还是在敲帮脚的下一道，却是不必经过陶香枝的位置。原本，她也不知道钱英是陶香枝的同乡，因此把钱英交给了压接头的小王，叮嘱她带好，人就走了。她一走，小周满脸是笑就冲着陶香枝挤挤眼睛，那意思大概是说：刚才咱俩还说着人家笑话，人家这就找上门来了。

　　依着陶香枝的为人之道，这小周既已知新来的这一工人是她陶香枝从老家带过来的，她可就不能主动去招呼对方了，那多没有面子呀。可是，看情形，钱英一定是因了初来乍到，心情紧张，眼睛使不开，根本没有看到她。若是一味地等对方看到她，那也不知要到什么时候。她现在急于想知道孟一凡被分了什么工种，因此也就把自家的面子看淡了，轻呼一声："钱英。"钱英是真不曾看到她的。这时忽听到有人叫着自己的名字，不由得一惊，忙抬起头来，循声一望，这就把陶香枝看到了。陶香枝也正在看着她，同时手上的剪刀也并不曾停下来。可见，她做这一份工作已是非常熟练了。钱英这时又惊又喜，喜又是大于惊的。嘴巴一张，笑着说："你也在这里啊！"这一个"也"字说出来，于她不过是惊喜中的脱口而出罢了，实在并无别意。于陶香枝听来，可就觉得分外刺耳：什么我也在这里？我不能在这里吗？她不免又多起心来：是了，老家来的人只看到我光彩的一面，不定以为我在厂里是个坐办公室的轻巧角色，不料竟是个线上的操作工。虽然她多了这一份心，仍比不上她原想要知道的那一份心切。既是有话要问人家，心里再怎么不快活，那态度总不能太坏，但先前对家乡人居高临下的态度习惯了，现在要她一下子改变过来，实在是有点不大甘心的。因此，陶香枝不冷不热、不咸不淡地问道："我先前远远就看见有两个人，是你跟孟一凡吧？"钱英说："是的，乍进来，什么也找不清哪里对哪里。"陶香枝又问："你分到这里来了，那孟一凡呢，分到哪里了？"钱英说："不是我噌你，他分到哪里了我也不知道，我只知道他是个硫化工。"陶香枝一听，心里立刻有一种好像被猫爪子抓了的感觉。她在厂里做了三年多了，虽然连硫化工前面的"硫化"二字都闹不清是怎么写的，可她进厂时就听说硫化缸上是特殊的工种，是有高中文化才有资格上岗的，不仅工资高，工作量还不重。要说工资高不高，钱揣在钱包里，别人是看不见的；要说工作量不重，那倒真是半点不假。每天上厕所去，都要经过那地方的窗口，一瞥眼就能看到，那陈小海不是闲坐在那里喝茶，就是站起来看看这个表，看看那个表。那陈小海她是认识的，他们两家的租房就在同一巷子里，而且是对门。罢了罢了，一会儿我上厕所，路过窗口时，倒真得好好留意一下。

她身旁的那个小周见她问了两句话不再吱声了，本人大概是对钱英的印象还不坏吧，就趁机来问钱英："你和陶姐是一起的？"钱英说："我就是跟她来的。"小周又问："刚才和你一起进来的那个是你老公吗？"钱英说："哪个？噢，那个，不是的。那也是我们一起的。"要是没有心事，听她俩这样子说话，陶香枝一准是要插嘴说上两句逗一逗乐子的。有了心事，听也当作是没有听见。一会儿，有机动工过来了——机动工是干什么的？就是专为换岗上厕所的。她就叫机动工换她一下，她去上厕所。在经过硫化处的窗口时，她眼睛向里一瞄，果然见孟一凡在缸上。这就是铁板钉钉的事实了，直闹得她一天下来都打不起精神，晚上下班回家，免不得是要向丈夫说起了。

她的家，自然是指在外租住的居所。这时，晚饭已经吃过了，宋学武坐在吃饭桌前尚不曾离开，正捧着他昨晚才买的手机按来按去。陶香枝刚刚把碗筷洗好，见此情景，也就重新坐到了她吃饭时所坐的那张小凳上去，说："你现在还有闲心玩手机吗？"宋学武看她一眼，没吱声，低了头继续玩起来。陶香枝又说："你没听见我和你说话吗？"宋学武这一次没看她，一边仍把手机按来按去，一边回答她："又有什么事？你说吧！"宋学武这种态度陶香枝虽是大为不满，可她不敢轻易就对他发泄出来，仍旧心平气和地说："你知道孟一凡那孩子今天分了什么工作吗？""什么工作？"宋学武不按手机了，把头抬起来，直视着她。陶香枝说："我那时不要你带他，你偏不听我的。我今天看到他被分到硫化缸上了。"宋学武说："硫化缸上又怎么样？我听你的意思，好像他一来就当了老总呢！我今天上厕所时，早就看见他在那上啦。"说完，他狠瞪了老婆一眼，又要低头来玩手机。陶香枝急了说："我问你，硫化缸工资多少？你配料工资多少？"说到工资，那就是钱的事。他一时并不明白老婆问这话的目的，可是一听谈到钱的问题，他就把手机轻轻地放了面前的桌上，做出一副洗耳恭听准备长谈的样子来了。陶香枝说："俺个老祖宗，你总算还阳来注意着我的话了。我说得不对吗？"

宋学武听她还在抱怨着不说正题，就"叭"了一下嘴，不耐烦地说："你有完没完？究竟你刚才的那话是什么意思？什么硫化缸工资多少，我配料工资多少？"陶香枝见把丈夫已急起来了，她便和缓了态度，放低了声音说："我的意思呢，他是我们带过来的，现在分到硫化缸上去了，硫化缸又不是一般人能上的，这你也知道。工资自然是要比一般人多。你想想，我们早来了这么多年，让一个刚来的人盖了过去，这刚来的人还是跟着我们来的，别人知道了，表面不说，背地里会怎么样评论我们？"宋学武初听这一番话时，还不以为然，听着听着，眉头就皱了起来，而且还越皱越紧。待这一番话听罢，他半晌没有作声。陶香枝看到他这个样子，料想是说到他痛处，起了作用了。同时，又想着他是一个二红砖的脾气，不要把他说爆了。因此，也就不敢再多言。半晌之后，只听他缓缓开口说："硫化缸他就硫化缸，你不要眼红这个，那硫化缸上的毒气你可知道？还有，那硫化缸上是担着不得了的责任的。要是看缸看不好，爆炸了，先死的可就是硫化缸上的人。工资再高再多，那也是应该的。不过，一凡这小子一进来工资就要比我高，我心里是要有点不舒服。"

陶香枝听丈夫所说的话，多半有认可自己的意思，不由得胆子又大了起来，她说："你看看，那时我说你不听，现在怎么样？"宋学武说："高又能高多少呢？要是一月高个几十块钱，那倒真不算回事；要是一月高个两三百块，一年就是两三千块，那就……"他后面的话不曾说出来，可他那意思已完全地表达出来了。在2004年，钱还算值钱的。那时苏州厂职工的工资大多在一千二三百元一月，当时苏州的房价每平方米也就在两千八九，总之，物价还没有飞涨得厉害，这时要是一年多挣个两三千块钱，真能做个好用处。也难怪两口子如此计较了。陶香枝说："这个只要问一下陈小海不就知道了嘛。"宋学武说："我问什么陈小海？我有问他的工夫，不如去问刘威了。"可是这话一说出来，他忽地想到那陈小海在硫化缸上是每天都要延时加班的，就又说："他现在还不知道有没有下班有没有回来呢。"陶香枝的心里是想着要能马上问一问陈小海，顺便再在陈小海面前说一点孟一凡那小子不三不四的话，该有多好呢。于是说："这还不简单吗？他一下班，自行车就要在走廊里的，看走廊里有没有车子，不就知道回没回了吗？"宋学武把桌上的手机拿起来按一下，看了看时间，站起来说："走，那就看看去，就当是饭后遛个弯的。"说着把手机装进了腰间的手机匣中，便向门外走出来了。

这里租房子的人，因为是和房客住在一个院子里，有了房客，家家的院门也就敞开着，不会关闭太早。这时候正是晚饭后的六点多钟。初春时节，六点多钟虽天色早已黑了，可是因着这里属镇区，巷道里也装有路灯，所以一出门，倒不难见对过的大门正敞开着，再加上对过的院子里又亮着一片泛黄的灯光，这就把走廊下所扎的自行车看见了。两口子一会意，就进了院子。

只知道住在对门，平时并不走动。这时进到院子的中当央，看这家人除了北面一溜上房，那西面和南面也都是一溜的房子。总有个六七间，一间一个门，这就有六七个门。门都是关着的。有的门里漏出灯光来，有的门里没有，这也就预告着有的门里有人，有的门里没有人。不知道陈小海住的是哪一间哪一门。任他宋学武是个怎样蛮横的人，这就不好再往前走了，"小海小海"地连喊了两声，只见南面居中的一扇门有人推个半开，这人正是陈小海。他站在门里，手扶着门把，露出一个脑袋来问："谁个叫我？"宋学武两口子未及接音，他又看了清楚，"啊呀"一声，忙说："原来是宋大哥你们。快请进快请进。"说着，就把门大敞开了。

两口子口里都连说着"不客气"，人也就走了进去。看屋里的摆设，竟也和自己家的差不多，靠东墙是张双人床，把屋子里的面积就已是占了三分之一，床头抵着南墙。床尾处则是一个半人高的小柜子，柜子正好是顶着北墙的墙边，柜子上有一台小电视，电视是开着的，音量不大，正在播放着新闻；靠那西面墙是一张吃饭桌子，桌子两头各放了一把小椅子；桌子上摆了一碟炒豆腐，一晚青菜汤，一碗米饭。吃的喝的，都已去了一小半了。不用说，这陈小海的晚饭刚才是正吃着的。可是筷子呢？不错，在这靠墙的那桌边上有一摆碗，另有一个筷笼子，插了几双筷子在里面，总不至于正用的筷子又插到筷笼子里去了吧？"来来来，坐坐坐。"陈小海极为热情地招呼着两位客人，弯腰先把最近的一把椅子提在手，往床边一放，立刻做了个请的手势，又忙着去提另一把椅子，来放在它的旁边，又立刻做了个请的姿势。两趟提两把椅子都用的是一只左手，他那一只右手，原来还正是握着了一双筷子。这一份待客的热情与局促，也就可想而知了。

宋学武笑说："你把两把椅子都让我们坐了，你自己呢？我看你饭还没有吃好啊。"说着，就要把一张椅子送过来。陈小海忙摆一摆手，连连说："你坐你的你坐你的，我这还有个板凳，我这还有个板凳。"一边说一边在桌旁半蹲着身子，拿筷子的手扶着桌子沿，另一只手向桌子下面一掏，果然是掏出了一张小板凳来。红着脸，对宋学武一笑。宋学武心想：人家为着我们来，倒弄得手忙脚乱，真是有点过意不去。这样一想，就故意地弯下腰来，也向着桌子下面瞅了一瞅，以为是可以缓解一下对方的狼狈。陈小海拿着板凳放在桌的北面，右手上的筷子这时也放到桌上去了，人却并不坐下，转身又朝着那个柜子走去。宋学武看他还要客气，就说："你还要忙些什么，还不坐下来吃饭？"陈小海说："我来拿两个杯子给您两位倒两杯水喝。"宋学武忙一个箭步跨上去，拦住了他，同时一双手按住了他的手说："你可不要客气了，你赶紧地坐下来吃饭。你要客气的话，那我们只好走了。"陶香枝这时插问一句："令夫人呢，怎么不见？"

陶香枝当然识字并不多，可见她这一问，大概是受了电视里古装剧的影响。陈小海回答说："她上夜班去了，要明早六点才下班的。"陶香枝就又问："她那叫什么厂？"陈小海说："马仕服装厂。就在我们厂的后面不远。"这样一问一答，陈小海不免要看着对方说话，加上宋学武是极力阻拦，也就立刻停住了没再向那柜子走去。宋学武说："赶紧的、赶紧的，坐回去吃饭，待会儿饭凉了，反要麻烦。"陈小海不好再客气，但明知两口子今晚来是无事不登三宝殿，于是又说："那我就不勉强了。你们也都坐了呀。"看着这两口子全都坐下来，自己便坐到那张小板凳上，端起饭碗，急三赶四地吃了起来。宋学武说："小海老弟，你吃慢点，也不会耽误拉呱。我看，你这桌上的碗碟筷子都是不少，要是来了四五个人吃饭，总也差不多够的。只是一条，你这凳子不够，敢情这客人来了，都要站着吃了，这也不匹配啊。"说罢，呵呵地笑了两声。陈小海既是坐在那吃饭桌子的北面，倒也不用怎样转脸，口中一边嚼着饭菜，一边笑答："这不要紧的。凳子不够多，和房东借一借也就行了，大不了的，就是跟别的房客借，也都无所谓的。可是，碗碟筷子却向别人去借，那就透着寒碜了。"说罢，自嘲地笑了一笑，就又闷头紧扒了几口饭，然后把筷子一放，把饭碗向前一推，又端起汤碗来喝上两口，放下时，说一声："我吃好了。"跟着一只手就去挪屁股下的板凳，两腿原地一转，吃饭时本是面南背北的，这就面东背西和宋学武正好坐了个面面相对。宋学武起身来掏烟。陶香枝是和丈夫挨着肩坐的，就说："你能吃好了吗？这可怎么得了，我们要么不来，一来……"她本是要说一来就让你吃不安饭，可话到嘴边，觉得这话要是说出来实在是不大好听。因此，也就打住了，对着陈小海笑了一笑。宋学武烟已掏出来了，一边递烟给陈小海，一边故意地板了脸说："他不吃好，怪谁？这是在他自己的家里，总怪不了我们。来，吸根烟。饭后一根烟，赛过大神仙嘛。"陈小海忙站了起来，面色通红，躬着身，一个劲地又是摆手又是摇头，口里连连说："这怎么好这怎么好，我身上的烟，今天恰是抽完了。真是对不起对不起，到我这，还要宋大哥自己掏烟吸，我已是失礼得很了。"陶香枝见他脸色通红，料他是"不敬客烟，反为客敬"的缘故，如今听了，果然是没错，就笑说："你坐吧，都坐吧。是我们来烦扰你，又不是你来烦扰我们。偏偏，我这口子又是个爱开玩笑的人。你看你的脸都红了。这就能看得出来你真是个实心人。也就因着你是个实心人，我们这才会有个事想来问你一下。"陈小海就回到小板凳上坐了，声音比刚才低了几分说："什么事？您尽管问吧，只要我是知道的。"那宋学武坐回到椅子上，已把烟点着了，这时吐出一口烟来，接上了他老婆的话："不瞒你说，我有个老乡，叫孟一凡的。我听说今天分到了你硫化缸上？"陈小海本以为两口子都出动，一定是有个什么了不得的事要劳烦自己，他小心地把肚子里的那一颗心全揪了起来。如今一听，却原来是这么个问题，不由得如释重负。因为如释重负，也就没有做正面回答，而是反问一句："您是说那个孟一凡是你们的老乡？"宋学武说："可不是嘛，我之所以来问问你情况，主要是因为在家时他要我给他找一个挣钱多的岗位，你想想，都是一个村的，把我喊个二叔，不沾亲也要带故。我没办法，只能答应，可是答应归答应，这厂又不是我家开的，我只能是尽着力去办。今天听他说了是分在你硫化缸上，我就想……就是不知道硫化缸上的工资多少，是怎么算的。"陈小海说："我一个月，反正上满勤一天不缺的话，能拿个一千左右。具体是怎么算的，我不知道，也从不过问。不是我嗦您，宋大哥，因为我觉得钱上的事问了还不如不问，免得传出去，人家说我是把钱看得太重，能好吗？"宋学武脸一红，说："对对对。"陈小海灯下看他有点脸红，料想他是误会了，又说："当然，您这就不同了，您是代人问的，不能混为一谈。"宋学武一笑说："那是那是，就是代人问的，我也不想问。没办法，一凡那孩子……对了，小海老弟，你看一凡那孩子为人怎样？"陈小海被他如此一问，只觉得他是另有一种意思的。可是一时之间又拿捏不定这意思为何。管他什么意思！闲谈莫论人非，好话不用钱买，于是，一边点头一边笑说："挺好挺好的，能吃苦，又好学，心眼也灵活，对人还特别热情。是挺好的。"宋学武挺一挺胸脯，很像是舒了一口气似的，说："那好那好，那我就放心了。我就怕这孩子以后跟你学会了，忘恩负义，给我脸上抹黑。你不知道他在家时……唉，不说了。常言道那个什么闲谈……"陶香枝接口说："闲谈莫说人坏话。"宋学武说："不是这么说，但就是这个意思。对对对，小海老弟，咱今晚说的话，你以后也不要和他拉起，咱哪说哪了，就当是什么也没说，你看好不好呢？"陈小海还能说什么，只能附和说："那当然那当然。宋大哥您放心，多一事不如少一事。放心放心。"宋学武呵呵笑着，就站了起来。陶香枝也跟着站了起来。原本，她早打算好了要在陈小海面前说点孟一凡不三不四的话，听丈夫那么一说，自己就没有必要再多嘴。

夫妻二人纷纷起立，这分明是要告辞了。陈小海说："忙什么呢？还早哇，再坐一会儿。"他口里这样说，人也已是站了起来。宋学武上前一步，一拍他的肩膀，大大咧咧地说："好兄弟，话就说到这里，哪天有闲空你去我那，我让你嫂子炒几个拿手菜，咱兄弟俩好好地喝两杯。"陶香枝笑着说："不是我吹，我烧的红烧鲫鱼比那饭馆里烧得还要好吃得多。不信，你以后吃了也就知道了。"陈小海满脸堆笑，又是拱手，又是点头，口里说："好好好，我信我信。以后有闲空，一定去饱饱口福。"三个人边说边移动脚步，陈小海直把这两口子送到院门外，方才返回。

看看桌上刚才吃过的碗筷，那是非要马上去洗刷不可的。洗碗池就在门后面，洗碗布、洗洁精一应俱全。碗筷洗好了，自然又要洗勺子洗锅。在他一边做这些事的时候，脑子里却是一边在想：这两口子今晚来，究竟是什么意思呢？要说是出于老乡之情，关心关心那个小孟吧，可听他们后来那话，倒是怕我这个做师傅的对徒弟好起来，不然为何要说起那忘恩负义四字？说这忘恩负义倒也罢了，还要我守口如瓶，不要把今晚的话和他老乡提起。这就显得做贼心虚，心里有鬼。要说不是出于老乡之情，不是出于关心关心那个小孟吧，我跟他们门对门都住了一年多了，今晚这可是第一次登门。而且，听那姓宋的讲，之所以来问问我，是因着在家时他答应给小孟找一个挣钱多的岗位。不错，要论挣钱多，硫化缸上的工资在工人工资里确属头等。也就是说姓宋的并没对小孟食言，硫化缸这一岗位是少不了姓宋的功劳的，不过姓宋的对硫化缸上的工资能多个多少，并不清楚而已。那么，姓宋的既是尽力帮办，又干吗做贼心虚，心里有鬼？想来想去想不通，老婆上夜班又不在家，现时身边连个诉说的人都没有。一会儿他把锅勺也洗好了，椅子板凳尽皆复位，仍是不得其解。一转念，又想：我这是何苦呢，管他谁是谁非！叫我不提，我就不提。以后真要叫我去他那边喝酒，我就去喝。姓宋的说什么怕不怕那个小孟忘恩负义，我就当那个小孟就是忘恩负义。今天在硫化缸上我虽是和他话多了一点，但也无非是告诉他操作时所要注意的事项，这当然也是必须告诉他的，我是师傅，万一出了纰漏我也难逃责任……其次，就是告诉他茶炉在哪里，厕所在哪里。这个我不主动告诉他，他迟早也要问起的。就是不问我，也是一定要问老关，总之，人渴了不能不喝水，人有尿了不能让尿憋死。可见，我的这一点主动也就并不为过。对了，我可能不该多话的就是——老关是厂长的哥哥。这个我不该告诉他。可是，我之所以告诉他，当时也是看他真勤快真好学，人很不错，不忍心，怕他不知道这一关系，以后在老关面前说了什么过激的话。我的出发点也是为他好的。如今我也不讲什么为他好不为他好了，从今以后跟他工作上有事说事，没事不说。就这么着！想到这里，他一颗心算是完全地平定了下来。然后出门去买了条烟，再回时电视里的新闻节目早已结束，电视剧正在播放。他看了一会儿电视，待困意上来，也就如往常一样安然入睡了。

到了次日，一上班，见着孟一凡，果然地本着了一种不冷不热的态度对他。孟一凡颇觉奇怪，心想这是怎么了，莫非今早在家跟老婆怄气来着？可是看到他对老关的态度仍旧很好，这想法又不大能成立。那就是自己不小心哪里把他得罪了？可是检点起自己昨日所为，又并无冒犯，下班的时候还互道了一声"明天见"。那么，也许我刚才的想法并不错，他确实和老婆怄气了。只是，只是……哦，他昨日曾跟我说过，老关是厂长的哥哥，他心里再怎么不痛快，对老关也不能不迁就一点。对我呢，那就完全不必来迁就的。这还有什么好奇怪的？话又说回来，如果我真是哪里得罪了他，我本人都不知道，可见那也是无意。先前无意，现在倒要用心纠结，我又何必呢？男子汉大丈夫，做人做事，只要一个问心无愧就行了，别想那么多，他是师傅，我该怎么尊敬他还怎么尊敬他，该怎么请教他还怎么请教他，该怎么勤快还怎么勤快。反正人心都是肉长的，他就一块铁我也要把他焐热了。

他这样想，也就这样做。他这样做也就叫他完全做对了。陈小海对他本是并无恶感，不过是受了昨晚上宋学武那一番话的影响，他虽是拿定了主意以后要予对方个不冷不热，可是看到人家是这样不介意：平台上的卫生是人家拿拖把拖的，水瓶里的水是人家从茶炉里打来的；打来了不要紧，那杯子未倒水之先，也是人家把杯子给洗了个干干净净的；除非不开口，开口必称师傅，左一个师傅，右一个师傅；不开口时，人家可又是面带微笑、心向阳光的一副神情。如此一来，那拿定了的主意就慢慢地动摇了起来，好歹把一个上午过去了。恰巧，吃中饭的时候，在食堂里，他听到了一则新闻，说是宋学武从家乡带来的人，都是交了报名费的。和他同桌吃饭的两个女子，一个胖，一个瘦。两个人脸对脸地坐着，年龄都在三十七八岁的样子。陈小海不认识，也不知她俩是哪个车间的。那个瘦的未开口之先，瞅一眼陈小海，又瞅了瞅周边人，然后几乎是上半身贴在了餐桌上，压低声音说："喂，那个宋学武你认识不认识？"那个胖子用平常的嗓门大声说："他呀，我怎么会不认识？不就是……"瘦子忙用手中的小勺子一敲对方的餐具，更是压低了声音急着说："我的个小姑奶奶，你轻点声好不好？"胖子俯下身来，就也压低了声音说："什么事，这么神秘？你说吧。"瘦子说："你别嚷，你一嚷，我就不好说了。"胖子说："行行行，我不嚷。急死人了，你快说。"瘦子就对胖子说了宋学武从家乡带来的人都是交了报名费的事。说完了，又来上一句："人少吗？两大巴车人呢。"胖子眨眨眼，愈加小声地问："多少钱一个人呢？"瘦子说："听说是三百块钱一个人呢。"胖子显然是没想到会要这么多，她正举起小勺子里的米饭要往嘴巴里送，这就停在了嘴边。同时，她那嘴巴就张成了"O"形。瘦子又用手中的勺子一敲她的餐具，说声："吃饭吃饭。"胖子真听话，把小勺子里的米饭送到了嘴里。不过，她嘴巴一边咀嚼，一边忍不住了说："两大巴车人，不往多算，也不往少算，就算是八十人吧。一人三百，三八二十四，哇，乖乖，两万多啊！"瘦子说："刨去车费，算它个一百二，也要落个一百八一人。这样一算，不是两万多，也要一万四五。"胖子说："一万四五，我一年干到头，忙死忙活也挣不了这么多呀。"瘦子说："谁说不是呢，出力不挣钱，挣钱不出力。不出力的钱花也不心疼。听说，宋学武买了部手机，就是赚的这报名费里的钱。"胖子说："我今早看他两口子骑了辆新摩托，那是不是也是这个钱买的？"瘦子说："那倒不是，那摩托是年前买的，我知道。"胖子说："别管怎么着，谁赚谁有本事。谁有本事谁不赚？咱红眼又红不来。你没听过这样话吗？管它黑猫白猫，逮到老鼠就是好猫。谁有本事谁使呗。"瘦子这时刚好咽下了一口饭，就一叭嘴，说："亲不亲，家乡人，我总觉得这钱有点不好意思赚。"胖子嘻嘻一笑说："老古董，什么好意思不好意思的，只要不叫我偷人养汉，我就什么钱都好意思赚。"说罢，偷偷地瞅了一眼陈小海，见对方似乎并没在意，又是嘻嘻一笑。瘦子低着头，紧扒了几口，把餐盘里的饭扒了个精光，这就抬起了头来，看胖子的餐盘里还不曾吃完，笑说："快吃吧。这么能吃，吃得又慢，胖成了这个样子，还说什么那个不那个。除了你老公，谁又要你！别自作多情了。"说罢，也偷偷地瞅了一眼陈小海。陈小海表面装着不在意、一本正经，心里却暗自好笑：这两个女子说话说得好好的，怎么说着说着把我当成了活靶子？莫不是这后面两句是故意说给我听的？我若是有所表示，哪怕不说话，只微微一笑，保准她们就要同我搭话了，就算是没有搭话，也一定会留下印象的。而且这印象还一定是不错。有道是山不转水转，水不转人转。下回一碰面，极可能就要做出个点头之举。所谓一回生二回熟，这点了头之后呢，不说话才怪呢？想想，人与人之间的交往不就是这样子吗？尤其是男人与女人，同性排斥、异性相吸，那是很容易要擦出点火花来的。有首歌里又是怎么唱的？要想恋爱你就多交谈！哈哈哈！不过，这两个女子，一个胖的又太胖了，一个瘦的又太瘦。而且，长相又一般般，还要大我个五六岁的样子。你们倒也有自知之明，说得对，别自作多情了！因此，他仍是目不斜视，装出一本正经的样子来吃饭。那两个女子比他先吃好，端着餐盘离开了，这时候，他倒是忍不住去望了人家的背影。只见那瘦的走在前面，胖的走在后面，不料他这一望，那胖的正好也回头向这里一望，吓得他赶紧一耷眼皮，虽是不曾转移方向，那眼光却不相对。还好还好，不然人家会怎样猜度我这个人呢。他这样想，算是自责的，可转念一想：她这一回头又算咋回事呢？我顾忌她会怎样去猜度我，那她呢，就不顾忌我会怎样来猜度她吗？要我说，她这一回头，就有点那非分的意思。咦？也奇怪呀，听刚才的话音，她俩都是认识宋学武的，而且还知道宋学武的摩托车是年前买的，可想两人又并非新工人，我何以今天才是第一次碰到，第一次坐在一起吃饭？又想：是了，也许以前就碰到过，以前就在一起吃饭过，只不过她俩以前没有像今天这样话多，而引起自己注意罢了。想到这里，心中释然起来。这时，他的饭也已吃好，下一轮的就餐人员还不曾到点赶来。因此这一桌也就只他一人坐着。他工作时间很少去吸烟室吸烟，但午饭后的这一根烟那是吸成习惯了。反正食堂里又不禁止的。"牡丹"牌烟掏出来，点上，深深地吸一口，再悠悠地吐出来，不知道是刚才只顾留意同桌两女子说话的缘故，还是这一根烟的缘故，耳朵里听得邻桌上也有人正在说着"宋学武宋学武"的，不由得放眼四顾：呵，不但是邻桌上，似乎满食堂里吃饭的人都在说着这人。

谁还没有个好奇心呢？满耳朵听了这样一则新闻，不晓得是真是假，要想知道是真是假，那也太容易，一问自己徒弟就知道了。这硫化缸上因为工种特殊，吃饭不能像流水线的工人一样，是全体吃饭。孟一凡没来以前，陈小海和老关是换着班吃饭：陈小海先吃，老关后吃。有人可能会说："不对呀，老关是厂长的哥哥，陈小海傻呀，他不懂得应该让老关先吃，他后吃的呀？"恰是因为他懂得，他才要这样的。因为先吃的人要顾虑到后面有一个等着他换吃饭的了，时间上就要约束自己，不能换得晚了。后吃的人呢，那就不一样，反正对方已经吃过了，晚一点就晚一点，硫化缸上的特殊性毕竟跟流水线上又不一样的。老关呢，自然是乐得晚来一会儿，那他后吃饭还有何亏处？孟一凡来了，陈小海是和老关、孟一凡两人换着班吃饭，也就是说，陈小海吃饭回来了，老关和孟一凡再一起去吃饭。今天中午，当然陈小海是再怎么想知道真假，也得等人家孟一凡吃了饭回来。当然，孟一凡吃饭的时间就比老关吃饭的时间少得多了。厂里虽然规定是半小时，他因为是新来的，又有上进心，处处都想有个好的表现，所以半小时的吃饭时间他只需十分钟吃好，吃好了就赶紧来。陈小海正好趁着这空儿，老关又不在，就一改上午的态度，把听来的这则新闻笑呵呵地说给孟一凡听了，然后问他："这是真的吗？"

别看这话问得轻巧，短短五个字。孟一凡还真不敢贸然回答。陈小海为人如何，他初来乍到的，哪里摸得清，只看他上午那一种不冷不热，料想他也是一个心眼子过重的人。这样的人，万一落了什么话柄给他，传出去，传到宋学武耳中，那可不太好！可是，师傅问话又不能不回答，他只好按着他那礼多人不怪的习惯，先报以抿嘴一笑，这才慢慢开口说："师傅，我觉得这事嘛，这是应该的。"陈小海坐在小桌前那个板凳上，孟一凡是坐在一步远的一只空油桶制成的坐凳上。两个人侧身而对。陈小海把手上的一支圆珠笔夹在手指间，不停地旋来旋去，他又笑说："怎么个应该法呢？这厂里根本就是不要报名费的，你知道吗？这钱是叫你的老乡赚去了。"孟一凡小着声说："他赚就让他赚呗。"说出这话来，还朝对方笑了一笑，以示自己是真的不在乎，接着又说："周瑜打黄盖，一个愿打一个愿挨嘛。"陈小海也小了声说："你倒是这样想得开。"孟一凡说："师傅，不瞒您说，我在家报名时差点就没报上。"因此把报名时的情形简单地陈述了一下。陈小海听了，再回想昨晚宋学武两口子那一番话，觉得不对味儿啊，两个不同的版本嘛。可因着有言在先，答应人家哪说哪了的，也就心里记下得了，又问孟一凡以前是干什么的。孟一凡也不隐瞒，如实一说，陈小海心里对他这样想得开总算是多少有点明白了，就说："怪不得呢，这都是你一直在工地上打工的缘故，你当然是不知道的。其实，进厂对我们这个年龄的人来说，现在是很好进的。以前呢，工厂少，尤其是我们那些不发达的地区，厂不是一般人能进的。所以，一下学急着挣钱好接济家里，大多数人会盲人摸象似的，选择在工地上干活。这样子所接触的人都是做建筑的人。时间一长，也有些习惯了。人呢，愈是在习惯的事上，又往往愈有惰性，不到万不得已的时候，是不想另找出路的。因为万不得已才另找出路，那也就不问长短，不会计较太多了。就像你现在一样，明知是被老乡宰了一下，还得说一个愿打一个愿挨。"

孟一凡笑了说："我还能说旁的吗？本来我也就是这样想的：人家要是不要我，我就是给再多钱也不带我，我也不是来不了了吗？师傅您刚才分析得就很对！我就是长时间在工地上干惯了，觉得我手脚勤快了，头脑却懒了。有时候甚至是人说什么就是什么，真就懒得去动自己的脑子。自己也没有脑子了。不过，我说句心里话，师傅，老乡要交的报名费这事，我还是认为是应该的。不但是应该，还应有感恩之心对待才是。"陈小海见他说得这样郑重，不像是信口开河的光面话，也就笑了说："你不但是想得开，你简直是超凡脱俗了。"孟一凡灵机一动，不失幽默地自嘲说："师傅哎，我哪是超凡脱俗哎。孟一凡孟一凡，恰是一凡夫俗子啊。"师徒二人，相视各自一笑。正在这时，老关吃饭回来了。老关吃饭当然是不止半小时，不然他早该回来了。他吃了饭也要来根烟，烟吸过了，不忙走，就有人找他搭话。搭话的人要是男的，而且也是个烟民，那自然这时候还要敬他一根烟的，接着吸，边吸边闲聊；搭话的人要是女的，看人家一边忙着吃饭，一边忙着同自己没话找话说，那他又是实在不好意思急着走的。食堂中午总共是三番人员吃饭，一番是半小时。陈小海吃的是第一番，他老关和孟一凡吃的是第二番。老关通常是和第三番吃饭的人一道回来。领导不说，小海更不说，谁又会去说他呢？老关回来了，一看二人这情形，就问："什么事，两人说得这么开心？"

这一日多来的相处，孟一凡对老关的印象是：老关是个老好人。话不多，说话的声音也不高，说话也慢，一说话就乐，乐得眉毛胡子一起动，脸上的皱皮放着光，也好像都要舒展开来似的。乐是乐，又乐得无声，一点声音都没有。听了他和陈小海说话，他也乐，低了头，乐着听，听着听着，时不时地还会对着自己的脚尖点点头。孟一凡问过他年龄，实龄是五十六了，五十知天命，真就是一副安分守己、乐天知命的模样。如今他这样子问一句，孟一凡打内心里是一点都不愿瞒他的。可是这事情的始末又非一句两句话能说得清楚。为不啰唆，又不扯谎起见，就回他说："我们正在说人要有感恩之心的话呢。关师傅，您回来了。"老关笑呵呵地直点头，口里说："对的对的。"他点头时和说话时脸上不过是三分笑，跟着，只见他把一只手的大拇指当胸一竖，脸上就有了十分笑地说："你老乡，宋学武真是厉害！"孟一凡一愣：这话怎么讲？难道老关也听到了报名费一事，是针对这事而言？一时不能肯定，又不能迟疑得久了，只好说："那是那是。"不料，先时看老关话不多，这时话竟多起来了："你知道我为啥说他厉害吗？"孟一凡脸一红，吞吞吐吐地说："难道不是、是报名……的事吗？"他也怕万一不是这码事呢，自己多嘴，不就是没事找事了嘛，所以，报名费的"费"字他故意没有说出来，看老关还会怎么说。他甚至在一瞬间里想好了，如果老关说的不是这码事，但老关又对他的这句话发生了疑问，问起来他也好解释，说是以为老关得知宋学武带了那么多人来报名，不就可以把话圆过去了嘛。他这样想是白想了。老关说的正是这码事。老关说："我不是说报名的事，我是说报名费的事。"老关话是变多了，说话的声音还没变，不高，说话还是慢慢地，也没变。孟一凡又只好说："关师傅您也知道了？我们刚才说的人要感恩，就是因这说起来的。"老关呵呵笑着，又把大拇指一竖，连说"厉害厉害"。陈小海说："你这回说的是小孟厉害还是宋学武厉害呢？"老关说："都厉害都厉害。"说着时，脸转向了陈小海，又说："你不知道，想当年，他因为年龄过杠，厂里不要他，他就找到我兄弟家里去，干这个干那个，连猪粪都给掏，把我兄弟感动了，才破格要了他……"

原来还有这样的事。不听不知道，可是……孟一凡有点不解，说："他不大呀，今年也不过四十岁吧。"老关又转脸向他说："你不知道的，早两年，厂里招工，过了三十五岁就不要的。听说他宋学武那年是三十七岁了。"孟一凡"嗯"了一声说："差不多吧。"老关这时又笑了说："想不到后来和我兄弟竟成了好朋友。我兄弟和他是同龄。"孟一凡心想：厂长是什么样子我还没有见过，见了恐怕也不知道。我最好是打听一下，也好早点认识认识，不谈什么巴结不巴结，不要因为没见过、不认识有一天冲犯了厂长，自己还不知道呢。想到这里，他就问老关："厂长呢？我有没有看到过？"老关说："你才来不到两天，哪里就见过？你们还没来时，厂长就到芜城去了。"孟一凡听了，心里一时有点不大明白，口中不知不觉地跟着他念叨一遍："到芜城去了？"老关还未回应，这时陈小海在一旁插进话来，问老关说："你听说什么时候能搬去？"老关笑了一下，缓声说："这个还没有确定，不过今年上半年是一定要搬的，不然的话，这一过年招这么多人干啥？"陈小海说："那到时候，这边该不动还不动，那边呢，一定是厂长带着人过去。总厂，分厂，是这样吧？"老关说："到时候厂长肯定是带一帮人在那边。这边，我听说新厂长也已选拔好了，过几天还不宣布吗？"陈小海"哦"了一声，说："新厂长能是谁呢？"老关压低了声音说："我说了，你可不能乱传。"见陈小海点头，他接着说，"大概是田为良吧。"陈小海又"哦"了一声，却把话题说了回来："那老厂长到了那边就是老总了。你不也要过去吗？"老关说："我不一定呢。他们——宋学武带来的人大都要过去的。"说时，一指孟一凡。孟一凡听他俩左一个"这边那边"，右一个"这边那边"，早是听得满肚子好奇，也想到老乡中传言的搬厂不搬厂一说，这倒是应验了，看来真有这事。几次想插话进来问个明白，又觉得有些不妥。这时正好见老关向他指来，忙趁机笑了说："我太笨了，听半天听了个半明半白，好像是说这厂要搬迁？"

老关这就转向了他说："也不是全搬，还要留下一部分的。你们肯定都是要跟过去的。"陈小海也看向孟一凡笑说："好好干，随厂过去的人都是大有升官机会的。"孟一凡脸一红，笑嘻嘻说："要升官也是师傅您升官。关师傅您说我说得对吧？哪有三天饭没吃，徒弟就大过了师傅的。"老关也笑着说："那是那是。"陈小海说："可是我不去啊。"孟一凡说："师傅您不去？"陈小海说："我想去去不了啊。我老婆在服装厂，我去了，她怎么办？"孟一凡心说：师傅不去，也许我真能有这个可能；师傅要去，我肯定是一点可能都没有。自己心里当然是不希望师傅会去，但师傅既然说出了他不能去的理由，自己要是不反过来劝两句，倒显得我真不希望他去似的，这可不能要他对我误会了，于是他一脸小心，认真地说："师傅，这还不好办吗？师傅的爱人辞了服装厂，到这厂里来不就行了嘛。"陈小海笑说："你是不知道，我爱人那个厂的效益非常好，在这一片的厂里，那是数第一的。"孟一凡心里笑说：我可不管她（它）数不数第一，我只要你不把我误会就行了。于是口中又说："那也轮不到我，要说像二叔宋学武这样的人，那是一定的了。"老关又说了一句"厉害厉害"。陈小海说："这是第三次说了。这一次老关一定是说的宋学武厉害了。"老关呵呵一笑说："宋学武当然是厉害。这个厂里除了厂长，你看他还买谁的账？你不记得了？去年上半年他跟生产部部长都要干架。"说到这里，后面又冒出了那四个字："厉害厉害。"陈小海微微一点头，算是回应了。孟一凡心想：哪个生产部部长？不要就是昨日分工的那个吧？一问，果然就是的。心里一咯噔，不由得暗暗叹息起来：宋学武宋学武，我的二叔啊，你真是聪明一世，糊涂一时。不对，你是聪明一时，糊涂一世啊！这时，那老关又笑呵呵地来一句："也不管了，厂长和部长还是亲老表关系了。"陈小海说："是亲老表吗？"老关说："怎么不是亲的？他和我不是亲的，他和厂长是亲的呢。厉害厉害！"这不仅是又听到了老关的"厉害厉害"四个字，这又让孟一凡多了了解：原来老关和厂长不是胞兄弟，而是一个爷爷奶奶的叔伯兄弟。他当然不会因此就对老关的尊重有何改变，倒是因此而感觉到这厂里的亲情关系有点复杂。他甚至想道：卫科长不会和厂长也是什么亲戚吧？

"表哥。"突然一声叫喊，只见李昆明从窗外伸了脑袋进来。孟一凡被他这一声吓得心里一跳，真真是气不得笑不得，正要应他一声，李昆明又叫了一声"表哥啊你真爽啊！"当着两师傅的面，孟一凡却也不敢和他话多，就说："爽吧。"李昆明似乎有话要和他说，看看他，又看看缸上另外两人，一副欲言又止的样子，最后只是张张嘴，叭了一下，说声"晚上再说吧"。一缩头，人就转身朝厕所去了。

看来，宋学武要他老乡交报名费的事，今天厂里已是人人皆知了。到了晚上，李昆明和孟一凡要说的也正是这件事。毛头小伙子不懂得避人，在老张伯家里，孟一凡担心他失言，他刚一提及，孟一凡就对他使个眼色，说："今晚不太凉，不如出去走走吧。"李昆明会意，二人就出去了。到了堂屋门外，孟一凡小声说："这种事大众面前能说吗？"李昆明双手抱拳，侧转身，边走边对着孟一凡作揖打拱，口中连连说"是是是"。孟一凡忍住不笑，说："你这是是是，究竟是能说呢，还是不能说呢？"李昆明嘿嘿笑了，孟一凡也就忍不住笑了。李昆明说："去哪里呢？"孟一凡说："去哪里都成。我是怕你不知深浅乱说，才要你出来提醒你一下，你现在要说回去，我保准就跟你回去。"李昆明说："不如去表姐那里吧。这时候她们也不会睡觉的。去玩玩吧。"孟一凡说："这时候，保不准她们也正在说这件事呢。"

可不是吗？一进院，真就是听见她们也在说这个事呢。见了面，两句寒暄话说过，话题很快又说回到了这上面，而且，哪里又是说，分明都是在抱怨。一边抱怨，一边让孟一凡来给评评理，忘了孟一凡也是和她们一样交了报名费的。人多嘴杂，孟一凡当然更要谨慎着说话，只能用"有付出才有回报，有耕耘才有收获"这一类话来敷衍，嘴上是极力去劝勉别人，心里却已在暗暗后悔此行。这时钱英朝他面前走近两步，朗声说："孟老弟，我有个事想问问你，正好你来了。"一转脸，望望李昆明，又看看众仙女，大笑说："李昆明，你们姑娘小伙好好谈吧。我们两个过来人出去走走，不影响你们。"转回脸来，这又看了孟一凡一眼，一会意，人就往门外走。那个胖嘟嘟的邓小丽笑嚷起来："你们过来人谈什么还要出去谈，不能当我们面谈吗？"有一个仙女接口说："谈什么？谈恋爱！"钱英还未走出门外去，也不留步，边走边回过脸来笑说："谈恋爱是你们的事啦，我们呀，谈柴米油盐了。"

真是想不到的事情。女子在这时候主动约一个男子，男子还有什么不愿意的吗？奇怪得很，刚才的懊悔之心顿时就没了。孟一凡跟着钱英后面到了院外。钱英站住了，孟一凡走到了她身边，她又抬起脚来走了。这分明是在等他的意思。孟一凡也就和她并了肩走。初春的天气是春寒料峭，亦是春意盎然的。现在虽是夜晚的七八点钟，天色是黑了好一会儿了。村里的行人有还是有，却寥寥无几。今晚上一点也不冷，春寒是谈不上了，春意呢？原本也谈不上，可是只因了一男一女走在一块儿，彼此的关系说熟悉又不熟悉，说不熟悉又熟悉。这就极易让人春心萌动，产生暧昧的想法。别看这女子刚才口口声声说得那样不在乎，现在也默默不语起来了。孟一凡心想：什么意思呢这是？大庭广众之下邀我出来，出来了，却又迟迟不开口。你不开口，你想说什么我又如何能知道？是了，也许她根本就没什么事可说，不过是借个口，想要我陪她随意走走。可是这孤男寡女的走在这夜色里，她就不怕我对她图谋不轨吗？看来她是把我当个正人君子的，我怎能对不住她这个信任。跟着又想起那夜所做的梦来，自己曾为这个梦是定了心，宣誓一般地要好好地工作挣钱的，怎么又忘记了呢？

他正想着，耳听得钱英说一句："你在想什么呢？"孟一凡如梦初醒一般循声望去，只见钱英转脸正看着他，便随口回答说："我在想，这么晚了，你要我出来，你会和我说什么？"钱英笑说："我不说，你也就不问了？"孟一凡说："我是想问的，可怕问得多了，你要嫌我多嘴。"钱英说："强词夺理吧你，我一个女人都不怕，你一个男人倒怕了？我要是嫌你多嘴多舌，又干吗喊你出来呢？你倒是要和我说实话，我这样子喊你出来，你会不会觉得我这个人有点那个、那个随便了？"说罢，嘻嘻笑了。孟一凡笑着说："我先来回答你第一个问题吧，你说我怕，我怕什么呢？难道男女在一起，吃亏的是男的不是女的吗？嘿嘿嘿。我再来回答第二个问题，你问我会不会觉得你那个，我怎么会那样不识好歹呢？恰恰相反，我是感到十二万分的荣幸之至。"钱英笑说："跟我说话，可不能拽文，什么叫荣幸之至？你一拽文，我就听不懂了。我问你，你家孩子几岁了？"孟一凡没想到她会突然问这个问题，也不知她是个什么意思，只能如实回答说："四岁了。"并问她，"你家的呢？"钱英没答他的问题，却问："是男孩是女孩？"孟一凡说："是男孩。"钱英又朝着他转过脸来说："你的命真好。不会再生二胎了吧？"孟一凡说："目前还没有这个想法。你呢？"

刚才他问"你家的呢"，她没有回答，现在不由得又问了一声"你呢"。钱英的声音黯然下来，她说："我没有你命好，生了个女儿。想生个儿子，唉，愁死了。"孟一凡一直以为她是个乐天派，想不到她也有烦心事，还说什么命好命不好，生儿子就是命好吗？我看儿子生得愈多，家庭的担子愈重。想起婚前母亲曾找人给他算过命，说他命里有八个儿子，也不过是迷信之信。这就笑了说："生儿子就是命好吗？我看这倒不见得。算命先生说我命里有八个儿子，我想想都害怕，要是真生了八个儿子，那得有多累了，还不累死我……"他的话还没有说完，就被钱英打断了："你是生了儿子才这样说的，你要是生个女儿，保准你就不这样说了。我那口子就说：不生个儿子，干什么都没劲。你倒好，有八个儿子的命——"说到这里，突然声音抬高了，"你说的是真吗？"这句话问了，钱英又突然急急地说："不说了不说了，还是说说报名费的事吧。你怎么看呢？"

话题既是又说到了这件事上，孟一凡也就不用细思量，把白天在陈小海面前所说的话再来重说了一遍。钱英听罢，也发表自己的观点说："你说凡事感恩，我不反对。可要照我说，这就是当庄不养鹤的道理。"孟一凡笑说："当庄不养鹤？"钱英说："你不会和我说，你没听过当庄不养鹤这句话吧？"孟一凡说："这是个典故。你要把它的意思说给我听听，看看我俩的见解是不是一样的。"钱英笑说："原来你是要考考我。我自己说出来的，我自己还能不明白吗？好，我就解释给你听，看我解释得对与不对。"顿一顿，又接着说："当庄不养鹤。当庄就是本庄的意思。鹤呢，我听说，其实后面是还有一个乐字，是鹤乐。大概是因为传言起来，多了这一个字，有点拗口，所以就把这个乐字省去了。鹤乐是个什么意思呢？听说就是货郎的意思。在我们小时候，常见有人推着独轮胶车，你当然也见过的，推着独轮胶车走村串巷。停下来的时候，就把一个货郎鼓，也就是鹤乐鼓摇得叮咚响。这句话合起来的意思呢，是说这样的小买卖在本庄是不好做的：讲人情吧，就别想赚钱了，不讲人情吧，赚了钱，别人又眼红，眼红的人甚至会宁愿走远路到集镇上去买贵一点的，也不买你这近在眼前当庄的。我说的对不对？大概就是这个意思吧，不会错的。"二人边说边走，已是来到村头的那座小桥上了，说到这里时，钱英站在桥边，手扶着栏杆，向还站在桥中心的孟一凡转过身来投去一眼，又低下头慢慢地转回身朝着河面。

孟一凡走过去，和她并排站着，当中空着一个人位置的距离。他把手背在身后，轻声地笑说："错是错不了，只是立场反过来了。这一反过来，你细想想，我们是更不要抱怨人家的了。这时候不好提人家的名字，以免大路上说话草稞里有人听。你细想想，他是不是好比就是那货郎罢了。"钱英想一想，扑哧地一笑说："是的是的，他不过就是那个货郎，我们还有什么好抱怨的呢！"孟一凡向她转过脸来，一只手也搭在桥栏杆上，一只手来回地摸着下巴说："可是，钱妹妹，我倒要问问你，刚才你当着那么多人的面要我和你出来，你就不怕……"钱英急急地说："我怕什么？你想到哪里去了？"她的话虽是说得很急，可说话的声音非常温柔。孟一凡呢，虽是对这一句"你想到哪里去了"感到不乐，但对方声音之温柔又令他觉得欣慰，呵呵一笑，故意拉长了声音说："我是想——当庄不养鹤啊！"

又是一句"当庄不养鹤"。因为是被拉长了声音来说，钱英也猜得他是故意的。既是故意，那就不能不留心品味一下。这一品味，不由得又是扑哧一声笑了。

第五章　两种少妇美

俗话说：男追女，隔座山；女追男，隔层纱。凡成年人，对这句话的意思是没有不明白的。看钱英能够于夜晚，当了众人面要孟一凡同她出来，那就足以说明她对他的好感。孟一凡又不傻，自然是意识到了这一点。不过在他的心里，因为有着前夜里所做的那个梦，就不能不胆小起来，再加上钱英是老家一起来的人，这又不能不想到"兔子不吃窝边草"这句话上来。两下一凑劲，脑瓜一根筋，他是极力地去控制不让自己想入非非了。刚才，钱英的一句话他虽为不乐，但又欣慰有余，因此，才故意拉长声音，逗趣说了那么一句话。钱英确实被逗笑了。不料她一笑之后，却又温柔地说一句："你说我怕，我还以为你会把我怎么样呢。"女人说出这样的话来，那是极易令男人别有一番滋味在心头的，就好比女子心里喜欢男子，口里偏要说他一声"你坏"一样。想是这样想，但孟一凡还是正正经经地回她说："是啊，有家庭的人，肩上就有责任了，就要有事业心才对。"

两人这里说着话，突然桥那边有人过来了，手里提着一样东西。待走近了，看清了提的是一个水壶，而且看清了提水壶的那不是别人，正是老关。在这个时候，他竟是从茶炉房打了开水回来。真是没想到，先前也并不知道，他也是住在这个村里。要避开己来不及。只好明人不做暗事，主动招呼说："呀，这不是关师傅吗？原来您是住在这村里，真没想到。怎么您还亲自打开水？真是巧啊！"他声音故意说得很高，为的是向老关表示着他内心的坦荡。老关竟也大着声说："哦，是小孟。呵呵。出来遛遛啊？"这就停了步，同时向钱英瞟了一眼。孟一凡知他心里是有了疑问，但他不提，自己也不便多嘴介绍，免得此地无银三百两，他倒要更多起心来。这样一想，也就马虎着"嗯嗯"两声。老关抬步走了。孟一凡又觉得只说了这几句话，未免有点冷淡了，望着他的背影又关切地说："您慢点，关师傅，这么晚了，路不好走，您得慢点。"老关在前面答应了说："不怕的，都是大熟路，不怕的。"孟一凡看着老关渐渐远去，回想起自己刚才说的话，说是这么晚了，自己呢，却还在同一位异性流连外面，这不是笑话吗？因此，就不由得"嘿嘿"地笑了起来。这又打开了两人的话匣子了，钱英自然要问他笑什么，他也就如实说了。钱英说："既是你觉得晚了，那就回去吧。"孟一凡说："我倒并不觉得晚。你要回去吗？"钱英一笑说："是你说这么晚的，怎么又变成了是我要回去的？"孟一凡笑说："好了，那就多待一会儿吧，你知道刚才过去的这个人是谁吗？"钱英调皮地说："我怎么不知道？一个老头子呀。"孟一凡说："不说笑。我告诉你，这人是厂长的哥哥。我没问过他，也没想到原来他也住在这个村里。他知道的事情还不少。今天，我就听他说这个厂正在外地建分厂，估计上半年就要搬过去了呢。"钱英说："看来这事是真的了。"孟一凡说："这么说，你也是早就听到风声了？哦，对了，我想起来了，你那晚好像也说到过的。"钱英说："我还不是报名时听那个陶姐说的嘛。所以啊，你要好好干，把握好这个机会，争取当个管理人。不瞒你说，我就看你的希望很大。"孟一凡笑着忙说："别提别提，这事可不要往下说了。"钱英说："这是好事啊，你还怕说！"孟一凡说："好事总是多磨的。一不小心，好事也能变坏事的。天不早了，这样吧，我再告诉你一件事，你听了，千万任谁也不要说，你知我知就行了。然后咱们就……往回走，你看行不行？"说完，扑哧一笑。钱英答应了一声"行"，又奇怪着来问："你又笑什么？"孟一凡这一笑，不为别的，只为了他在说"然后咱们就往回走"的时候，心里原是要说"然后咱们就回去睡觉"，说到"就"字的时候，忽觉得不妥，忙来改口。口是改了，可因着这个不妥，不由得就笑了。钱英问他这原因又怎好说出来，因此又嘿嘿一笑，孟一凡方才说："我今天还听说——"这一句话说过，声音就低了下去，"宋二叔跟厂长非常要好，好得跟一个人似的。可是他跟厂长的表弟却不对付。你说，这是个好事还是坏事呢？"钱英说："你说的是哪个？哪个是厂长的表弟？"孟一凡说："我忘了说清楚了，就是昨天给我们分工的那个人。"钱英沉吟了一下，说："这当然有点不好。"孟一凡又是低了声说："所以嘛，你别看他现在风头十足，是占了我们的便宜，说不定，以后第一个吃大亏的就是他。好了好了，话就说到这里，按照我们刚才的约定来办，我们该往回走了。"钱英说："好。"

两人就往回走，快走到钱英所住的那个院门口了，钱英站住了。孟一凡不知她何意，也就跟着站住了，这时钱英轻轻地说了一句："一凡，你会不会嫌我烦？"孟一凡听了这话，顿觉得有一股暖流直渗进心窝里来，尤其那一声"一凡"叫得是那样温柔。可是，可是一想到做的那个梦，心有余悸，又不能不畏惧起来。是哟，工作才刚稳定，这时候万万不能花心的，对不起老婆不说，就是在这厂里……刚才就能碰到老关，以后还不知道又能碰到谁，要是把名声搞坏了，那可了不得。眨眼间，脑子里转动着这许多念头，最后他是装作不解风情，正着声说："钱老妹，你不用客气。我们是老乡啊。"钱英也就没吱声，进了院里。

第二天一上班，老关果然问："昨晚那个女的是谁？"问时，老关笑呵呵的。这一笑，当然不能说是不怀好意，可这笑里，就透着有一点坏笑的滑稽。孟一凡心想：怎么样？这就有闲话了。看来这方面我真是非得注意不可。他不是个爱说谎的人，可是这时候就不能不扯谎说："那个呀，是我表姐，我姑姑家的表姐。在家时我叫她不要出来，出来了，非想家不可。这不，真就想家了。昨晚非要我出来和她散散心。您想，她家里的小孩才两三岁，她能不想家吗？"老关听他这一说，脸色就庄正了起来，"噢"了一声说："小孩才两三岁？那怎能不想家？是的是的。"这就算是把老关心里的误会消除了。如果说昨晚上所担心的是一己之见，出于胆小，那么，今天老关的这一问话就足以证明自己的担心并非多余。然而，世上的事难测难料，防不胜防，哪又是他担心了防备了，就能左右得了的。他虽是不敢迎合钱英对他的好感，可是，当另一个女子出现，就不一样了。

这一个女子就是那天一行四人中，那个高挑的女子。孟一凡当时就对人家作想：要是以后能成为同事，非和她搭上两句话不可的。当时作想，过后却也就忘记了。不料就在这一天，老关问了他那话没多一会儿，一阵"噼噼噼"的高跟鞋声由远及近响起。他正在看着缸上的温度表针，还不曾闻声去望，心里突然鬼使神差地想着：该不是那个女子吧？待到一转脸，往窗外一看，可不真就是那个女子嘛！自从那天厂门口一见，过后就一直没见到。听说厂里的厕所只有这一处，上至老总，下至员工，都是要到这一处来行方便的。既如此，这女子也应是天天要从这窗外走过几遭的，何以前两天就不曾看到呢？他心里动着这念头，那女子一倏忽间也就走远了，他望着她的背影，直到她进了厕所里去。一会儿，高跟鞋又"噼噼噼"响起，她又从厕所里出来了。因为是早早做好了等着看她的准备，她一出来，正好可以迎面看到。她原是低着头出来，走两步，正了头脸，把目光平视着，面上呈现出一副矜持的神情。她上身穿着一件红色的外套，外套上围着一个天蓝色的围裙，下身是一条黑色的直筒裤。那围裙的下摆不长不短，正好到了大腿那里，脚上穿着一双黑色的高跟鞋，走起路来声声动人心魄。整个人看上去真是端庄极了，淑美极了。她既是目光平视，也就不曾留意有人在看她，可是走着走着，大概是第六感的作用，突然左顾右盼起来。这时女子已是走到了窗台下，距离非常之近。孟一凡怕她发现，赶紧就要把目光往一边闪闪。他不闪则已，一闪，两人的目光正好一下子对上，这就见女子的脸上立刻涨满了红云，头一低，目光就避开去了。不过，虽是不再看他，脸上那神情却没有丝毫的恼意。孟一凡本人面上虽是有点窘，心里却是窃喜不已：这样子，我一定是已给她留下了印象了。继而去想：下回她再来经过，我看她会不会主动地朝这窗口里瞟一眼，她要是瞟的话，那就完全可以说明她不仅是有了印象，还有了点意思了。这点意思呢，虽还谈不上什么好感不好感，可也一定不能算坏的。这么一想，临到快吃午饭的时候，她又经过了一趟。果然地，见她刚从厕所里出来，第一眼就是匆匆地向这窗口里一瞟，又马上恢复如常，目光平视了起来。孟一凡要不是时刻地留意着，这一瞟真是极容易错过。没错过，瞧在眼里，这是正应了自己先前的预测，心里当然又是好一阵子欢喜。

自此开始，他真就对这女子注意了。这女子对高跟鞋看来是情有独钟。连续三天，都见她穿的是高跟鞋，而且是同一个颜色同一个款式，应该是同一双鞋子了。因此，首先这就让他觉得：如果是，那么这女子的家庭条件也就可见平常，要是自己真想和她结交的话，也不是没有可能。其次，他觉得这高跟鞋能起到报告的作用，"嘚嘚嘚"过来，"嘚嘚嘚"过去，这倒好了，只要一听到这响声，他就情不自禁地要往窗外看看。这厂里穿高跟鞋的多了去，并不是一听到响声，看到的就一定是她。不过，十次总有个一次不会落空，这比例虽是不大，但成功的机会愈是不多，也就愈显得成功的喜悦是那样难能可贵啊。连续三天，说起来，已是正月十六日，到了星期六了。厂里有明文规定：星期一至星期五，早上八点上班，晚上五点半下班；星期六早上八点上班，晚上四点半下班；星期日休息。因此，星期六较其他而言，是提前了一小时下班。而硫化缸上则每天如是：流水线五点半下班，他们要到六点半；四点半下班，他们要到五点半。初春时节还是日短夜长的，别看一小时之差，六点半下班天已经黑透了，五点半下班天就没有黑。从厂里到水门村，有三里多路，走起来也要二十分钟。这中途却有两条道可走：一是穿过集镇，一是不穿过集镇。宋小溪那夜带队所走的就是不穿过集镇的。若穿过集镇呢，再往前走个百把米，也就在马路的边口有一家超市，超市很大，超市的门口与马路之间就形成了一个小广场。这天晚上下班，孟一凡走的是穿过集镇的道，其实都差不多远，所需的时间也都差不多。他走到这里时，当然是不到六点，天还没黑，路灯也还没亮。远远地就见小广场上有一个女子骑着自行车，车后还跟跑着一个女子，腰弯得很厉害，两腿拉得很宽，一边跑，一边嘻嘻哈哈地笑着。这笑声恰似是起到了伴奏的作用，那自行车的车头忽左忽右，摇摆个不停，这就不难看出来了，原来是一个女子在学骑自行车，一个女子在后面给扶着，好让她不能摔倒。孟一凡只觉得学骑车的人并不是那未成年的女孩子，心里直想笑：什么年代了，这么大的人还有不会骑自行车的？又走两步，就觉得学骑车子的人怎么有点像穿高跟鞋的那个女子呀。他走在马路上，原本不需要走小广场的，这就一绕道，奔小广场上来了。来到近前一看，果然不错，不是她是哪个！他这里是得了一个证实，正不知是招呼好呢，还是不招呼好。不料想，那自行车的车头一抹弯，竟是直直地朝他冲了过来。同时，那车上的女子也是"啊啊"地连连叫着，分明是她已慌了手脚，也慌了口舌，用"啊啊"的声音来叫他躲开。孟一凡赶忙是往边一跳。又不曾料到那车头竟也跟着一拐而来，眼看就要撞到身上。孟一凡猛地一伸手抓住了车头，两膀一用力，好在车速不快，这车子总算停住了。车上的女子也没有摔倒，人还骑在车子上，两只脚已是踏着了地面。哦，看她脚上，是换了一双白色的保暖鞋了，再看眼前的车轱辘，离着自己的衣服也不过是拳头般大小的距离，因他是蹲成了马步的姿势，那所谓的衣服，说白了，就是他裤裆的部位。这一看，立刻是感到了不雅，忙并拢双腿，直起身来。他这一忙不要紧，那女子都看在眼里，大概也是有了同样的意识，原本吓得苍白的脸，又一下子羞得通红了。

孟一凡还抓着人家的车把，这又赶快松手了，往边上移了移步，也是红了一张脸，望着那女子说："对不起对不起。你没事吧？"那女子飞快地看他一眼，低了眉头说："没事的。"这时，那后面的女子闪出半个身子来，伸着脑袋问："怎回事怎回事？"孟一凡一看，这是那天一行四人走在最前的那个女子，就又说了声"对不起"。这女子想必是知道怎回事，她怎能不知道呢？她口里说"怎回事怎回事"，在孟一凡说这声"对不起"后，只听她兀自又说"没事就好没事就好"，这就可以明了了。孟一凡也不好接她的话，迟疑了一下，也就继续向前走去。走了十多米远，只听得后面一个声音说："永忆，你还看着人家做什么，恋恋不舍吗？"接着就是嘻嘻哈哈的笑声。笑声过了，那个叫永忆的女子说话了："紫琼，你不认识他吗？他和我们是在一个厂里上班的呀。"那个叫紫琼的女子"哦"了一声，没了下文。孟一凡在前面走，虽不曾回头，听了这话，心里可就想着：永忆定是那个穿高跟鞋女子的名字了，永忆永忆，这名字起得真好！不知道是不是回忆的忆，永远的永，要是的话，永忆就是永远的回忆。有道是文如其人名如其人，也可见她这人是属纯情的，可是在这纯情中，谁又能说没有一点浪漫的味道呢？早就看她的外貌气质那么好，从刚才她差点撞上我的情形，再加上她竟有这样一个有意义的芳名，那秀外慧中也就可想而知了。而且，她这个年龄的人，居然还不会骑自行车，听她们口音，绝对也是外地人，那她老家的境况真不会怎么样的。那天看她们一行四人，有一对是夫妻无疑，这两个虽没有夫妻成双，不过一眼也能看出她们是结了婚生了孩子的人。就不知她俩的另一半在哪里，别看没有在一个厂里上班，说不定是在附近别的厂。那个陈小海师傅，他两口子不就是嘛。但是这种可能性应该不大，那天他们四人都是一起的，既然那个男的能陪着老婆在一个厂里，她俩的老公就不能吗？看来多数是两地分居的。假如真是这种情形，倒不是不能和她交往的。想到这里时，他的眼面前就浮现出她穿着高跟鞋的模样来。她穿高跟鞋那真是非常妙不可言，那举止，那气质。这一想法浮现，心里面又不免荡漾了一番，及至荡漾到了妙处又突然转念一想：不行不行，自古多情空余恨，我哪能这样自作多情呢？算了算了，我还是老老实实做人，认认真真做事——不都说这厂快搬迁了吗？不都说一搬迁，人人都有被提拔的机会吗？我可不能误事！那真会要空余恨的。一边走一边想着，孟一凡不觉已是走到了那座小桥了。他正在上着桥坡，"丁零零，丁零零"，身后响起了车铃声，他一回头，却正是那两个女子追上来了。其实，说人家一个"追"字，那是有点不合适的，不过不这样子说，不足以形容孟一凡心里的意外，而意外之余又有欢喜，这就是所谓的惊喜了。可是，这惊喜是不便表现出来的，因此这一回头，脸上也来不及露出笑意，身子就赶快往右边趔了两趔。

永忆骑在车上，那个叫紫琼的女子站在桥头，还不曾上桥坡，这就看到她所站的姿势是两腿叉开，两胳膊呈半弧形相对，活像个搏击者在搏击前的那个预备姿势。分明是她一直还在车后帮扶车子，到了桥头时，才放开手，放开手前，大概是使足了一把劲，那样把车子向前一送。永忆并不知道，只觉得越蹬越吃力。前面有人，她晓得打铃，一打铃，分了神，脚下又减了三分力，正上坡呢，这时候真是呈骑虎难下之势，于是口中叫着："你再用点力呀，再用点力。"她叫着这句话时，车头已是到了孟一凡身边。孟一凡扭脸一看，这车后没人啊。再一扭脸，看紫琼是远远地站在了桥头，这就不能不置之不顾了。孟一凡腿往左边一跨，人就窜到了车子的后面，两手擎住车后座两边，说声"你小心了"，推着车子，小跑起来。永忆得了这份援力，再来蹬车子，果然是轻快多了。可是，她因了这一份援力并非来自她的同伴，心里十分不好意思，嘴里"啊啊"地又叫唤起来。孟一凡料得她现在是想下车，半坡上那哪行呢？就又是提议又是鼓劲地对她说："坐住，定要到了桥顶再下。"说这话转眼间也就到了桥顶，也正是那晚他和钱英所站的地方——他又拉又拽地稳住了车子。这时候倒不用他再提醒，永忆一屈腿，从前面的车梁上下来停步不走了，同时嘴里"吁"了一口气出来。孟一凡说："好了，我可以撒手了。"永忆这就不得不回过头来，望着他羞答答地说："真是谢谢你了。不然的话，可能又真要摔跤了。"她说了一个"又"字，可见她是没忘记先前那小广场上的插曲了。孟一凡就笑了问："怎会这么巧？莫非你、你们也是住在这村里吗？"陈永忆望一眼正走在桥坡上的紫琼，一边等同伴一边回答他："是的，我们就住在这村里。"又反问他，"你也是的喽？"她要不反问一句，孟一凡是准备听了她答话之后，就可以自然而然地先走一步了，她这一反问，他倒是巴不得多站一会儿，能和她多说两句话才好。这就又笑了说："是的呀。不过，我早晨除了第一天在厂门口看到过你们，就一直没有看到过。"说到这里，怕对方没有听明白，又缀上一句："我是说，在早晨。"陈永忆抿嘴一笑说："我们早晨都走得晚，八点钟上班，我们不到七点五十是到不了厂的。你一定是走得早些。"孟一凡说："怪不得了，我是七点半钟就到了厂了。"紫琼这时已走了上来，和永忆站在一处，望着他，插嘴说："我知道，你是看那什么表的吧？"孟一凡说："是的，看硫化缸上的表。"永忆因为已把紫琼等来了，就推动车子下桥坡。她一下，这两人也就相跟着了，一边走，那紫琼一边又说："看表一定是很舒服的吧，我每次打那窗口过，就看你们几个尽坐着在说话。"孟一凡笑说："别看是坐着说话，心里面可不敢大意呢。"永忆推着车子走，因为是还在下桥坡，一走就要一顿住，车子过快了，以防自己会掌控不住。身后的两人一见此情，就忙一人伸出一只手去各搭在后座一边，略微向后拽点力。永忆感觉到这力道，回过头来，看一眼车后，又转回头去，轻声地问一句："你每天晚上都比我们下班晚吧？"这话无疑是问孟一凡的。孟一凡就答说："总要晚一个小时的。"永忆又问："你每天都这样来回步行走路？"孟一凡因她问这句话时并没回头，也就简短回答一声"是的"。永忆回过头来了，看他一眼，复转回去，又问："那这样你不觉得累吗？"孟一凡笑说："早上我们好多人一块儿走，说说笑笑，不知不觉就走到了，并不觉得累呀。

到了晚上，我虽然是一个人走了，可是因为下班了，回家心切，走起路来两脚生风，也是不知不觉就走到了。所以……"话不曾说完，听他说话的两人已是不约而同扑哧地笑了。紫琼望向他说："你说话真有意思，还两脚生风。"说罢，又是扑哧而笑。孟一凡红着脸解释说："不好意思，这都是我平常爱看小说的缘故吧，说起话来，一说到高兴处，就、就……让你们见笑了。"紫琼看他脸红了，再听他这样说，也忙着解释起来："你别不好意思，我们不是见笑。你别看我们笑了，实在是听你说话一套一套的，和我们平常人就大有不同，觉得是又稀奇，又好听，又佩服。这才没忍住笑的。这哪是见笑，是听了喜欢才笑的。"说话时，三人已走下桥坡，到了平地上。二人松了手。永忆边走边又回过头来，先望了紫琼笑着说："你莫解释了。再解释，这位大哥就要佩服你能说会道、伶牙俐齿了。"又望向孟一凡笑说："你也应该买辆车子骑，一来一去省时省劲多了。不买新的，就买辆旧的也好啊。你看，我们这辆才二十块钱，半成新，不好吗？"孟一凡心说：我要有那个闲钱那就好了。又心想：有那个闲钱我也不会买的，这厂说搬就搬，不定哪天搬到芜城去了，还得费事处理，麻烦。可这话他不能说出来，自己和人家才刚认识，谁也不知谁是什么样的人。如实说了，万一对方有一个嘴松的，一传，传得沸沸扬扬，到最后要是有人追究起来，追到他头上，那不真是祸从口出了吗？

别看想了这么多，其实也就是眨眨眼的时间。心有顾虑，就回答说："以后再说吧，反正也不远，走一趟，快点的话二十多分钟，全当是锻炼身体了。"说着，笑了一笑，又说："你乍学车子，以后要是骑车子上下班，倒要注意了，马路上人多，可要骑得慢一点。"因为早已下了桥坡，三人这时是齐平了身走，永忆再要看他，也不用回头了，眼珠一转，眼角一挑，跟着又低了眉眼，扑哧一笑说："这位大哥，你倒是挺会关心人的呀。"孟一凡在前一次听她叫他大哥的时候，心里就一动，很想趁机自我介绍，报出自己的名字来，然后自然而然地就可以请教二位的芳名了。当然，请教她同伴的芳名是假，请教她的芳名是真。虽然在小广场时，他已听到双方叫着对方的名字，谁叫永忆，谁叫紫琼，应该是完全对号没错的。但男子要光明正大地结识异性，那还是当面请教的好，可因为她后来和他说到了车子的事上，把这一大好机会错过了。如今听她二度叫起这位大哥来，可就万万不能再错过了。然而，他又担心人家会受窘，同时，也是唯恐自己的勇气不足。因此，他并不去看她，尽管心里已是扑通地跳，也仍尽量保持着原先平静的状态，目视着前方，边走边说："你叫我这位大哥，可见是很信任我了。我不妨就自我介绍一下吧，我姓孟，孟子的孟，叫一凡，一二三四的一，平凡的凡，孟一凡。今后，你们就叫我孟一凡好了，要不，就叫我小孟，不对，我比你们大得多了，就叫我老孟好了。"他正要按预想的往下来请教二位的芳名，那个叫紫琼的哈哈大笑说："老孟，你老吗？一点都不老啊，而且，而且……"她犹豫着，似乎是有点不好意思说出来。这时，永忆直朝她眨眼，示意她别往下说了，她也就一笑了之，没有说出来。孟一凡觉得这还不失是个机会，就飞快地往二人脸上各扫了一眼，又目视着前方，一本正经地说："我能知道两位的名字吗？"紫琼笑说："可以呀，我来告诉你，她姓陈，芳名永忆，陈永忆，怎么样？这名字好听又好记吧？"说完，又是嘻嘻一笑。孟一凡知她并无半点嘲笑讽刺的意思，低头说声"是的"，又转过脸去望着紫琼笑问："你呢？你的芳名呢？"紫琼笑说："这个我可以不……"话还没说完，永忆嘻嘻地插话说："我来告诉你吧，她姓万，万家灯火的万，杨紫琼你听说过吧，她是万紫琼。"三人这就不约而同地笑起来了。

笑过，万紫琼就说："你提杨紫琼干吗？笑话我吗？我知道我没她漂亮。"永忆朝她眨眨眼，小声："你想哪儿去了？我的意思呢，杨紫琼是个武打明星，孟大哥可不要招惹了你，小心挨打。"万紫琼听了，也对她眨眨眼，小声说："你的意思呢，我知道，叫不要招惹我，好招惹你。"二人虽是小声说笑，孟一凡走在旁边哪还有听不到的呢。人家既是不避着他说笑，那也就可想而知对他的印象如何了。进了村，仍一路同走，走到一巷口，两下要分开了。孟一凡是直走，那二位却是要拐弯进巷了。陈永忆伸手往巷里一指，说："你看，我们就住的那一家。"孟一凡没想到，她会把住家之处告诉他。这就站住了，顺着她的手指头一看，是指在了第二家，便随口说句："是那个第二家了。"陈永忆对他点点头。万紫琼说："欢迎你以后有空来玩。"他口中答应着好的，心里说：这就是客套话了。欢迎我以后有空来玩，明天星期天休息，明天就有空啊。又想：我不要不知足啊，人家这还是和你初识，能告诉你住址就不错了，你还要怎么着？假使真让你明天上门去玩，你真就能去了吗？去了是不能空手的，你哪又有这个闲钱买东西呢。这样一想，反感激她说的是客套话。不过方才谈到家庭，没想到万紫琼竟还没结婚，年龄看着的确不大。想时，人是站住了，这就看着她们直走进门里，方才抬脚走开。

她们二人到了家，先把车子在走廊里放好了，因为从院子到走廊得有几步台阶要上，永忆前头推着车子，万紫琼后头给提起车屁股，因此两人一同进了屋。这一家是个老式的住宅，从外面看，三大间，当中开门，两边两个窗户，走进去就是客厅，直通到头的。到头也有一个门，那就是后门了。客厅的两边，是四个单间房，一边两间，四个门，门门相对。房东也只有老两口子，儿女都分出去，不住在一起。现如今，四间房子，东边两间是自己住用，西边两间就租给了永忆她们四人。四人里，自然是陈永忆和万紫琼住着一间，那夫妻俩住着一间。那夫妻俩丈夫姓杨，名叫德贤；妻子姓刘，名叫凤菊。陈永忆和万紫琼进客厅时，夫妻俩正在房间里一个泡脚，一个勾兑着毛衣。门是虚掩着的，门扇与门框闪了巴掌宽的缝隙，万紫琼一进客厅就叫嚷着："告诉你们个好消息，有人要耍朋友了。"刘凤菊闻声把门打开来，胳膊弯里抱了一坨子毛衣线团，一手握着织针，一手还搭在门里边的把手上，探出个脑袋，先说声"你俩回来了"，跟着笑了问："你说啥子？哪个要耍朋友了？"万紫琼两眼一瞟永忆，又向着刘凤菊故意摇头晃脑、扬扬自得地说："你问她！我可不敢乱说，莫个把我嘴巴打歪了。"陈永忆红着脸忙向刘凤菊说："你信她胡说，哪个耍朋友了？就她才耍朋友！"刘凤菊走到客厅里来，她现在还未搞清楚到底是怎么回事，也就不便多言，可又不能不有所表示，只得用她那一双水汪汪的大眼睛笑眯眯地瞅瞅这位，瞅瞅那位，万紫琼又向陈永忆说："你脸红什么？我又没说你。

我说我自己还不中吗？他跟你说话，难道就没跟我说话吗？不过呢……"话锋一转，眼睛故意地眨了两眨，又笑说："他同你说话时，两眼放光；同我说话呢，就很平常，这我承认。"陈永忆的脸更涨红了，她做了个扬手要打人的动作，但是没打，心里急得不行，跺起脚来。刘凤菊圆场说："你两个莫着急，说清楚了，我来做裁判，要得不？"这话刚一落音，刘凤菊的丈夫杨德贤在内屋里说："你们什么事说得这么热闹，要说也进来说，让我也听一听哈。"三个女人先是面面相觑，继而哈哈大笑。笑过，刘凤菊接嘴说："我们妞儿家说话，你听什么听，不避着你也不瞒着你说就可以了，你还听什么听？就不进去。"万紫琼说："杨哥，我们就不进去了。不过我把声音说得大一点，保准你能听到就是了。"说着又是嘻嘻一笑。接下来真就把两人在小广场上学车，怎样差点撞到了孟一凡，怎样在上桥时又碰上了；孟一凡怎么和她俩搭话的，怎么做自我介绍，一股脑地全说了出来，边说边笑，边时不时地瞄一眼身边的同伴，以防对方再要把手扬起来，没准真就能打她一下。她说话的声音一开始时真是高声，保准内屋里人听到，真没食言。说着说着，声音就小了下去，不仅是说话的声音小，连笑的声音也小了。说到后来说到了她二人进门时，那孟一凡还站在那里没动，万紫琼就向陈永忆脸上瞟了一眼，又笑嘻嘻地向刘凤菊说："你猜怎么着，我猛一回头，那哈儿正傻傻地望着我们的永忆姑娘。"陈永忆已是扬起了手来要打她，听到"姑娘"这两个字禁不住笑了，就没有打下去，红了脸说："你听听，你听听，就冲你说这句话，你就该挨打。"刘凤菊说："我听明白了。我当是怎么回事呢。"说着，一转脸往身后看了一眼，又转回头来向二人睒了睒眼，说："你俩交代我的事，我早已完成了，赶紧进屋去，看那稀饭凉了没，还不知要不要再热一下呢。"这几句话声音很响，分明是故意叫内屋里的人听到。这话说了，三人鱼贯着就进了挨边的一间屋子。不用说，这就是陈永忆和万紫琼的房间。陈永忆走在最前，到了屋里，一伸手把灯开亮了。刘凤菊走在最后面，这就把门一关，连暗锁也锁上了，嘻嘻地笑了说："这下好了，我们可以大胆地胡说八道了。"房间里的摆设不多不少，刚刚好：一张床，一张长条凳子，另外在东南角的角落里有个二尺见方的小案板，案板上放一电饭煲，一煤油炉子，炉子不大，上面架着一个小炒锅；挨着案板的旁边是一张吃饭桌子，桌子上盖着塑料罩笼；再就是门边上有一个洗脸盆架子，这架子旁边是一张带抽屉的桌子，桌子上放着镜子、梳子、化妆品瓶什么的。这是进到房间里，一目就可以了然的。要是再细瞅的话，在那张铺板凳起的床底下还发现有两个拉杆皮箱，几双鞋子；抽屉桌子下有两只暖水瓶，洗脸盆架子上方的墙壁上钉了一根木条，木条的两端冒出来两根长钉子，用一根皮绳子连着，两条一红一粉的毛巾挂在皮绳上。刘凤菊说了这话后，自个儿走到那边的床沿儿坐下。人坐下了，那脸上还是副笑嘻嘻的神情。陈永忆原本就走在最前面，这时她第一件事是走到窗户边把窗帘拉上。万紫琼进了屋，第一件事是奔过去掀电饭煲的盖子，掀起后又盖上，口里说："要胡说八道也不能不吃饭。我是快饿死了。边吃边说。"刘凤菊笑说："耍朋友的人哪个会觉得饿？恋爱就是最好的食粮。"说着，把身子往下用力地蹾一蹾，那床板就发出咯吱咯吱的声音来。

　　陈永忆走到门旁的洗脸盆架前，弯腰从抽屉桌子底下提起一只暖水瓶，咕嘟嘟地往盆里倒水，一边倒一边说："你俩胡说八道吧，我可要洗手洗脸了。"刘凤菊仍是笑嘻嘻说："洗手洗脸也不能耽误说话啊。你是主角，你说说看，有一个帅哥想和你要朋友，你心里面是不是有个毛毛虫也要动了呢？"陈永忆小心地试了试那盆里的水有点烫手，她就拿了那粉色的毛巾放在盆里，浸湿了，一上一下地提了几提，口里说："又不是姑娘家，这还有什么怕说的呢。"刘凤菊说："你说这话，我就要抬杠了，愈不是姑娘家，愈就可以随便呀。"说完，嘻嘻一笑，又和万紫琼相互挤挤眼。万紫琼回了一笑，望向陈永忆的后背说："永忆姐，你敢转过脸来，让我瞧瞧吗？我保准你的脸已红得像一张大红纸了。"陈永忆说："你激我吗？我偏不上你的当，就不给你看。你俩尽管说，我不说话，我听着就是了。你俩随便叫！"刘凤菊说："我要是你，我要是男人不在身边，有人看上了我，我就不拒绝他，你可信？"陈永忆说："我这就去说给你家大哥听，看他不收拾你！"刘凤菊说："他个瓷货，他敢收拾我？再给他一个胆，他也不敢。"陈永忆转过脸来一笑说："真的吗？那我们刚才就不要进这屋里，就在那门口说了多好，也让大哥能听听你的高见。"说着，撇一撇嘴，笑一下，又转回脸去。

　　刘凤菊被陈永忆揭了短，却一点也不恼的，反愈加笑了说："你不要嘴犟，我知道你也是个多情的主儿，只不过你凡事窝在心里，不说出来罢了。其实，你想一想，我们既是能结伴出来，那当然是有事相照应的。你也别不好意思。我敢说，紫琼就比你想得开。"万紫琼一听她说到自己头上来了，正把吃饭桌上的罩笼拿起，要挂到墙上去，这就向下一丢，塑料笼子扑通一声，她也不管了，忙冲着刘凤菊直摆手说："别扯我别扯我。我知道我长得最难看。想得开又怎样？我哪有这好事！"陈永忆说："哪个说你了？情人眼里出西施，这个话你没听说过吗？"说着，转过大半个身来，一边拿着热毛巾擦脸，一边笑望着万紫琼。刘凤菊说："真的，我要不是你大哥跟着，我走到哪里他跟到哪里，我就很想得开。"说到这里，声音可就小了起来，"出门在外，怕什么呢？人家要约我吃饭，我就去吃饭，人家要约我喝茶，我就陪他喝茶，反正又不要我掏一分钱儿。我乐得享受。"三个人不约而同地哈哈大笑起来。笑罢，万紫琼先开了口说："算喽，我也要洗个手，好吃饭了。我们都这样子背后来说笑，我敢说，那个人今晚就要翻来覆去的睡不着瞌睡了。"边说边朝着陈永忆那边走过去。

这话真就是让她说着了。人是感情的动物，又是有思维的。别了她二人后，孟一凡不一会儿就走到了"七仙女"所住的巷口。这时候，他脑海中不由得涌现出了钱英来，不由得就把这两人在脑海中比较了起来：钱英呢，为人热情、爽快，一看就是个没有坏心眼的人；陈永忆呢，为人矜持、内秀，别看嘴上不爱说笑，心里还是感情丰富的。要论长相，两个人都不丑。不过呢，钱英是丰腴之美，杨玉环式的；陈永忆是清秀之美，林黛玉式的。要论气质，怎么说呢，觉得钱英也是有气质的人，比起陈永忆来……对了，是不是因为从未见她穿过高跟鞋呢？陈永忆是爱穿高跟鞋的。是哟，陈永忆今晚就没穿高跟鞋，我看她就不如先前那样看上去气质好。钱英是没穿高跟鞋的，穿了高跟鞋的话，一定不比她差。不过，二人之中，若让他只能选一个人做朋友的话，还是陈永忆比较好。想着想着，不觉到了老张家，这就不能不把思绪暂时中断。进得房来，见李昆明不在，其他人倒一个不少。自己和其他人一直是话不多的。这倒落个清净。现时睡觉还早，明天又是星期天，自己坐在被窝里拿了一本小说来看。看了两页，不行，老是分神，头脑里一会儿闪现出陈永忆，一会儿闪现出钱英来。孟一凡苦笑了一下，干脆合拢了书本。

他这样恰被同屋住的一个叫刘文章的人看在眼里。这人二十一二岁，还是个小伙子，平时话最多，这就问他说："老孟是想家了吗？书都看不下去了嘛。"他这一说，屋里的人至少有三分之一都看着他。孟一凡笑了一下，向刘文章说："可不是嘛。哪像你们小伙子，无牵无挂的。"刘文章笑说："那就是想孩子他妈了。"大家一哄而笑。这也没什么好难为情的。孟一凡正了色说："笑什么？这也很正常啊，愈想愈说明两人感情好，家庭和睦啊。"刘文章看他虽是正了色说话，却是一点也不恼的，料得这话题还可以继续下去，就又说："老孟。现在是进了厂了，厂里的美女那么多，时间一长，你能保证你以后不会动心吗？"孟一凡心中一惊：乖乖，我还是小荷未露尖尖角，这就有人来打预防针了，要是——不管是和钱英，还是和陈永忆，只要是一漏出个蛛丝马迹来，那还不传得沸沸扬扬，炸了锅了？他心中吃惊，口中则是笑了说："小刘，你和我老孟说这话不难为情吗？你一个小伙子都收得住心。愿在屋中坐，不去外面游。我一个老家伙还能收不得心吗？"刘文章说："你别瞧我现在不去外面游，那是因为：一个，我对这里还不太怎么熟；二个，我身上受着钱的约束。哪天这两个都具备了，你看我出不出去游！"他身边的一个人就插嘴说："所以，我们才要好好地挣钱，将来好做个有钱人。"刘文章朝这人撇了撇嘴，说："你指望这样进厂当工人打工，就能做有钱人？做梦差不多！"他们说上了，孟一凡乐得退出来。听他们说到钱的问题，这就心想：这不都是废话吗？谁不知道有钱是好的？又想：是的，我还这个那个，想着和人家做朋友的好事。做朋友就要花钱，我又有这个钱花吗？不要说这种事还影响形象，要知道影响形象就影响前途，我出来是干什么的？又对得起老婆吗？她送我的那天早晨，直等车开了她还不走，她心里一定是既不舍又担心的。我倒好，这才出来几天就要把她忘了，把心思花在了别人的身上，我还是人吗？不是人是什么呢？我当然还是人，不过不是个好人。好人有好报。我要是个坏蛋，那还能有什么好下场吗？去她的陈永忆，去她的钱英吧，我谁都不想了。我要好好地对我家老婆才是真的。明天是星期天，一晃这就出来四五天了，我连个电话都没往家里打，我真不是人。明天就给她打电话，让她知道我有多想她，想孩子……

正想到这里。李昆明从外面回来了。他一回来，就笑嘻嘻地叫了一声"表哥"，下面话没有了，只管继续笑嘻嘻一个劲地盯着孟一凡，似是犹豫下面的话是说还是不说，又似是在极力地抑制自己喜悦的心情。那一种高兴劲儿就可想而知了。这时的房间里，除了刘文章和另外三个人正在铺上围着打扑克牌，其他人都已睡下了。孟一凡就问："什么事这样高兴？"李昆明又叫了一声"表哥"，且不忙答话，却是忙着脱鞋来上铺。他脱鞋的时候，就看他也不用手，只把右脚的鞋头对着左脚的鞋后跟一蹭，左脚从鞋子里出来了半个，又用左鞋尖去蹭右脚的鞋后跟。这样一蹭再一蹭，两脚就都出来了。他往铺那头一跑，再一转身一弯腰，人就坐进了被窝里，和孟一凡肩挨肩，这才向他笑嘻嘻地问一句："你觉得邓小丽这人怎么样？表哥。"孟一凡并不知道邓小丽是谁，被他问得一愣。李昆明又说："哦，你原来还不知道她的名字。就是那个胖嘟嘟的，说话伶牙俐齿的那个。"孟一凡明白过来了，原来他说的是"七仙女"里的那个小姑娘，她叫邓小丽呀，这名字好听，人长得也可爱，胖嘟嘟的，个头不高不矮，笑模样，皮肤又白又嫩的，算是名如其人，人如其名。怎么，他看上她啦？孟一凡微笑了说："很好啊。怎么了？"李昆明压低了声音，仅是能够让孟一凡听见而已，他说："我今晚去表姐她们那里，你猜怎么着，表姐她们都到镇上去了，就她一个人在家。我是打算走的，她却说：'你能坐一会子吗？'我一听她这样说，料想我还不怎么让她讨厌，我就没走了，开始和她拉呱了。"孟一凡笑着插进来一句说："我知道，这就开始谈起恋爱来了。"孟一凡声音虽也不高，却是比李昆明刚才的声音大了些。他这一说，李昆明急得两手直拍胸前的被子，愈加小声地说："表哥，你轻点声行不行？这事八字还没有一撇，你可不能给我张扬出去。我之所以偷偷地告诉你一个人，是要请你帮我参谋参谋。"孟一凡笑着，就小了声说："我已经参谋了，她很好的呀。"李昆明说："真的假的？"孟一凡说："当然是真的了。"李昆明得了这一肯定的答复，心里更是非常高兴，脸上已然笑开了花。不过于孟一凡而言，这又把他心里的那份秘密掀动了起来：你看这男女恋爱是多么美好的事啊，我虽然是没了恋爱的资格，但男女间的交往应该要有才好。只要是正常的交往，纯粹的友谊式的，那又有什么关系！就拿我和钱英来说，昨晚可是还被老关撞到了，我今天一解释，那老关不也就没说别的，关键是要守得住这种友谊。友谊守得住，那就浊者自浊，清者自清，什么也不怕！就是陈永忆——这又想到了陈永忆了——我看她言行举止，也绝对是个爱惜名声的人。男女之事，一个巴掌又是拍不响的，她小心谨慎，我是谨慎小心，再加上咱们都要本着正常的交往，也就是纯粹的友谊式的，不去逾越那男女间最后的一道防线，说说话，聊聊天，谈家庭，谈人生，那又会是何等美好的心情？工作上互相鼓励，生活中互相关心，精神上就有了慰藉。

就这样，一会儿他要做柳下惠，一会儿他又想当西门庆。想来想去，可不就是想得睡不着觉了。直到下半夜两点多，身心实在是倦了，这才昏昏然地睡着了。

第六章　好事真多磨

　　第二天星期天，孟一凡这一觉就睡到了太阳老高老高的十点多钟。起床后洗洗刷刷，然后泡碗方便面吃了，去镇上给老婆打了个电话。出门这都四天了，不能连电话都不打一个。因为打电话，这又忽地想到电话费也是一笔开支，不知道那天算来算去有没有算进去，要是没算，经济上就更要紧张。今天一个人到镇上来，原曾想过要是再能和陈永忆碰到多好。这样一来，倒是怕和她碰到了。因此，打过电话，孟一凡也没敢在镇上多耽搁，什么也没有买，空着手回到住处。屋子里又有人在打牌，而且不是一场，还是两场。打着牌，抽着烟，吆吆喝喝，这屋子里是个怎样的情形也就可想而知了。孟一凡哪能待得下去，挟了一本小说又走了出去。走到往"七仙女"那里去的巷口时，他特意放慢了脚步，想听一听她们那边的动静。一听，静悄悄的，什么动静也没有。这就想着她们准是都到镇上去了，并没有回来。也真是奇怪，自己今天若是来回都要算的话，这已是第三次走过这里了，为何前两次都没有这样留意过呢？想想这也是自己实在太孤单了。李昆明小子，今天一睁眼就没见他，大概是昨晚就和那邓小丽约好了，重色轻友的家伙，要在以往没有这个事，他早就是缠着和孟一凡一道了。想到"重色轻友"这四个字时，他不觉哑然失笑。顿悟过来，不觉又快走到了昨晚目送陈永忆的那个路口，这又奇怪了，如上感同，今天算来回的话，这里也是第三次了，何以都只在这一次才留意起？若不是今天太孤单，还能是什么缘故呢？他从这条巷口望进去，竟然是望得到头的，只不过不知道巷口能通向何处，到头了会是个什么样的所在。因此他突发念头：不如进这巷口走一走，走得通就走得通，走不通就再弯回来，反正是无事，多熟悉熟悉周围的环境也是好的。

走了十分钟后，他发现巷口的尽头是通到一条大马路上。在马路的对面是一处园林，由一条鹅卵石铺就的小径走进去，可以到达一个小亭子。远远看去，小亭子里已有两个人了，一男一女，而且是坐拥在那里，这就不能再奔亭子里去了。好在这小径并不是只有一条，再往前走几步，拐到了另一小径上，这就通到了河塘边。这里也挺不错。河塘边有许多垂柳树。这时节，柳树的枝条都还是光秃秃的，没有半点儿绿意，不像刚才走过的小径边的那些树，都是香樟树，一年到头四季常葱的。不过，柳树虽然颓败，在这通往河塘的小径最近处有一棵柳树，也是最大最粗的一棵柳树，在它下面有两个坐凳。而且这两个坐凳特别别致，不仅连在了一起，猛一看，这就是两个树墩子，其实是用水泥仿造而成。孟一凡心里一喜，走近前，将一根手指在那上面轻抹了一下，反转来一看，手指头还不脏，心里又是一喜，这就坐了上去，放眼四下里看了看，感觉的确还不错。今天又是个大晴天，现在是下午的一点多钟，太阳照在身上暖洋洋的，不冷也不热，又没有风，这感觉能不好吗？坐了一会儿，他心慢慢静下来，那本小说书还夹在胳窝里呢，这就取出来，向着并拢的两腿上一摊，翻看了起来。

自己是个所谓的文学爱好者，这里的环境又是如此幽静，原以为这小说书是一定能看得下去的，不料也只是看了两页多点，看着看着就不入心了。算了吧，我既然是来到了这里，那就好好地浏览浏览一下四周风光才对。心里有了这念头，不由得转脸去往那亭子里望了望。一男一女还在，而且还是那样子坐拥在一起，他又不由得心想：恋爱真是件好事情！看人家这样子亲密，那时间保准就感觉过得非常之快，哪像我这个孤家寡人一个，无聊透顶。挟了本书来，也不过是故做高雅罢了。嗨，我老婆要是和我一道出来，那该有多好！不要说是星期天，就是夜晚带她到这里来散散步，那也是多么浪漫。这倒好，星期天本是休闲放松身心的，怎么觉得比上班还累些，我又一点活没干！看来一个人要是无聊，那身心真会比干活还累的。除非是有钱，有钱当然又不会无聊了。

正想到这里，却见亭子里那一对男女站了起来，而且原先脸都是转向那一面的，现在全转在了这一面。因为如此，这一望之下，孟一凡就觉得那男的有点面熟。细想想，这不就是分工那天第一个被叫上去的马加喜吗？可是我认识人家，人家并不认识我啊！何况他身边还有个女的，不知是他什么人，我还是不要贸然，装着不认识最好。他这里独自想着，不料对方却是朝着他这里一扬手，喊："喂，哥们儿，你不是厂里烧硫化缸的那个吗？是不是？"这倒好了，原来人家也是认识自己的，不能不答应。孟一凡就站起来，微微一笑说声"正是"，跟着也朝他喊问一声："你是叫马加喜吧？"马加喜"咦"了一声，很高兴地大声说："哥们儿，你怎么会知道我的名字？这就奇了。"孟一凡又笑了一笑，未及张嘴来答，马加喜又大喊说："你在那里做什么，到这里来吧，我们谈谈。"孟一凡说声"可以吗"，人已是抬起了脚步。马加喜口里说："这有什么不可以的。"待孟一凡到了亭子前，他就离开那女的，走上前两步，欢迎着说："我知道你说的可以不可以是因着我们是两个人。来，我先来声明一下，这是我老婆，又不是情人，有什么不可以公开的吗？"说到这里，是哈哈大笑。这时孟一凡已是走到亭子里来了，马加喜又退回到老婆的身边去，又说："你呢？你知道我名字，我却只知道你是烧硫化缸的，真是不好意思。"孟一凡在离他二人两步之遥站住了，一边微笑着听他说话，一边看了他老婆两眼。第一眼是看了她长相，圆脸，呈赤红色，眼睛有点小，但很有神，一看就是有点个性的女子；第二眼是看了她穿着，这女子应属爱穿型的，不施粉，不化妆，穿着却比较讲究：上面一件紫色的小风衣，下面一条黑色的紧腿裤，足蹬一双黑色的小马靴。这是怎么啦？今年女人的穿着很流行紧腿裤小马靴吗？初次见面，不好多看。收回目光，孟一凡望向马加喜，答说："我叫孟一凡，孟良焦赞的孟，一二三四的一，凡夫俗子的凡。"马加喜兴高采烈地说："哥们儿，咱们这就算认识了。你是怎么早就知道我名字的呢？"孟一凡说："面试分工那天，你是第一个被叫起来的呀，所以印象特别深。你这名字又特别的好记。"马加喜说："原来是这样，我说怎么会……哦，你那岗位不错，我真羡慕你。你是哪里人？也住在前面这水门村吗？"孟一凡一一作答了，他又说："原来你是沂新人，那你也是宋学武带过来的了？"孟一凡答非所问，反问他："你也知道宋学武这人？"马加喜笑说："我怎么会不知道？他和我姨父在一个部门，两人是好朋友。昨晚在姨父家我还和他喝了酒呢。"孟一凡听了，心说：哪个是你姨父我又不认识。这就口里喃喃着说："你姨父……"马加喜说："对，没错，我姨父，我就是跟他过来的，他也带了好些人过来，只是，我们是不交报名费的。"说完，又哈哈笑了起来。孟一凡听他这笑里似乎有讽刺的意味。讽刺谁呢？是宋学武还是自己？这就说不清了，不由得脸红起来，尴尬地笑了一下，忙岔开话题，朝他打听说："你是在哪个部门？做什么的？"马加喜依旧是高了声说："我呀，可就不如你自在，我在二线学绷面，绷面工。不过，虽然不如你那样自在，这绷面工却是那流水线上顶级的技术活。我听我姨父说，我只要把它学好了，将来……"他说到这里，突然住了口，嘻嘻地对着他老婆直笑。孟一凡一看，他老婆正拿那一双小眼睛在瞪他，这就明白了。可是也怕他会太难为情，不能不打圆场，故意敞开了说："你看你看，要说错话了吧，哈哈，该罚该罚，回家罚他跪搓衣板去。哈哈。"

这一圆场，果然是见效，他老婆虽还是板着脸，不带一丝笑意，于马加喜却已是无所谓了，借坡下驴，转了面子。这从他嘿嘿之笑中便可见一斑；于孟一凡而言，却是觉得话已至此，不能再多说什么了，人家是两口子二人世界，本是何等温馨浪漫，看那女子不冷不热的表情，也许她心里对自己的到来是极不欢迎的。

于是，在马加喜嘿嘿笑后，孟一凡也就笑着告辞了。才走出十多步去，隐隐地，只听得那女子在说："你哪来那么多的废话！"未听到马加喜的回音，须臾，却是传来女子"咯咯咯"的笑声，随之而来的又是一句娇嗔："别闹别闹，让人家看见。不难为情吗？"这就猜得到身后是个怎样的情形，孟一凡心想：我的确是搅扰了人家的二人世界了。

回到住处，纵然打牌的人还在继续，他却是倒头就睡，这一睡竟是睡着了，一觉醒来，天都麻麻黑了。肚子有点饿，起来泡了袋方便面吃了，又上铺接着睡。这样，这就把一天完全地度过去了。第二天上班照常：坐在那里，窗口看美女。上午看到了陈永忆一次，有前晚上已交谈的缘故，相看之下，彼此面上的表情虽无变化，彼此眼中的光芒却是陡地一亮，这就把各自心里的心思流露出来了。虽仍是一句话不说，却是感觉比说了话还妙。下午又看到了一次，妙感是更甚了一层。如此过了三天，到了第四天上午相看过一次，不料中午在食堂门旁的公告栏前又相遇了。公告栏前围着好多人，大概是有什么公告出来，大家争着一睹为快。孟一凡吃饭前看有好多人围着，吃饭后看围的人仍不少，本来打算是晚上下班了再看，这时听得从人群里撤出来的一个人对着另一个人说："别看了，没有我，也没有你。"那另一个人就问："那上面写的是什么？"这一个人没精打采地说："是什么，还不是人员转正名单吗？等着下次吧。"两人说着话，就渐行渐远走开了。孟一凡正要赶向前看个究竟，这时人群里挤出个人来，竟是陈永忆。只见她满脸通红，她也看见了他，一笑说："我看到了，那上面有你的。"孟一凡虽听清楚了刚才那两人说的话，自己终究是未曾亲眼看到，就说："这是怎么的？"陈永忆走到他近前，站住了，答说："新工人的转正名单。我刚才看到了那上面有你的名字——孟一凡。"孟一凡本想挤上去看个究竟，可是这样一来，不仅是有着不相信人家的嫌疑，还失了一个陪她走路说话的机会，岂不是太可惜了，就说："那我就不用看了。有你吗？一定也是有的，对不对？"说着，转回身去，眼睛却还是望着对方，那意思再明显不过，是要和她一起走了。陈永忆这就抬起脚步来，一边走一边轻声说："有的，只是我那三个老乡没有，我的心里……"下面的话就没有说出来。

孟一凡和她并排走着，两人之间自然是隔着可容纳一人的距离。她说话的声音虽很轻，也是足以听清，没有了下文，猜得她一是因为和自己单独说话有点不好意思；二是看到了名单上有自己的名字心里高兴，可名单上没有老乡名字，又不能高兴，确实是矛盾。因此，自己做了大大方方的样子，向她说："我理解你现在的心情。我由这一件事上来看，也就可以看出，你不仅是人长得美，心地也是那么的美，那么的善良。"这句话说出来，不得不说有点轻佻的意味。孟一凡自己也是知道的，可是不知道为什么，他非常自信，对方听了不会生气，反会高兴。果然，陈永忆听了脸一红，却是低了眉眼，吃吃地笑了。笑罢，扬起脸来，也不看他，兀自小声说："你说这样的话，就不怕我会生气吗？这样的话，你也好意思说得出来。"孟一凡笑说："要是有第三个人在场，我当然一定是不敢这样子说了。"陈永忆笑说："那是为什么呢？"孟一凡说："因为现在只有我们俩啊。"说完，自己已嘻嘻地笑出声，同时，又向对方的脸上看来，心里是期待着能和她四目相对。谢天谢地！他真就是如愿以偿了。陈永忆刚好这时向他一瞧，她大概是没想到他正在看她，四目一相对，她赶忙扭回脸避开了，却掩饰不住脸上的红晕，口里说："你真幽默。"孟一凡看她这情形，又听她说出这一句话来，更加自信她是不会反感自己的了，就愈加主动地同她攀谈。

走一路，谈一路。这就得知她是准备班的机工。准备班是流水线的前道，准备准备，顾名思义是做准备工作的。她是机工，她的工作就是缝纫袜套，有专人把一卷一卷布按样板裁剪成袜状，她们机工就是把袜状的布口缝接起来。这准备班就在剪鞋口西面的那栋屋子里。孟一凡原来并不知道，他陪着陈永忆说话，一路走来，也是顺路，走到剪鞋口场所里，他得转弯往北了。正要同她说明一声，她突然一指西面的那栋屋子，说："看，那就是我们工作的地方。"孟一凡自然是顺着她的指向去看，这时正好从屋子里出来一个小伙子，对着陈永忆大声地说："今天吃饭时间怎么这么长，是不是也看公告去了？"陈永忆就回答说："是的呀，你有没有去看？"这样一来，孟一凡就不便再多说什么，朝她一点头，人就转身向北去了。

这天下午，孟一凡又从窗口看到陈永忆去上厕所，与以往不同的是，这一次她身边多了一个人，就是先前那个从屋子里出来的小伙子。他走在她身边，大声地同她说笑，然后分别进了男女厕所。出来时，小伙子先出来的，而且出来得很快。孟一凡坐在硫化缸台上，因为窗口正对着厕所门口的道路，他一出来，孟一凡就留意到。他虽是很快出来，出来了却磨蹭着慢慢走，还回头向身后看一看。这就可想而知：他是有等人的意思。等的是谁，那也就可想而知了。

孟一凡看那小伙子虽长相一般，比不了自己，可人家比自己年轻，又是同处一室，上班时间时时在一起的，这两点比自己绝对占着优势。不好！我还是不要自作多情自讨苦吃吧。这样想时，那小伙子已磨蹭到窗口前。到了窗口前，他干脆是站住不走了，竟向自己投来挑衅似的一瞥。孟一凡心里的酸味还未完全消尽，这就板着脸来和他冷眼相对。不想这小伙子却是一咧嘴，望着他又无声地笑了。恰在这时"嗯嗯"声响起，陈永忆从厕所里出来了，二人这就有扭头的有抬头的，都忙着闻声去看。只见陈永忆亭亭玉立，一步一个响地走过来，先是谁都不看，快要到了那小伙子跟前，微微地一笑，笑过，方才看了那小伙子说："你怎么不走呢？"

那小伙子向她迎去一步，身子再一转，和她是并肩而行了，同时嘴上说："我这不是在等你吗？"说着，还同陈永忆扮了一个鬼脸，这个鬼脸扮过，跟着把两肩膀晃了两晃，似笑非笑地向孟一凡的脸上又挑衅了一眼。陈永忆嗔他一声"贫嘴"，眼看着人就要走过了，突然抬起眼来向着孟一凡匆匆一瞥，孟一凡这一眼是和她对上了。自始至终，这还是她此次厕所之行唯一的一次对眼。什么意思呢？心里还是有我的，只是当着别人的面不好意思表露出来罢了。那她的心里是不是也有着那小伙子呢？那小子的眼神看我就有点不大正常，好像我和他真是情敌似的。

正这样想着，耳听得一旁的老关对陈小海说："你看看，这一对男女是不是有点意思？"陈小海说："你说的是哪个？刚才过去的那两个吗？你也注意到了？"老关嘿嘿一笑说："我怎么注意不到？我一听高跟鞋响，就把脸转过去看了。"这样子听来，分明是刚才窗外的一幕这二人也是瞧在眼里了。陈小海又接话说："老关，你也花心哪！"说罢，却是看了孟一凡一眼，无声地一笑。老关说："不行了，我老喽。这都是你们年轻人的事了。"陈小海笑应说："你老什么老，老牛吃嫩草嘛。"老关又笑了笑，正色说："真的。这种事在厂里又不稀奇，你看这刚才的一对男女，那男的就有点讨好那女的意思。时间一长，不要私下里约会吗？"陈小海说："那男的多小啦，看上去还是个小伙子呢。那女的是小少妇，得比他至少要大五六岁，和我们是差不多年龄的。"说时，他看了看孟一凡，这"我们"也就指的是孟一凡和他了。老关就向孟一凡望了过来，说："我刚才看那女的也是向着我们这里看来，好像是看了小孟一眼。"孟一凡这就不能不接话了，笑说："人家不过是看这硫化缸，大概不知道这是干吗用的。哪里会是来看我？"陈小海笑说："你脸红什么？甭说，你俩还真有点般配，年龄相当，人品也相当，你其实比她还强些。要是有机会，你追她的话，我保证你一定是能追上。"孟一凡不好说什么了，抿嘴又一笑作罢。

若是没有看到小伙子刚才的那种表现，这一番议论无疑会火上浇油，助长孟一凡对陈永忆的非分之想，由动心，继而动情起来。无奈这一幕恰是被他看到了，自感还是适可而止、不要强求为妙。因此，动心不动情，也就一笑作罢了。又过了两天，也就是星期三，流水线的工人早已下班，这时硫化缸最后的一缸鞋子也快要出缸了。老关趁闲提前洗澡去了，缸上只有陈小海孟一凡师徒二人，也就等着一出缸，下班走人了。正在这时，有个人匆匆地跑过来，一边跑，一边喊："哪个是孟一凡？哪个是孟一凡？"孟一凡一看，这不是那天讨好陈永忆的那个小伙子吗？对方跑得急，喊得也急，这就不能不使他立即紧张起来。他嘴上答应着"我是"，同时丈二和尚摸不着头脑地看着对方。小伙子跑到他面前，连连地喘了几口粗气，急急地说："快走快走，陈永忆叫我来喊你。她出事了。"说着一扯孟一凡的衣袖就要往回跑。

孟一凡让他扯着，紧走了两步，也急着说："什么事你也得说清楚。再急，我也得和师傅说一声吧，我还没下班啊！"小伙子只得停了下来，大声说："她出了车祸啦，就在厂门口，她说你晓得她住在哪里，要我来喊你，要你去叫她的老乡！"这一次，孟一凡算是全明白了。事不宜迟，回身一看，师傅陈小海还在那里，只是先前是坐着，现在人已站起来了。小伙子说的话，想他也完全是能听得到的，这就朝着他一点头。陈小海马上会意说："你快去吧。"他就跟着小伙子往前跑了。

人还未到，远远地就看到厂门口的大马路上围了一堆人，声音嘈杂得很。孟一凡这时是只知道陈永忆出车祸了，至于陈永忆人伤没伤，伤得怎么样他是一概不知的。但他心里暗暗地想着：既然还能叫人捎口信来叫我，那总不是人事不省的。可要是撞个腿断胳膊折的那也是不得了的事。但愿她一点事没有。上帝保佑！跑到那里，围着的人听说被撞人所要叫的人被叫来了，纷纷自觉地往两边拢拢，闪出一条道来。孟一凡进去一看，只见一辆白色的小轿车亮着两道雪白的光束停在那里。光束之下，离着车头不过是两步之遥的地方斜躺着一辆自行车，那正是那晚上所见陈永忆骑的那一辆。陈永忆人呢？他心里咯噔一下，正要往不好处去想，却听得一个声音说："你来了，我在这里呢。"这才看到，陈永忆被两个女人扶着，就站在自己的右前方，就在那辆自行车的旁边。车灯光束的缘故，光束之内的都分外明亮，光束之外的更显黑一些。陈永忆是站在光束之外，所以不大容易一眼看到。孟一凡赶忙快步过去，到了她面前，急急地问："你怎么样？碰到了哪里？痛不痛？"陈永忆苦笑了一下，回答说："我也不知道我怎么样了，我只觉得浑身没劲，脑袋发晕，浑身也都痛。我真倒霉呀。"说到这里，顿了一下，又慢声地说："你来了，你是知道我们四个人的住处的，麻烦你去把我的老乡叫来，好不好？"孟一凡说："这当然可以。只是，只是我要怎么去才会快些？"这时那小伙子插进话来说："你骑我的自行车吧，我有自行车的。"孟一凡说出那句话来，正在暗自懊悔着，人家要你来解救，你却是连这个问题都解决不了，那还能解救人家什么？可见你也是个无用之人。现如今一听小伙子这样说，那还犹豫什么，说声"好"，也没好意思再对陈永忆多看一眼，多说一句话，跟着小伙子到了人群外，骑上他的自行车，快马加鞭地直奔水门村去了。

别看他那天是望了眼她二人进的哪一家，真正要去敲人家的门，想一想心里面都突突跳，真有点怕敲错了。好在眼面前院门还没有关，这就不用去敲了。堂屋里也还亮着灯，说明屋里的人还没有睡下。本来嘛，这时也就是七点钟左右，还有点早呢。孟一凡一脚踏进院门，立刻就喊："陈永忆是住在这里吗？"连着喊了两声，屋子里就有人回应了："谁呀？干什么的？"跟着是廊檐下的灯一亮，那个叫万紫琼的女子走了出来。孟一凡心里这才松了一口气，踏实了下来，忙又说："你家的陈永忆出事了，快跟我走吧。"万紫琼本来是刚看清楚对方，正待要客套两句，听他这么一说，不由得"啊"了一声，掉头就往屋里跑。跑到那两口子所住的门前"咚咚"地把门一阵乱敲，同时是嘴里喊着："快起来，快出来，永忆她出事了，一大哥报信来了。"

孟一凡站在院里怔愣了一下，觉得这时还是进屋里说个清楚为好，也就不请自到，来到了堂屋的客厅里。虽然是亮着灯，终究初来乍到，又是这种时候，总怕有些什么不便。因此，一进来先就故意地轻咳了一声，看看东墙朝西有一扇门是半开着，房里的灯也是亮着，门里有人正在嘀嘀咕咕地说话，同时还有窸窸窣窣的音响。他一声咳嗽后，门就大开了，万紫琼在门里招手叫他："你进来吧，没事的。"跟着又响起一个男子的声音："进来吧，不要紧的。"孟一凡这时也已觉得不会有什么不便了，进去就进去。到了门口，却又站住了。屋子里的空间实在是太小，男的站在床边，还正往身上套着一件棉袄，女的——也就是他的老婆，已经穿戴好了，正帮着丈夫翻弄着毛衣里的衬衫领子。万紫琼呢，就站在屋子中央看着他们，当然是有催促他们的意思。其实他们的行动已是够急够快的了。杨德贤把棉袄穿好，一哈腰，掀起了床上的褥子，褥子下面是草席，草席上散开着十几张红色的百元大钞，他一把搂了，也不点个数，往袋里一揣，说声："走。"孟一凡看在眼里，心里不由得非常感动：患难之时，这老乡之情真是好样的！

虽是说声"走"，到了外间的客厅，四个人不免把这怎么个走法又提议了几句。两口子原也有一辆车子，最后是两口子一辆，万紫琼就搭孟一凡骑来的车子。十余分钟后，四人来到了陈永忆面前，围观者还有很多，而且交警也已赶到了现场。听陈永忆说，交警初步的处理意见是希望双方自行私了，私了不通，那就再公事公办。杨德贤问她伤着了哪里没有，她说没有，就是觉得浑身没劲，头脑发晕。孟一凡这时因她的老乡赶来了，心里的担子轻松了不少，听她还是说的与原先相同的话，就想：这不过是受了惊吓的缘故，要是对方肯出钱，私了就私了，也没有什么。不过，这话他又不能说出来，不怕一万，就怕万一，万一她是外伤没有，有内伤，留下了后遗症，自己岂不是担当不起？因此不敢多话，只听着看着他们怎样来拿主意。这时，一个三十来岁的小个子男人挤挨了过来，满脸苦笑着说："各位哥哥、姐姐、老乡，咱们就私了了吧。我这也是给私人老板开的车子，这一回扣了分不讲，回去恐怕饭碗都要保不住了。"孟一凡一听这话，想必这一位就是那个肇事的司机了，刚才心急去叫人，竟是还没和他照过面的。现在一看这人，个子虽是不高，眉目倒也清秀，不像个耍奸卖滑之流，心里就有了好感。听他的口音，有点像山东的老侉。都说山东大汉山东大汉，看来什么都没有个绝对的。自己是苏北沂新人，和山东的地盘只隔着一道马路，离得这样子近，这好感之上又多了一层亲切之感。两下一结合，同情心油然而生，正要说一句折中圆场的话，那小司机又苦笑着说："我刚才点了一下，我身上的现金还有七百多元，都给你们，你们要是嫌少，我就把手表也抹下来给你们。"说着，一扬手腕，果然一块表戴在手腕上。孟一凡看他这一扬手，出于本能向他的手腕投眼一看，只这一下，稍一迟疑，时间上就耽搁了，没容他圆场的话说出来，而他们老乡四个也还在那里举棋不定呢。这时一交警过来了，大声嚷嚷说："好了好了，既然你们私了不行，那就按交通规办，你们都往一边站站，一边站站！"他不仅声音很大，还透着极不耐烦。说话时，已是张开手臂把他们向后急急地推拢着。另有一位交警拿着皮尺过来，朝他手上一递，两人就拉起尺子来了。说实在的，要不是看这一交警极不耐烦，在他推着大家向后退的时候，孟一凡真想喊"别忙别忙，请再给我们一点时间"。一看交警那样，他就不敢了。到了现在，都已经拉皮尺子，他还有什么话说？他没有话说，大家也都是没有什么话说。退定后，只能眼睁睁地看着两位交警拉皮尺子。过一会儿，皮尺子拉好了，两交警站在那里相互嘀嘀咕咕起来，其中一人，也就是原先那个表现极不耐烦的交警做起了记录。后来他又来到了大家面前，分别问了当事人话，一边问又一边做记录，最后撕下了两页纸来，一页交给陈永忆，一页交给那个小司机说："明天上午十点钟之前到和平路的交警大队，等候处理结果。现在你们就是想再私了也是晚了。要是不服，尽可以上诉。好了，都散了吧。"这事就算暂时告一段落了。

回去的路上，五个人只有一辆车子，紫琼提议：让孟一凡载着陈永忆先走。孟一凡心里当然是巴不得，但他心想这不过是人家的客套话，不能应承的。也想到打辆车，后来一致意见：须得一个人骑车子带着陈永忆先走。陈永忆不同意，说自己能走。能走也不行。最后是杨德贤骑车子载了陈永忆先走，陈永忆那辆自行车虽没有包饺子，但脚蹬板摔脱了，也不好再骑的，孟一凡就把它推回厂里搁了，然后和两个女子一道步行回去。他们一路说话拉呱，他才知道她们是陕西人，家乡多为山路，自行车是不好骑的,所以像陈永忆这么大的人还学骑自行车那是不足奇怪的。边说边走,不觉很快就到了水门村。因为天太晚了,这天晚上孟一凡就和她俩在巷口话别,没再去她们住处打扰了。第二天早上,觉得自己于情于理上班之前要去看望一下才对。于是,在吃过一袋泡面之后就去了她们那里。不料多事有事,到了这里,首先是会着了杨德贤两口子。那杨德贤一见他像见了救星一般,冲上前一把抓住了他的手说:"孟大哥,你来得正好,不要怪我冒失,你来了可得帮我一个大忙。"

孟一凡看他脸上是很急很忧的表情,音调里又是带着十二分的乞求,不由得心里一骇,嘴上却说:"什么忙?只要是我能帮上的,我想我不会推辞不帮的。"这是站在外间的客厅里说话,由东面右边的一间屋子里传出了陈永忆的声音来:"是孟大哥来了吗?你真是热心。"随着这话,却见紫琼从那间屋子里走出来,和他一笑说:"她还没有起来呢。"孟一凡不由得脸一红,自己也热心过火了吧,人家还没有起床。无故献殷勤,非奸即盗!他怎会不脸红呢?红着脸又不能不向她笑一下,点一点头,以示招呼。立即又抬起眼对着那间屋子说:"你觉得怎样?没事吧?"屋子里的人说:"没事。就是还想睡一会儿,不想起来。"孟一凡又只好笑对那屋子说:"反正十点钟还早,你再睡一会儿也不要紧的。"屋子里的人"嗯"了一声。这个时候,杨德贤一直是急着一颗心,在等着他和屋子里的人谈话结束,如今听得屋子里只"嗯"了一声,这就算终于等来了接话的机会,他立即转忧为喜地接上说:"你能帮上。我问你,你工作是转过正了的,是不是?"孟一凡尚不明白他问这话是什么意思,就一脸蒙懂地看着他，点着头，说声"是的"。杨德贤又立即是大喜过望，说："这就对了！我说你能帮上吧，准能帮上。"说时，向站在他身边的老婆望去一眼，又望向孟一凡说，"是这样的，永忆今天不是要到市里去等结果吗？我们怎好叫她一个人去呢。可是这样一来，那就得请假。我们三个都还没有转正，一请假，恐怕下一批转正又要受影响……"说到这里，杨德贤眼巴巴地，脸上透出难为情来，后面的话无须再说，孟一凡也已经听明白了，不过是想要他代着陪陈永忆走一趟等结果。看这家伙昨晚一把揣钱的那种壮举，也真不愧是个男子汉大丈夫所为，不料今日却是在工作转正不转正一事上打起了自己的小算盘。真是叫人小瞧了去。又想：这也许因他看陈永忆并没有伤着哪里，放宽心了，这头一放宽心，那头就要权衡起自家的利益了。昨晚，陈永忆真要是进了医院，他往她身上花钱，这事后当然是要还他的。现在她反正身体无恙，此去不过是陪她等个处理结果，因这请假真要是影响了工作转正，于自己有点划不来。要知道，人都是自私的，不过是自私之心有大有小而已。如此一想，孟一凡也就予以理解，觉得作为一个老乡他还是好样的，那小瞧他之心又瞬间没有了。继而来想：要我代陪，这不正好得了个和她独处的机会吗？我虽然是受了请一天假的损失，这独处的机会却是难得的。只是请假的手续怎样来办呢……

都说光速是最快，看来人心的转速才是最快！心里想的这么多，其实也就一眨眼间。想归想，他还未答应呢，耳听得那杨德贤又说："况且，你不晓得，我是个没经过事的人，遇事就只知道紧张，一点办法都没有。不像你，我一看老兄你就是个见过世面、有头脑有办法的人。"他这胡乱一吹捧，孟一凡虽是觉得好笑无道理，却是不好意思来说什么推辞的话了，只得说："我俩都差不多的，我也没见过什么世面。不过，要我代陪，那也要看看她本人，愿不愿意呢。"杨德贤忙说："感谢还来不及呢，怎么会不愿意呢。"这话一落音，另间屋子里就又传出了陈永忆的声音："是的，感谢还来不及呢，我怎会不愿意呢。"从一进屋到现在，她这虽是第二次插话进来，却一直没有露面，想她这时真还是赖在床上没有起床了。刘凤菊说："好好好，那就这样定了。烦劳你，孟大哥。我现在去找纸笔，你写个请假条，我们给你带去，正好连同永忆的一起带去。"刘凤菊这一说，更是把事情又向前推进了一步。而且，她说出了孟一凡正要说出来的话，这倒不能不让他打心眼里佩服对方的机灵。只几秒钟的时间，纸笔就拿来了。到了这时，孟一凡还能说什么呢？他红着脸，就去把请假条写起来了。

过一会儿，他们三人嘻嘻哈哈地上班去。临走的时候，万紫琼，还故意笑着对他眨了眨眼睛，那意思明显是说："我们走了，这里是你们的二人世界了。"屋子里静下来，孟一凡站在外间屋不好乱动，正准备要找句话和内屋里的人说，来打破这沉默。内屋里的陈永忆说话了："孟大哥，你在外面吗？进来呀。"孟一凡在外间望了那房门说："你起来了吗？我在外面。"陈永忆在内屋里说："你进来吧，没事的。我就起来。"孟一凡听了，心里怦怦直跳。这是什么意思呢？她要我进去，她又没有起床，还说没事。可想而知，她是不把我当外人的了。我进去还是不进去呢？进去吧，她已明说了她还没有起床；不进去吧，人家一个女子都这样大大方方地要我进去，我不进去，岂不是还不如一个女子出息？而且一个人站在外间，这家房东不知道起来了没有，等会儿碰见了，也怪不好意思的。这样想着，就故意咳嗽了一声，说："好，我这就进去。"

他说这话的时候，是正了正脸色说的。及至到了内屋里，脸色还是正着的。不过，他的一双眼睛和她对视的时候炯炯有神，焕发出正义与热情来。显然，他这是在有意无声告诉她：我是有老婆的，我绝不是那种油腔滑调、见一个爱一个游戏感情的人，我就是一个正派的重情的男人。不知道陈永忆会不会如其所愿地想他为人。她虽是没有起床，却是坐着在被窝里，被子一直拉到脖子底下，平日里所见的扎成马尾的头发这时是披散了开来，发梢盘落在被头上，睡眼还有点蒙眬，脸上还有点潮红。孟一凡一看之下，心里不免荡漾起来。可是他又对自己说：她愈是这样妩媚动人，我愈是要坐怀不乱，才显出我孟一凡与众不同来。这时陈永忆指了屋里唯一的一条长板凳，对他说："孟大哥，你先坐下吧，我这就起来。真是有劳你了，还要你为我请假，我这心里……"孟一凡一边去长板凳前坐下，一边摆着手打断她的话，说："这没有什么，只要你没伤着哪里我就放心了。你不觉得身子有哪里不适吗？"陈永忆说："没有。我也知道，我昨晚主要是给吓的。女人就这点不好，一遇到事就慌得不行，没有了主意。"她说着，一撩被子就要起床了。孟一凡本是看着她，听她说话，这一来，可就看到她穿着一身粉红的衬衣衬裤，忙低下头来，不敢再看了。陈永忆下得床来，趿了一双粉红色的棉布拖鞋。她先走到门边，轻轻地把门带上，然后又坐在了床边。孟一凡正要询问她情况，却见她朝着自己转过脸，那两腮上已是挂着两道泪痕，她眼中汪着满满的泪水，只看他一眼，就闭上了。这一闭，那眼中的泪水更是一下子流淌出来，挂满了两腮。梨花带雨就是这样的了。孟一凡有些吃惊，刚想问她是不是哪里不舒服，又听得陈永忆嘤嘤地说："我这个苦命的人，想不到今天会遇着你这样一个好人，我心里真是太感激了。我一个弱女子，出门在外，你要我怎样子报答你才好呀。"听她如此说，孟一凡便明白了，忙安慰她说："朋友之间互相帮助是应该的，哪里要什么报答？别着凉了，赶紧去穿上衣服，我等你。等会一起去市里等结果。"陈永忆感激地点点头，便起身坐回床上去换衣服了。

此时孟一凡心里想到了一件事上：这一番陪着她前去，身上总不能不带钱的。别的不说，就是坐车来回的路费两人也要八元，现在自己身上是一分钱都没有，这还得赶回去取钱才行。又想：房间里的人还不知道都走完了没有，要没走完，人家奇怪起来，问我走了半天怎么又回来了，我该怎样回答？是说谎呢，还是说实话呢？得得得，事不宜迟，要是等陈永忆衣穿好了，再梳洗洗好了，我再要回去取钱，可不就把时间耽搁了？听昨晚好像是说今天十点半之前办理交涉，现在估计也得有七点半钟了。我要回去取钱，现在不回又待何时呢？想到这里，他就站起身来说："永忆，我要回去一趟，很快就回来。"陈永忆一身衬衣外面已套上了毛衣毛裤，被子掀在一边，她坐在床上，正屈着两腿，往一只脚上套毛线袜子。听他如此说，这就停了动作，一抬眼，望向他说："你回去做什么？我一会儿就要穿好了呀。"

　　孟一凡因为是要回去取钱，又不好说明，一时找不出好的理由来，只得吞吞吐吐地说："不是……"脸上的表情随之也是有点不好意思。陈永忆边套袜子，边望着他说："那是什么呢？莫不是你要回去取钱吗？"孟一凡脸一红，笑了说："正是。我上班时，身上还没带钱的习惯。这一出去……"陈永忆打断他说："不怕。你为我的事把时间赔上了，我哪能再要你为我来破费呢。"孟一凡说："谁让我是男人呢。让你花钱这怎么好意思呢？"陈永忆又笑了说："你这就是大男人主义了。看不出，你还是个大男人主义者呀。"孟一凡也笑了说："我倒不是大男人主义。我只是觉得，男人花费，是表示着对女人的尊重。"这时候，陈永忆坐着，在穿牛仔裤，两腿已蹬进去了，正要提着裤腰欠欠屁股往起站，这就又坐定了，不失深情地望着他说："你说这个道理我倒是非常赞同的。不过，这一次是个例外，你帮我的忙，我不能要你破费。"话都这样子说开了，孟一凡也就不再说什么了。恭敬不如从命，乐得不回去取钱。

　　陈永忆下床来，从床底下取了高跟鞋穿上，还是上班时穿的那一双。鞋子穿好后，开始洗脸梳妆，完毕了，又从衣架上取下一件天蓝色的小棉袄来穿上。这小棉袄只有半成新，穿在身上合身是合身，好看也好看，就是不太怎么显眼了。孟一凡这倒弄不懂了，她把上班时穿的那件大红羽绒袄穿上不更好看些吗？干吗穿了这一件旧棉袄呢？这时，陈永忆跺一跺脚，大大地张开了两臂，向他问："怎样？不好看吗？"孟一凡就说："你穿什么都是好看的。"陈永忆说："不是吧？也许你心里正在迷惑着，我怎么穿个半旧不新的棉袄呢。"孟一凡被她猜中了心理，不好意思地一笑，一时不知道该怎样接她的话。陈永忆站在那里，望了他说："实不相瞒，我是故意这样穿的。你想啊，到了那里，人家法官一看我穿得这样朴素，就晓得我穷得可怜，不就要多判给我一点损失嘛。"说着调皮地一笑。孟一凡因她这调皮的一笑，也就不再拘谨了，笑说："看来，你不仅长得漂亮，还很聪明。不过，你真要扮演一个朴素的角色，那你的高跟鞋就要换下来，不要穿。最好是穿一双我们家乡的老式布鞋，那样才像。"陈永忆笑了说："那我可不，我宁愿不像了，也不能不穿高跟鞋。"孟一凡问："那是为什么呢？"陈永忆又调皮地一笑说："你是故意装不知道问的吧？就为了做女人要有女人味啊。"说了这话，她向孟一凡面前走来。孟一凡自那时站起就不曾坐下，她到了他面前，只隔了半步，站住了。她向前来的时候，两眼一眨不眨地直盯着他，待到了面前，两眼却是垂下了，两手不停地抚弄着胸前小袄上的拉链头。见她收拾好了，孟一凡说："走吧。"

　　时间上容不得多耽搁，一会儿两人就出发了。孟一凡自打一进门，还不曾见过这家房东，走到院里时，见一个上了年纪的老婆子在水龙头前放水。不用说，这就是房东了。孟一凡看她时，她也正在看着他，他一笑，她也一笑，笑出满脸的核桃纹来。到院外，孟一凡问陈永忆："这家房东都有些什么人？"陈永忆说："就老公俩。老公俩都七十多岁了。"孟一凡"哦"了一声，没再说什么。陈永忆笑说："怎么，你怕人家看到我们一起走吗？"孟一凡笑了一下，不置可否。陈永忆说："其实房东倒不怕。我们按月交房租，一分不少她的，人家也不会管你什么闲事。像刚才老太太看到你，她也不知道你是什么人，也不会往不好里想的。外地人，老乡多，她们也不会奇怪的，怕就怕会碰到了厂里的同事，那就要被怀疑了。不过，我们是同事与朋友关系，是没多大问题的。八点都已经过了，同事是碰不到的。"说着，她一抬手腕，手腕上露出一块电子表来。她看了看，说："现在是八点一刻了。"孟一凡的心思多少有点被她说破，可他哪能就这样承认呢？承认了，不就等于承认自己是个胆小怕事的人吗？于是，他笑着来分辩："你以为我是怕人家误会我们吗？我才不是。我不过是看那老太太这样老了，要是儿女们都住在一起，这得有多少口人了，就这几间房子，又怎么能住得下？"陈永忆笑了说："你别胡掰。我是说真的，怕就怕会碰到厂里的同事。"孟一凡这就不必分辩了，只是说："你说得对！我知道人言可畏，唾沫是能淹死人的。"陈永忆说："你大概不知道，有的厂里非常严，要是听说有这种事，就会开除人的。而且，他们开除人的时候也不明说，只说去财务把账结了，明天不用来上班了。你还一头雾水，不知道是怎么一回事呢。"孟一凡说："我虽然是不知道，但我能想到。你放心，今天这一次是个特殊，我帮你忙，本来出了这样的事你也不方便。别人不会那么容易误会的。"陈永忆看他一本正经说得这么认真，真怕他误会了，忙说："你不要误会，我的意思，是要我们俩都小心一点。"孟一凡说："其实我俩的心情都是一样的。要说呢，都是过来人，出门在外，各自的另一半又不在身边，就更要守住自己。只是碍于人言可畏，你说你没做什么见不得人的事，孤男寡女的，谁又能相信呢？但我俩清清白白，本没有什么，也不必担心害怕。"陈永忆笑了说："你说话一套一套的，我真服了你了。我也说不过你，只要你明白了就好。"孟一凡说："我也不过是实话实说罢了。"陈永忆说："我知道"而后两人也没再闲聊，专心赶路。

第七章　都是因为钱

两人出了村，到了马路上，陈永忆又抬腕看看表：八点十七分，离交警规定的时间还有两个多小时。这里离市区还有不近的路。是打的去，还是坐公交车去呢？两人合计了一番。孟一凡因为身上没带钱，花钱要花陈永忆的，这就不能不以对方节约为重，全力主张坐公交车去。陈永忆因为两人都搞不清市交警大队处理事故中心具体在什么地方，坐公交怎么坐，转公交怎么办，有些麻烦，再加上她是主角，人家是陪着她，为她受累的，怎好在坐车上再来抠门图省几个钱呢？最后两人达成共识：先坐公交到市区，到了市区再打的。

谢天谢地！一路上总算顺利，没有误事。到了交警大队事故处理中心，一进大厅，乖乖，人真是多啊。可想而知，平时大家看似每天平平安安的，其实每天都有倒霉事发生，倒霉的人也不是就哪一个。看来平安就是幸福啊！那小司机早就来了。双方相互点头，打了个招呼。半小时后，轮着了他们。穿着制服没戴大盖帽的警官在窗口里，把面前桌上的卷宗拿起来又放下，放下又拿起来，通过窗口的小方孔对窗外的他们说："你们这事，不怪人家小车司机，我们处理的结果是，你们双方协商一下，协商好了就行，去吧。"这么简简单单的几句话就成处理的结果了。

小司机一听，立即脸上绽开了笑容，同时舒出了一口气来。陈永忆趴在窗台上，一脸着急地望着窗口里对那警官说："那，照这样说，我就这样子平白被撞了一下就算啦？"那窗口里的警官说："我不是说得很清楚了吗？你们去一边协商，协商好了就行嘛。你要是不服，尽可以上诉的。"

孟一凡心里也是非常着急，这事搞不好能白来一趟，一分钱赔偿得不着。要是这样，永忆她身心备受刺激不说，就是他这个陪同来的人也显得太窝囊没用了吧？眼下之急，须得盯住那小司机，不能让他跑了。只看他刚才脸上露出的那笑容，就知他现在的心境和昨晚的心境不同，已判若两人了。他昨晚还急着要倾囊而出，破财消灾，早早走人。今日经公家一断，不怪他，他还会拿钱出来吗？不要趁机溜走了才怪。这么一想，孟一凡一拉陈永忆的胳肘，说："我们跟人家到一旁协商吧。人家也是好人，不会太亏了我们的。"到了这时，陈永忆也正没有主张。既憋屈，又无可奈何，听得他这么一说，眼圈儿一红，眼眶里立刻汪满了泪水。孟一凡看到，正好可以借了这个说话，就劝着陈永忆，一边和小司机往人少的地方走，一边说："你别哭啊！人家车老板这不正要和我们协商吗？天底下总是好人多的，好人一生平安。人家总不会亏了你的。车老板，你说我说的是吧？"小司机此时的心情果然与昨日大不一样。不过，凭良心说，这人还得算是个好人，他呵呵一笑，站住了，说："弟们，你莫给我灌迷汤了。

我心里清楚得很。不过，今天你们这么远跑来，我总不能要你们白跑一趟，大家都不容易。这么着，我给你们四百块钱。再多我也没有了，就是有了我也不会多给。怎么样？"

这地方人是少多了，而且是在大后方，身边有别人，别人也都是脸朝前，谁也不会转过脸来注意他们。孟一凡正要答话，陈永忆噘了嘴说："你昨晚不说是……"小司机立即板了脸说："我昨晚给你你不要，今天我就是一个子儿不给你，你也不能……"孟一凡一看这情形，真怕他话越往下说越不好听，陈永忆会更觉委屈，饱受刺激，到头来竹篮打水一场空，真不划算。这就不等他说完，忙圆场说："老板老板，不要说了，我们也不能见好不收。你说得对！大家都不容易，就照你刚才说的办！四百块钱就四百块钱吧。"这一圆场，小司机也就不说别的了，钱一给，各走各的，从此谁也不会再遇见谁了。

孟一凡陪着陈永忆来到外面的马路上，因陈永忆从接了钱到现在一直没有开口说话，想她心里的结还是窝着的，就主动来打破沉默，说："都怪我没用，名义上是陪了你来，其实却一点力都帮不上。"说着，还叹了一口气。陈永忆幽幽地说："这怎能怪你呢？我谢你都来不及的。要不是你陪着我来，这四百块钱恐怕都捞不到手。只是我觉得太丢人了，昨晚人家给七百我不要，今天跑了这么远，还是请了假的，不仅是我一个，还害你搭上陪我。七百不要，四百我倒要了。这事要传出去，人家不笑说我傻吗？我一想到这个，就觉得太委屈、太丢人了。所以，这时候也不知道说些什么好，干脆就不说了，你可不要自责，我并没有丝毫怪你的意思呀。"孟一凡说："要是为着你说的那个，我倒可以完全地向你保证：我是一个字都不会向别人说的，为你保密就是了。"陈永忆这就略带了笑容说："你想想，明天到了厂里，免不得是有人要问起的，我怎么说？说实话吧，七百不要，要四百，人家背地里肯定要笑话我傻；不说实话吧，明明是只得了四百，要我往多里说，这就叫自欺欺人，我这不也是傻吗？"孟一凡见她笑了，也就笑了说："你莫纠结了，那就这样吧，我们统一口径，只要是有人问到你这事，你就说还是七百吧。假如你那个同事，也就是昨晚你让来叫我的那个，要是他问到我的话，我也就说是七百。当然，他也不会问到我，因为他并不知道我今天陪着你来的。相信吧，这事儿两天一过，也就无人问津了，你犯不着在这上纠结的。"陈永忆说："好，我听你的。就是今晚我老乡问到我，我也要说是七百，你看行吗？"孟一凡说："行！那咱就统一口径，一言为定！"陈永忆又说："我有个想法，现在还不到中午，我们也不必急着赶回去，一路就坐公交车吧，等到了镇上时，我先请你随便吃一点东西，然后我在镇上买鱼买肉买酒回去，我亲自来烧菜。菜烧好了，等老乡他们下班来，我们一起吃喝个痛快，也算是感谢一下，庆祝一下，为我压压惊吧。"

　　孟一凡看她说得恳切，想想自己假已请了一天，要不答应她，回去也没个什么意思，说不定房东看到了，还要怀疑他怎么今天没去上班，若问起来，又得解释，废那么多话！没准儿这白日里，因大家都上班去了，房东也有事出去了，根本就是锁着门进不去，那岂不是自找的麻烦，再要转回来，那就怎么也不好意思了。因此，听之任之，也就不予拒绝。在后来陈永忆烧菜的时候，他一边帮着给她打下手，一边找些话来和她说。什么话呢？

比如：问她们是哪里人，老家有什么风俗习惯，她的老公怎么没有和她一起出来，又问她两个人是自由恋爱的，还是媒人介绍的。她都一一作答，不瞒他。当然，这第一个问题在昨晚他已是问过她的老乡们了，今日又问，不过是为了便于打开话题罢了。当然，他问她，她也一样问他。他呢，也都一一作答，不瞒她。相问之下，这才知道，各自的情况竟是有许多共同处的，这就多了同病相怜之心。尤其是听到她说她的老公去年只身一人在河北石家庄的某煤矿挖煤，春节也没回老家过年，现如今听说是组织了二十多号人，已在那里搞起了承包挖煤。孟一凡只知道老家徐州有煤矿，只听过山西大同煤矿很有名，石家庄有煤矿他还是第一次听说。陈永忆的话他又不能不信，信的同时，自己对那个远方的男人充满了敬意。既是对她的丈夫敬重，那就更应该对她敬重。怜惜之心有了，敬重之心有了，又想起上午因人家赔了她四百块钱，没涨还折了，她就觉得传出去很丢人。这样一个女子，爱面子肯定是爱的，也可以说是虚荣心很强，对于钱，却是不能说她看得多重，也不能说她看得不重。从她一路来回，不要他花一分钱，事后又这样来办招待而言，她做人做事总还是靠谱的。

晚上陈永忆老乡他们回来了，不用说，纷纷争相询问起今天办交涉的结果如何；不用说，陈永忆是按着她和孟一凡那统一好了的口径来答。然后大家就围坐在一起喝酒，先是一小口一小口地抿着那白酒喝，喝着喝着，杨德贤提议改喝啤酒。孟一凡初时不以为意，后来真改喝啤酒了，看杨德贤把满满的一碗啤酒向他端起来，敬他，并请一口干。他不能不端起碗来，碗里自然也是满满的啤酒。他没有酒量，一口干有点为难，眼巴巴地望着杨德贤，想请他理解一点。可是对方一眼不眨，不苟言笑的神色又让他觉得定是推辞不得。正犹豫间，这时坐在杨德贤身边的刘凤菊先朝着他挤挤眼睛，后又朝陈永忆挤挤眼睛，跟着复又朝他挤了挤眼睛。他端着酒碗，不明其故，但想着这里头肯定是有点别意，就不由得扭脸来看右边坐着的陈永忆。孟一凡这一看之后，顿有所悟，同时就有了主见，把脸色一正，朗声说："承蒙老杨看得起，我虽是酒量有限，这啤酒又冷，我也不能驳老杨的面子，我就一口干了吧。"说罢，一仰脖，一碗啤酒咕嘟咕嘟地喝了下去。喝罢，还将碗口向杨德贤照了照，看他还有什么话说。未待杨德贤表态，他媳妇刘凤菊拍着手笑嚷起来："好极了好极了，满上满上。"坐在孟一凡左边的万紫琼抓了酒瓶就要来给满上，孟一凡伸手一挡，继而将手掌盖住了碗口，望着杨德贤，淡笑了说："老杨，我先干为敬，接下来这就要看你的了。"杨德贤换了一副笑脸说："我喝我喝，我喝得慢一点吧，我实在是比不得老孟你，我喝不得急酒的。"他老婆刘凤菊望过来，帮腔说："你不知道，我这位有点感冒还没大好，不敢多喝酒的。"孟一凡看她一眼，又望向杨德贤笑说："感冒了，多喝点酒冲一冲，感冒岂不就一下子好了！"大概是刚才喝了白酒的缘故，酒劲儿所使，杨德贤脱口说："实不相瞒，我昨晚和老婆出去散步感冒了，你还要我喝吗？"说罢，又朝他挤挤眼睛。刘凤菊不依了，拿胳膊肘直捅她老公，一边捅，一边又要往他身上靠。孟一凡又笑了说："原来老杨是因这个怕喝冷啤受凉的，我却是不怕的。我有心再想来一碗，但你不喝，我就不好意思多喝了。"万紫琼接话说："孟大哥，不要不好意思啊，还有我呢，我来敬你一碗，好不好？"孟一凡笑对她说："好啊，我刚才已说了，老杨怕喝冷啤受凉的，我却是不怕的。干脆，我来把他碗里的冷啤喝了，免得他一小口一小口，像喝白酒似的费事。"说到这里时，他又转向杨德贤，"老杨，你说怎么样呢？"他这样子问了，手却并不从碗口上拿开，眼睛可就直直地盯着杨德贤，要和他对眼。有道是眼睛是心灵的窗口，这分明是要看到他的心里去。杨德贤不敢对视，慌忙躲开了。孟一凡因他这样，更觉得对方是心怀了鬼胎，没有好意的，就又追加一句："你说怎么样呢？"到了这时，杨德贤只得连连摆手说："我不行我不行。"孟一凡想说：男人不能说不行啊！话到嘴边，咽了回去。想得看得说不得，还是不要说破吧，纵然对方不放心我的为人，侮辱我的人格，拿冷啤来试我敢不敢喝，他既是小人之心，我又何苦与他一般见识？其实，他早上在家不请假陪他老乡，反叫我这个不相干的人陪着，就已小人得很了。到这时，我还来与他计较这个干啥呢？得饶人处且饶人，我要说男人不能说不行，看他这样子为人处世，真不像个男子汉大丈夫所为。因此改了口说："你不喝，反要我喝。我喝了，你看着办吧。"又转脸向着万紫琼，手还是罩在碗口上，故意装了三分醉的样子说："万妹妹，我怠慢你了，你莫怪，我这就来敬你。"说着说着，还把头晃了两晃。万紫琼又拿起啤酒瓶来，笑嘻嘻说："孟大哥，你莫敬我，应该是我敬你，你把手拿开，小妹妹我来先给你满上。"孟一凡说："瓶里的酒你莫动，你要满的话，就先把杨德贤兄的那碗酒端过来给我喝了。他怕受凉，我不怕受凉。"说罢，又把头晃了两晃，嘿嘿直笑。

陈永忆听他两次三番地说"他怕受凉，我不怕受凉"，已猜得杨德贤的用意。她本人心里原也是极不舒服的，杨德贤怀疑孟一凡的人品，那不也等于是怀疑她陈永忆的人品吗？拿喝冷啤来试探人家。敢喝下去，就证明了两人清白；不敢喝下去，就说明两人有问题。现在，人家喝下去了，你遂心了。可人家识破了你的用意，就不能不觉得蒙受奇耻大辱。陈永忆这时候下定决心站出来，和孟一凡表示共荣辱才对。他刚才喝下了一碗，她也应该喝下一碗。她原是滴酒不沾，以茶代酒的，这就站起身来，把目光在四人的脸上挨个逡巡了一遍，然后，望定杨德贤说："杨哥，刚才孟大哥的一碗已喝下了，也可见他的诚心不小，你既是感冒了不能喝，那也不要勉强为好。我这个人向来是滴酒不沾，你也是知道的，可为了我的事，今天大家聚在了一起，我这个滴酒不沾的人也应该表示表示。这样吧，杨大哥，你碗里的酒递给我，我来把它喝掉。"

一个男人倒不如一个女子了。杨德贤的脸霎时红成了猪肝，他坐在板凳上，身子一挺，左手端了碗沿，右手做着直往下按的动作，口里连连嚷嚷着："你坐下你坐下，我们喝酒不兴站起来说话的。你坐下，我喝了就是了。"他说了这话，真就端起碗来一饮而尽。万紫琼"啪啪"地为他鼓起了掌，万紫琼一鼓掌，刘凤菊也鼓起了掌来，继而是孟一凡、陈永忆，四人全为他鼓起了掌来。杨德贤把碗放下，当胸一抱拳，说声"多谢捧场"。就匆匆忙忙拿起筷子，夹了一大块肥肉送到口里。大家看他的举动，多少带有点故意的样子，也就又轰然地笑了。他的老婆刘凤菊又亲自为他夹了一块肥肉，送到他的嘴上，让他吃了。一回头，看其余的三人都在看着他俩，忙笑了招呼说："都快吃呀，看什么，要凉了啊。"万紫琼接口说:"你不发话,我们不敢呀。"又是轰然而笑。至此,喝冷啤所引发的不快也就烟消云散了。不过,孟一凡历经了这一事后,心里头多少留下了一点阴影。自己与陈永忆本就清清白白,同事和朋友关系,如今自己帮了忙,却引来她老乡的怀疑,心里自然不舒服。再一想:都是外地人,原本谁也不知谁根底,凭什么又要人家信任你呢?你这还不是自找的吗?罢罢罢,以后互相还是少接触为好吧。

时光荏苒,一晃二月就过去了,进入三月。又一晃,到了三月末。三月二十七日是星期六,陈永忆和万紫琼饭后出去散步,没想到碰到了孟一凡。算起来,从那些晚饭后,他们有快两个月未见了。这两个月内,陈永忆约了孟一凡好几次出门散步,孟一凡都没去,要不就是失约,只因他多少看出了陈永忆的心思,觉得两人单独出去不太好。如今一见面,孟一凡就掏出一盒箭牌口香糖,给了陈永忆一支,给了万紫琼一支。万紫琼接了口香糖,笑说:"真没想到,今晚会在这里碰到你。"孟一凡也笑了说:"我也没想到啊,今晚会在这里碰到你们二位啦。"万紫琼说:"真的吗?"孟一凡故作不解状说:"这怎么不真?当然是真的喽。"万紫琼正走着,这就站住了,先望一望陈永忆,又望了他笑说:"那我问你,你这一盒口香糖是特意为谁买的呢?"孟一凡脸一红,虽说这是在晚上,可是他毕竟有些心虚,真怕被对方瞧出来自己脸红,毕竟的确是自己失约在前,忙低下头来。正好脚边有一个空烟盒子,他就用脚尖把它踢了两踢,方才抬起头来,望着对方笑说:"这话怎么讲,我有些听不懂了。"万紫琼笑说:"你真听不懂吗?那我问你,你身上带着口香糖,你买口香糖做什么？要说你是买来自己吃的，可是我看你连盒子都没拆。喜欢吃口香糖的人，哪有买了后不先剥一个在嘴里的道理。"说完，可就咯咯地笑出了声来。陈永忆轻推一下她的胳膊说："都说吃人的嘴软，拿人的手短。你倒好，一张嘴，硬是要人家下不来台了。幸亏孟大哥不是旁人，不会见怪你。"她虽是口里为对方打着圆场，心里却也是恼着不解对方何以连着好几次失约，怎么一见面又如此逢迎热情？当时陈永忆约了自己好几次，但他想着总这样也不行，便想当面说清楚，但又有别的原因无法赴约。其实，这有何难解的呢？还不是钱在作祟！

原来天宇橡胶厂工资发放的时间是定在每月的月末，工资压一个月，即：一月份的工资，要到二月底发；二月份的工资，要到三月底发，以此类推……孟一凡是正月初六从家里出来的，初八上班，正月初八是阳历的一月二十九号，一月是大月。也就是说，一月份他只上三天班，到了二月底，因为工日太少，像他这一批新招来的工人工资都没有予以发放。不过，有新工人因为吃饭钱发生了问题，就向各自的领导反映，领导跟领导再一层层反映上去，后来到了二月的下半月，厂里就有通知下来：干满半个月以上的新工人可以到财务上预支一百元。这通知是二月十六号下来的，晚下来了两天，要是早下来两天的话，孟一凡二月十四号的那晚可能就要出来赴约了。因之前星期六晚上失约，到了下星期一上班，他一看到陈永忆向他投来的那目光，有些愧疚。他对她笑一下，就为请她的原谅，又马上把目光同她避开。他原本二月十四号那晚真打算出来赴约的，一想到自己的吃饭钱都有问题，也就没心情出门了。因此，陈永忆下一次约他他又失约了。

这一次失约实实在在为囊中羞涩不好意思赴约了。厂里通知可以预支一百元，他也去预支了，要不真连吃饭都有问题。一分钱难死英雄汉。这话是对的！一次次失约，也没脸主动约她出来说清楚，自己也不知道今晚上能不能碰到人家。碰一碰运气吧。为此他下班路过超市时，特意进去买了盒口香糖放在口袋里。在他想来：女人喜欢口香糖就好比男人喜欢香烟一样。见了面，递上一支口香糖，或是一盒口香糖都给她，那总是讨人喜欢的。说到底，钱壮英雄胆，这还不是因囊中羞涩、底气不足。好了，现如今工资发了，胆壮了，底气足了，那还担心什么呢？而且运气不错，竟然碰到了。她虽不是一个人，那总比没碰到要强得多。这一会儿，不用说双方的友谊又因此恢复了。

接着没过几天，厂里有人开始风传厂子快要搬了。孟一凡听到，自然是要向关师傅核实一下。关师傅也说是快要搬了，而且说，最近就要统计随厂的人员。果然，又过没几天，卫科长拿个本子在车间里挨个来问，做随厂人员的登记。问到孟一凡，孟一凡正要开口说去，卫科长已是迫不及待地对他说："你总得要去的。"说时，已是在本子上写下了他的名字，他也就什么没说，激动得把头连点了两下，同时心里想着：不知道陈永忆会不会去，我见着了她，得问问。等见着了一问，她也是去的。心里头又莫名有了一层忧虑：照着我和她感情这样地发展下去，上床不过是迟早的事，以后会不会影响到我在这厂里的前途呢？即使我工作表现再好，一旦男女关系上有了问题，那形象总要被大打折扣的。我若是因她把提拔的可能熄火了，那真是不上算的呀。冥冥之中，他总有一种感觉：这次进厂，是自己命运的一个转折点，不能因女色而误了前程，必须慎重，否则后悔莫及。可是，这个时候，两人的交情已到了无话不谈的地步，要叫他突然一下子不睬人家，他又很难磨下面子来办到。那我成什么人了呢？他想。可是当断不断，必有后患。因此，他心里很是纠结了一阵子，最后只能是抱着一切随缘、听天由命的态度作罢。

转眼就到了四月的最后一天。这一天，可以说，当年在天宇橡胶厂的人，是没有一个会不记得的：一清早，厂院里停了三辆大巴车。进入厂门的人，骑车子的见少了，步行的见多了，而且步行的人一律都带着行李，有的是箱子装，有的是背包装。箱子的主人有的是拉着箱子，有的是提着箱子；背包的主人，有的提着包，有的背着包。耳朵中，嘭嗵嗵，哗啦啦，是箱子的轱辘走在水泥路面上所发出的声音；叽喳喳，嘻哈哈，是兴奋的工人们嘴巴里发出来的声音。那场面真是激动人心，壮观极了。三辆大巴车，一百二十多号人，沂新人整整占了三分之二。上车前，孟一凡特意跑了一趟车间里，去向老关和陈小海辞别。当然喽，他今早在离开老张伯家前，也特意去向老张伯辞别了。这是做人处事的细节。他觉得很有这个必要：人走了，印象还在，给别人留下一个好印象是绝对没错的！谁知道谁有用谁没用呢？说不定到了哪一天，这别人的一句闲话，就能对你的命运起到决定性的作用。别不信这个邪！

上车前，孟一凡和陈永忆彼此也照了面，闲谈了几句，上车时就坐在了同一车，但前后隔得较远，一路上并无半句话说。回想两个月前坐大巴车来苏州时，孟一凡是和李昆明坐在一起的，如今，他身边坐了一个不认识的、年龄也比自己大得多的人；李昆明的身边，坐着"七仙女"里的那个胖嘟嘟的邓小丽，两人的恋情已是半公开的了。多让人羡慕啊！这就想到自己要也是个小伙子，陈永忆要也是个小姑娘，那他也会无所顾忌地坐到她身边去，多好！他还特别留意察看钱英坐在了哪里，和谁坐在一起。说真的，别看是老乡，要让他大庭广众之下去主动邀她坐在一处，他也必是不好意思的。啊，婚后的人啊，有了家庭了，你们还是以事业为重吧！你们已没有了恋爱的资格！你们若一味地还要和别人恋爱、暧昧，那就一定会得不偿失，徒添烦恼的！

　　下午两点钟左右，车子到达目的地，停在了一个大院里。这里是芜城高新技术开发区的管委会。早上出发时，天是大晴天，过马鞍山时，天阴得很厚，及至当涂，那雨就开始哗哗地下起来了。到了芜城，雨还不肯停歇，因此，下车时的情形很是有点狼狈。车停了，只听得有人喊"到了到了，下车啦"。下了车，这时候却又没人招呼了。一时间，有好多人不知道该往哪里去……管委会里有许多一排排小别墅式的楼房，离车子最近的这一排是有着超市店面的。车子还未停稳时，就见有人从超市里出来，站在廊檐下看稀奇。一下子来了三辆大巴车，这能不算稀奇吗？下车的人这时多数苦于没人招呼，又哗哗下着雨，只好携上行李，缩着脖子，弯着腰，向廊檐下跑去避雨。这情景是不是很有点狼狈？可是，到了廊檐下，脚跟还不曾站稳，就听得一声喊："大家都跟着我。"原来是刘威不知从哪里冒了出来，他是人事科科长，大家听他这么一喊，也就放弃避雨，跟着他拐进一个岔道口，向前又跑了二十多步，就到了另一栋楼的进出口。不用说，大家是跟了他进去。这时候不妨来说一说这栋楼的布局：一进门，一条过道，从东望到西，西头也有门，过道两边就是一个个房间，自然是门门相对。东西两头各都是北为楼梯间，南为卫生间。一层是如此，二层是如此，三层也是如此。总共为三层。现如今，大家是拥在了一层的东头楼梯间处，这里宽敞点，无如是人多，站不下，这头的过道里也就站满了人，围了个水泄不通。

刘威站在人群当中，估摸着人员已差不多到齐，他先咳嗽两声，清了清嗓子，然后扬声说："大家请安静，先听我说两句。"他这么一开口，嘈杂的人声真就马上静了下来。他接着扬声说："大家下午好！我们初来乍到，第一是要有住宿的地方。这就是我们住宿的地方。这楼总共是三层。大家听我说，第一层，我们住的是男同事，第二层是住我们的女同事；四人一间，自由选择自由结合。是夫妻的，可以上三楼去，三楼有夫妻间。现在给大家半小时时间，各自去行动。大家听好了，半小时后，还到这里来集合，我们的许部长有事情要向大家宣布！"话已说明了，大家纷纷作鸟兽散去行动，半小时后又回到了这里来。大家很准时，许部长也很准时。这时候大家已略略站成了队形，许部长面对大家，先和大家客气问候了几句，然后打开手里的一个本子，开始点名，点到的人答一声"到"，很快也就把名点完了。点完名后，他又和大家客气了一番，然后向大家介绍芜城的风土人情，哪里有好玩的地方。他正介绍着，站在队伍后面有一人急不可待地嚷嚷说："部长，我们的新厂在哪里呢？"这一声嚷不要紧，有好多人就跟着附和："就是的就是的，我们的新厂在哪里呢？"

许部长不得不中止了介绍，不过，他很平静。平静的目光，平静的笑容，待大家的嚷嚷声小了，他平静地说："这就是我接下来要向大家谈到的。"他说了这句话，顿一顿，目光在众人脸上环视了一圈，现场又马上恢复如初，安静下来。他方又平静着语气说："明天是五一劳动节，公司照常是要放假的，在我未宣布放假的时间之前，我先公布一下，有二十个人是不放假，留下来做事的。下面，凡是我点到名字的，就都是留下来的人员。"说着，许部长又翻开了手中的本子，点起了二十个人的名字。看来，这都是预先早已谋划好了的，二十个人的名字点完之后，把新厂目前的状况大略地说了一下，着重说到了新厂的前景非常可观，让大家不要急，不要躁，要看到前途，人人都有前途。这意思，许部长表达后，方才宣布了放假为一个月，六月一号来上班，并说没点到名的，现在想走的可以走了。毕竟是一个月假，有想回家的回家，不想回家的，可以到市里的步行街去逛逛。听说这里的步行街，居全国之第二位之大，很热闹的。点到名字的，明天只放一天假，后天早上八点钟还到这来集合。而后许部长宣布之事到此结束。

　　孟一凡在这二十人之列。他听到有点到自己的名字，心里暗暗欢喜。大凡有点脑子的人都知道，这留下来的二十个人在领导的心目中，一定是精兵强将、有潜力可挖的，以后新厂开工，不是少不得急需培养一批管理干部吗？这些管理干部极有可能就要从这二十个人里面来选。这正好是每个人表现的最佳时机。二十个人里，他听到熟悉的名字除了自己，还有两个，一个是宋学武，一个是马加喜。自己能和宋学武同被留下，已属荣幸，而且沂新来了八十多个人，只有他俩，当然不排除这里面是沂新人女多男少，而留下来的人一律为男的原因，但沂新来的男子，总也有二十多个的。这就说明自己在这二十多个老乡里，算得上是佼佼者了。因此，这心中的欢喜又加了倍。可是欢喜归欢喜，另有一件事要让他烦心了。这一来，陈永忆她们四个何去何从？会一散，他就在人群里面急着去搜寻她的身影。真是老天不负有心人，她正准备上楼梯呢，一回头，刚好和他的目光撞上了，这就微微一笑，手扶着栏杆，把一只抬起的脚又放下去了。在她的前面，楼梯上她的三个老乡都没有回头，因此也就都没有注意到，没有停下来。孟一凡大步来到她身旁，这时周围的人已所剩无几。孟一凡料着这个时候和她说几句话，别人看到了，也顾不上对他俩多心。于是，他坦然地问："你怎样？这一个月是回家，还是就在这里不走呢？"陈永忆报以一笑，轻声说："我想我得回去一趟，但不知老乡他们回不回去。你呢？你是不回去的吧，我刚才听到点你的名字了，对吧？"他点点头，正要开口，陈永忆又忙着向他说："这样吧，我先上楼去。你要是有空的话，不妨半小时后，我们再在这儿见吧。"她说了这话，也就忙着上楼去，高跟鞋踩在台阶上，"嗒嗒"之声更显得清脆动听。孟一凡的心里荡起一阵阵涟漪。

他因了对方这一句话，真就没敢大意。机不可失，时不再来呀。他本人虽也是回了宿舍，可总怕错失了机会，隔一会儿就要伸头往过道里望望。宿舍是四人组合，李昆明自然和他是同宿一舍的，但李昆明早不见了踪影，大概是急着去会那胖嘟嘟的邓小丽了。也幸亏李昆明不在，另外两个人见他这样子心神不定都有点不解，其中一个终是忍不住了问他。他就把原因赖在李昆明身上，说是初来乍到，不在房间里好好待着，只知道乱跑。他是想看他有没有回来。好歹把对方敷衍了，估摸着快要有半个小时了，自己也不在宿舍里待着了，就把毛巾洗脸盆一端，以洗脸为名，到洗手间去洗脸等着了。洗手间和楼梯间一南一北，是相对着的，只要留意，这里就不容易错过了。自己边洗脸边把等会儿见面的情形在脑海里构想了一下：若她真的决定回家，自己要不要破费一点，给她点钱呢？朋友之间关照表示一下，但这表示又要以多少为宜呢？当然是越多越好，可是多了，自己是拿不出的；少了，又怕对方会笑自己小气。想着想着，这就又想到幸亏三月份的工资前两天发下来了，不然的话，一个子儿也送不成了。三月份的工资发了九百六十元，改天他要给老婆寄回去五百，家里快要麦收农忙了，这钱不能不寄。去掉五百，还剩四百六。好了，我自己留着二百多花费，就送她二百元吧。这不算多，可也不能算少，总也说得过去了。我这样子表示，她总不至于说我是无情无义的人了吧。

二百元钱在当时是真不能算少的。那时人情来往上，老家的乡下多数是五十五十的礼金，亲戚朋友包一百礼金的，就感到很有面子了。孟一凡对这二百块钱送之于人的这一构想表示，说他是心甘情愿吧，他又有点心疼，说他心疼吧，他分明又是心甘情愿的。说到底，这都是自己辛苦挣来的钱，现在要撤身还来得及，这就跑回宿舍去，什么都别想，这钱保准就不用花了。可是，这样一来，他孟一凡成了什么人了呢？做人不讲信用，做事有始无终。就凭这样，老天爷也不会容我出人头地有出息的。最后他认为是自己破财消灾。等会儿就送她二百元好了，不就是二百元吗？以后再和她慢慢地疏远起来，她也总不至于会恨我了。

他这样想着，手一碰上身的口袋，硬了了的在呢。他又想：趁她还没来，最好是把二百元拿出来单放着一处。他这样想，也就揩了手，背转身去这样做了。说来好笑，他以前身上没有装钱的习惯，在苏州自从陈永忆那次出车祸后，就有了身上装钱的习惯了。过了一会儿，陈永忆一行四人从楼上下来，他装作偶遇的样子，又惊又喜地说："哟，真巧啊！你们这是要去哪里？外面不下雨了吗？"陈永忆马上接口说："我们这是要回家去了。"孟一凡望向她说："回家去？真的吗？那——什么时候走呢？我看你们都空着手，不会是现在就走吧？"四人下了最后一级台阶，就都在楼门口站住了。孟一凡一边用毛巾搓着脸，一边就走了过来。万紫琼笑着说："怎么了？帅哥，你有点舍不得了吧？"说时，朝陈永忆的脸上溜了一眼，咯咯咯地笑出声来。陈永忆自然是脸红了。孟一凡不置可否，脸虽红了，心里可就想着：这样也好，说开了，我倒可以看出来他们每一个人现在对我的态度如何，尤其是杨德贤，喝冷啤的阴影还在呢，他对我的态度最为重要。因此，听了这话，第一个就来看杨德贤的表情如何。一看之后，心里放宽了不少。杨德贤脸上也是笑嘻嘻的，并没有半点不愉之状，他就大了胆子，望向万紫琼笑说："我是不怕你开这个玩笑的，你愈开玩笑，这就愈有弄假成真的可能呀。"万紫琼说："那你希望它是真的好，还是假的好呢？"孟一凡说："当然是假的好了。"大家一哄而笑。

　　待笑声停了，陈永忆正了颜色向着孟一凡说："我们真是要回家去了。你是不回的，对吧？我听到留下来的名单里是有你的。"她这后半句话半小时前就说过了，现在她又这样子说，自然是有她老乡们在场的缘故。孟一凡心里明白，望着她回复说："是的，我是不回去的。"陈永忆说："那你——"她欲言又止，显然这是有什么事不好意思说出来。孟一凡就说："有什么事你尽管说出来，只要我能帮上，我一定会尽力的。"陈永忆笑了一下，还是忸怩着，不好意思说出来。万紫琼一碰她的胳膊，压低声音，笑她说："你害羞什么呢？你刚才还同我商量好好的，说是想向帅哥借点钱回家，现在怎么又害羞起来了呢？"陈永忆经她这样一说穿，也就放低声音，顺了她的话尾说："你叫我怎能不害羞呢，借钱毕竟不是什么光彩的事呀，而且，孟大哥万一……"说到这里，下面的话她又不说出来了。不说出来，孟一凡也已完全领悟得到了。这时候，自己不但不能装傻，还不能流露出小气来。自己原是早装了二百元在另一个口袋里，好便于拿出来时干脆利索，这就觉得这二百元是有点少了，头脑一发热。得，不就是钱嘛，给一个是给，给两个也是给，我就穷大方一回，也没有什么，绝不能让人家小瞧了才对，反正也就是这一回，以后我慢慢疏远她就是了。心里这样想着，口里却也是压低了声音说："没事没事，没有多，我总有少的。"说着，就去把内衣口袋里的钱掏出来，没有票夹，钱是成卷对折的。他掏出来当着众人面先展平了，然后数了五张递到陈永忆手边。陈永忆看他给了五百，忙摆手说："太多太多了，我不要这么多的。"孟一凡说："接着吧，并不多的。你想想啊，你要回家去，总要多些花费，身上多带点钱，那总是可以壮胆的，对吧？我也不给你买路上吃的东西了。就这个，你接着吧，别嫌少就行了。"陈永忆眼圈儿红了，她接过钱，从中分出三张来，又递回给孟一凡说："我不要这么多，有二百就够了。真的，这三百你还装回去。我知道，你家中也是急需用钱的。"孟一凡心头一喜，可又不好立即伸手来接，做出一副难为情状，客气说："不要吧。我已经掏出来了。而且，二百也太少了。"说时，眼光向着其余三人的脸上一溜，大有征询他们意见的意思。陈永忆说："你不要推辞了，孟大哥。你对我的这一份情义，我总是知道的，包括我的老乡，他们也不会说什么别的。谢谢你对我这么好。真的。不过，这三百元钱你还是要装回去，而且，现如今当着我老乡的面，我要说，这二百元钱是我借你的，要还的。"她那拿着三百元钱的手一直是伸着的，没有缩回去，这就又往前一送，说，"这你装回去吧。"

孟一凡想想，她话都说到这份上了，我现在来把钱接了装回去，她总不会在心里说我小气了吧，不是我舍不得，是你自个儿不接的呀。还不敢多想，还怕僵久了，再生变故，就"叭"了一下嘴，说声："那好吧。"然后像是不得已而为之似的把钱接了。钱一接，脑子里突然又蹦出了一个念头：这还有其他三人，我能给陈永忆钱，就不能顺便让让他们三人吗？于是钱到手里，并没有急着往身上装，好在他们也都识趣，都说不用，用时也会向他借的。钱的事，这就算圆满结束了。四人抬脚准备往外走，万紫琼忽然向陈永忆建议说："我看买票你就不用同去了吧，孟大哥借了你钱，你不如留下来陪着孟大哥四处走一走，等我们回来，不好吗？"陈永忆听到她这么建议，又不好意思起来，望望这个，望望那个，无声地笑了一笑。刘凤菊连连说可以，她的丈夫杨德贤也是做一副顺水人情成人之美的姿态，口里也说可以。唉，不能不感叹：这世间谁最伟大？时间老人是最伟大的！他能把人的创伤磨平，还能把人与人之间的好恶改变！孟一凡摆摆手表示不用，客气地说："不吧，你们还是一起去吧。快去快回，天也不早了。去车站怎么走，还得费点周折，你们就一起去吧。"陈永忆方才抬起头来，脸依然是红彤彤的，可爱极了，她大胆地望了孟一凡，认真地说："好吧，恭敬不如从命。孟大哥对我的好，容我以后慢慢来报答吧。"说着，一转脸，向她的老乡们说："走吧。"这就把手中的伞撑起，第一个朝外面的雨地里走去。

孟一凡待在原地，静静出了一会儿神，正待转回洗手间去拿盆子。楼梯的转身台处影儿一闪，突然有人从那上走了下来，一见孟一凡，首先是呵呵地笑了几声，然后说："我以为是哪个，原来是孟老弟。"说罢，又是一串呵呵的笑声。

原来是钱英。孟一凡一看是她，心说：坏了，看来刚才的事大概是被她全看到了，不然她何以这样子笑。这是在嘲笑我吗？不行！我得拿出为人不做亏心事，夜半不怕鬼敲门的镇定自如来。于是，他正了正表情，淡笑一下说："放一个月假，你回家不回家？"钱英说："哪有不回家的道理？不像你，留下来有事做。我不走，留下来做什么呢？"她语气虽是有点冲，面上的表情却是非常友好的。孟一凡这就猜不透刚才的一幕是否被她看到了，又淡笑一下，搭讪着问："何时走呢？有没有打算好？"钱英笑说："你问这干吗？还想送送我吗？"孟一凡心里一激灵：这话是什么意思？一语双关吗？又转念一想：管它呢。她不先挑明了，我也就装憨到底。于是回她说："送你有什么不可以，反正我们留下来的人明天也是放一天假的。就怕到时候我真要送你了，你却不好意思要我来送了。"钱英没心没肺似的哈哈笑起来，没有接话。这话题算是在笑声中告一段落了。这时她望一望外面，孟一凡也就顺着她向外望，且随口说一句："怎么？你要出去吗？"钱英收回目光向他脸上看了一眼，神情却是忽呈愁苦之色，小声说："不出去，我就下来看一看的。"这话说完，径自匆匆上楼去了，头也没回一个。这样一来，可就又让孟一凡待在原地，又静静地出了一会儿神了。

第八章　待工的日子

　　第二天，天放晴了，回家的人真是不少。孟一凡原本想一个上午就在宿舍里不出来，免得出来了，一旦正巧碰到钱英，又碰到了陈永忆，自己岂不是不好面对吗？可是因着李昆明也要回家去的，他让李昆明帮捎五百块钱给家中的老婆，这就不能不出来相送一下。已听说管委会门口是有公交车的，22路车可直达火车站汽车站。孟一凡就打算把他送到公交车站台。刚一出宿舍楼门，只见"七仙女"一行人正在前面不紧不慢地走着。李昆明高声喊："等等我，不是说好了一起走的吗？怎么也不等我？"前面的一行人纷纷回过头来，继而是站住了，等他俩到了近前，那个胖嘟嘟的邓小丽噘着嘴向李昆明不高兴似的说："嚷什么嚷？到门口等你就晚啦？你不早点出来，怪谁？！"李昆明连忙赔了笑说："怪我怪我。"那六个仙女就都笑了，开始往前走。邓小丽也笑了一下，却随即又板起脸来，李昆明三步并作两步已是来到她身边，去接她手上的拉杆箱子，她也给了。给是给了，嘴里却是不满地"哼"了一声。李昆明的表姐这时笑了说："表弟，你去帮她，怎么不来帮我呢？我可是你的亲表姐呀。"仙女中的胡娟接了话说："亲表姐算什么？亲表姐有小两口亲吗？人家可是一对小恋人，未来的小两口呢。"众人又是一声哄笑。还嫌打趣得不够，又一"仙女"接了说："你当是三个月前啊，现在是——三个月后啦！"众人正要再一番起哄，钱英这时也笑说一句："不怕的，结婚前，男听女的；结婚后，女听男的。李老弟，不怕的，你不吃亏。"到底是结了婚的人，说话一步到位，又直接，又搞笑。孟一凡也笑了。不过他不好意思也不敢笑出声来。不好意思是因为古人云"男女授受不亲"，他多少有点受这种心理的影响；不敢是因为女多男少，他一个结了婚的大男人，怕笑出声来被别人注意，别人会想：他不就是结了婚的嘛，他都笑了，可见此言不无道理，是被说中了。因说中了，可不要把话题扯到他身上来。

　　他虽心里有所顾忌，这样无声笑了之后，却是可以大大方方地去看一眼钱英。即使这一眼被别人注意到，那也总不至于引起别人误会。不料这一眼看过去，正好钱英的眼睛看过来，四目相碰，他不由得心头一喜，就一笑说："钱老妹这一趟回去，再回来不要把你那一位带过来吗？"钱英笑了说："刚才还讲，结婚前男听女的，结婚后女听男的。他能那么听我的吗？"只这一说，孟一凡可就不好再说什么了，只好一笑了之。不多会儿，公交车站台到了。站台上已有不少人在等车，他心想：陈永忆他们不会也在其中吧，若在的话，我当着这么多人的面，我是打招呼，还是不打招呼呢？事实上他的担心是多余的，陈永忆他们坐的是夜行火车，买到票后，昨晚就走了。因此，他一圈看下来没看到，也放心了。然而在这些人中，他却看到了宋学武夫妇，于是上前去打了招呼。他初时以为宋学武不过是送他老婆而已，因为昨天点名留下来的人员中，也是有他的。不料两句话一说，才知道他是不愿留下来，也要回家去。原本留下来的二十个人中只有两个沂新人，这一来，他就落单了。看着这么多老乡都回去，想想自己落单了，这时不免也有点动了思乡之情。尤其是车来了，大家都上了车，车走了，落下他一个人往回走，那心里的一份落寞更是难以言表。途经院里的超市时，想到这时也不过八点钟，老婆必然是在家的，不如来打个电话，排遣一下这落寞的心情吧。这超市昨晚他已是光顾过一回了，知道里面是有公用电话的，不但是有，而且那公用电话是成排的，一台台地摆放在靠墙支起的小架板上。在每一台电话机的墙上方，都依次地标有阿拉伯数字，每一台电话机前还配备了一张小凳子。昨晚孟一凡就想给家里打个电话，一来是人太多了，挨不上号；二来是声音太吵，打个电话跟赶场子似的，有话说不好，也不好说，就没打。现在走进来一看，超市里买东西的人、打电话的人，对比昨晚上的情形，那就十成少了九成，冷清得多了。孟一凡特意选在了6号电话机前，六六大顺嘛。电话接通后，互道了几声问候，他就把这边放假不放假的情况和老婆说了，并说给了李昆明五百块钱捎回去。老婆在电话里不时地嗯嗯着，以示认真在听。听他说完了，也和他诉说了家里目前情况，并告诉他还有十来天就好收麦了。他听了，就问老婆怕不怕麦收，能不能干得下来，要不要他到时候请假回去。老婆就说到时候再说吧。

从超市里出来，手上多了两桶方便面。管委会里是有公家食堂对外开放的，五元一餐。他昨晚也已听说了，并核实过了。原打算今早不吃饭，到了中午去管委会食堂饱餐一顿。这一个电话打了后，他想还是能省则省吧，说不定过几天真的要请假回家去，身上多带点钱回家，那总是不错的。什么叫挣钱？钱挣到了自己手里还不能算，要到了家里，交到了老婆手里，那才能算的。因此，他花了一元钱买了两桶方便面出来了。他刚走到拐弯处，迎面碰上了马加喜两口子，俩人皆穿着齐整，看样子这是要出外玩去。孟一凡知道留下来的人里也有马加喜。双方是熟人，这就不能不打个招呼，然而他还未及开口，马加喜已笑着说："老孟早哇！"他笑了回一声早，随便地问上一句："你们不回家吗？"马加喜大了声说："我回什么家？和你一样，被留下来上班了。"孟一凡听他说和自己一样，很显然，人家也是早知道自己被留了下来，而自己原本是知道人家也被留了下来，自己刚才的随口一问，极可能已被人家误会是不知道了。此番若不和稀泥哄捧一下，那就透着有点不好意思，于是笑了说："我知道的。不过，你们是两个人，一个留下来，一个没留下来，留下来的可不要陪着没留下来的一起回家看看嘛。"说完，也就向他的老婆脸上溜了一眼。女人虽也是正在看他，可对方眼里的那一种居高临下的神情实在让人不能有好感。溜了一眼，目光又回到了马加喜脸上来。这时马加喜仍是大了嗓门说："恰恰相反，不是我陪了她回去，而是她陪着我留下来。哈哈哈。"马加喜说就说了，说完了，他还肆无忌惮地笑将起来。他老婆脸就红了，一扯他的胳膊，又羞又急地说："好了好了，好话到你嘴里都要变味。你就不能小点声说吗？好了别说了，走吧走吧。"马加喜经他老婆这么一拉，一说，又是哈哈几声大笑，人就随之而去了。孟一凡还能有何话说，自我解嘲地笑一笑，也就回宿舍去了。宿舍里原本是住四个人，现在就剩他一个人了。

所谓留下来的二十个人，到了第二天，除去带队的许部长和刘科长，真正聚集在一起的其实只有十六个人。就是这十六个人，要是论起所做的事情来，也就显得人已多了。大家被带到一栋厂房里，起初都还以为这就是到了新建的厂里了呢。进去一看，不对呀，规模这么小，怎么可能是呢？又有人在问新厂房在哪里。没人作答。问的人也就无趣，不好意思再问了。孟一凡心里自然也是纳闷，可他存有此念：不该问的不问，不该说的不说，顺着人情吃好酒、吃螃蟹——看大家。因此，带队的叫怎么做就怎么做，叫做什么就做什么。其实所做的也就是把停放的一台台机器擦抹干净。这些机器都是旧机器，上面蒙了好厚好厚的污垢。大家每人一把小铲刀，一块抹布，四五个人围着一台机器，要想搞干净，没有个大半天时间是不行的。总共有二十多台机器，还有大大小小的铁板车、铁筐车，都要擦抹，擦抹干净了，又开始往上面涂油漆。这些活做起来真是不累，比起真正的厂里上班，轻松多了，惬意多了。早上是八点上班，晚上是四点钟下班；中午吃饭时间原先是半小时，现在是一个小时；吃的是盒饭，菜不添，饭可以添的。做的不累，吃的也不差，并且，做两天又要大家休息一天，这就分明是要大家磨洋工，有点半做着半养着的意思。

孟一凡做了六天，其外又是休息了两天，加起来，可就八天过去了。六天工作的日子里，他一直秉承着吃苦耐劳，少说话、多做事的精神作风，自觉给领导及同事所留的印象不会坏。这时候的工作已进展到涂油漆阶段。头天晚上临下班前，许部长又通知大家明天休息。孟一凡就开始动了回家的念头。是的，与其在这里磨洋工，还不如回家去，家里快要农忙了，这时候回家去，既能帮上农忙，又能陪陪老婆孩子，不好吗？也想了：这样的话，领导心里会不会对我不高兴，有看法，认为我半路逃跑，做事有始无终呢？转念又想：不会吧，只要我说明情况，注意自己的言行态度，谦恭有礼，许部长看上去也是斯文一派之人，说不定他会想我这样顾家的人必是有责任心，且责任心很强的人，同意了不讲，没准儿他不但不会不高兴，反加深了对我的好感。这样一想，他就把主意定了，这么想也就这么去做。果然，许部长答应了，要他写个请假条来。他的请假条原是早写好了，装在上身口袋里的，这就掏出来展开，双手奉向许部长。许部长一愣，大概是没想到他的请假条已准备好了。孟一凡这时谦恭着说："我怕部长您不同意，所以预先才没敢拿出来。"许部长一笑，也没说什么，接了请假条，看起来。看过，又是一笑，方说："行。路上注意安全。"孟一凡连忙一点头说："谢谢部长！"

假就这样请下来了，他自我感觉良好。因他在请假条上，写明了将来是和放一个月假的人同返而归的。这一趟回家，也就足待了二十天之久。回到家，自然和陆三洲也碰了面，彼此问长问短，少不得互道了各自的情况。二十天里，说起来，约有一半的时间是在忙着收麦，忙着插秧；还有一半的时间，算是好好地陪了老婆孩子了。这请假也就请得非常值。临近开假的前两天，听说宋学武又要租两辆大巴车前往芜城。一核实，果有此事，心里一百二十个不想坐他租的车，明知他又是借这机会再小捞一下，虽然对方也并没有上门来专意问他，道理上，坐也行，不坐，对方也无理可讲。可是，得了势的人还有几个会同你讲道理的？就是讲道理，道理也是在得势的人那一边。宋学武在村里是村霸，在厂里是厂长的头等红人，碍于这两点，就不能不敷衍他，顺他个人情吧。有道是"顺着人情吃好酒"。孟一凡非常相信这句话的。因此，即使是人家没有上门专意问他坐还是不坐，听了这消息后，主动地奉上一百块钱作为去芜城的车费。要是去汽车站自己买票坐汽车的话，并没有直达车，还得到南京转一回车，沂新到南京是七十二元，南京到芜城是十六元，加起八十八元，还不能一下子到达目的地，还得花一元钱坐公交。这样算起来，岂不也要小九十了吗？一百去掉九十，还剩十元。也就是说，不管宋学武跟大巴车老板怎么订的协议，包一辆车多少钱，对坐他车的人来说，相比较自己到汽车站买票坐车，不过是多花了十元钱。花十元钱买个心安，又买个方便，孟一凡觉得也是很值的。

上车还是在半桥的那个丁字路口。这时候大家的行李少了，所穿的衣服也变单薄了。但大家的情绪仍是不失高涨。2004年那时候，苏北一带农村里的人要说是出外进厂打工的，那还是挺觉荣耀的事。上车时孟一凡看到了钱英，钱英也看到了他。好久不见，彼此一笑算是打了招呼。孟一凡看到了钱英，不由想起了陈永忆。因此到了芜城，第一个想法就是急于知道陈永忆他们来了没有。

沂新到芜城，虽说是包的车，不用费时间转车，早上八点钟发车，到芜城一路高速，也得七个小时。到达管委会下车已是下午四点，这比苏州到芜城还晚了约一个小时。坐车也累人。到了宿舍，孟一凡往床上一坐，同样是坐，可能是一个接地气，一个不接地气的缘故，坐床就比坐车感觉舒坦多了。孟一凡本打算舒坦一会儿，早点去洗手间把手脸洗了，然后趁刚来楼上楼下还有点乱哄哄的，大可以明目张胆地到二楼去转转。不料，他还未予以施行，本来宿舍的门是关着的，门外就有人敲起了门来。宿舍里现时只有他和李昆明两个，李昆明嘴快，说声"请进"。门外就有人应声说："孟大哥是住在这屋子里吗？"孟一凡就接了话说："是的，你是哪一位？请进。"

门被推开了，有人涌进来。孟一凡定睛一看：两女一男。走在最前面的是万紫琼，后面是杨德贤夫妇。咦，陈永忆呢？一喜一惊，又不好意思马上去问，局促之间"哟"了一声，慌忙笑着站起身来让座。让座让哪里呢？无非是让着床沿，可谁又会坐呢？彼此站着客气了一番后，万紫琼看着他笑问："你怎么不问问陈永忆怎么没来的呢？"孟一凡看她分明有打趣自己的意思，也就打趣着她说："因为我知道，我不问，你也一定会告诉我的呀。"三位果然笑将起来。万紫琼又笑说："我不告诉你，还是让大哥来告诉你吧。"杨德贤就跻身向前来说："不好意思，是这样子的，陈永忆她不来了。"孟一凡听了，不由得"哦"了一声。杨德贤又继续说："她不来了，有话要我对你说，那两百块钱——"说着去掏上身的口袋，掏出两百块钱来，向孟一凡面前一递，"要我代还给你，并代她谢谢你！"

孟一凡听他说陈永忆不来了，心里倒是暗自庆幸。那两百块钱，自己原本就是作为普通朋友说送给对方的，哪还有要人家还的道理。想她还能有心让她的老乡来代还，这一份信用却也是难能可贵的。别说是两百块钱，就是两千块钱送给她，也是值了。

这钱不能接，一接，不要说远在千里的陈永忆会小瞧他，就是眼面前的她这三个老乡也会在心里鄙视他：不是说送的吗？怎么样？人走茶凉，这就见钱亲了吧？而且，想到山不转水转，水不转人转，说不定哪天她又来了呢？

他如此想着，那两百块钱就说什么也不肯接的。杨德贤就收了手，口里说："那好吧，我这里还有一张纸条。"说着，把钱装回衣袋，又从另一衣袋里掏出一个折叠齐整的纸条来，说："这是她特意给你的手机号码，说是若你有什么事的话，可以打这个电话。这是她老公的手机。"孟一凡接过纸条，展开来看后，又小心地折叠好，放进了自家的衣兜，淡笑一下说："谢谢！谢谢你们！"刘凤菊说："谢什么呢？要谢的话，也是我们要谢谢你。陈永忆是我们的老乡，你对她这么好，我们都要代她谢谢你才对！"万紫琼说："是的是的，我们都要代她谢谢你才对。"孟一凡因宿舍里还有李昆明，怕他多想，不好多说什么的，只一味地笑着。杨德贤见状，大概也晓其原因，就说："好了，大家谁也别客气谁了。你刚从家里坐车回来，一路上肯定很辛苦，我们就不多打搅了，反正来日方长，以后还望多多关照。"对于他这番话，孟一凡倒是不能不应，说声"彼此彼此吧"。

杨德贤三人往外走，孟一凡送至过道里。三人中，万紫琼走在最后，临别时，她提醒孟一凡说："别忘了给永忆姐打电话哦。"孟一凡因了她这一提醒，回到宿舍里，向床铺上一歪。床铺上铺了一张草席，草席上铺了一张毯子，毯子上的一床薄被褥叠得方方正正，连同枕头堆放在床头。他这一歪，正是上半身倚在这床头的被褥枕头上，身心非常惬意。于这时，他就把那张纸条掏出来展开看了。那纸条上的内容只有一句话："一凡，你好！"下面就是手机号码了。他不由得把一些往事像放电影似的在脑海中回放了一遍，从最初在厂门口看到她，到硫化缸那窗口外的会心一视；再到她出了车祸，他陪她去交管所；再到从交管所出来，因人家赔偿她四百元钱，没有头天晚上赔的多，所以她怕传出去面子难瞧，要他一定为她保密；再后来，假期出去遛了几回村后的园林，说了一些各自的往事；最后是这里的楼梯口处，她不好意思开口问他借钱，他穷大方不掏二百掏五百，好在人家只收了二百……如今她虽不来了，却还能要她的老乡代还这钱。这说明了什么？说明了她也不是那种把钱看得特别重的女子。这样的女子还是值得做朋友的。这个电话他一定是要打的。她不来，对他来说真是好事。对了，看刚才杨德贤的举动，他是先掏出钱来，见我不接，才掏出陈永忆的电话号码来。我要是接了钱，他还会掏出电话号码来吗？他这样子做，是有意还是无意？是他的意思还是陈永忆的意思？不管怎样，看来，人心多少都是有点诡诈的；看来，我不接受这还钱是对的。大丈夫言而有信，我不能让杨德贤和陈永忆他们小瞧了我。不管怎样，电话我是一定要打一个的。

此时，李昆明突然说话了："表哥，你是不是要打电话约会？"孟一凡正色说："别胡说！"李昆明笑了说："你当我没有听到吗？电话号码都给你了，还让你别忘了打电话，这不是约会是什么？小心我告诉表嫂。"孟一凡笑了说："你知道什么！我对你表嫂那是永远地忠贞不渝的。"李昆明说："我什么不知道？三十岁男人学坏，四十岁男人变坏，五十岁男人最坏。表哥你今年三十岁，正是学坏的年龄。"孟一凡双脚着地，一下子坐了起来，笑呵呵地望着对方说："你这是哪家的歪门邪说？你难道没听说过男子三十而立这句话吗？一个男人到了三十岁，那就当以事业为重，哪能……"他话没说完，李昆明已抢着说："我说吧，表哥将来肯定能被领导看中。你那时还说我胡说八道。你看，你是个有事业心的人吧。"孟一凡听他对号入座，扯到了自己身上，这是他有所顾忌的，忙岔开话题说："你上楼该去哄哄你那位小仙女才是，我还急着吃你们的喜糖，喝你们的喜酒呢。"李昆明这时也已是坐起身来，这就朝着他一拱手，笑嘻嘻地说："多谢表哥吉言，多谢表哥吉言。"说着说着，人也就真的溜了出去。

因为知道了今天是星期一，又因李昆明找邓小丽去了，孟一凡静坐一会儿，觉得事不宜迟，要打电话不如就现在打，晚上人多，现在人肯定不多。于是，把要跟陈永忆所说的话先打好了腹稿了，就去超市打电话。电话接通了，对方"喂"了一声，果然是陈永忆的声音。陈永忆的声音不失矜持地问："是哪一位？"他定了定神，强压住心头小鹿般的蹦跳，极尽可能地用他那自以为是有着磁性的声音应答说："是我。能听出来我的声音吗？"电话里传来陈永忆惊喜的声音："孟大哥，真的是你吗？你好啊！"一凡说："真的是我。你好啊！刚才听你老乡说你不来了，我就给你打个电话，问候问候你。"陈永忆说："谢谢！谢谢你！你对我这么好，我真不知道该怎样来报答你！"孟一凡问："你爱人在身旁吗？我可以和他说句话吗？"永忆笑说："他下井去了。你胆子不小，你想和他说什么呢？"孟一凡笑说："我故意这么问的。"陈永忆在那头说："我就知道你是故意的。放心吧，你有什么话只管说就是。"

于是，孟一凡正了口气向陈永忆问起她在那边的情况，及她老公的工作情况等。同样地，他问她，她也问他，这就又彼此正经起来了。挂了电话后，他站起身来欲走，一抬脸，不料和一个人的眼睛正碰个正着。这倒把他吓了一跳：乖乖，她几时站在那里的？我刚才所说的话，不知道她听到了没有。又一想：听到了也没有关系，她知道对方是谁吗？反正人家也不来了，况且我也没说什么不雅的话，她总不至于过后去胡乱议论我是非吧。倒是有一条：我和她虽然认识，话是不曾说过的，现在要不要打个招呼呢？这样犹豫时，却见对方朝他微微一点头，他忙说："你好！好久不见。买东西啊？"对方说："不买什么，闲着无聊，随便逛一逛。"他朝她走过去，离了两步远，站住说："老马呢，怎么不见他？"对方一笑说："他上班去了呀！"他脸一红，手一拍脑门说："是的哟，他在上班，我竟然给忘了，瞧我这记性……哦，不对，不是四点钟下班吗？"对于他这一疑问，对方倒没觉得尴尬，解释说："现在天长了，早改点了。"反是他听了人家这一解释，不由得不好意思起来："原来是这样。"对方又笑了一下，问道："你们的人今天都来了吧？"

这对方不是别人，正是马加喜的老婆张冬梅。孟一凡此前和她见过两次面，觉得她有点傲，不愿轻易搭理人似的。今天见了，原以为打个招呼也就罢了，想不到她态度如此友好，就看刚才他一拍脑门连说带问了那话之后，她完全可以一笑而了之，也完全可以恼羞成怒而置之不理。如今她一笑而未了，不但是向他做了解释，竟又这样子问起来，分明是有点没话找话说的意味。于是他赶紧回复说："都来了。你们呢，一直就没有回去吗？"张冬梅说："没有。回去做什么呢？他在这里有活干，我要走了，他还能干下去吗？"孟一凡说："那你不想孩子吗？"张冬梅说："当然想啦。孩子她爷爷奶奶带着，前几天来过一趟，又回去了。"孟一凡"哦"了一声，表示着惊讶。张冬梅说："你大概是不知道，我们老家是池州的，离着这里并不远，来一趟也并不算难。"孟一凡心说：那我就更不明白了，既是这样子近，你回家去，不比孩子过来要更容易得多吗？就是你老公在这里上班，两口子暂时分开个十天半月又有什么？可是这话不好说的，就"噢"了一声，问她说："这厂里的情况怎么样了，你知道吗？"张冬梅说："我听我老公讲，暂时还是开不了工的。想当初，你还没走的时候，不是擦机器擦什么劳什子吗？"孟一凡说："是的。"张冬梅接着说："你走后没几天，他们就到厂里去挖地沟挖管道了，现如今，还在挖地沟挖管道呢。"孟一凡一惊说："那，这么多人来了，不又是白来了吗？"张冬梅说："你们男的不会白来，大概都要去厂里挖地沟的，女的就不行了，干又干不了，出工不出力，领导又没那么傻，只能耐心再等等呗。"

　　这话真被她说中了。第二天早上，厂里的那位人事科长刘威把大家集中起来又开了个会。这一次开会不是在过道的楼梯口处了，而是在苏州人所住的小别墅前，苏州人住的是正儿八经的一栋小别墅。他们都是领导级别，住得当然要高级些。这里离员工所住的那栋楼也并不远，隔着那排门面房，再过了门面房前的那条主干道，那边是草坪地，由草坪地里斜辟出一条路径来。这条路比起主干道来当然窄得多了。领导们住的小别墅，就从这条路进去，走上十多步就是了。小别墅前有一块方砖铺的空地，可以停放五六辆轿车那么大。现在是一辆轿车也没停，大家就站在这一处上。这一处一百多号人又哪是站得下的？因此，路道上、草坪上也站了不少人。既然话被张冬梅说中了，刘科长开这个会的目的就可想而知，不过是为了安抚人心而已。他的话说得很漂亮，叫大家少安毋躁，男的有愿意挖地沟的，等散了会后就留下来别走，不愿意挖地沟的也不勉强。女的呢，因为体力上的悬殊，不能把她们累了，这会儿趁着没开工，正好可以去市里逛一逛、玩一玩，要不了几天，一旦开工了，想逛想玩也没闲时间了。

因为听说是要不了几天，大家虽有意见，也表现得不怎么强烈。散会时，孟一凡留了下来。男子中，凡结了婚的、有家庭负担的人，除了宋学武之外，全留下来了。那些小伙子自由自在的，像李昆明、刘文章、宋小溪这些样的，是不屑于干这种出苦力的粗活的，用他们的话来说："我要是挖地沟的话，那我还进厂干吗的，不如直接到工地上去了。"女方在这时，不管是姑娘还是妇女，多数是噘着嘴，一脸的不高兴，可是又没有办法，只能叽叽咕咕地簇拥着相继散去。可是，一个星期都过去了，厂里还是不见开工通知，大伙的意见可就大了。沂新人是最多，有的小伙子就来找宋学武，女子就来找陶香枝。人多最容易起哄闹事。有的说："这不是坑人吗？厂还没建好，早早地就把我们拉了过来，不能等厂建好了，再叫我们过来吗？"有人说："傻瓜，多干一天，不要多付你一天的工资哪！"有的说："那也得有个说法啊！这样子老不开工，吃自己的，喝自己的，与其这样，还不如让我们在家再等一个月过来了。"有的说："是的是的。说是放一个月假，那时还不如干脆说放两个月假。我们过来了，还开不了工，最起码得有个说法，得给我们补贴生活费吧？！"宋学武原是个混混出身，见大家来找他，那自然是把他当成了首领，有了首领的这一虚荣，他是极愿意为大家出头的。于是去找刘科长提议，要补贴生活费。刘科长小小一科长哪有这权力，哪做得了这主，一时不能答应，推说过两天给以答复。这一过两天，就又过去了一个星期，仍不见确切定论。当然，刘科长在他人事的工作上也算是极尽其能事的，他知道这么多人闲着，时间长了，人心涣散又惶惶，真要是都一打包走人，那可是前功尽弃不得了的事。当时管委会里的食堂白天是吃饭，晚上是唱卡拉 OK 之所。他为笼络人心，包了两晚场。听说包一晚是一百块钱，很是把大家的精神提高了不少。可是，第三回再包场，没人去了，大家都算过来账了：你包一回场才一百块钱，你要是答应给我们生活补贴，那就十个一百块都不只，你想拿这个来蒙我们，真是把我们当小孩子了？我们要这穷乐子干啥，我们要生活费，我们要补贴。这一晚上，好多人不去卡拉 OK，而是二次又聚到了宋学武宿舍。

宋学武的宿舍说是夫妻宿舍，其实和大伙的宿舍没半点不同，也是四张上下铺的架子床。他把两张并在一起了，算作他们夫妻的睡床，另两张，一张放着电视机、影碟机及皮箱一类的东西；另一张就又作案板做饭，又作桌子吃饭，屋子里虽经收拾过的，却还是显得有点乱乱的。这一晚，他们宿舍里除了沂新人，还有一个滁州人，这人就是张冬梅她姨，名叫夏群芳，和陶香枝是好朋友，来找陶香枝玩的。听沂新人七嘴八舌地一通抱怨，她就向宋学武说："你们沂新人多，这个头能出。我们滁州人要是有你们这么多，我们早就跟他们闹开了。我们滁州人就不怕事。"宋学武听了脸上有点挂不住。陶香枝说："瞧你说的，哪个又是怕事的？不过是碍着一层面子。你知道的，俺家这位跟刘科长关系好，跟厂长关系你也是知道的。"夏群芳笑说："关系好讲关系好，情是情，让是让，该争的还是要争，你要讲关系好关系不好，我看你们就不该住这样的夫妻宿舍。你知道董威刚那两口子吗？他们宿舍就在对过的二楼里，听说是还有一厨一卫。那才真的舒服……"董威刚这个人，宋学武当然是知道的：制鞋部准备班的班长，和许部长最为要好。宋学武因为和许部长不对付，所以恨屋及乌，和董威刚也就有点不对付。当下一听她提起董威刚这人，不由得心里更烦躁起来，也不等她把话说完，急着打断她说："你说得对！什么面子不面子的！我给人面子，谁可给我面子？对！就这么着，老陶你出去吆喝吆喝，凡是沂新人的，今晚都跟我去苏州人的小别墅。我就不信，我会怕了哪个！"说完这话，他一跺脚，再一挥手，大家争相往外走。谁都知道，这下子准要有好戏瞧了。

　　陶香枝遵了夫命，从三楼喊到二楼，又从二楼喊到一楼。她喊："沂新人的都出来，今晚要大闹苏州府。谁不去谁是孬种，不是沂新人。"孟一凡听喊，初时不晓得为了什么事，但立刻也就明白了。他想：这不是弱智吗？这时候哪能这样子闹呢？宋学武啊宋学武，你老婆这么着，可是在害你呢。他不知道，这正是宋学武叫他老婆这么做的。因此他又想着：这要是个旺夫懂事女人的话，保准不会这样子做。不但不会，还要督导丈夫如何一起配合厂里稳住人心才是。俗话说万事开头难，厂里迟迟不开工，办厂的人就不急吗？怕是比咱们还要急一千倍一万倍呢！你在这个时候帮厂里，厂里能忘了你啦？等工厂一开工，厂里念着你的好，不提拔你个一官半职也说不过去啊。

宋学武这步棋该怎么走，孟一凡给他看得清清楚楚。他真想跑向前去找到宋学武，趁事情还没发生拦住他，把自己这番道理陈述给他听。可转念又一想：我凭什么要陈述给他听，阻止他这事呢？当初报名进厂时，报名费我又不比别人少要一个子儿。他没有老乡情，我对他还要有老乡情吗？这一自问，可又想到了自己曾是体谅过了对方的：就算人家只认钱不认人，当初人家要是不带你，不要你的报名费，你不也没辙吗？这样一想，又有些老大于心不忍。可是跟着又一想：我算老几呢，人家会听我劝吗？劝不好，人家反说我是在挡大家的财路，我不要犯了众人恶吗？我还是不要多这个嘴吧。他们去就由他们去，谁想去谁去，我是不去。去了让他们苏州的领导看到了可不好，就是现场一句话都不说，被看到了，那也要非落个坏印象不可。我看那许部长文绉绉的，感觉他对我的印象还不错。这样的领导识人那是最注重细节的，我要是去了，被他看到，那先前的不错印象肯定是一点也没有了。去了不好，可是不去又被人骂孬种。想想还是溜之大吉，给他个谁也不见我面的最好。他原本就出来得晚些，落在了后面，把一个过道走完，走到楼门口了，楼门口的一侧不是有卫生间吗？他一趔身，装着尿急的样子，就去了卫生间那里。等他再出来，过道里一个人也没有了，他出了楼门，看外面夜幕已经降临，没有灯光的地方，人隔着四五步远就不大好认出谁是谁了。这楼门口的路是直通向超市门口的那条马路的，中途有一个路灯，他出楼门口时，前面的人影绰绰已过了路灯了，但不能保证要是有人一回头会认不出他来。为确保溜之大吉，他不走这条道了，一拐弯，顺着超市这排楼和超市后面那排楼之间的空当子走。这空当子里是没有路灯的，地上铺的是花砖，也并不难走。他就从这空当子绕到了管委会门口，再出去，谁还能看到他？就是看到了，谁又能想到他是故意溜出来的呢？

管委会门口是一条南北大马路，谓之滨江路。路东有一个大广场。孟一凡这一溜，在大广场上是足足逗留了一个小时才回到宿舍里。宿舍里，李昆明和另两个舍友这时候都在。李昆仑一见他，迎头就问："表哥，你到哪里去了？"孟一凡正想知道今晚的事情闹出个什么结果，被他这一问，正好可以来答非所问，打听一下。不过，他被吆喝着出宿舍前，李昆明也是不在的，他不知道李昆明今晚有没有参加声讨队伍，于是他说："怎么，找我有什么事吗？"李昆明低了声音说："你不知道，刚才我们去苏州人住的小别墅了。"他"噢"了一声，心中暗喜，却故作不解地看着李昆明。李昆明说："看来你是真不知道了。俺学武表叔真是厉害！老总拍一下桌子，他也拍一下桌子。真是！"孟一凡想知道得更为详细些，又故作不解地问："我听不懂，什么老总拍一下桌子，他拍一下桌子？"李昆明说："这有什么听不懂的，话不投机半句多，学武表叔提条件，老总不答应。不答应不行。老总气得一拍桌子，表叔跟着也一拍桌子。老总拍一下，表叔也拍一下。你没看到当时那情形，真是太厉害了！"说着说着，他情绪高涨了起来，仿佛眼面前又呈现出那激动人心的场面。孟一凡问说："提什么条件，会把两人都气成这样？"李昆明说："还不是要那补贴生活费条件嘛。学武表叔要十块钱一天，老总不答应，只答应给五块钱一天补助。"孟一凡忙问说："后来呢？后来到底怎样给了？"李昆明激动地说："十块，到底是答应了十块。"孟一凡口里"噢"了一声，心说：二叔啊二叔，这回你算完了。他知道李昆明所说的老总就是宋学武的铁杆靠山关仲君。一到芜城，早听说关厂长不是厂长，是老总了。多好的靠山啊，好牌真能被打烂了。他在这里为宋学武心感可惜，李昆明那里还在余兴未尽地说："表哥，你没去看到真是太亏了。老总说——我就不信胳膊还能拧过大腿去，工人还能大过老板去。学武表叔说——你不信的事多着呢，还有工人打老板的，你信不信呢？老总就气得一拍桌子，学武表叔就跟着也一拍桌子。太厉害了。"孟一凡原本是只想知道怎样个结果就行了。李昆明到底是嘴上无毛的年轻人，认为这种犯忌的事还很厉害，说一遍还觉得不过瘾，再说一遍，他就不好接话了。他不接话，李昆明自然说着说着也就作罢了。

这事之后，又过了一个多月，工厂才终于正式开工。算算，从五月一放假，到正式开工，足足是两个半月的待工。当初三辆大巴车拉过来的一百二十多口人，除去极个别特殊原因的没来，或是来了等不及又走了的，人员几乎没怎么流失。想想这里头的原因，一部分人是因为闲着还有补贴，乐得这么多人热闹，这一部分人中，小伙姑娘居多，好多人在这时候趁机谈起了恋爱。恋爱中的男女那是最感时间过得快的，他们会嫌时间等得长吗？另一部分人，因为考虑着新厂开工急需管理人员，谁都觉得对自己是个大好机会，不能错过。还有一部分人是抱着既来之则安之的心理，等就等呗，一个月不都等过去了吗？等到过了两个月时，又心想两个月不都等过去了吗，还怕再等一个月？总之，当初被大巴车拉过来的人员，真没怎么流失。而且，这些人员在苏州时，十有八九是学员工，到了芜城，一个个全都成了师傅了。

　　工厂开工后，由于新厂没有宿舍楼，大家还是住在管委会。这时候，厂里急需管理人员也真是不假。许部长已经晋升为许厂长了，刘威还负责人事，卫科长还管制鞋部，随厂过来的。除了这三位领导，还有包装部的任科长、技术部的于科长、物资科的张科长，另外还有一位，就是那个叫董威刚的。当然，科长级别的已属中层领导，董威刚只是负责准备台的一名班长，算是基层领导。而新厂开工，除去大巴车拉过来的一百多人，厂里又新招了二百多名本地人员，加起来都有四百名员工了。这几个管理人，就算中层不需再配备人员，那像董威刚这样的基层小领导不配备到位，哪能行的？不说别的部门，就拿制鞋部来说吧，分为三大块，一为准备台，二为流水线，三为油光班。卫科长是制鞋部老大，她属下除了准备台有董威刚，原先在苏州时的两条流水线班长都没随厂过来，到了这边仍然是两条流水线作业，可不要重新提拔两个吗？油光班也没有，在苏州时，这油光班班长位子就空悬了三个多月。听说早先的班长因为拿乔，于去年年底时辞职了。不知是不是因为厂里要搬迁，考虑到人员浮动性很大，还是因为没有合适人选，或是别的什么原因，总之，这班长位子一直是空悬着的，到了这边，那当然就不会再让它空着了。油光班名为油光，其实名下不仅是油光作业，还有硫化、剪口、脱楦、修口、试水这些工种。也就是说，孟一凡虽为硫化工，但身属油光班，油光班没有班长，孟一凡能不能当上这个班长呢？

第九章　谁不想上位

　　拿破仑说："不想当将军的士兵不是好的士兵。"班长一职孟一凡当然想当了，但油光班想当班长的绝非他一个。像油光工沈东车，像脱楦工陶明全，这两位也都在想呢。沈东车的优势是本身他就是油光工出身，有一定的油光技术基础；而且，包装车间的任科长和他话很多，孟一凡有好几次看见他俩站在那里，不知道说的是不是工作上的事情，反正一说就是好大一会儿。沈东车本人话虽不多，但一张国字脸上，冷峻的神情，能够让人看出来他是个既有主见又有点傲慢的人。陶明全的优势是他资格老，别看年龄不大，还是个未结婚的帅小伙子，但看上去显得非常成熟，而且很有魄力的样子；他虽是个脱楦工，但因为干得久了，他油光也能油两下子，剪口也能剪两下子。在苏州时，他经常往硫化缸上跑，有事没事喜欢和陈小海海侃神聊一通，偶尔也会同一凡招呼一句两句，这一句两句总不免又是在打听着什么。比如：你也是沂新人吗？你跟宋学武是什么关系？孟一凡听他的语气，看他的态度，总觉得对方有敌视自己之意。因此，也并不和他话多，问一句，答一句。当然，自己面上的表情是笑眯眯。不和他套近乎，但也不至于冷淡去得罪他。

就是这样的两个人，在油光班里，能成为自己竞争班长的对手。他俩都有优势，孟一凡自己有什么优势呢？除了多年在工地上磨炼成的吃苦耐劳的习惯，还有谦虚低调而又不失诚恳的为人处世之外，别无其他。说到竞争，怎么竞争？因此，他想当"将军"的同时，倒又多少有点想开看开、顺其自然之心理，一天天仍然是兢兢业业、认认真真地去完成他的硫化作业。

毋庸置疑，在苏州时，孟一凡是个学员工，凡事有师傅陈小海扛着顶着，领导找不到他的头上来。到了这里，确也不一样了。把话说回来，工厂初开工也不是各部门一齐开工，是有先有后的。技术部先开，跟着才是制鞋部，再跟着就是包装部。硫化作业，虽属制鞋部管辖，但因为要试缸测温，技术部开工的时候，孟一凡也被通知上班。可以说，后道部门这时候能够被先行通知上班的，一般都是骨干人员。孟一凡不敢以骨干人员自比，但是工厂正式开工的前一天，在食堂大厅里，发生的一个小插曲，也着实让他感到自己的前途真是大有希望。而且，工厂正式开工后不久，渐渐更为明显的是：董威刚也好，卫科长也好，有事都先来和他说。众目睽睽之下，这不能不是个好兆头。孟一凡注意到，每当这个时候，陶明全就远远地站在那里，不时地会朝这边偷望上一眼，那脸色都涨成了猪肝色。待领导一走，他就溜过来阴阳怪气地说上一通，矛头自然是对着孟一凡。孟一凡知他是妒火中烧，这时只能装憨，听见也装听不见，听懂了也装听不懂。让对方想找他碴找不到，想朝他发火也发不起来。

这种情形持续了半月之久。这一天，卫科长因为听前面套楦处说鞋楦跟不上，就到油光班来看个究竟。现在的油光班的布局已非老厂油光班布局可比。新厂的布局当然是要比老厂的布局更合理、更规范，更有利于生产之便。从流水线到油光班这边来，当中是用铁皮隔开的，一过这道铁皮墙，首先就是四台硫化缸。硫化缸正前面离了十五六米远，是两条并行的油光链，右侧是喷油区，左侧就是脱楦区。卫科长来到油光班，本意是不作停留，直接到脱楦区一看的，不料经过硫化缸前恰遇着孟一凡拿着拖把在拖地，不由得心头一喜，心想：许正强看好的人果然是不错。一个人能这样子勤快，那敬业的精神当然是有的。这样想时，不觉就停了步，问孟一凡说："小孟，缸上怎么样？硫化有没有延长时间的？"孟一凡既是在拖地，那自然是弯着腰的，这就直起了腰来停住了手，望向对方说："科长好！缸上一切正常，不需要延长时间的。"卫科长就又随口问一句："那怎么鞋楦还跟不上的呢？"孟一凡心说：这还不都是那个陶明全故意为难造成的吗？心里能说，嘴上不能说，这个问题不好回答，可不回答又觉得不大好。局促之间，他不由得抬眼向脱楦处去看：只见两个脱楦的，一个脱得正得劲，一个——也就是陶明全不在脱楦，而是站在西面那排窗口前，悠闲地望着窗外。那和他搭档的剪口女工台子上已剪好了五六只鞋子摆着，手里头还扶着一只鞋子，要剪不剪的，分明是进退两难地在等他。孟一凡一看这情形，心说：这倒不用我回答了。他不回答，卫科长果然地就随了他目光，看到了这一幕，于是，也不再和他说什么，快步向陶明全走去。那陶明全哪有看不到她过来的道理？这时候他要是赶紧回到岗位上，凭这多年来的老资格，再加上卫科长对他一贯的好感，倒也罢了。偏偏他年轻气盛，却仍然站在那里不动，似乎他一动，便等于是较着劲他输了似的，别人不就在心里笑话吗？年轻人到底磨不开面子，把面子看得太重。他把面子看得太重，岂不知作为一名领导，领导把面子看得比他还重！

卫科长走到他近前，见他这样子仍是不动，原本三分的生气一下子就涨窜至七分了。她直截了当地质问道："陶明全，你怎么不去脱楦？"陶明全不吱声，仍那样子站着，连脸都没转一下。卫科长更是来火，又大声质问一句："你怎么不去脱楦？"这一次陶明全说话了，只三个字："不想脱。"他这样说的时候，两眼仍是望着窗外，看也不看卫科长一眼。这不明显是目无领导目无纪律吗？卫科长气得一转身走了。过一会儿，她从别处带了一个男工回来，把那男工交代给了另一个脱楦工。那另一个脱楦工连点了几个头后，就开始给那新来的男工做脱楦的示范，脱了几个就见那新来的男工也开始点头了，点头之后，也就亲自上阵来脱，脱了一只又脱了一只。卫科长站在那里，连看他脱了七八只，笑了，又和那另一个脱楦工交代了几句，这才走开。临走时，瞪一眼那还在窗口前站着的陶明全，脸一下子就冷了下来。

这一切，孟一凡远远地都瞧在眼里，心说：姓陶的啊姓陶的，这回你算彻底完了。我虽无和你竞争班长之心，可是这油光班真要让你来当班长，我也是大不服气的。凭你目无领导的这一行为，你就不配！一个目无领导的人，其内心素质如何也就可想而知。你若是当了班长，就凭你这种素质，那还不是蝇营狗苟、结党营私之辈吗？你看顺眼的人，即使犯了错误，你也不予以追究；你看不顺眼的人，即使不犯任何错误，你都会鸡蛋里面挑骨头。不过，细想起来，凭陶明全的聪明，他既是有想当这个班长的雄心，那总不至于在这节骨眼的时候来做这冲撞领导的傻事。是不是正因为平日里在他搭档的那小嫂子面前，处处地显示出他那自信满满、势在必得的模样，若是于这个时候，他马上就回归到岗位上，怕他的搭档在内心里小瞧他吗？所以，他并不是不知道这一层的利害关系，实在是因为他自己面子上磨不开罢了。

孟一凡这样想着，不觉过了三四分钟之久，就见刘科长来了，到了陶明全面前，嘀嘀咕咕说了几句话，带着他就往包装车间去了。没多会儿，油光班人都知道了：陶明全被调到包装车间拉箱子去了。孟一凡一听到这个消息，当时就觉得自己真还有可能当上这个班长。两天之后，这种可能性竟是愈发明显了：包装车间的任科长原先只与沈东车话多，现在竟与他渐渐话多了起来。在任科长与沈东车话多的时候，他看在眼里，总觉得沈东车的脸上不应该显现出那种高傲的表情。也许他并非高傲，看似高傲的表情，也许是他不苟言笑之故？一个人可以不善言，但一定不能不善笑。因为前人早就说过：言多必失。不善言倒不一定是坏事；而笑，也早就有人说了：笑是世界上最美的语言。不善笑那可就不是什么好事情了。孟一凡既知晓此理，在任科长与他说话的时候，他自然是时时地点头，时时地应着，时时地微笑一下。若说他唯命是听、唯命是从、唯唯诺诺，似乎却又有点过了。谦恭是谦恭，员工对领导谦恭，那不是应该的嘛，又不是低三下四、刻意逢迎。孟一凡持了这样的状态心态来对待，愈见任科长同他讲话的次数频频，反之，同那沈东车就愈见疏远了。

之前，有一部分人因为考虑着新厂开工，急需管理人员，谁都觉得对自己是个大好机会，不能错过。现已证明，这话的确不假。一个小小的油光班组就是如此，这有着三大部门的一个厂呢？哪个部门不又有着好几个班组呢？而如今，不要说是一部分人了，就连宋学武这位曾口口声声向他老婆说"我不当官不当将，不也照样快活"的人，也觊觎起管理的位子来了。那还是工厂正式开工的前一天，工人全部集中在食堂大厅里，许正强点名派宋学武自挑自选、带领十个沂新人去仓库帮忙安置货架。宋学武一听，当即兴奋得都有点手舞足蹈了。他为啥这样兴奋？这不是秃子头上的虱子——明摆的事嘛。派他带领人，这分明是把他当小头目待了，他能不兴奋吗？既是工人全部集中，孟一凡自然也在现场，他因为听老关说过宋学武曾对许正强有过不恭行为，当下看在眼里，明在心里：沂新人多势众，他是沂新人的头，这不过是暂时利用他一下，小小满足一下他的虚荣而已。真所谓当局者迷旁观者清。孟一凡作为旁观者看得清清楚楚，宋学武作为当事人还真就犯迷糊了。要他自挑自选，他挑选的十个人，孟一凡也在其列。他正要带走，不料许正强一指孟一凡，对着宋学武笑说："他不能去，等会儿我要安排他做别的事。"宋学武愣了一愣，忙又点头哈腰地应承说："行行行，那我换一个人，换一个人。"——这就是前面的那个小插曲，小插曲虽小，却是一石激起千层浪。在沂新的八十多人心中，自然而然地引起了轩然大波：孟一凡这回，肯定能升。

现在宋学武是真有点后悔了，后悔当初真不该带这小子。晚上下班回到宿舍，老婆陶香枝少不得又在他面前鼓噪抱怨几句，白天食堂里的一幕她也在场，别人能看出来的事情，她也能看出来。想起年前在家时，自己就曾劝阻过老公不要带孟一凡，他硬是不听，现在怎么样，要应验了吧？

平时陶香枝啰唆一句，宋学武都会嫌不耐烦。因此，陶香枝轻易也不敢啰唆，这次她得了有先见之明的理，胆子就有点大了。宋学武呢？不听老婆言，吃亏在眼前。这次不仅没嫌不耐烦，反倒赔着笑，任她说去。而陶香枝呢，说着说着，又不敢说了。知夫莫若妻。到底是内心里怵他惯了，也怕说多了万一惹他发烦，挨一顿饱揍，那可实在是划不来了。她不说，宋学武倒又说了。

宋学武点燃一根烟，重重地吸了一口，然后吐出了一个大大的烟圈，他望着那烟圈，有点失神地说："看来，一凡这小子真要交好运了。"陶香枝没接腔，她知他话匣子一打开，后面肯定有长篇大论。果然，他再次吸了一口烟后，又说："人要交好运，十座大山也挡不住。事到如今，后悔的话不说了，你也不要再抱怨我这那了。其实，他交不交好运，升不升官，我半点都不红这眼。主要是：人是我带来的，我要没升，他倒升了，说出去面子多难瞧。"陶香枝听他这么说，就又忍不住接了腔，附和说："谁说不是呢。你要没升他倒升了，传出去，别人不笑话我们才怪！"宋学武说："那怎么办呢？你没看我今天表现就很积极吗？"说到这里，他神情略略一振，声音似乎又变得有力起来："许正强派我带人去仓库帮忙，你能说这对我不是好兆头吗？呵呵，当初我差点要和他干架，现在他还不是要抬举我三分？看来，对付有权的人，巴结送礼是一法，反过来，拳头武力也是一法。我看不起第一法，我……"陶香枝听他话音越说越高，忙打断他说："祖宗，你说话不能小声点吗？"宋学武说："怕什么！我说的能不是实话？有什么好怕的！"陶香枝说："怕什么？刚才你不还说怕没面子吗？"宋学武眼一睁，似要发作，忽又嘿嘿一乐说："是的哟，瞧我这记性，倒被你将了一军。没错，人要脸树要皮嘛。"

就这样为不致以后没面子，夫妻俩当下合计：从今以后，宋学武呢，得把火暴脾气敛一敛；陶香枝呢，多在老乡之中联络联络感情。这样子，也好让那些苏州领导们看看——人都是可以改变的，我宋学武也不例外！知道不？我也想弄个班长干干，沂新人多，人是我带过来的，你们不给我个一官半职，就不怕我一声令下，沂新人全走个干干净净吗？对了，就算孟一凡那小子留下来不走，他一个人那也无关紧要。到那时，看你们怎么办？！

夫妻俩既是打定了这样的算盘，那接下来也就这样悄悄地进行操作。工厂七月二十五号开工，一个八月过去，管理人员还未定下来。到了九月中旬，虽还未定下来，但在沂新人中风声已起：宋学武，技术部混炼班长；宋小溪，制鞋部第一生产线班长；孟一凡，制鞋部油光班班长。

听了这风声，宋学武亦自感胜券在握，整天笑呵呵的，也不骄也不横，态度愈发随和，工作干劲较之以前更加热情主动了。不料正于这时，突然接到老家一个电话，是孩子的姥姥打来的。说小飞在学校里和同学打架，事儿很严重，老婆子搞不定，让他两口子快回去一趟！小飞是他俩的宝贝儿子，今年上初中二年级，两口子出来打工，孩子一直是跟着姥爷姥娘。十四五岁的熊孩子，正处于叛逆期，姥爷姥娘真还管不了。怎么办？回去吧，在这提拔管理人的节骨眼时候；不回去吧，孩子要被学校开除处理。两口子商量来商量去，最后决定：陶香枝一人回去。就这样，陶香枝请了五天假。按说五天假，一来一去占两天，另有三天忙孩子的事也足够了。哪又想到，那事儿才摆平，她本人倒害起病来，高烧不退，医生说是急火攻心引起。连着在卫生室打了一星期吊针才好。病好了，这时节却是眼看又要秋收农忙了。她自家有地没种，租给了别人。可两头的父母都还种着地，想想他们年龄都这么大了，地里的玉米、黄豆要掰要割要运。外出的人能来的都赶紧往家来了，自己要是还急着往外去，就是老人家不寒心，自己也于心不忍。这么多天都能耽误，就这几天不能耽误了？这样一想，就在家帮着秋收了。不仅帮娘家，还要帮婆家。怎么着呢？大忙季节的，该出手时就出手，做子女的，那还能说别的嘛。

这天，陶香枝是在婆家的河里地帮着掰玉米。何谓河里地？只因这里的地临着一条大河，本地人习惯性的一个称呼而已。有时候，他们自己相说起来，连"地"字都省了，也知道说的是这里。陶香枝掰着掰着玉米，身上来了尿，原想钻面前的玉米棵子一尿了事。想到裤子一脱，万一玉米叶子划着屁股，不痛吗？就收了这心。她眯眼看看西斜的太阳，正午的热劲儿已减了不少，可身上的汗味汁儿越来越黏糊糊，身子骨自然也有些疲乏了，这时不由得又起一念：自己几年没来河里地了，也不知那河边变了样没，河水还清不清？不如到那里小解去，也不过多走几步路，全当是歇一会儿的，顺便洗把脸透透凉多好。

婆家的玉米地其实离着河边还有十八九家的地。陶香枝顺着地头走，因为憋着尿，走得有点急，只顾着走路，就没那份闲心往各家各户的地里看。可是，走出了一半路去，也不知是到了谁家的地头，这时，从地里远远地传来了一个女子的娇喝声："你个鬼东西，别老回头找话说，快点砍，时候还早吗？"这话刚落音，又传来另一女子的咯咯笑声。陶香枝扭头定睛一看：这咯咯笑的女子不是孟一凡的老婆吗？再一看那高声娇喝的人，竟是陆三洲的老婆。两个女子的前面是一个男子，这时正一手持锄刀，把一搂砍下来的玉米棵子一边哈腰往地上放，一边转过脸来大声说："磨刀不误打柴工，说话忘了干活重。"陶香枝再定睛一看：这不是陆三洲吗？她赶紧撤回目光，不愿被他们瞧见，一边走一边琢磨着：两家这是在换工吧。刚才一定是陆三洲在前头一边砍玉米，一边回头没话找话说，才引起他老婆说那话的。是了，他老婆担心他砍了脚不假，大概主要原因还不在这上吧？她心里这样一琢磨，不由得脸上冷笑一下，同时鼻子里轻蔑地冷哼了一声。

陶香枝远远所见的没错，这三人真是丁凤娟和陆三洲两口子。不得不说，乡下人面朝黄土背朝天的劳苦，尤其在两季农忙最为明显。也不得不说，一个家庭里，在这种时候若没有男劳力的支撑，女主人一个人劳苦，那就更是雪上加霜，苦不堪言。麦收时节，所幸厂未正式开工，丈夫讨巧请假回来，帮了一个大忙，自然是和往常的麦收时节并无两样，忙归忙，累归累，但有丈夫这根主心骨在，她不愁啊。然而，这秋收之季，不能指望丈夫再请假回来帮忙了。厂有厂规不说，丁凤娟心下更是明白：丈夫此番进厂不容易，珍惜工作，那是必须的。不是正逢新厂搬迁吗？基层肯定缺乏管理人员。丈夫得着了这个机会，要是好好干好好表现，没准儿能被领导看中。这要是一请假，领导会怎么想？这个人事真多！本来想选拔他的，也不选拔他了。因此，丁凤娟下定决心：绝不拖丈夫的后腿。这季农忙，再苦再累自己扛。

前两天傍晚，她在门口碰见了好几个别人的丈夫，都是外出打工刚回来的。人还没到家，手上提着大包小包，他们每个人的脸上都掩饰不住回家的喜悦。碰见了，不能不打招呼。打招呼时，无一人不在问："你那位回来没？"她也无一不答："还没哩。"人家脸上带着笑，自己也不能苦着脸。笑是笑了，脸上羞答答的，心里却是不由得一阵阵难受。夜晚躺在床上翻来覆去睡不着，不仅要想那久别胜新婚的夫妻重逢之乐，更发愁这个秋收自己一个人怎么面对。她冷不丁地想：这些人里面有没有谁会帮帮俺呢？于是，脑海中这些人一个个闪现，也一个个过滤，最后竟是一个都没有。不对呀，冥冥之中，怎么总感觉有个人能帮到自己，自己却一时怎么都想不起来了呢？想半天，才想到了这个人是陆三洲。也难怪，傍晚那些人里根本就没有他，也不知他回来了没。明天到他家望望去。这念头刚起，她又一转念：这忙，能要人家帮吗？老公不在家，我一个女的，他一个男的，别人看到，心里会咋想？别被人嚼舌根了吧？为着帮个忙，要是无端地被人坏了名声，那可划不来！罢罢罢，这条路子不走了，忙就忙点，累就累点，我在家千万不能给老公脸上抹黑，不能要他在外对我不放心的……想了这么多，她头脑昏昏沉沉的，这时候应也不早了，睡觉吧。

恍惚间，却听得有人在喊她的名字："凤娟凤娟。"她眯眼一看：这不是陆三洲吗？真是说曹操曹操就到！但见他上身穿着一白背心，下身穿一白大裤衩，脚上穿的是一双蓝色的拖鞋。咦？他怎么进来的？我院门反锁了，屋门也反锁了呀。刚想开口问个究竟，陆三洲已满脸堆笑说："你太不小心了，要睡觉怎么连门都不关？"是啊，这可怎么得了，自己躺在床上，床前站着个大男人，又是露胳膊露腿的，这真叫人难为情。她身上盖着一条毛巾被，被头只盖到胸脯那儿，就忙把被头往上扯了扯，扯到了脖子处。手上动作，口中也忙着否认："不可能的，不可能的。我记得……"陆三洲又笑着打断她说："你记得什么？你记得我当初是怎么说的？厂里比不得工地。好是好，就是不大自由了。"她点了点头，问他说："三叔几时回来的？我傍晚没见你回来嘛。"陆三洲说："我个子矮，你哪里看得到我？我就是今晚回来的。"她不好意思地说："那三叔这时候也该在家陪陪三婶，不该上俺这儿来呀。"陆三洲搞笑一样地朝她眨眨眼说："怎么？一凡不在家，我就不能来了吗？你怕什么？怕我不老实？"她愈发不好意思地忙说："一凡他不在家，这玩笑开不得。"陆三洲说："就是他要我来的，他知你一人在家忙不过来，打电话叫我来帮你收秋的。你还怕什么？"她心里一喜，大着胆子望向他说："这倒是好，我正愁着这事呢，有你帮忙就好了。"陆三洲涎着脸，笑嘻嘻地问："我帮你，你要怎样来谢我呢？"

她能感觉到对方的暧昧企图，却佯装不解风情，一本正经、傻不拉叽地回答他："我打酒给三叔喝。"陆三洲说："那喝醉了怎么办？"她说："我喊三婶来背你。"陆三洲说："不好吧，我要你来背呢。"说这话时，他两眼放光，火辣辣地直盯着她，把腰弯了弯，又向前趋了一步，人就到了床边儿。她心里紧张起来，忙两手捂了脸，不敢再看对方。陆三洲又说："你还害羞吗？别假正经啦。你能说傍晚时你看到别家的男人都回来了，就你家一凡没回来，你心里能没失落感？"看不出来，这家伙说话倒能说到人心里去。她惊讶感叹之余，不由得十指微张，想透过指缝儿来看对方。就在这时，只觉得身上的毛巾被不翼而飞，一只手伸过来。她大叫一声："不要……"两眼一睁，却是看到顶棚上吊着的灯泡白亮亮的，满屋通明，这才知是做了个梦。再看身上，所盖的毛巾被确是滑落到一边，胸脯上搭了一只嫩藕般的小胳膊小手，想想刚才梦中的情形，她不禁哑然失笑：原来是这小家伙的手啊。留守少妇真可怜！继而一团落寞情绪犹如朦胧之雾，于她内心深处渐渐地升腾，渐渐地弥漫开来。

丁凤娟先曾有过第二天要到陆三洲家望望他回没回来的念头，后为名声所惧，只得勉强作罢，如今做了这样一个梦，那已作罢的念头愈发坚定下来。然而，世上的事有时候就是蹊跷。偏偏，丁凤娟与陆三洲和他老婆孙晓芳会在菜园里碰到了。这是第二天的早饭后，她在菜园里摘红辣椒，陆三洲两口子也来了，恰巧是从她地头过，陆三洲称呼一声"你二嫂"，笑哈哈来问："一凡没回来吧？"她因了那个梦，再怎么镇定，脸上还是有一点红隐隐的，可人家好心好意招呼，总不能不答句话吧。这就红着脸说："没哩。三叔，你多会儿回来的？"陆三洲说："我昨天。你三婶电话一直催一直催，到了家才知道回早了。咱家的黄豆玉米比你们的都晚熟，还有点青呢。"说着，一望身边的老婆，又来了句："就她能！"

丁凤娟正心里想着：这夫妻两个，可不能只顾着和他说话，把他老婆晾在一边。因此，随了他的目光看向孙晓芳，笑说："这是三婶关心你，想你了呢。三叔好没良心。"不是一家人，不进一家门。孙晓芳平时也是个大咧咧爱说爱笑之人，听了丁凤娟这话，瞪一眼自家男人，忙接腔说："怎么样？话可不是我一人说的吧。"又转过脸，望了丁凤娟，也笑说："你二嫂，你说得半点不错！这个东西就是一点良心没有。他的良心都叫狗给吃了。"丁凤娟不好说什么，听了只有嘻嘻笑。陆三洲说："你废话，看不出他二嫂是强装笑颜，心里正犯愁吗？你还有心思和人家说笑。"孙晓芳说："愁什么？有什么好愁的！不就是那点地吗？不就是他二哥没回来嘛。"陆三洲说："听听，你这人说话不过脑子。那你当初别打电话催我回来了多好。"孙晓芳脸一红，笑嚷道："你个坏东西，你接话倒接得快。我哪是那意思，我意思是：咱家黄豆玉米还有点青，要是他二嫂家的熟了，咱不如……"老婆后面的话还没说出来，陆三洲已然听明白了，抢着说："对对对，咱不如互换工，收了你家再收咱家。"丁凤娟一听，心里当然巴不得，可是……她有顾虑：夜里做的那梦不说，就是眼面前的女人孙晓芳话只说了半截子，下半截子是她男人抢说的，她不亲口说出来，自己不好率先表态的。因此，丁凤娟望一眼孙晓芳，笑着给她戴高帽子说："三叔说了不算，这得三婶说了算。三婶你说对吧？"

天下人哪有谁不喜被别人高看的。加之话头本是她先起的，孙晓芳还能说别的吗？一经她亲自发了话，丁凤娟心想，梦毕竟是梦，况且有他老婆一同出面，还能怎么的？也就欣然同意。这才有了陶香枝在河里地看到的那一幕。朋友妻不可欺。陆三洲并非好色之徒。只是陆三洲免脱不了俗，因此，他在前面砍玉米棵子，时不时地就要回头和后面的两个女人说句笑话。看到两个女人一笑，说来也怪，他就忽觉得累也不累了，乏也不乏了，浑身都来劲儿，手中的锄刀挥舞得更欢。孙晓芳看得出听得出，丈夫的小笑话有点献殷勤嫌疑，这殷勤不单是献给她的，多半是想献给她身边那位的。不过，对此她又放心得很。不放心的是一心不能二用，丈夫别不小心砍了脚脖子。因此，她就不能不提醒他，提醒的话里夹了吃飞醋的味道，是她故意而为的。不这样不可笑，谁叫她是一个大咧咧爱说爱笑的女人呢！孙晓芳不在乎，丁凤娟却在乎。孙晓芳能看得出听得出的事，丁凤娟也当然能。要是丈夫在眼前的话，她一准会借题发挥，打趣他陆三洲几句。丈夫不在眼前，她就得注意了，不能图嘴巴一时痛快，留话把子给人说。但又不能冷落了对方。怎么办？那就笑呗。不仅要笑，还要笑出声来，笑得让对方听到。唉，真是做女人难，做留守女人更难！大忙时节，做乡下的留守女人更更难！

从清早就到河里地忙，一直忙到傍黑。中午饭都是带了煎饼咸鸭蛋、喝白开水在玉米地里凑合的。中午太阳晒得很，他们现把砍倒的玉秫秸子扎几捆，靠起来，挡着，人才好坐下来吃饭。就坐在砍倒的玉米秸上。吃饭权当是歇息了。饭吃好，等于也歇息好了。那玉米棵子，你不砍它它不倒；那玉米棒子，你不掰它它不掉。活，还得接着干！谢天谢地，傍黑时，总算把这块地砍掰完了。晚饭是各回各家吃。她心里过意不去，也没办法，都忙都累，别客气了。回到家里，冷锅冷灶，她暂时也顾不上，得先去托儿所把儿子接家来。预先说好了的，特别时期特别对待。儿子在托儿所，家长不接不归，超时间太晚了来接的，托儿所提供晚饭，家长再另外付钱就是了。想想，这乡下的大忙时节，真是忙得老爹都顾不得亲孙子了。按说，她有公婆，孩子交给公婆带着不也行吗？还就是不行！公婆也有地，也要忙。说白了，他们老两口都是奔六十的人了，能把自己的那活应去，不要她烦神就够不错的了。若把孩子交给他们带，无疑是增加了他们老两口的负担，于心不忍不讲，还不如交给托儿所的专职阿姨带着来得干脆来得利索呢。儿子接家来，大概小家伙也知道妈妈干活累了一天，也不像平时睡觉前总要撒个小脾气的。困了，自个儿不声不响地就爬上床去睡了。这时候，丁凤娟一个人，累得也不愿开火动灶了，匆匆洗把脸，就坐到了饭桌前。煎饼是现成的，咸鸭蛋是现成的，再倒碗白开水，和中午的吃喝一模一样。而且，因为饿了，一样是吃得那么香那么甜啊。

就在这时，一阵"叮叮叮"的铃声从卧室里传来。一准是丈夫打来的电话。这是她第一个起念，继而担心吵醒了儿子，忙起身就往卧室跑。右手的筷子搁下了，左手的煎饼还拿在手上呢。一接听，果然是丈夫孟一凡打来的。孟一凡说："喂，老婆。家里怎么样，忙了吗？"丁凤娟说："忙了哩，今天把河里的玉秫收来家了。"孟一凡"啊呀"一声，说："辛苦辛苦，老婆你辛苦了。晚饭吃了吗？"凤娟说："正吃呢，你电话来了。"孟一凡愧疚地说："你看我这人，一点忙帮不上，连饭也不让你吃安心。"丁凤娟笑了说："那怎么着呢，该忙就得忙，反正也就这几天呗。"孟一凡说："你说你的，我还不知道嘛。以往有我在家，两个人都忙成那样，我不在家，你一个人不是更忙上加忙。指望老殿帮忙，说实在的，他们那一大把年纪，能把自己那点地忙好，不要你伸手就不错了。儿子呢？睡觉了吗？"丁凤娟说：

"睡了。你听不出来我都不敢跟你大声说话吗？"孟一凡说："那我挂了啊！不，你先挂。你吃饭吧，累了一天了，你还没吃好饭。吃好饭，你也该好好歇歇啦。"丁凤娟说："别忙别忙，我嘴里正嚼着煎饼呢。你是不是没话跟我说了？"孟一凡说："哪是的？我跟你的话——"说到这里，声音低了下去，好像是捂了半边嘴似的，"一辈子，永远也说不完的。要不我怎么又要你先挂的呢。"丁凤娟听了，顿感心里甜蜜蜜的，嘴上却是不领情地说："我没听到，我只听你说挂了啊，我以为你没话跟我说了呢。咦？这怎么说着说着，声音变得这么小，是心里不情愿吧？"孟一凡笑了说："你又冤枉我。这是在超市里，这是打公用电话。我好意思大喊大叫哇。"

原来是这样！孟一凡不说，丁凤娟还真没意识到这一点。不过，冤枉谈不上，不想他这么快挂电话才是真的。本来嘛，两口子之间通电话，就应该有荤有素。荤是想你啊爱你啊，无非是话要说得肉麻点；素是有事说事，说正经事。荤素搭配，话才有味！丁凤娟又断章取义，故意专挑他的刺说："你又冤枉我？难道我多会儿冤枉过你吗？"孟一凡笑了说："你贵人多忘事！你忘了吗？那时，我刚报名，还没进厂，你怎么说的？说我什么什么——"说到这里，声音又低了下去，"哪个哪个漂亮，什么什么魂不魂的，你忘了吗？"丁凤娟想起来了，亲爱的孩子爸，你还记得我给你敲的这个警钟啊！心里乐开了花，但她没说出来。她嘻嘻地笑了。孟一凡也笑了说："你以后可别冤枉我了。喂喂喂，以后哪天要能买起手机好了。我这样说，你明白了吧？"丁凤娟又不笨，这还有什么不明白的。丈夫的意思是说：有手机通话就好了，就方便了，想说什么话就可以畅所欲言了，他现在是超市里公用电话，想她爱她心口难开啊。于是她柔声说："我明白呢。一部手机得多少钱？你要买，你买就是了。我不阻拦你的。"孟一凡说："摩托罗拉，低档的，也就一千多点吧。我今年不买，明年再买吧。要买就买个中上档的，说不定明年还能便宜呢。"

听着丈夫不厌其烦的话，丁凤娟心里突然想：我要不要把陆三洲今天帮俺忙的这事说一说呢？说吧，怕丈夫多心；不说吧，怕丈夫今后问起来她再说，丈夫更多心。不容迟疑，她边听边想，边嘴里"嗯嗯"着回应，待丈夫的话头一打住，这时她就一股脑地全说了。其实女人的倾诉欲都很强，留守女人不用说，倾诉欲就更强。要不先前丈夫要挂电话时，她跟他急，说别忙别忙的呢。

孟一凡听了，愣怔了一会儿，才说："是这样啊！那我就放心了。有人能帮忙，这是好事。你明天看到三叔，跟他说，等我年底放假回去请他吃饭。"话虽说得合情合理，语气却有点不大对劲儿。丁凤娟能感觉到，想笑没有笑。大男人小心眼。不行，我得把这事说破，不能留阴影。眼睛一眨，正好逮住了丈夫的话把子，先纠正说："不是请他吃饭，是请他们吃饭。"跟着又来一句："不然的话，会有人心里不痛快。"这后一句可谓是一语双关，听似是说别人，其实是说自己，孟一凡这点敏感还是有的。只身在外打工，最怕后院起火。无事生非，自扣屎盆子，真混蛋！也不想想老婆既然能主动把这事说出来，可见她胸怀坦荡无二心。话说回来，她要是真有二心，别说二人相隔千里之遥，就是天天守在身旁，也不能耽误。结婚这都四五年了，老婆是不是那种人，自己还不清楚吗？可不能侮辱了她，侮辱了她，不就是侮辱我自己吗？

心态好，一切都好。这话果然不假。夫妻之间不要互相猜忌，应多多地把对方往好处里去想。丁凤娟感觉到孟一凡突然大男人小心眼了，她想的是：丈夫在这种事上越小心眼，越说明他在乎她、爱她。这心态就非常好。若是她反过来想：你不来伸手，还不许人家帮忙呀，帮个忙怎么了？你心术不正，来侮辱我人格！孟一凡呢，他虽是一上来有点小心眼，老婆那句一语双关的蜻蜓点水的话让他醒转过来。假如他还执迷不悟小心眼的话：还跟我玩一语双关，你也知道我心里不痛快啊！既然知道，干吗还要人家帮忙？不要人帮，能累死你啦？怕不怕别人说闲话啊？你不怕，我还怕！真是不识好歹，没一点脑子……人要在气头上，什么话都是能说出来的。而且是有着这样的心理：哪句话最伤人就说哪句。最伤人也最解恨，以为打倒的媳妇揉倒的面，非要一分高下不可。岂不知一家之计在于和。家是讲爱的地方，不是讲理的地方。你想，一个委屈不已，一个责怪不停，那后果还能好了吗？孟一凡识时务为俊杰，不仅把老婆往好处来想，口中还忙附和着说："对对对，老婆大人说得对，是请他们，请他们一家三口。"口里附和，心中继而又想：这时候不如向老婆报告了自己在厂里有望提拔的好消息，让她知道她的丈夫是有潜力的，千万不要小瞧了我，不珍惜我。

平时孟一凡可不是嘴快之人。没有尘埃落定的事，他向来是不说的，这都为着弥补，才有了此念。自己刚才的小心眼，老婆虽然没有鸣不平，但那一语双关的话，足以证明她是大有感觉的。

将心比心，有哪个人被人误会了，心里还能快活的？这时候，告诉她个好消息，不就能一扫她心中的不快了嘛。妻以夫荣，夫贵妻荣。她一听说我能被提拔，准高兴得不得了。即使嫌我小心眼，受憋屈，那她也只能是对我原谅理解了。主意一定，看了看左右，又看了看身后，确保没有熟人，这才压低了声音，又故作神秘地说："我要向你报告一个好消息，你想不想听？"丁凤娟嘻嘻一笑说："好消息谁不想听！什么好消息？你说呀。"在他听来，果然老婆一下子上来了兴趣。他暗暗得意，一转念：不说了，让她猜去，省得我说出来万一被熟人听到了，不好。于是他大了声说："你猜猜看，看你能不能猜得着。"凤娟说："既然是好消息，那一定是被提拔啦？"孟一凡又小声说："我的老婆就是聪明，一猜就中。不过，还没有公布出来，不过也快公布了。"丁凤娟说："你好好干。你好我就好。家里的事不用你操心。只要你好好的，我再苦再累都值得。"孟一凡调侃说："老婆，我知道的。军功章啊，有我的一半，也有你的一半。"丁凤娟在电话里扑哧一声笑了。孟一凡见好就收。跟着二人互道了各自保重，也就挂了电话。

第十章　坏事行千里

　　大功告成。孟一凡面带微笑，兴致勃勃地往外走，刚走到超市门口，差点和迎面的人撞了个满怀，定睛一看：这不是马加喜的老婆张冬梅吗？张冬梅穿着一条牛仔背带裙，上身一件白套衫，下摆掖在裙子里，把胸脯衬得有点挺，下身光腿光脚地穿了一双粉色的拖鞋。她因着刚才这一撞，虽未撞个满怀，却是胸脯蹭着了对方衣袖，脸上就有点恼羞之意。超市门口，灯火通明，孟一凡自己也有点不好意思了，忙说："对不起对不起。是你哦，你来买东西？"张冬梅也已认出了孟一凡，恼是不能恼了，红着脸，一笑说："是你哦。我不买什么。"这样说了后，眼望孟一凡，看似是随口一句，又问，"你有没有看到我老公在里面？"孟一凡没看到，只能如实回答。张冬梅脸转向一边，忽然杏眼圆睁，好像是动了气，嘴唇闭得紧紧的。又似是眨眼间憋足了，幽幽地吐出口气来，这才转过脸来看了一眼孟一凡，却什么也没说，人就进了超市。

　　她要不看孟一凡一眼就进超市，孟一凡回宿舍，也就再自然正常不过。她看了孟一凡一眼，他心里就想了：我走还是不走呢？走吧，显得我这人也太无情了，一点热心肠都没有；不走吧，我又有什么理由留下来等她呢？就凭她这临进去时看了我一眼？这样想着，人却是往回走了。只是走几步，又停下来，往身后看一看。这样做有什么企图不成？其实连他自己也搞不清。如此两番，到底是被张冬梅赶上来了。

张冬梅进超市转一圈，没找着老公，心里憋气还憋火，急匆匆又往回赶。她倒没想到孟一凡没走多远。这赶上来了，两人刚才还打招呼说话的，现在总不能就一声不吭地擦肩而过吧？恰巧到了这里，这里的光有点暗，一盏路灯尚在十米开外，当然是比不得超市门口那样亮堂。也怕认错人。走齐肩的时候，转脸看一眼，确定了，方才似是不经意地轻声说："走得真慢啊。"孟一凡循声一望，大为欢喜，心说：我是在等你啊！可他哪敢这样说出口呢，毕竟还不太熟悉，还没到能开这种玩笑的地步。于是他呵呵笑了说："反正回去早也睡不着。没事慢慢走呗。怎么，你老公没找着？那能到哪里去了？"张冬梅说："谁知道呢，他跟我说出来买包烟，人就没影了。"孟一凡说："哦，说不定你来找他，他已经回房里去了。"张冬梅说："我看不会有这好事。你在厂里没听到有人说他什么吗？"孟一凡愣了愣，迟疑着说："说他什么？没听到哇。"这时，二人已到了宿舍楼里，孟一凡住在一层，张冬梅住在三层的夫妻房。张冬梅看看左边的孟一凡，又看看右边的楼梯口，有点懊恼地说："那算了吧。"一转身，吧嗒吧嗒地上了楼。

马加喜能到哪里去了呢？他跟老婆说出去买包烟，其实是找借口跑出去见一个小嫂子去了。工厂一开工，厂里不是招进了许多当地的新工人嘛。在这新工人里面有一个叫甄小菊的，所干的工作是给鞋子贴直沿条，她的这个工作岗位刚好和绷面的马加喜面对面地只隔个台子，台子也就一米来宽。平时工作之暇对个眼，说句话，乃至帮忙递个茶杯倒杯水，那都是极为方便的事。没想到这一方便，二人竟生出好感来。甄小菊是个不大爱说话的人，性格很温柔，不笑不说话，一说话，脸还会有点红。马加喜就喜欢她这一点。把她和老婆来比，老婆显然是太强势了。甄小菊的丈夫是个货车司机，经常夜里开车不着家，一个女儿才三岁，白天她上班，孩子有她奶奶带着。因为两家子不住在一起，晚上下班后，甄小菊去婆婆家吃饭，饭吃好后，顺便就把孩子接回家。孩子小，睡觉早。女儿睡了，她睡不着，翻来覆去，想东想西的。有天晚上临下班时，马加喜当众开她玩笑，说："小菊，今晚我送你回家呀？"她脸红了，一笑说："你敢吗？"马加喜说："怎么不敢？"众同事一哄而笑。她脸更红了，回一句："看你老婆不打死你。"众同事又是一哄而笑。

这天，隔壁的夏群芳，也就是张冬梅的小姨，送了一把韭菜过来。趁姨娘俩在说话，马加喜说了句："没烟了，我到超市买包烟去。"张冬梅信以为真，还高兴地对他说："正好，鸡蛋没了，你顺便买点回来，明早我炒个韭菜鸡蛋。"马加喜答应一声"好嘞"，人就不见了这么久。

张冬梅和她小姨在房里说话。她小姨没走时，她不以为意，待她小姨一走，她想起来了：买包烟怎么买到这时还不回？看看墙上的小挂钟，这都八点了。五点钟下班，做好饭吃好饭，再洗洗刷刷，通常也不过七点左右，买包烟到超市，上下楼的事，说什么也不能要半个多小时？就是要一个小时这也该回来了。莫不是……这时候，她的脑海里不由得呈现出一番情景来：在洗手台前，老公和一个女子边洗手边说话，不知老公说了一句什么话，引得女子嘻嘻直笑。这是半月前，她去上厕所时无意中看到的。洗手台在车间西门口边，厕所与洗手台隔着四米宽的水泥路。通常是：要上厕所的人，出了车间门，先拐过去洗个手，然后再上厕所。有那爱干净的，上过厕所后，还要拐过来再洗个手。当时，她从门里头才迈出半步，就看到了这一幕，而且，这个时候前后左右正好是一个人没有。搞暧昧啊！她心里气得不行，还又不想让两人看见她，忙缩转身，跑回去，假装是忘带了手纸的样子，到存放个人物品的小柜子前一通乱翻，足足有三四分钟之久，结果什么也没拿，又跑了出去。

这事她任谁都没说。跟谁说？这种事除非不说，一说，受伤最大的还是自己，听的人表面上在听，在同情，心里还不知怎样嘲笑她呢，连自家的男人都管不好，还好意思往外说，没本事，活该！不说归不说，不过事后她倒是暗暗地把那女子——也就是甄小菊观察了好几回。越观察越觉得对方形迹可疑，像是情敌。可是，捉贼捉赃，捉奸捉双，没有实打实的证据不行。当然，这事还有一个原因，如今正在预备提拔管理干部阶段，可不能因这事两口子吵架。听小姨父说过的：绷面工是流水线上最重要的工种，线上要是提拔管理人，那非预先考虑绷面工不可。老公就是绷面工。这言下之意还需说吗？这时候要是两口子吵起架来，传到上面领导的耳里，领导会想：自己的小家庭都搞不好，七八十口人的一条生产线你还能管理好啦？为着这两个原因，平时骄傲得像个小公主似的她，也只能是忍了这口气。那么，忍了的同时，自己告诫自己：在下班后的时间里，一定要对老公严加看管，让他有贼心没贼胆，更没有贼机会。哪想到，看得再严，今晚还是被他钻了空子。如果说先前她只是怀疑，只是看着好像，现在给老公这一溜，可不就是铁板钉钉的事实了吗？自己再怎么想忍，也难以忍将下去，胸腔里的一股怒火直往上蹿：什么提拔不提拔的，这还八字没一撇呢，你就这个样子，真要被提拔上去了，你还不直接把我一脚蹬了？就你这德行还想被提拔，提拔你的人都瞎了眼差不多。你不想好，我还想什么好啊！我就看你今晚还回不回来，有本事你就永远别回来！

火气这么大，也就看啥啥不顺眼，先是放在床边凳子上的一本宣传杂志引起她不满。那杂志是一家男科医院的宣传读物，是上个星期天，两人在镇上人家做宣传的人免费赠送的。那杂志的封面是一个健壮如牛的男人，赤着上身，腹胸，胳膊处处显露出一块块的肌肉疙瘩。也奇怪，那时怎么看怎么都是喜欢看，男人嘛，就应该这样才有男人味！现在一看，竟怎么也不顺眼，一时冲动，抓起来，三下两下竟给撕个稀烂，也不往垃圾篓里丢，却是往地上一掼。因这一掼，她这又看到了地上的那把韭菜，想起还要他买鸡蛋炒韭菜的呢，更是气不打一处来，一抬脚把韭菜踢多远，直撞到墙壁上去。那韭菜是用一根细草绳系着的，哪经得她这一踢，从墙壁上又弹落回来，就散掉了，乱成了一大片。

也正在这时，"咔吧"一声，门开了，马加喜从外面回来了。只见他哈着腰，蹑手蹑脚地，脸上是一副笑嘻嘻讨好的神情。张冬梅不看则已，一看又是火上浇油，张口就骂："你没死啊？我还以为你死在外面了呢！"马加喜仍赔着笑，走到她跟前，小声说："有话好说嘛，别骂人呀。"张冬梅骂得更难听："你说你买包烟，买包烟买到窟窿里去了。"这一骂，马加喜脸上挂不住了，他愣了愣，目光直视着对方说："你再骂，你再骂就别怪我不客气了！"张冬梅说："怎么，你还能打我？"说时，身子往马加喜身前一凑，脖子一伸，脸一扬，又说："呢，给你打呢，给你打呢！"马加喜心虚，也实在不愿意把事情闹大，只得朝边上让她一让，也不瞪她了，脸转向一旁说："好了好了，一会儿惊动了旁人，你不嫌丢人吗？"张冬梅一听"丢人"二字，哼哼冷笑着大声说："丢人？什么丢人？我一不偷人，二不养汉，我丢什么人，你说，我丢你什么人了？"马加喜越怕旁人听见，对方越是大声，自己也就心一横，不管不顾地扬声说："你看看，你看看，你还有完没完，真是给脸不要脸！"张冬梅嘴里喊："我不要脸，你要脸，我叫你要脸！"她一边喊着，一边伸开五指，就朝着马加喜脸上抓来。马加喜不太留意，及至感觉势头不对劲，忙将脑袋一偏。虽是侥幸躲过了正面冲锋，下巴颏一侧却是遭了殃。他心想：看来不能被她太靠近，得叫她离我远点，不然还得被她抓。这样想着，就瞅准对方的肩膀，逮住了朝外一搡……当然，他手上所用的劲也不敢太过。即便是这样，对方也被他搡得一屁股坐倒在地。张冬梅自觉是得了理，这个亏她岂能吃？加上她平时要强要惯了，老公一向又是宠惯了她的，此时哪就能善罢甘休了呢？人还坐倒在地，旁边正好有一小板凳，这就顺手抄起来，手一扬，板凳就朝马加喜飞了过去。也亏他躲得快，没砸着他，却是砸在了床架上，"咚"的一声。

宿舍里的床都是分上下两层的，夫妻宿舍不过是自行将两张床并在一起，加宽了而已。下面住人，上面摆东西。如今这床上摆有两个刷牙的瓷杯子，竟是被双双震落了下来，啪啪地摔了个粉碎。杯子里的牙刷子滚落在地，一支落在床底下的一只鞋子边，一支刚好落在鞋子里。牙刷不能用了，张冬梅不感到可惜，只是那两只瓷杯子让她心疼不已。当初塑料杯子不买，偏买瓷杯子，皆因这瓷杯子上有一对男女小人儿头像，做着那欲要亲嘴的模样，煞是可爱，她才不嫌贵，买了来的。别看她性子烈，是个很要强的女子，其实骨子里也有着非常浪漫的天分。就拿免费赠送的那本宣传杂志来说，老公兴致勃勃地带回来，老公看，她也看，两人一起看。如此便也不难看出，她的浪漫温柔是有前提条件的，那就是——老公得爱她，疼她，宠她。如今她一看两只杯子碎了，宛如是两人的爱情也碎了，心疼不已，亦心痛不已。你都不珍惜，我还珍惜什么！只见她"呼"的一下，闪电般从地上爬起来，母老虎一样地向马加喜直扑过去。

先前的一番闹腾，你推我搡，又是摔板凳，又是杯子碎，不免惊动人。首先被惊动的就是他们的小姨夏群芳。一墙之隔，夜晚又静，夏群芳初听尚未以为意，听着听着觉得有点不对劲，就对正在拿扑克牌算命的老公说："你听听，隔壁他俩孩子屋里这是啥声音？"她老公恽遇金手上捧着牌，凝神听了听，说："我听好像是吵架？"夏群芳说："我听也是这俩熊孩子，怎么吵起架来了？"恽遇金说："吵架还要看日子吗？你过去瞧瞧不就行了嘛。"这话刚落音，又传来"咚"的一声，夏群芳顾不得再和老公多话，忙转身往隔壁跑。她一进门，正好看到了张冬梅往马加喜扑过去的这一幕。拉架是来不及了，她急得口里直叫："你俩这是怎么的？"马加喜看老婆来势凶猛，正要伸手去推她，一看是老婆的小姨来了，这就不能不顾忌着，稍一迟疑，脸上被抓了个正着，他喊一声："我的脸。"急忙来捂住。同时，人又是往边上跳了一跳。张冬梅说："你的脸，你还知道要脸啊，我今天就不给你脸，你能怎么我！"说着，她又扑上来要抓他。马加喜这回不让了，两手一伸，逮住了张冬梅的手腕，说："小姨你看看，这能怨得了我吗？"边说边向夏群芳投去求助的目光。毕竟是老婆的亲小姨，不是自己的亲小姨，这一点他不能忘了，首先得要博取劝架人的同情。张冬梅一听他这说辞，分明是自己无理取闹了，更加来气。无奈手腕被人家攥得死死的，一点动弹不得，她只好拼了嗓子来骂："这还怨我了？一包烟买这么久，你说你说，你今晚到哪去了？你不说清楚，我跟你没完！"她声音喊出来，人也似是得了某种灵感，突然飞起一脚，直朝老公的裆部踢去。马加喜赶忙把屁股往后一缩，躲过了这一脚，额上却是惊得一下子冒出了冷汗，心说：你这个女人咋弄狠的呢！不由得大怒，趋前一步，右手交左手，一手攥了老婆两手腕，一手扬起来，噼里啪啦地望其脸上扇了下去。

夏群芳本是来看看怎么个一回事，现在当着她的面大打出手，也是急了，大声叫喊起来："你这俩孩子还真能再打嘛！老悍，你快来，要打出人命来了！"她这一喊，不但是老悍奔了来，三楼夫妻房的人都奔了来了。不过几分钟，连二楼一楼的人都惊动了。有的人不好意思过来，就在楼梯口那儿伸头往这边望；好意思过来的，就围在门口的过道里往屋子里望。三楼夫妻房的人因为住得近，大家都熟识，多数人是涌到了屋子里，拉的拉，劝的劝。张冬梅一看人多，更是来了劲，无奈胳膊被人拉住，身子被人围住，要施展手脚打，那是不行的了，心里的气恨、憋屈发泄不了，这就非得一张嘴来破口大骂发泄了，什么"你有本事今晚别回来呀"，什么"你个坏种你当我不知道哇"。大家本来是并不清楚她夫妻俩吵架的原因，经她这一骂，就都知道了。人啊，气起来，真的能失去理智。想那时还是在苏州，她和老公那次在园林里碰到了孟一凡，老公对孟一凡多那一句嘴，都要遭她的白眼，不让说。现在，轮到她自己，却也管不住自己的嘴了。

她小姨父恽遇金一听，眉头直皱。当着许多人的面，他什么都不好说的。等到大家伙散去，屋子里就剩下那小两口和他这老两口，他把门一关，连声叹气说："你俩呀你俩呀，叫我怎么说呢。我早就提醒过你们，你们也说想。现在闹这一出来，上面不要在心里打问号啊？"说完，又重重地叹了一口气。他所说的想，在场的人当然是都明白的。张冬梅这时也有点懊悔了，只是她心中的怨气还没有消完，就说："光想有什么用！他不求上进，那也是空想。"恽遇金这时候希望两人最好是都能够闭嘴听他说，被张冬梅这样不依不饶地一接腔，他就有些生气了说："你这孩子也是的，他做得再不对，咱不能好好说嘛，非要闹个全楼人都知道你才肯罢休？"张冬梅一听这话说得，分明是自己不对了？闹了半天，怨到了自己的头上来……气得她嘴巴张了张，到底是啥也没有说。谁叫自己两口子当初是奔人家来的呢。然而，这样子一憋，又叫她如何忍受得了呢？于是，便哇的一声哭起来了。

好事不出门，坏事行千里。这话真是不错哇。马加喜和张冬梅第二天请假了，都没来上班，两口子打架的事却在厂里就传了个沸沸扬扬。竟然也还有人来向孟一凡打听："喂，老孟，听说你们住管委会的昨晚有两口子打架啦？今天都没来上班？"孟一凡是油光班的，和马加喜又不是同一流水线的人，打听的人都能打听到他头上，可见这影响的确是不小。孟一凡昨晚也到三楼去了，不过他没好意思上前，楼梯口的那些人其中就有他一个，事情始末他当然是知道的，但他做人的原则是：人家不好的事最好不要插言。因此，别人来向他打听，他也只说不知道。哪料中午饭刚吃过，卫科长走来问他："这个时候忙不忙？缸里还有没有鞋子？"因为硫化缸上一直是孟一凡一人在操作，不能像在苏州时可以换班吃饭。他为了既不影响生产节奏，又能方便自己安心吃饭，干脆是打了饭来，在岗位上吃。当然，这事他早向卫科长申报过，是卫科长批准的。所以卫科长此番来，大概也是把时间估摸好了的。要知道中午吃饭半小时，流水线关机，油光这边是把流水线的品检台上品检好了的鞋子寔完、喷完、套车完，油光人员才去吃饭。硫化缸呢，这时候只要是满了两车以上的，有空缸就要进缸硫化，以免鞋楦周转不足而影响了生产量。至于饭后流水线再开机，那就要三车一进缸了。因此，流水线关机吃饭的半小时里，孟一凡并没有空闲，倒是午饭后流水线开机了，他这里出一缸少一缸，渐渐地，竟会有大概半小时全部空缸的空闲。眼下就还有一缸鞋子，要到十二点二十出缸。孟一凡不用看柱子上的挂钟，立即站起来向卫科长禀报："科长，还有十分钟缸就全部出完了。"卫科长微微点头一笑说："出完缸后，你到我办公室来一下。""哎!"孟一凡响快地答应着。看卫科长对自己这么客气,他心想:叫我能有什么事呢?难道真要提拔我了?

出了缸后,他不敢多耽搁,赶紧就往办公室去。刚走到脱楦处,迎面一个人推着空鞋楦车子,一边走一边嘴里嘟囔着:"老子啥子不能干的,要受你个气。"他循声一望:这不是杨德贤吗?这家伙一直在流水线前面套袜套子,啥时候推起鞋楦车来了?正疑惑着,杨德贤也看到了他,原本气咻咻的一张脸略略有了点缓和。只见他停了脚步,余怒未消地说:"老孟,你这是要到哪去?"孟一凡没有停,只是步子慢了下来,他一边走,一边说:"我到前面去一下。"杨德贤说:"你别忙走,请你来给我评评理。你说,人的力气是不是有大有小?套个袜套子,怎么多了少了?怎么又不是……"孟一凡这时候哪有闲心听他诉屈,就不等他说完,笑着打断他说:"什么事等我回来再讲,好不好?"也知中途打断人家的话有些不礼貌,正好他已是走到了杨德贤的身边,便抬手拍了拍对方的肩膀,以示歉意,然后急急地往前去了。

到办公室时,卫科长一个人正坐在办公桌前写着什么,他是敲了门得到应允后才推门进来的。人来了,自个儿还在忙,可见当领导的也不容易,有时候也真是忙得不可开交呢。这时候孟一凡不知道是关门好还是不关门好,正犹豫着,卫科长抬起头来说:"把门关一下。"又说,"你坐下来说话。"说着,指了指桌子对面一把靠墙的椅子。孟一凡"噢"了一声,关了门,就到那里坐下。这时,卫科长已放下了笔,将臂肘支在办公桌上,十指交握,搓了搓,望向他微笑说:"我找你来,有两件事要同你说。"孟一凡点点头,表示着洗耳恭听。卫科长说:"第一件事呢，我是想向你打听一下，听说昨晚上你们楼里，马加喜两口子打架，是真是假的？"领导问话，就不能说不知道了，而且，还不能不小心地回答，孟一凡说："是真的。"卫科长点点头，又问："什么原因，你知道吗？"孟一凡说："我知道是知道，但是——"他挠着后脑勺，笑着，实在是不好意思说。卫科长见状，也不由得笑了，却仍催问说："但是什么？不好说出来吗？"孟一凡放下手，搭在大腿上，正了正色说："科长，这要是人家好事的话，我肯定一下子就说出来了，让科长您听了，也会为人家感到高兴。可是，这是人家不好的事情，我就怕说出来，污了科长的耳朵呢。"说到这里，刚才放下的那只手抬起来，又挠起了后脑勺，又不好意思地笑了。卫科长说："你不说不说吧。其实你不说我也早知道了。不过，你不肯说人家的坏话，这一点我倒很是赞同。怪不得许厂长就看中了你！许厂长看中的人那一定是不会错的。"说到这里，又笑了一笑。孟一凡当面被夸，真不知道该如何才好，脸红红的，一句话也说不出，只有笑眯眯的，很是腼腆极了。卫科长又说："不过呢，你要是能够再大方一点，那就更好了，怎么这样拘束呢？"

孟一凡听她这样说，知道自己不能再不开口了，就说："科长，不瞒你说，我在我非常尊重的人面前，就会不由得拘束起来，我也不知道怎么回事，愈尊重，我就愈会拘束。"卫科长听了这话大为高兴，朗声说："我又奇怪了。说你拘束，你却原来是这样会说话。这话任谁听了，心里都是美的。对了，你知道我要和你说的第二件事是什么吗？"孟一凡说："我不知道，请科长指示。"卫科长放低了声音，又恢复到原来的语气，说："公司开工已经快两个月了，你应该也能看到，不管是流水线上也好，你们油光班那里也好，都缺少个领头人管理。公司的意思呢，是要尽快地培养。你一个人在硫化缸上是不行的，要尽快地把你脱出来。这样，你也好多学学其他的东西。所以，你那硫化缸上我看有合适的人，会尽快安排一个，跟你学，学会了，你也就能脱出来了。"孟一凡心里头一阵狂喜，可他哪敢表现出来，低着头，连"嗯"了两声，又抬起头来，望着卫科长，郑重地连点了两下头。卫科长说："好，你去吧。好好干！加油！"孟一凡站起来，这时脑海中涌现起苏州第一天进厂，许正强分工的那一幕。当时，他给许正强毕恭毕敬地鞠了一躬。现在，他也给卫科长毕恭毕敬地鞠了一躬，然后，转过身往外走，神情庄重得有如肩负了重大使命一般。

回到工作岗位上，他是越想越兴奋，竟是情不自禁地手舞足蹈了几下，本以为不会有人看见，不料就在这时，耳边骤然响起一个声音："老孟，什么事你去了半天？我都来了两趟了。"

第十一章　人走茶不凉

　　孟一凡被吓了一跳：坏了坏了，刚才的样子要是给来人看到了，传出去，那可真成了笑话。只闻其声，已知是杨德贤来了，听对方的话音，好像是没有看到，但又不能确定。心念陡转：有了……只见他握起拳头，抡起来，猛地往抄表的工作台上一捶，望了杨德贤，口里叫说："烦死人！一只鬼苍蝇子，嗡嗡地飞来飞去，我就打不到它呢。邪不邪门？"杨德贤苦笑了说："一只苍蝇子怎么把你烦成这样，我现在是不是也像一只苍蝇子一样，烦你了呢？"孟一凡因不能确定对方是否看到自己兴奋过火的情形，便对他十二分客气地说："老杨兄，这是什么话呢？你我又不是外人。虽然这一段时间不见来往，那是因为大家都在忙，没有办法的。可我相信哪，我们之间的友谊是永久性的。所以，你说这话就是见外了。"杨德贤说："我这人，你还有什么不知道的嘛，就这一副德行，想改也改不了啦。好在心肠还不算坏，好在我还能高攀上老孟你这个朋友。"孟一凡听了，抿嘴一笑，又忙探出头去，看缸前套好的鞋子还没有满三车，便宽下心来，笑问他说："先前，你要我评评理，你到底是个什么理要我评的呢？你说你都来两趟了，就是要我评理来了吗？"杨德贤叹口气说："想想实在是气人，我在前面套袜套子套得好好的，单要我下来搞计划，搞计划搞就是了，听说是因为嫌我套得慢，拉了的后腿，才要我搞计划的。我再慢，连同在苏州时算上，也套了半年多，现在无缘无故地嫌我慢了，你说这气人不气人？"孟一凡说："搞计划是个怎么搞法，不比套袜套子轻松吗？"杨德贤说："轻松是轻松，只要按着计划单上的数字尺码不错就行，可是还要我把鞋楦推到他们面前，再把空车子带回来，好像伺候大爷一样地伺候他们，我就气不顺。"孟一凡这时想到卫科长说要给硫化缸配备一个人的话来，但一想到多一事不如少一事，还是不要多这个嘴，就劝他说："干什么不是干？什么干惯了也就好了，挣钱哪有容易的？哪又有绝对自由，不受气的？"

这本是劝人的随口话。杨德贤听了，却说道："我就羡慕你，多自由。一个人只要把自己的本职工作做好，也没人管没人问的，更别说受什么气了。"孟一凡刚才还不想多事，听他这么一说，不免动了恻隐之心，于是轻了声说："你别叫，你听我说，现在这硫化缸上正打算要招一个人来，你要是真想的话，不妨先向卫科长申请申请，看能不能行。"杨德贤一听，顿时高兴起来，他见孟一凡说话如此小心翼翼的样子，他自己也就没说话，咧着嘴，边笑边直点头。孟一凡又压低了声说："但是，有一条，你千万不要说是我说的，不管成与不成，你都不能说是我说的。跟你这样说吧，你不说是我说的，这个事倒能成个百分之九十；你一说是我说的，倒一点成功的可能都没有了。我这意思你能明白吗？"

杨德贤又直点头说："明白明白。"孟一凡又提醒说："你见了卫科长，当面申请的时候，千万不要一上来就说想到硫化缸上去，你只说受人家的憋气，想调换个工作，看她怎么说。假使她突然问到你认不认识我，这时候，你就说不认识得了。"杨德贤不明白了，问："为啥？干啥要说不认识你？"孟一凡说："你不要问干啥，事成了以后，我再对你解释，事不成，就当我没说吧。"

话说至此，孟一凡要忙了。杨德贤属于上班时串岗，当然也不敢多耽搁。但自他一走，孟一凡的心里可就不踏实了起来，越想越是有点后悔，不该多这嘴，他也想到也知道，多这嘴的原因，是因着陈永忆。陈永忆都走了快四个月了。不是说人走茶凉嘛，看来也并非都如此。按说，这申请之事成与不成，应当是杨德贤主动来告诉他结果，而不应当是他向他去主动探听结果。可是，为着这一下午的心神不定，等不得了，他晚上下班后，在管委会门一旁的小吃摊上匆匆把饭吃了，连宿舍也没回，估摸着杨德贤两口子这时候也该吃过饭了。他们虽是比自己下班要早一个半小时，但他们一定是自个儿做饭吃，做饭也要花时间啊。他噔噔噔来到了三楼，站在楼梯的进出口处，探头往过道里一望，这时才忽地想起：他们两口子住在几号房自己竟是不知道的。自从苏州随厂搬迁到这边，连一次来往也没有过。这可怎么办呢？

过道里空荡荡的，这头到那头，一个人影儿也没有。望望这头公共卫生间的洗手处，也是不见人影儿。想就近敲门问问吧，除非不敲门，一敲门，管保好几个门里都要探出个脑袋来。实在是不愿惊动了人，要引起人家的疑问，而且，在他的内心里，他还特怕正好敲到了宋学武的门上，那还真是不必要的麻烦。想想算了吧，好事不在忙中取，我又干吗急着要知道什么结果呢？再一想，自己老是站在这地方不动也不行。万一楼下有人上来，看见了，一楼的人跑到我们三楼，鬼鬼祟祟的，这是想干吗呢？想到这，再也不能犹豫了，一转身，就奔楼下来。他这里才刚抬步，就听下面的楼梯间里传来了说话声，声音很小，听不清说的什么，但能分辨出是一男一女。这就赶紧放轻放慢了脚步，及至他下到三楼与二楼的转身台处，恰是看到他们进了二楼的入口。女的走在前面，没有看清楚是谁，那男的倒被他瞧出来了，是那个叫刘文章的小伙。以前在苏州时，都是住在一起的大通铺；到了这边，虽同住一楼层，却不在一个房间，见面就不多了。因知道这小伙德性不太好，所以对他的印象并不好，从来也都是避之而恐不及。这时看到他，孟一凡不由得心想：他也在谈恋爱了不成？真可惜迟了一步，没看清那女的是谁。

这样想着，人已是下到二层来了，因耳中喁喁之声始终不绝，不由得便向入口处瞟了一眼。恰在这时，那里突然就冲出一个人来，他定睛一看：这不是万紫琼吗？只见她手上提着一包东西，脸上气鼓鼓的有点不高兴。孟一凡正不知道是打招呼好呢，还是不打招呼好，不料对方看见了他，竟是"呀"地惊呼一声，扭身就往回跑。刘文章原本紧跟在她后面，这一跑，可就撞到了刘文章身上，她也不管不顾，直跑进过道里去了。

一凡当下非常震惊：想不到刘文章所追求的竟会是她。震惊之余，又心里不平起来。他这不是为刘文章不平。刘是什么人？哪个女子同他交往都对得起他！实在地，孟一凡是在为万紫琼鸣不平。万紫琼一个单身女子，出门在外，她要找个异性依靠，那也不足为奇，但找也找个稳稳当当的人，何以就找姓刘这样的人？就不怕得小便宜吃大亏吗？是了，看刚才她手中所提的一包什么东西，大概就是得来的小便宜吧。又一想：不可能的不可能的，也许事情并非如此。按以往他对万紫琼的印象而言，这女子有点烈性，烈性的女子岂会为一点小恩小惠而轻易上钩动心的？可是若说她心里无鬼，何以又这样怕见自己？一时间，孟一凡心里竟是五味杂陈，交集有加。到了宿舍，宿舍里李昆明不在，那另两个舍友却是为着什么事，高谈阔论得正欢。

这两位舍友并非他沂新老乡。孟一凡只知其姓，不知其名。一位姓周，一位姓鲍。见他来了，那老周立即转向他说："你们沂新人实在是太厉害了，佩服佩服。"孟一凡被他说得一愣，就说："这话怎么讲？什么意思呢？我有些不明白。"老周转脸向老鲍挤挤眼，一笑，又转向孟一凡说："我今晚看见你们沂新的小刘，在超市里给厂里的一个女的买了好大的一包东西。"一凡心说：骑牛撞见亲家公，这倒是巧了。我正在为这事闹心，想不到他们两个会知情，这就可以趁机打听打听。于是笑说："这有什么奇怪的？假若那个姑娘是他喜欢的，小伙追姑娘，买一点东西，那还不是非常应该的吗？"老周说："要是姑娘我就不说了，我看那是姑娘她妈呢。"说着嘿嘿一笑，又接着说，"真的，我不骗你。那女的，我刚才听老鲍说，老家是陕西那地方的。"老鲍附和说："是的是的，我也是听人家说的。"

听话听音，吃菜吃心。看来，自己同陕西几个人的交往，这二人一定是不曾听说的。孟一凡心里庆幸，口里说："你的意思是，那女的不是姑娘，也不是我们沂新人了？"老周和老鲍原都是坐在自家的床沿上说话，老周这就一拍床沿说："可不是嘛！要不我怎么说你们沂新人厉害呢。你没看在超市里买的那一大包东西，两百多块钱呢。也真舍得。"孟一凡自进屋来，还不曾坐下，这时候确也是想和他俩多聊一会儿，就坐到了自家的床沿。房间里总共是四架床位，老周和老鲍睡的是里面靠窗口的两架，孟一凡和李昆明睡的是外面靠门边的两架。为便于和他俩聊天，他屁股一落到床沿上，干脆就将枕头靠了床头杆，背倚着，一只脚踏着地面，一只脚悬在床边儿，正好又能望得到他俩，这姿势是非常惬意。他接话说："有付出，才会有回报嘛。这道理老周你还不懂吗？"老周说："这就是周瑜打黄盖，一个愿打一个愿挨。"

孟一凡还想多知道点刘文章和万紫琼的情况，就说："你俩说的陕西的女的是哪个？我怎么没一点印象？"老鲍说："她在我们技术部，干裁断的。哪天你从技术部走，我指给你看。"孟一凡说："一定很漂亮吧？能让小伙子来追，那一定是很漂亮。"老周说："也就一般吧。哈哈哈。"孟一凡配合地说："怪了，这我就想不通了，还会有小伙子追她，我就不信。不会是你搞错了吧？"老周脖子一伸，有点急了。但马上又意识到这样子不对，脖子缩回来，头一低，兀自解嘲一笑，再抬起头来，望向一凡，就有点想辩白又无力辩白的样子，说："叫我怎么说呢，你是没看到那当时的情形，先前是那女的没看到我，小刘跟前跟后为她提着大红塑料袋。她指哪样，小刘就往袋里装哪样。我还能看错吗？"老鲍坐在那里，这时往李昆明的床位看了一眼，说："要谈恋爱，还得像人家小李这样的才真正叫谈恋爱。"老周说："那是的。小李准是谈成功了。"

这话才一落音，门咣当一声开了。大家一看，恰是李昆明回来了。这一下，首先是老周吃惊不小，说："哟呵，真不能背后说人家的话，说曹操，曹操就到。"老鲍笑说："幸亏不是坏话，是好话。"李昆明朝他俩一人扫去一眼，勉强露出个笑容来，算是回应。人却是来到孟一凡的面前，站定，低了声音说："表哥，我要辞职不干了。"孟一凡本是倚着床头的栏杆半躺着的，这就"呀"了一声，一下子坐了起来，盯着他问："怎么回事？怎么突然要辞职不干了？"李昆明红着脸，嗫嚅着，似乎是不好意思说出口。孟一凡催促说："怎么回事？你快说呀！"那老周老鲍此时也是个个竖起耳朵，想知道他突然要辞职的原因。李昆明偏是不想让他俩听到，附向孟一凡的耳边，还拿一只手捂了半个嘴说："表哥，她怀孕了。""什么？"孟一凡真没想到会是这个原因。李昆明怕他会嚷出来，忙又将两手直摆说："表哥不能说不能说。"孟一凡一惊之后，看他这举动颇觉好笑，就笑说："这是好事啊。"李昆明转一转身，和孟一凡坐到一处，这分明是要作长谈。那两人竖了半天耳朵没听到下文，相互笑笑，也就闲谈起别的事了。

不说老周老鲍谈的什么，只说孟一凡和李昆明，李昆明此时极尽可能地压低了声音说："表哥不要笑我。我也是今晚才听她说的。"孟一凡因对方如此不愿被别人听到，也就不能不同样压低了声音说："这事你有没有告诉给家里，让家里人知道？"李昆明说："我刚才打过电话了，爸妈要我们别干了，赶紧回家。我虽然答应了，其实我心里真是有点舍不得的，真不知道该怎办才好。"孟一凡说："不干是对的。你那位的意见怎么说？她叫什么来着？我忘了。"李昆明说："叫邓小丽。"接着说，"她的意思是还想再干两个月，最好是干到元旦再回家。"孟一凡说："那不行吧。这时候你就要拿出主张来了。因为这事你辞职不干，我是举双手赞成。"李昆明说："可是要我一下子辞职就不干了，还是那句话，我确是有点舍不得。表哥，你想想，刚过年时，轰轰烈烈来进厂，进了厂，两三个月又搬迁，又放假，好不容易开工了，挣钱了，这又……"孟一凡笑了，声音提高了不少说："冲你这个思想，年轻巴巴的就掉进了钱眼里，将来准能发大财。我看你，现在还是乖乖听家里大人的话，辞职就辞职。明天到厂里问问你领导怎么个辞职法，要不要写辞职报告什么的。"李昆明也把声音提高了点说："我本来想，干个两三年，凭自己挣来的钱买个小货车，去贩青菜卖。这就一下子泡汤了。"孟一凡惊喜说："咦？看不出我表弟还是个有理想的人。这理想不错。做生意，无论做什么生意，那肯定是比打工强。"孟一凡向来觉得李昆明就像个永远长不大的冒失鬼一样，说话做事脱不了孩子气。当然，他本来也是不大的一个小家伙。可是现在听了他这一想法后，不能不对他刮目相看。

李昆明受了这一鼓励，愈发地理想起来，说："我想过，表哥。再干三年，三年后，我二十二岁了，买辆小货车，贩几年青菜卖，混到二十五六岁再结婚，不好吗？"孟一凡听了这话，正要发表意见。老周在那边大了嗓门说："结婚？怪不得要辞职！噢，我知道了，一定是把人家搞大肚子了。"两人循声望去，只见老周的脸正转向这边，一双鱼泡眼连眨了几下，嘴角边分明还挂着一丝坏笑。不光是他，就是那个老鲍也有点和他神情类似。李昆明不能不理人家，却是一本正经地说："胡说什么呢？我才多大？你是不是想你老婆了？你老周就是坏！最坏！"孟一凡听李昆明的语气有点硬了的，怕老周脸上会挂不住，就忙接话说："老周，你听我表弟说你，想老婆就想老婆了，可见你平常没少向他灌输你那风流韵事吧？"

老周说："莫打岔莫打岔。小李你就承认了又有什么？难道谁还能说你做得不对吗？"老鲍说："我现在报告给两位，老周就是个有本事的人。"老鲍半真半假这么一说，气氛可就变了，大家的谈兴又被聚到了一起来。说的说，听的听，笑的笑。

他们这样子说笑的时候，杨德贤和他的老婆刘凤菊也正在谈论着男女关系的话题呢。起因是白天杨德贤在孟一凡那里得了提议后，趁中午吃饭时，向卫科长口头申请调换工作，其间一问一答果然如孟一凡所料，后来卫科长竟是同意了，明天把他调到硫化缸上抄表去。他下午本想把这一成功的结果告知给孟一凡，又担心恰巧让卫科长撞见了，反而会引起对方的怀疑和不满。怀疑他到底是真不认识孟一凡，还是假不认识孟一凡；不满他工作时间串岗，又怎能放心把特殊工种的工作给他做。因此打消此念。下班后，回到宿舍，却不能不把这事对老婆刘凤菊来讲。刘凤菊一听，自然也是非常高兴。想到这事情的成功，总离不开孟一凡的提议，于是，夫妻二人就合计着非要请他吃一餐饭不可。明天事成了，明晚就请。由请吃饭又说起在苏州的那次吃饭，就又说到了陈永忆，就又说到了陈永忆与孟一凡的交情。这时夫妻两个已是吃过喝过，碗筷刷过，澡也洗过，坐到了床上去。杨德贤身着白短裤白背心，倚着床头，两腿伸着，两脚交叉着；刘凤菊身着粉色睡裙，倚在丈夫怀里，她头发因为刚洗过，披散开来，散发出一股淡淡的好闻的洗发露清香。

杨德贤因把妻子的一缕黑发都撩到了耳后面，这一个元宝形的耳朵，干干净净的，分外白皙地呈现在自己的眼皮底下，他刚才是往妻子的腮上啄了一口，这就又往妻子的耳朵上啄了一口，说："我的老婆不仅貌美如花，而且青春永驻哈。在我的心里，永远都是十八岁哈，我永远地爱不够她，亲不够她哈！"

刘凤菊俏皮地说："同样是个人，你对我说这话，我听了，心里快活极了哈。假若是别个男人对我说这话，我可真要被吓死了哈。"杨德贤说："听你这话音，你倒是希望有别个男人来对你说这话了哈？说实话，你希不希望呢？你说实话哈。"刘凤菊转过脸来望着丈夫，仍是俏皮地说："说实话，听你这话音，你还怪希望有别个男人来对我说这话了哈。"杨德贤被她绕口令似的绕得心里直发急，可看她脸上的神情，分明是故意要来急自己的，这就涎着脸，央告说："我求求你，别绕了哈，我被你绕得头都要晕了。"刘凤菊看着丈夫这一张涎脸，脑海里可就想象出一只狗来。这样一想，就扑哧笑了，说："就是因为头晕了，男人女人才要犯糊涂哈。咱俩现在来想一想，估计他俩啥也没有，他俩也没有这个机会哈。想想那天，你还耍心眼，要人家喝冷啤酒，真是可笑极了哈。"

杨德贤说："你说可笑，也许他是恨死我了哈。不过，要说他恨死我，由着今天这事来看，他又并没有恨我的。"刘凤菊说："要不就说，这都要归功于永忆和他的交情了哈。"刘凤菊说到这两句话的时候，又偏过头来，定定地望着丈夫，想看看丈夫神情有无异常变化。杨德贤一笑说："你这是什么意思呢？难道喜欢上这个人啦？要是这样，这餐饭我可就不敢请了哈。引狼入室，我不成了傻瓜一个了哈。"刘凤菊"呸"了一声，笑说："我要真是那样的人，你就不引狼入室，我就不——不能与狼共舞啦哈？"丈夫说了一句成语"引狼入室"，她道出了一个成语"与狼共舞"，都有着一个"狼"字，她自以为很巧妙，抿着嘴，眼瞄着丈夫，极为得意。

杨德贤却有点不高兴，一本正经地说："这话你可不能乱讲哈，我听了心里很不舒服。我虽然没什么本事，可我的想法应不会错。我觉得夫妻之间最重要的是彼此真诚。别看我向来对你好，心疼你，处处还让着你，假若你出了轨，我肯定是受不了。即使再爱你，恐怕也不会原谅你的哈。"刘凤菊"哟呵"了一声说："我们说起别人来，都是津津乐道的，一旦说到自己头上，那就吃起飞醋，不得了了哈。"杨德贤仍一本正经地说："何止是吃飞醋？真要是红杏出墙，简直就会出人命的。你想想，两人既然建立了家庭，那就要处处为这个家庭着想。两人出来是为了挣钱养家，不是出来招蜂引蝶惹风流的哈。幸福是什么？我的幸福观是：我爱老婆一心一意，老婆爱我守身如玉。工作能安定，出点力不怕，只要不受憋气，工资呢，差不多就行，有吃的、有喝的、有给老婆买礼物的，手里有零花钱，银行里有存款。孩子在家懂事，能听爷爷奶奶话，听老师话。全家人健健康康、平平安安，不求大富大贵，只求健康平安。"他语重心长，直说到这里，方才住了口。他的右手还在不停地撩拨着妻子的头发。刘凤菊听了他这话后，就拿左手把他的左手摸着了，右手又叠加上来，边摩挲边说："放心哈，亲爱的老公，别人再好，终究是别人的。我有你我就满足了。我这人，你还有什么不知道的啦？虽是玩心重了点，玩笑话也喜欢讲，可是不是不明道理的败家娘们哈。我可是从一而终，一生只爱你一个。"杨德贤面上的表情和缓了许多，说："你明白了就好哈。"刘凤菊在他的怀里，身子一挺，又扭过脸来，俏皮地望着他，笑嘻嘻地问："那，这餐饭，请还是不请？"杨德贤说："自然是请，不过，我想起来了，明天是星期六，明晚不请了吧。后天是星期天，后天请，你看好不好？"刘凤菊问了那句话后，就转回脸去，把肩膀缩一缩，贴一贴，上半身整个儿地窝向他的胳膊弯里。同时，那蜷着的一条腿也伸直了，但又马上蜷了回来，这就有了那撒娇的意思了，小鸟依人地说："当然是好了。这样，你后天喝起冷啤来，你放心我也放心了。"虽是撒娇着说出来，这话却是大有含义的。杨德贤一听就听出来了，嗔笑说："你个小妖精，到现在还在帮着别人说话，你是不想好了哈。"说着，一抽左手，不让她握了，就来咯吱她。

翌日一上班，杨德贤就被卫科长传唤来，带到了硫化缸处。孟一凡一见之下，真没想到事情会办得如此之快。有卫科长在场时，他什么都不便说，认识对方也只能是装着不认识。卫科长交代几句，他也只能是"嗯嗯"地点头答应着。那杨德贤因有昨日二人对话之先，现在又见对方持着这样的态度，也就和对方一样，装着不认识。待卫科长一走，杨德贤首先是拍了手笑说："这下子好了！我真个就心想事成了！"孟一凡看他这样子得意，虽不愿扫他的兴，可又担着一份心：怕卫科长还不曾走远，会听到。

就笑了一笑，没有吱声。杨德贤说："怎么，你不为我高兴吗？"孟一凡仍是笑笑没有吱声，顺手拿起抄表桌上的圆珠笔，在一张没有记录过的纸上写下一行字："低调点，领导还未走远。恭喜你！"然后把这张纸扬起来，扬到杨德贤的眼皮底下，给杨德贤看。待杨德贤看了，嘿嘿笑了，他便把这张纸叠起来，装进了裤兜里。然后公事公办地向对方讲授起硫化缸上的基本常识。时间真快啊！想想在苏州自己初到硫化缸上时，师傅陈小海教授自己，就好像是没几天的事。如今，自己竟也成了师傅了。师傅领进门，修行在个人。依葫芦画瓢，当初师傅陈小海怎样来教授自己的，自己也就怎样来教授别人。自己的徒弟也不笨，一上午就领会得差不多了。

上午杨德贤想跟孟一凡说请吃饭的事，看人家悉心教授自己，而且，那一股敬业精神的劲头使得他迟迟没好意思开口。到了下午一点钟左右，这段时间没有鞋子进缸，已进缸的鞋子也是定过温度的了，可以放松神经，只需静候到时间开缸即可。因此，杨德贤便于这时候和他说出了星期天要请他吃午饭的事来。孟一凡本想一口回绝，可一想：他请我吃午饭，他那个老乡万紫琼也必然会到场的，正好我可以看她是什么样的态度对我，不也就可以知道她和那个刘文章到底是怎么回事了嘛。这样一想，就不能够回绝了。可是又一转念：李昆明说要辞职不干，不知他今天辞成了没有，他要是辞成了，说不定就是明天走。我这个当表哥的，虽说不是什么姑舅亲表，那总要送送的。送的话，又不知会是什么时间，不要在时间上错不开吧？担着这份心，这就又不能一口答应了。只好含糊着说："到时候再说吧。"

晚上，他下班回到宿舍，第一件事就是向李昆明问个究竟。其实他不问，李昆明也是要主动向他报告的。往常一下班，宿舍里总不见他的影儿，非到二十二点后才能看见。今晚他可是哪儿也没去，就候着孟一凡下班回来呢。这样，两句话一说，也就知道他辞职已辞成功了。当然，不光是他，还有邓小丽。不光是辞成功了，连他们的工资也一并给结清了，这倒省去了以后代捎的麻烦。问他打算什么时候走，他说明早八点二十的汽车，坐到南京，南京再转汽车。既是八点二十的汽车，那明早七点之前就要出发了。姓杨的要请吃午饭，时间上再怎么也是完全来得及的，这倒是好了，两不耽误。就说明早送他到长途汽车站。李昆明说不用，要送就送到门口的公交车站就行了。当晚表兄弟二人又谈了许多关于以后的话题，直到夜交子时，方才睡觉。不是不想睡，而是睡不着啊。早晨六点钟赶紧起床，除了床上的铺盖物件，其余的行李都是昨晚收拾好了的。所以也并不麻烦。起床后刷牙洗脸上厕所，不消一刻，二人就走在了管委会大院的马路上了。

又何止是他二人？也没见李昆明往楼上去招呼嘛，想来也是昨晚早就约定好了的。这方孟一凡送李昆明，那方"七仙女"个个出动，双方都走在了管委会大院的马路上。这情景太像五月一放假时的那个早晨。记得那时钱英说了一句什么"结婚前男听女的，结婚后女听男的"，逗引得大家一阵哄笑。时光荏苒，真是如白驹过隙呀。如今钱英仍是有说有笑，精神面貌好得很，孟一凡却是有点患得患失之感，两人于这时见面，招呼不能不打一个，也说不上谁先找的谁，只知道招呼打过了，钱英又加入她刚才有说有笑的队伍中去。孟一凡感觉，自从放假后回来，钱英对自己生疏了不少。其中的原因，想起来大概是放假时，和永忆在楼梯间的那次会晤，恰巧让她撞见了吧。至于其他的六位仙女，有的是言语招呼，有的是点头示意，有的是微微一笑。那邓小丽此刻见了他有点不好意思，眼神躲躲闪闪的，却也是笑了笑，点了一下头。

到公交站台，才知道"众仙女们"是跟着要送到长途汽车站的。孟一凡因昨晚李昆明和他说了不要送到那的，也就根本没做准备。准备什么呢？至少是身上要多带点钱呢。如今可好，身上只有四枚硬币，还是前几天在超市里买牙膏找回的。自己也知道，刚才临出门时他还心想：四块钱硬币足够了，坐公交车一个人一块，他两个人才两块钱，就算是突然涨了价，也不过是两块钱一个人，我有四块钱，代他俩投币，那也是够了。哪曾想到会有这么多人要送到车站去呢，这就把自己的本意打破了。因此，四块钱干脆是不掏出来，公交车来了，他站在原地不动，眼睁睁地看着众人纷纷上车，心里也就不由得感到有一种没面子的怅惘。再次体会到了"钱壮英雄胆"这句话的道理。自己暗暗地对自己说：记住了，任何时候，身上多带点钱是没有错的。假若自己身上现在有八块钱，自己就可以先是往车里一上，不由分说地往投币箱里投进八块钱去，即便是自己不送到长途汽车站，有了这一举动，那是多有面子的事啊！他这里兀自低头愧悔着，忽然觉得有什么东西在朝自己晃来晃去，忙一抬头，只见李昆明趴着车窗，正在向自己连连地挥手。孟一凡强笑着，赶紧也向他挥起手来，同时朝着车窗一眼扫过去，竟发现钱英这时也是趴在车窗边，正向他望着。这一发现令他神情一振，大大方方地也就朝着她挥了挥手。

他看见对方朝着自己张了张嘴，但隔着车窗玻璃，只能看到，根本就听不到，不知道她说的什么。这时车已开动了，想她也许是在问他怎么不一起上车来，又想她也许不是在对自己说话，不然何以不把车窗玻璃推开？这样子一接连想着，就胡乱地对着她摇摇头，又点了点头。

公交车开走了，他站在原地发了一会儿呆，然后慢慢地往回走。刚走到管委会门口，还没有进门，正好迎头碰到了杨德贤两口子，两口子这是去镇上买菜的。杨德贤首先就笑了说："这真巧了，省得我再到你宿舍去请你了。"孟一凡也笑了说："你还真请啊！这倒叫我真不好意思的。"刘凤菊眨眨她那双机灵的眼睛，也是满脸笑容说："这有什么不好意思的？永忆要是在这里，保准你不会说这话。"明知对方是在打趣他，打趣的意义是能使双方的距离一下子拉近，从而让说话的气氛活跃起来。孟一凡听了，却还是多少现出了窘状来，依着自己的性情，干脆是无辜又无邪地故意挠了两下头，故意口吃般地笑说："我、我、我……"他这故意不要紧，引得那刘凤菊嘻嘻地把腰都笑弯了。杨德贤看了他老婆一眼，说："你还笑？你说这话就不怕人家老孟生气哇？"又转向孟一凡说，"她这人，性子就这样。改不了的，没办法。我忘了问了，你这是干吗去了？这么早。"孟一凡说："我有两个老乡不干了。我送送的。"杨德贤"哦"了一声，欲问而止地说："那个吧，有话我们留到中午吃饭时再聊。现在，我们说定，十一点钟你准要来，我们做好饭等你。"孟一凡看他两口子真是有这份诚意，也就不再推辞了。

第十二章　男女友谊论

　　回到宿舍，那两个河南舍友在睡回笼觉，睡得正香，自己不便多活动，闹出声响来若把人家吵醒了，会惹人家不快。想了想，早点吃不吃，倒也没觉得肚子饿，何不这时也躺到床上去，把那本小说找来看呢。那一本小说是贾平凹的《废都》，他已经看过了一遍，现在是第二遍。孟一凡看《废都》，令他最感兴趣的，却是书中出自一蓬头垢面老头之口的那些俚言俗语。比如："说你行，你就行，不行也行。说不行，就不行，你行也不行！""阔了当官的，富了摆摊的，穷了靠边的！"还有那十类人的谣词儿，编唱得何等形象有趣。一遍读罢，只觉得此书哪里像别人所说的那样下流不堪。以前他曾读过贾平凹的《腊月正月》《鸡窝洼人家》，都很接地气。这样，他就把作家的作品前后一对照，一琢磨，就觉得作家所要表达的其实是内心的苦闷与无奈：理想与现实的差距越来越大，作家既不甘心，又无能为力。废都废都，废的不是都，废的是人。孟一凡这样来理解，也不知是对是错，自己意犹未尽，因此又来看第二遍。这一个上午也就在看小说中极易地度过。

　　不觉到了十一点钟，有人敲门。是杨德贤登门相邀来了。可见其诚意果然，自己若客气着不去，那倒真是不识抬举、不识好歹了。可是，空着手到人家里去吃饭，他觉得不大好，问清楚杨德贤是住在几号房，说声"你先走，我保准一会儿就到"。他洗了把脸，然后去超市买了一箱奶，又买了一箱薄薄脆饼干提上，这才奔了杨德贤处来。开门的是杨德贤，他一见孟一凡手上提着东西，先是怪难为情地"叭"了一下嘴，把门关上了，然后说："你看你，请你吃个便饭，你都还买了东西来，这不反叫我们不好意思了吗？"房间里的刘凤菊和万紫琼二人原本是坐着床沿儿，正在说话，这时也都已站了起来。孟一凡脸上带笑，嘴里答复着："一箱奶一箱饼干而已，我又没买什么别的东西。"心里可就想着：万紫琼真在这里，我且看她怎样子对我。这时刘凤菊也说："是的，吃个便饭，你看你还买了东西来，太客气了吧？"孟一凡把手中的牛奶箱子饼干箱子一并交给了她，尚未答言，万紫琼红着一张脸，接话说："做客当然要客气了，不然下次就做不成了。"她接话时，匆匆地瞟了孟一凡一眼，话一说完，忙把脸垂了下去，任谁也不看，只看着自己的脚尖儿。

　　刘凤菊笑向她说："你说这话就该打嘴，哪有帮着外人说话，不帮自家人说话的？我问你，你是不是客人？我怎么没看你带了东西来？"万紫琼笑说："我不是客人。你说话不觉得前后矛盾吗？前面承认我是自家人，后面又把我当成客人来问。"刘凤菊一想：可不是吗？自己只晓得信口开河，哪知道竟落了话把子。她把那饼干牛奶统统放到架子床的上层，转回身来说："管它矛盾不矛盾，这个我不管。你说你不是客人，好，吃了饭，你不要走了。不但是下午不要走，就是晚上也不要走了。"说着，她那一双好看的眼睛故意地眨了眨。

万紫琼又不笨，看刘凤菊这样子神情，哪有不明白这话外之音的？可她又偏要来明知故问一句："那我什么时候走呢？"她问这话的时候，竟还做出一副天真的样子来。这就愈发地搞笑。刘凤菊强忍住笑，冲她说："明早走哈！"这话一说出口，就再也忍不住了，嘻嘻哈哈地笑起来。刘凤菊这一笑不要紧，其余的三人也就跟着笑起来了。刘凤菊又说："好好好，我们这样子说，只为表示对客人热烈的欢迎。俗话说：菜好做，客难请。现在，我们都请入座吧。"说着，将手一指，那里四个小板凳围着的一张桌子上，酒菜都已是摆好了的。孟一凡进门时，就闻到了菜香，明知是桌子上飘出来的，离着四五米远，却怎好意思去看呢？如今听了女主人发话，未挪步，先就大大方方地往桌子上一瞧，不多不少，六个菜，有荤有素，全都用大海碗盛着。另外，有四只小空碗，一方摆了一个，每只小空碗边上是一瓶雪花啤酒。这就不能不客气了说："哟，烧了这么多好吃的菜，真是把我当客人了！"刘凤菊笑嘻嘻说："好吃不好吃，要吃了才知道。要说多，可没什么菜呀。"万紫琼也笑向孟一凡说："你不是客嘛。我不是客，你一定是的。可是，孟大哥你就不要客气啦。"孟一凡看着万紫琼，心说：刚才看她还有点不好意思对我，这只一会儿，也就坦然的无所谓起来了。人家无所谓，我一个大男人更要大方点，让人家看不出来才对。因此，也笑着向她说："小妹，你看我是个客气的人吗？"目光一转，又望了男女二主人，好像真不客气似的，说："来来来，我们大家都坐下吧。"杨德贤半天插不上话，这时也附和说："来来来，都坐下都坐下。我就喜欢这气氛，多热闹啊，以后我们可得常聚聚。"大家一边"嗯嗯"地答应着，一边就推推让让地坐下来。孟一凡和万紫琼一南一北坐了个脸对脸，那两口子一东一西坐了个脸对脸。这宿舍门是朝北开的，孟一凡担心把位子坐错了，也不知这样子坐是对还是不对。在杨德贤用啤酒起子一瓶瓶开啤酒的时候，他把这问题就趁机提了出来。刘凤菊第一个答话说："你管它呢，我们出外人没那么多讲究，只要能吃得开心就行。"孟一凡说："礼多人不怪嘛。无论到哪里，还是讲究点好呗。"万紫琼说："那真巧了，永忆也是个礼数多的人。"孟一凡听了这话，顿觉有点尴尬，不知道是接话好，还是不接话好。刘凤菊看在眼里，就向万紫琼说："不得了，真是哪壶不开提哪壶。话可别乱说。"孟一凡知二人并无恶意，却是不知如何答言，干脆是做出无助的样子来傻笑。

然而，在他这样傻笑的时候，暗暗地偏又向右边的杨德贤投去一瞥，想看看他此时的反应如何。那杨德贤倒是一脸如常，并无二样，这让他多少有点安心。不料，就在这时，只听得杨德贤大了声说："你看我做什么？她两人说的可都是实话。"孟一凡一听，糟了，自己刚才的那一瞥，竟是没逃过对方的眼睛。自己红了脸，只好再转眼来看对方，见对方也是正在看他，笑眯眯的，也是一丝一毫恶意没有，便淡淡一笑，跟着是重重地叹一口气出来。杨德贤这时已把桌上啤酒的盖子全打开了，听得孟一凡这一口气叹出来，他就把孟一凡面前的啤酒瓶子一握，咕嘟咕嘟地把啤酒往空碗里倒。孟一凡想要客气着自己来倒，已是来不及了，只好把碗端起来，以示谦让。杨德贤一边倒酒一边说："一叹气，这就正好来喝酒，喝酒解愁嘛。你这次可要多喝一点了。"

万紫琼往自家的碗里正在倒酒，听到杨德贤说"这次"两个字，就住了手，看着刘凤菊说："刘姐你听，杨哥说这次可要多喝一点，敢情他心里是还记得在苏州的那次的。"刘凤菊也是正在往自己的碗里倒酒，就住了手，手握着啤酒瓶子，看着万紫琼，又看看孟一凡，笑说："那次是永忆请客，这次是我们请客，下次就该万妹妹请客了。"万紫琼连连地答应着"好好好"。孟一凡这时不能一味地再报以傻笑，感慨着、敷衍着说："想想，时间过得真快啊。一晃眼，这都多半年过去了。"杨德贤满过孟一凡碗里酒，又把自己碗里满好了，看三人还要只顾着说话，就把自己的一碗啤酒端了起来，眼望着老婆，下巴颏朝对方扬了两扬，催促说："快满上快满上。"继而向另外两人的脸上各盯了一眼，又说："来来来，我们都把酒端起来，边喝边说话。首先呢，是要感谢孟老弟帮了我这个大忙。真的，多个朋友多条路，感谢感谢！"孟一凡把酒碗端起来，说："哪里哪里，这都是老杨你的运气好。"见杨德贤喝了一大口啤酒后，手中碗尚不放下，在等着自己，这就不能多说了，端着酒碗向两位女子分别客气了一下，把酒喝了一口。两位女子也都喝了一小口。接着，大家纷纷放下碗，拿起了筷子来。刘凤菊用筷子一指桌当中的那碗回锅肉说："大家都先尝尝这个，看我烧的味道怎样。"于是，一起下箸，都夹了一块肉片送进嘴里。

因女主人有言在先，孟一凡又是客人，他一块肉在嘴里嚼了两下，停住，品了味儿似的连说"好吃好吃"，又嚼了两下，方才咽了。刘凤菊高兴地说："真的假的？说实在的，我烧回锅肉怎么也比不上永忆烧得好吃些。"万紫琼说："怎么的？今天的话题看来是怎么也绕不过永忆姐去的了。"孟一凡向刘凤菊一笑说："这，我可不知道哇。"刘凤菊也向他一笑说："现在你知道了。"又向万紫琼来说，"是啊，你永忆姐是你孟大哥的好朋友，你孟大哥也是你永忆姐的好朋友嘛。来，吃菜吃菜。边吃边聊嘛。"杨德贤嘴里已是第二筷子的菜了，他一边嚼着一边说："对对对，边吃边喝边聊着，三不耽误。这样才是最有意思。孟老弟，不，孟……师傅，嘿嘿嘿，你多夹菜吃，不要停筷子。"孟一凡听他又喊老弟，又喊师傅，又嘿嘿地笑，也就笑了笑，敷衍说："你吃你吃，我不客气的。"杨德贤望了他说："就是的，不要客气嘛，到了这跟到了自家一样，有什么好客气的！"孟一凡听他说到了这，跟到了自家一样，心说：怎能一样呢？心里这样说，嘴里可不能这样说，只有再次敷衍地笑上一笑。

偏是刘凤菊接着了他夫君的话，说道："你才喝了一口啤酒，就要喝醉了吗？你说这话，也不怕你师傅拿鞭子抽你！"杨德贤望着自己的老婆，还没有明白过来，一脸无辜地说："我说错什么话了吗？没有啊。"这"啊"字刚一落音，左手猛地把脑门一拍："啊呀呀，你这是想到哪里去了？你这样想，不就成了那什么，什么此地无银三百两了吗？哈哈哈，喝酒喝酒。"大家就又把酒碗第二回端了起来，在这时候，刘凤菊看着孟一凡说："怎么样？你看我们这口子就是这样子马大哈，说笑惯了的，根本也就没把你当外人吧？"孟一凡心说：我知道你没把我当外人，可是你忘了刚进门时，你说紫琼就该打嘴，帮着外人说话，不帮自家人说话。这话又怎么讲呢？可是，真要把这话说出口，那又得多说多少话啊！罢罢罢。于是他说："那是那是，我不见外，也不拘束的，见外拘束，我就不来了。"杨德贤说："既是这样子说，那干了这碗酒，怎样？"说着，也不要别人发表意见，先就一扬脖，把碗里的酒喝干了，仍像上次在苏州时喝酒时那样，把碗口向外照了一照。两位女子为之喝彩。喝彩之后，便都笑嘻嘻地齐向孟一凡看来。不用说，这是要看他的表现了。这时候，孟一凡当然不能够示弱，手一起，脖一扬，也把碗里的酒干了。自然也是把碗口照了一照。刘凤菊说："好！好样的！也不错！这就该我们女子表现了。"侧过身来，和万紫琼碗沿对碗沿，"叮"地一碰，两人再会意地一笑，同时把碗里的酒干了。两位男子这就马上为她俩鼓起掌来。

　　二次酒又满上。这次孟一凡是自己满自己的。可见，不管是主人还是客人，比之刚才一开始，都从容、放开了不少。酒是愈喝愈多，话也就愈说愈多了。尤其那杨德贤，他喝到第四瓶啤酒的时候，因看孟一凡两瓶还没有喝完，就说："孟老弟，你怎么搞的？没我酒量大吗？这又不是像上次在苏州，那时天气还冷，而且……"他说到这里，停下来，望着孟一凡，嘿嘿直笑。刘凤菊提醒他说："现在你真喝醉了，酒话连篇，说多了，可要出笑话的。"杨德贤就又望着他老婆说："能出什么笑话呢？大家交朋友交到了这个份上，还有什么说不得的。"继而转向孟一凡说，"孟老弟，你说我说得对不对？"孟一凡笑了答："对的。好朋友就应该无话不谈。老杨你说我听就是了。"杨德贤端起碗来，喝了一大口酒，然后把碗往桌上一蹾，发出"咚"的一声响，同时，他嘴里的酒也"咕嘟"一声咽了下去。他头也不抬，眼也不望任何人，只直直地盯着碗中喝剩下的少半碗酒，嘴里说："想我姓杨的，也不是什么好鸟。想那次喝酒，那是什么节气？天还那么冷，我故意要你喝啤酒，一碗又一碗，我是没安好心的。"说到这里，他抬转脸来，看着孟一凡。

孟一凡大为惊愕。他惊愕的不是对方说出这样的话，他惊愕的是对方何以说出这样的话！什么叫心里话？这就叫心里话呀。他因为正惊愕着，所以当对方看向他的时候，他竟一句话也说不出口。杨德贤看着他，又说："你没想到吧？不过，也难怪，谁叫我是她的老乡，我有保护她的责任。谁叫我是个男人呢，你说对不对？"孟一凡更没想到，对方会把话说得如此直白。酒后吐真言，看来真是不假。当然，由此可知，今天这顿饭，他也是实心实意请孟一凡的。当然，现在他对孟一凡的为人，已是十二分的信任了，自己也应该多美言人家几句。于是，孟一凡定一定神，就笑了说："我没有说你什么不对呀。我只记得出事的那晚，也就是我去向你们报告消息的那晚，我看到老杨你向铺卷下取钱的那一幕。当时，你不知道，我真是十二分的感动！"说到这里，他是不由得"叭"了一下嘴，连连地点了几个头。刘凤菊兴奋地说："哦哟，这一幕你还记得，我们都早已忘记了。"孟一凡回答她说："这怎能忘记得了呢！那一幕，真的，实在是太让我感动了。"他话音刚落，杨德贤接上说："可是，你不要忘了，陪她去交警大队的人是你不是我，按说，应该是我陪她去，我却做起缩头乌龟来了。"说罢，自己先是哈哈地笑了起来。刘凤菊红着一张俏脸，叫嚷说："你看你，喝多了不是，哪有自己骂自己是乌龟的。幸亏我行得端走得正，没有什么对不起你的事，不然听了你这话，我也得羞死。你不陪她去，也是出于无奈。你想想，试用期阶段，哪个不是提心吊胆地怕转不了正。我说得对吧，万小妹？"万紫琼半天没说话了。他们夹菜吃，她就夹菜吃；他们喝酒，她就端起碗来呷一口；他们说话，她就听他们说话，哪个说，她就眼睛望着哪个。她立即回答说："对的对的，那时我们几个刚好只有永忆姐是转了正的，恰巧，孟大哥那时也是转了正。"刘凤菊笑向孟一凡说："这么一说，你看可不是你俩的缘分吗？这就叫有缘千里来相会嘛。"孟一凡说："要说有缘，我们大家都有缘，不然又怎么会今天坐到这里来，一起喝酒开心呢？"他说这话，完全是因着刘凤菊的话引起的。可是，他说这话的时候，不朝刘凤菊看，却朝杨德贤看。杨德贤笑了一下，说："这也是沾了陈永忆的光啊。我敢说，老孟你这次帮我的大忙，就因为我是陈永忆的老乡。老孟，孟老弟，你敢不敢说实话，你俩之间到啥程度了？"孟一凡听他上来说话，倒不觉得什么，听他后面说话，不由得又羞又气，有那种被侮辱的感觉，毕竟他和陈永忆只是朋友，其他的什么也没有。可是又不好发作出来，只得红着脸，皱了皱眉头，盯着他不高兴地问："老杨，你这是什么意思呢？我有点不明白了。"杨德贤把他那话说过问过，一只手沾着碗边，似端起而不端起，那另一只手，五指叉开，撑在大腿上，因着孟一凡是坐在他的左边，他的上半身就偏向了左侧。因此，那一只撑在大腿上的手，应该是个虚架子，并不着力的。倒是那一只似端碗似不端碗的左手，胳膊肘实实在在地全压在那一条大腿上，脸上还笑嘻嘻的——就他这个样子，任何人看了，再来想他所说的话，都要觉得他是三分问罪，七分调侃。现在孟一凡如此一问，只见他两手抱拳，忙向孟一凡连连打拱说："师傅恕罪，师傅恕罪！我这不过是酒后吐真言，你可不能恼火。不信你问我老婆，我们昨晚闲无聊，也曾说笑似的研究过这个问题。其实这又有什么，反正大家都是过来人，且又不是外人，我是能说才说，能问才问的。今天正好借着二两酒劲，我们大家都来把男女间的友谊说上一说，不也挺好吗？孟师傅，不，孟老弟，你说呢？我就这个意思，真的。你可不能恼火。"他话刚打住，他老婆刘凤菊就笑嘻嘻地说："真的，这我倒可以做证，我老公他没说假话，昨晚我们是这样说笑的。你不知道他还说了什么，说出来你也要笑，他竟问我是不是对你有意思。"说到这里，由笑嘻嘻变成了咯咯地笑出声来，好不容易才停住了，又说："你听听这人的这张嘴。"

孟一凡看看刘凤菊，又看看杨德贤，为表示自己并没恼火，真就笑了一笑说："恼火倒不至于。既然老杨这样公开来问了，我也不能不予以答复。这样说吧，我以前曾在一本书上看到过这样一句话，说男女之间没有友情，有的只是爱情。当时认为有道理，现在我就不这样认为了。我觉得男女之间还是有友情可言的。我和永忆之间，说实话，我的确很欣赏她。一开始，也的确有点好感，但是，她有家庭，我也有家庭，这就更要管好自己，只能做朋友。而且，男人嘛，我说句大言不惭的话——本应该以事业为重。总之，多方面原因，我这个男子汉大豆腐首先是退缩了，不敢越雷池半步，她一个弱女子，对我也只有朋友情谊。所以，我敢对天发誓，我和永忆是清清白白的。我说完了。现在该你们哪位来说啦？"说罢，他一低头，手端起酒碗，谁也不看，一扬脖子，把碗里的酒全喝了下去。众人齐声鼓掌，掌声一停，刘凤菊又笑嘻嘻说："我们其实早都知道，你俩是清清白白的。可是，要你亲口说出来，我们亲耳听了，那才叫一个开心。"刘凤菊不笑不说话，一说话就笑。孟一凡此刻心想：这真是个人精。她们三个女老乡，陈永忆不怎么爱说话，但说话很温柔，很善解人意的那种，与之交往，易让人怜香惜玉；万紫琼有点个性，有时会得理不饶人，不过，她今天锋芒收敛，对谁都很客气起来，不知是吃人嘴软之故，还是因我前晚撞见她，总之是变得乖顺多了。就这个刘凤菊，别看个子不高，大概就是点子多压个子，才没长高的，别看她总是笑嘻嘻的，对谁都热情，其实她对谁都不动情是了，正所谓"老本本，个个准；哈哈笑，瞎胡闹"。不妨说陈永忆就是那老本本人，她刘凤菊就是那哈哈笑的人。自己已不客气地实话实说了，她又说其实早都知道，听似是信任我，给了我一个高帽子戴，其实是想把这一"男女友谊"的话题忽悠过去。我说了，他们不说那怎么能行？于是他酒壮英雄胆，不管不顾地望着刘凤菊说："不管怎么着，现在该你们三位了，我要洗耳恭听了，不许耍赖。"他是原打算望了刘凤菊后，再来望杨德贤，望了杨德贤后，再来望万紫琼，不料就在他望向杨德贤时，只听得对面万紫琼说："孟大哥，谁都不耍赖的。刚才我听了你所说的话，只是明白了，你为什么会和永忆姐保持清白，但在男女友谊的问题上你说得有点模糊。"孟一凡说："是吗？我说了呀，男女是有友谊的呀。一点都不模糊。"又想到前晚她和刘文章的那一幕，他脸上不由得露出几分讥笑。这时刘凤菊拍着手，笑嚷起来："这倒有意思了，我看你俩谁辩得过谁！"万紫琼说："我知道孟大哥这样笑的意思。正好借着这个话题，再借着喝一点酒的缘故，要我干脆来说，男女之间是没有什么友谊的。两个人既然能说得来，互相有好感，那就肯定都会想走得近一点，想来想去，也就成了孟大哥你刚才所说的好感了。"孟一凡趁机又笑她说："莫非万妹妹现在也已是有好感的人了？"万紫琼说："差一点。孟大哥你都撞见了，还来笑我？不过，我现在是彻底地醒悟了。他根本就不是我想象的那么好的人。"孟一凡"哦"了一声说："可我有点不明白。"万紫琼说："你真不明白吗？我一说，你就明白了。假使天上下着雨，你忘记了带雨具，这时恰好他为你打开了伞，你不心生感激吗？你说声'谢谢'，而对方说'我就是为你遮风挡雨一辈子的那个人'，你听了不觉得有趣吗？"孟一凡说："这是油腔滑调，是男人讨好女人惯用的伎俩。"万紫琼说："是啊。一上来真觉得有趣，可是你对他刚有好感，他就要对你动手动脚，你就不能不小心提防。"孟一凡笑说："刚才你不是说，都会想走得再近一点吗？怎么又小心提防起来了？"万紫琼说："我比他慢了一拍，不然真要上当了。"刘凤菊插话说："你听你俩，你一言我一语的，说得多热闹，可是我两个听的人越听越迷糊，越听越不懂，什么上当不上当的？谁上谁的当啦？"万紫琼转向刘凤菊说："这事以后我再对你细谈。"又转向孟一凡说："总之，我认为男女之间是没有友谊的，走近还想走近，也就是刚才说的好感，想的成了，友情变爱情，想的不成，爱情不在友情也不在了。这还算好的，要是遇有那心术不正的，只怕是翻脸无情、反目成仇了。"杨德贤听到这里，忍不住将她一军说："那我问你，你和老孟之间现在是什么关系呢？算不算友谊？"万紫琼一愣，脸一红，又扑哧一笑，说："当然要算友谊了。我和孟大哥走得不远不近，永远保持这样！"杨德贤说："这不就对了嘛。这不就是永远的友谊嘛。"万紫琼不服输说："这是因为我长得太难看了，孟大哥他看不上我，他看上永忆姐了。永忆姐要不是回去不回来，你看吧，他俩要不要友情变爱情？我说的对不对，孟大哥？"

如果不是听万紫琼这一番半含半漏的话，恐怕孟一凡永远都要在心里不屑她。听了这一番话，虽是仍不知她与那刘文章之间的实际内情如何，也觉得是情有可原，人家并非为贪图小利出卖人格，这就不能不热烈地响应了，因此他一笑说："万妹妹话也不能这样说，我与她都有家庭，那就永远只有友情，没有爱情。扯来扯去，这就又扯到我和永忆的身上了。原本我说的，都不许耍赖，都要把男女的友谊说上一说。万妹妹是说了。老杨呢，虽没有直接地说出来，间接地也就听出来，他认为男女之间还是有友谊的。杨大嫂呢，精灵古怪耍滑头，到现在没听她吐一句真言出来。不过，既然有'夫唱妇随'一说，杨嫂子肯定是和杨大哥观点一致的。现在——"他说到这里，蓦地意识到不能只光要别人听你说话，不喝酒不吃菜了，就话语一顿，"要该吃吃，该喝喝，不能薄了主人的面子，来来来。"说着，自己先端起了酒碗，挨个地来邀一遍。偏是刘凤菊听出了他其实还有话要说的，就立马接上说："对对对，边吃喝边来说。老孟你是有话没说出来，你要把你下面的话对我们说完。"

孟一凡已是呷了一口酒下肚，又拿筷子夹了一粒花生米在嘴里咀嚼着。众人也都陆陆续续如此，包括说话的刘凤菊本人。这时孟一凡不便言语回答，就谁也不看，只看着桌上的菜，点一点头，直待嘴里的花生米嚼碎了，咽下去了，又把嘴巴干嚼两下，干咽了一下，方才朗声说："既然大家说来说去，总要说到我和永忆的身上，我不觉得是我的话说得还不够到位。那么，干脆一点，我再来换个说法来说：能得到，而不去得到，这才是最好的。尤其是对我们这些有家庭的人来说，更应该守住自己，对自己的家庭负责。"说到这里，他端起面前的酒碗来，先与杨德贤碰了一下，再与刘凤菊碰了一下，最后是与万紫琼碰了一下，他说："万妹妹，我一直都很佩服你的个性。当断不断反受其乱！你多保重了！"说罢，他一扬脖子，把碗里的酒干了。自然是又向众人照了照碗口。

刘凤菊虽也呷了一口酒，可她头脑里有了疑问：这话是什么意思呢？莫非万紫琼也有相好的啦？因此大家夹菜吃，独有她一人没动筷子，她偏着脑袋，又眨巴眨巴她那双精灵灵的大眼睛，望向孟一凡，又是那一副笑嘻嘻的神情问："老孟说这话是什么意思呢？"孟一凡听得她来问，忙把嘴里正嚼的菜咽了，先看看刘凤菊，后看看万紫琼，想起她刚才对凤菊说的"这事以后我再对你细谈"，就又回头望了刘凤菊，也笑嘻嘻地说："这是我俩的秘密，不能告诉你。"刘凤菊说："你俩的秘密？你俩也会有秘密？天哪，那我非要知道不可！"

果然，酒足饭饱之后，孟一凡起身告辞，万紫琼也起身告辞，刘凤菊就说："老孟要走，我们不敢留他。你呢，就别急着走啦。帮我一道收拾收拾。"这时已是下午的两点多钟了，这顿酒饭真也吃了不小的时候。孟一凡原本没想过要和万紫琼一道走，听刘凤菊这样一说，知她是醉翁之意不在酒，就朝她笑了一下，又和杨德贤握了握手，连说感谢！门开了，他不想让他们送出来，被别人看见了不大好。嘴上虽没说出来，但他那欲言又止，又看看门外，又摇摇头，又连连拱手的一连串神情加动作，也足以让人会意。不送就不送吧，他们也就不再强送，孟一凡乐得一个人走，走到楼梯口，想起前晚上自己还在这里徘徊来徘徊去的，心说：果然是好事不在忙中取，凡事还是顺其自然最好呀。走到二楼转身台处，这就又想到前晚上自己是在这里撞见万紫琼和刘文章的，心说：这回万紫琼还在三楼，是不能撞见了，难道还能撞见那姓刘的小子不成？这念头刚起，二楼的进出口处只见一道人影儿一闪，真就冒出一个人来。他定睛一看，竟把他吓了一跳，这不是那刘文章是谁！

第十三章　有失就有得

　　刘文章见了孟一凡，倒是非常高兴，口中连连嚷着："下来了下来了，终于下来了。"又没有第三者在场，这话当然是嚷给他听的。他平时虽看不惯刘文章吊儿郎当的做派，但毕竟是老乡，他不能不搭理他，就随口说道："怎么了？说谁的？说我的吗？"刘文章说："你们不是在一块儿的吗？一顿饭要吃这么长时间？乖乖，我整整等了快一个小时了。"孟一凡听他说出"乖乖"二字，虽为家乡话的一种口语，可是对于你尊敬的人，哪个又会说出口呢？因此听了他是有点不大舒服，继而想到刚才喝酒的时候那万紫琼所言，分明已是同他决裂了的，就有心要帮帮万紫琼吓唬吓唬他，于是说："你还等呢！我到今天才知道。你不等，我也要去找你的。巧了，让我在这里碰到你。"为了能吓唬到他，孟一凡是故意先说这些不痛不痒的话，一边说一边来观察对方脸上的表情。

　　对方做贼心虚，脸上果然是显出了几分不安，说："什么事你要找我？真的吗？"孟一凡见他已着了自己的道，心下暗笑，嘴上不客气地说："那还有假！"只说了这一句，抬腿就走。刘文章紧追两步说："话没说清，你怎么就走了？"孟一凡回过头来，故意朝他皱了一下眉头说："你也不看看这里是说话的地方吗？"刘文章说："那要到哪里去？"孟一凡说："当然是找个僻静好说话的地方，你要听，就快些走。"说过这话，他就不再吱声，煞有介事地下了楼，出了楼门，往右走，再往左一拐，也就是宋学武闹事的那晚上，他躲开所走的那条道。不过，那晚上他是直走出管委会大门，去了小广场那里，现在倒不必走那么远，往前走过一栋楼，再往左又一拐，这就走到了另一栋楼的楼门口，当然也不进去，一直走，走到底，快到了围墙边了。说快到围墙边了，也是到不了围墙边的，因为一株株花树挡在了眼前。这些花树属同一种，却不知它叫什么名字，花期早已过了，其长势有点像梨树，树皮呈紫褐色，主干有半人高，枝蔓真多，加上长时间没人修剪的缘故，那枝蔓生长得越发杂乱。从东到西，全是这种树，这倒好了：北面有花树，西面是三层楼。九月底的气温虽比不得酷暑时的炎热，但若阳光底下晒着，人仍要受不了的，正好南面的东屋角把西斜的太阳挡住了，这里不热不凉，站着说几句话，确实也是个不错的所在。

　　孟一凡站定，转过身，看着随后跟来的刘文章说："我问你，你是真的喜欢她吗？"刘文章未曾想到对方开门见山，竟是问出这样一句话来。他当然不是真心喜欢她。之所以如此，不过是打着自己的如意算盘：她也是外地人，一个单身女子，长得一般，这种女人应当是好勾引的。自己先朝她花点小钱，小恩小惠引她上钩，一旦得手，再反过来敲她一笔，女人都爱面子的，她要不给钱，他就说要把这丑事捅出去，看她敢不给！自己打着这样的算盘，还能谈得上什么真心吗？真是个大笑话。因对方问得太突然，自己又不能把这如意算盘说出来，一时间竟是答不出话了。

孟一凡见他不回答自己的问话，知他心里有鬼，但也不敢太强势了，怕他恼羞成怒，反怪自己多管闲事，那就实在划不来了。因此，比之刚才，脸上的神情和缓了许多，说话的声音也是和缓许多了。孟一凡说："我说我要去找你，是怕你一时冲动，做出什么后悔的事来。谁叫咱们是老乡的呢？当然，我说的话，你能听最好，你不能听，那也是你的自由权利。于我，则是问心无愧了。"说到这里，他故意顿住，看对方并无打断他话的意思，佯装是喘了一口气歇歇的，又说："我到今天才知道，那小女人的老乡竟然会拳。真是人不可貌相，海水不可斗量。你俩的事，依我看，还是好聚好散吧，免得以后吃了人家的亏。而且，强扭的瓜不甜，这道理你也懂的。对吧，小刘？"刘文章说："什么？你说什么？会拳？哪个会拳？"孟一凡说："就是她的老乡啊，今天请我吃饭的那个呀。"刘文章还有点不大相信，刨根问底地说："你怎么知道他会拳的？"孟一凡短话长说："那天我不是在楼梯间碰见你俩了嘛，今天和她见面，她当然是有些尴尬，大概就为了这尴尬，她就把你俩之间的事主动地说出来了。她说她一上来对你挺有好感的，是不是这样？"给了他高帽子戴，再故意来向其发问，一为探探他内心的情绪，二为稳稳他内心的情绪。刘文章很是得意地答说："是的，这话倒是不假。"孟一凡又说："可是一想到自己是个大龄女子，你还是个朝气蓬勃的小伙子，她就不忍心再和你交往下去了。确实，从头到尾，她是没说你一句不好听的话。可是她老乡听了之后，直气得咬牙切齿。你猜怎么着，就见他把桌上一个喝空的啤酒瓶子拿起来，左手拿着，右手握住瓶口，猛地一掰，乖乖，那酒瓶嘴竟被他掰了下来了，真被他掰了下来。不是亲眼所见，说什么我也不会相信。真是真人不露相啊！他先对你那个她说：'表妹，你别怕，下回他要是再纠缠你，你就来告诉我！'又转向我说：'咱们是朋友，是兄弟。那是你老乡是吧？到时候可别说我不给你留情面。'"

孟一凡一边说，一边当然又是观察刘文章脸上的神情，看其要羞恼时，他就把语气和缓下来；看其半信半疑时，他就加重语气；看其脸上已是露出畏怯之意，他就把话打住，也不给对方思量的余地，转身就走。又急得刘文章在身后忙叫他说："老孟慢走。那我冲她花的钱就白花了？"孟一凡一听，知道是吓唬到对方了，要把这无赖纠缠的问题彻底解决，看来不破费一点也是不行的。俗话说：破财消灾。这不也是一件幸事嘛！自己不个干脆做好人做到底。于是，孟一凡站住了，转过脸来，问道："她花了你多少钱？"刘文章说："不多不少，总共有三百多块钱。"孟一凡一听才三百多块钱，决定自己把这笔钱代付了，但不能让姓刘的知道是他代付的，加上口袋里现时也是掏不出来这么多钱的，就说："好，就三百块钱吧，也别多啦。我等会儿就去给你办交涉，晚上准把钱送到你手上去。"

到了晚上，他真就这么办了。钱，当然是他自己的钱。他所说的办交涉，不过是自己把自己的钱拿出来而已。为别人破财消灾，而又不要别人知道，这是比拾金不昧的精神还要高尚一百倍不止，自己的行为简直不失为一种壮举！可以说，这不是一般人所能做出来的。可是他扪心自问：我这样子做，究竟为的是谁呢？真的是为那万紫琼吗？不，我为的是陈永忆呀，她虽走了，她的老乡还在，我对她老乡的好，不就是对她的好吗？她们是老乡，总有一天要见面的，一见面，一说起我，这些事总不能不说的，永忆听了，她心里要怎么想了？肯定会为我这样的有情有义而感到骄傲自豪，又因我和她之间是清白的、纯洁的，那我在她的心目中又是个何等的正人君子啊！她因此更会加倍地珍惜我们之间的这份友情。我们虽然天各一方，她的心里却是要时常想念起我的，而且，这种时常的想念是永久性的。换句话来说，也就是终生难忘了。想到这里，他自然是非常高兴。高兴之余，又总觉得哪里不对。再回想一下，是了，这事我现在压根儿就没让姓万的知道，她将来和陈永忆见了面又怎能说到这事呢？我真是高兴得糊涂了。又想：我之所以代她付钱，而又不要她知道，无非是怕她不同意我这么做，把我这好人做到底的计划打破，如今我做已做了，还有什么怕她同不同意呢？她若不同意，硬是要把这钱还我，我硬不接受就是了。想她总也不至于再要去和那姓刘的力争，为我索要回这钱吧？而且，瞒着她也不见得是什么好事。俗话说：两山不见面，两人还能不见面了吗？万一哪天两人狭路相逢，姓刘的哪根筋又不对了，再要死皮赖脸地纠缠人家，可以说，这时候姓万的表现，她知道还钱这事和她不知道还钱这事，她所表现出来的情形一定是截然不同的；而且，万一这事等到那时候再被说破了，我反是弄巧成拙，恐怕两头都难落好。唉，我也是没有牢房，找锅框子蹲，钱花了不讲，还惹来一肚子烦心事。我要是不认识陈永忆，要是不想让我这个人给她留什么个美好回忆，我干吗要对她老乡这样？对了，在家时，那天晚上儿子拿擀面轴差点把碗给砸了。老婆不就说了嘛——我要是在厂里被别人迷了去，那就跟这差不多——小心我的饭碗。这一想，不由得唏嘘起来，又由此忆起报名进厂时的难处，以及邻家表姐的热嘲冷讽，跟着是连在苏州时为填饱肚子怎样精打细算，都一股脑儿地全回忆起来了。唉，我这才吃了几天饱饭，竟把这些都忘了。古人说：温饱思淫欲。真是不假啊！古人还说：穷人发财，钱烧得难受。我还没发财呢，这就烧得胡花乱花，先前是陈永忆二百，这又是姓万的三百，加起来是五百，我一个月加班加点累死累活才挣一千多那么一点，这就花掉我近半月的工资了。我有这五百块钱给我的老婆孩子买吃买喝的买穿的，无论是买什么，那不都很好嘛。他这样子一转念，原先是只想把个好人做到底，并不在乎花那三百块钱的，现在呢，可就有点心疼了。这一心疼呢，竟是愈发地笃定了多情真不是什么好事！罢罢罢，从今以后，我再也不要和谁多情了，一心只对我老婆好……可是，他的头脑里才刚闪现了"老婆"，那钱英的模样一下子就蹦跳了出来，他的心不由得又有点不乐意了：要照这样的话，我是连钱英也不要搭理了，这就有点太可惜了。她这人看似是马大哈的脾气，其实小心眼有，坏心眼真没有，人长得还不丑，又对我明显有好感。她要是哪天主动来约我，我也拒人家千里之外吗？要不，这样子吧，对于钱英，我不主动向她献殷勤，但她要主动向我示好的话，我也不能太冷淡了人家。交往归交往，只要能保证两人之间不动情不多情不就得了嘛。她真要是哪天晚上主动约我出去走走，我就陪她出去走走，在苏州时，又不是没有出去走过。说实在的，和她在一块儿走走，说说话，谈谈心，保持这种友谊也挺好。得了，那就这样子决定下来：从今以后，在这里，我只要保证对她不多情不动情不花钱就是了。想到这里，总算是把"多情"这一问题告一段落，又想到了代还钱的事上来。大概因为"多情"的问题解决，给了他心灵上无比的慰藉，在要不要将此事告知万紫琼的这一问题上，他也很快地做出了决定：明天不就上班了嘛，这事只要告诉杨德贤，杨德贤自然就会告诉万紫琼的，我这时候真没必要再来为这事烦心。得了，那就这样吧。他做了这个决定不要紧，这时才惊觉过来，自己已是走到超市门口的马路上来了。

他从姓刘的宿舍里还了钱出来，因为头脑里一直就在乱想着这些事情，以至于早就走过了自己的宿舍，自己还不曾察觉到，走出楼门口了，也是不曾留意，现在直走到马路上来了。马路上也不是就他一个。前后都有人，三三两两的，一看就知是刚吃了晚饭出来闲溜达的。自己的晚饭却还不曾吃呢，肚子里说饿不饿，说不饿，要是来上一碗面条、十来个锅贴，肚子总能盛得下的。这个时候，大门口旁边的小吃摊应是热闹起来了，自己何不也去凑凑热闹？掏掏身上还有两张十元的票子，这就悠然自得地来到一面点摊处，他刚叫过："老板，来一碗面条，十个锅贴"。人刚坐定，在他后面紧跟着响起了一个女子的声音："老板，给我来一份面条，要宽面，外加两个荷包蛋。"那老板刚应过他，这就又忙应说："好嘞美女，你稍等一下哦。马上就好。"那女子是个小姑娘，大概和老板很熟，经常来这里吃的吧，不然小姑娘应不会说出下面的话来。她说："唉，我今天真是累死了。你猜我今天挣了多少钱？"老板和老板娘一起问："多少？"小姑娘说："一百零二块零三毛。"老板和老板娘同时"哇"了一声，说："这么多呀！"小姑娘又累又乏，又像是对全世界的人撒娇而又不失骄傲地说："所以，我要好好地犒劳犒劳自己，外加两个荷包蛋。"

从听到小姑娘的声音起，孟一凡的目光就一直盯着她看。小姑娘长得不错，很清秀，很单纯很可爱。孟一凡觉得她就跟自己的小妹妹似的。虽然他没有妹妹，可他想如果有，那就应该是这个样子的。一时间，内心的某处被牵动了，他心甘情愿地突然想为她做点什么。做点什么呢？他还没有想好。当小姑娘坐到对面，准备和他同一张桌子用餐的时候，他又不敢看她，但已想好了为她怎么做了。他对自己的想法很满意，他不放心的就是等会儿自己做起来的时候，一定要保持平静，不能慌，不能乱，不能让人觉得他好像心怀鬼胎地有什么企图似的。这时候他要的面条和锅贴上来了。谢天谢地，比小姑娘的先上来。老板和老板娘并没有因为和她熟识，并没有因为她长得漂亮，并没有因为她太累了，而优先照顾她。谢天谢地！他吃得很快，快而不失小心，或者说是不失斯文。尤其在吃面条的时候，他尽可能不让它从嘴巴里发出哧溜哧溜的声音，同时还要注意，万万不能把面条汁溅出来，因为一溅出来，就大有可能会溅到对面小姑娘的脸上。他是先吃的面条，面条吃完了吃锅贴，他在吃锅贴的时候，小姑娘的面条上来了，面条上有两个赤黄赤黄的荷包蛋……接下来，一切都跟自己预想的差不多：他比小姑娘早吃好。他如释重负地取两张纸巾擦嘴，边擦边招呼着："老板，买单。"老板没过来，过来的是老板娘，她早已算好了是多少，因为她人还没快步地走到他身边，她就报出了五块五毛钱。孟一凡手里是一张十元的票子，在他把这张票子递到老板娘手里的时候，他轻声地、平静地说道："连她的也一起算上，够不够？"

他这样说道的时候，他是用下巴颏扬扬对面示意给老板娘看的。老板娘说："连她？够，够的，还要找你五毛。"他想说不用找了，怕耽误时间让小姑娘明白了过来，而不稀罕他这份好意。但转念又想：我只要保持住平静就行。我偏要等她找这五毛钱，我要让"她"知道，我也不是个拿钱不当回事随便乱花费的人。他瞥到了小姑娘的碗里还有一小点面条，还有半个荷包蛋，他还瞥到了小姑娘那脸上略显惊讶而又不知如何是好的表情……握着老板娘找回的那个五毛钱硬币，他快步地走出了小吃摊。他没有再去看那小姑娘一眼。不是不想看，是故意不去看。他走得昂首挺胸，又斯斯文文，如果不用西方的所谓绅士风度来形容的话，那就是走得很精神，很自信，一步一步，不急不缓，却是那么有力、带劲儿！他想过那小姑娘会追上来吗？想过；确信那小姑娘会追上来吗？没有。如果就这样走，一直走到了宿舍，他也会为今晚的做法而欣赏自己，不会反悔的。天地良心，他想过但并没期盼过人家非要追着自己来对他、对此事感兴趣不可。他觉得在今晚因为一个素不相识的漂亮小姑娘的几句话触动了他，他能为她买单，他觉得很欣慰。他宁愿去想他今晚的做法，会留给小姑娘一生的美，让小姑娘能去想："哦，天，就是因为我的辛勤付出，老天怜我，好人有好报，才让我遇到了这样的好人、这样的好事……"今后，也许在她未来的人生中，不管遇到了怎样的挫折，怎样的磨难，都会激励着她对美好生活的向往，从而从容安然地度过……如果是这样，我孟一凡该有多么不凡啊！一件小事无意中拯救了一个人的灵魂，我也真不是个凡人呢。这样，我也就知足了。

孟一凡正这么洋洋自得地想着，小姑娘追上来了。因为想过，但没有期盼过，所以也不能不说他没有一点儿心理准备，他在一个小姑娘面前还不至于表现得那么失败。他没有弄丢，那份已涂上了美好的，却又神秘的色彩。那小姑娘追到他的身边，有点气喘吁吁，是气喘吁吁才使他侧过了脸来，并面无表情地看着她。他真的面无表情，相信她也能看出他的面无表情。她问："为什么要给我买单？"他说："因为你的话触动了我内心深处的某一个地方，就这么简单。"这倒是实话。但她不甘心，又问他是做什么的。他说自己就是一个出外打工的人，一个普普通通的打工的人。他还说别把他往坏处去想。小姑娘说："你不坏，但你很怪。"他笑了，她也笑了，但是他们并没有因为这笑而相识，他笑过后也就加快了步伐。事实上，他是不想加快步伐的，但他必须加快步伐。他不能弄丢了那份美好的神秘的色彩。

小姑娘又追上来，继续问了一句："能告诉我你在哪儿上班吗？"问他是做什么的和问他在哪儿上班是不是一回事？也许是，也许不是。但孟一凡此时已无暇多想。他觉得这件事应该到此为止，不多想，多一分多一秒都会有心术不正之嫌。他说："祝你好运！"答非所问。脸上恢复了小姑娘一开始追上他时的面无表情——多么酷啊！然后大踏步、头也不回地扬长而去。不是说我怪吗？我就怪给你看看！走出十几步去，料想那小姑娘已是被甩脱了，他不由得心满意足、喜滋滋、无声地笑了起来。正在这时，面前忽然有人叫道："老孟，你捡着钱了吗？老远就看到你走过来，瞧都不瞧我们一眼，还美滋滋地直乐，是捡到了钱包吗？"孟一凡猛然回过神来，"啊哟"一声，自己又不由得笑起来了。原来是杨德贤夫妇和万紫琼，不知怎的就站在了他的面前，真是大意得令人难以置信，他这一笑也就透着十二分的不好意思。说话的人是刘凤菊，他是深知她这张嘴厉害的，在那不好意思地一笑之后，他望望刘凤菊，望望杨德贤，望望万紫琼，最后又不能不回望到刘凤菊的脸上来，答非所问地说："你们这是要出来散散步，走一走吗？"刘凤菊说："是啊。你这是干吗去了？一个人刚吃过了饭？"不待孟一凡回答，她又说："没事的话，一起走走呗。"孟一凡心想：一起走走倒不错，正好顺便当着紫琼的面把那代还钱的事说清楚，也省得明天说给杨德贤一个人听，让他再来学舌了。于是，飞快地又向三人脸上各扫了一眼，不过这一回眼睛最后是落在了杨德贤的脸上，他微笑了说："好啊，正好有件事我要说给你们，这样就免得以后会被穿帮了。"

在他们这样说话的时候，自然都停住了脚步，这样一来，那个小姑娘可就赶到跟前了。不过，她看看孟一凡，又看看另外三人，什么话都没有说，只是把脚步稍微放慢了一点，也就走过去了。刘凤菊望着小姑娘的背影，回过头来一边向前慢慢地移动脚步，一边则看着孟一凡，小声说："这女孩好像认识你？"孟一凡怎好意思承认呢，他看凤菊一抬步，其余两人也抬步了，自己也就抬起了脚步，一边跟着走，一边小声地说："怎么会呢？"刘凤菊说："我看她刚才看了你一眼，那眼神有点儿特别嘛。"孟一凡听了不能不笑，但仍是小着声，半是认真半是玩笑说："要照你这么一说，天下的美女看我的眼神都要有点特别啦？"话音刚落，万紫琼接腔说："不得了，这话要是传到永忆姐的耳朵里去，她该有多伤心哪！"孟一凡就望了万紫琼说："其实，她这句话不该对我来说，她该对着老杨来说才是。你说对不对？"万紫琼说："这我可不知道，我只知道有个人要花心了，不会再对永忆姐一往情深了。"这自然说的都是玩笑话，可是到了这时，孟一凡似是被说中了，脸色可就涨得通红，他正要拿话来驳回去，杨德贤接腔说："好了好了，不能尽开老孟的玩笑，老孟这都不好意思起来了。老孟呢，我们同是男人，男人是最懂男人的。哪有男人见了漂亮女人不心动的？话说回来，一样的，哪有女人见了帅哥不想多瞧两眼的？我认为，这都很正常。刚才，我听老孟你不是说有事要说给我们听听的吗？究竟是个什么事呢？你还没有说啊。"他这一番话，算是给孟一凡解了围。孟一凡微笑了说："我真不想说了，你瞧她俩是怎样对我的？尤其是紫琼妹妹，你可真是不该这样对我。"他嘴上虽叫着屈，可接下来还是有说有笑地把那代还钱的事，从头到尾原原本本地说了。

杨德贤夫妇在中午吃饭的时候，对于万紫琼和刘文章的事，还是一概不知的，但经过了一个下午，夫妇俩已由不知为知了。因此，这时候听了也并没觉得一头雾水。说到杨德贤会武功，把酒瓶嘴子一掰就掰掉了，杨德贤呵呵笑了说："我有这么厉害吗？我自己竟然都不知道。"说到三百块钱已给了刘文章，万紫琼"啊哟"一声，连说对不起，认为做人要感恩，自己不但不感恩，反是以怨报德了，竟还拿恩人开心开玩笑，并表明发下来工资，这钱她一定要还的。孟一凡最怕的就是对方知道后，要还钱给他，这倒好像他做好事怕人家不知道，有意说出来，要人家来感他的恩，领他的情似的。对方这一表明，他自然是百般不肯答应，并再三再四地声明：他之所以要把这件事说出来，目的只有一个，那就是要让她知道，她已不欠那姓刘的一分钱好处，那姓刘的再要来和她纠缠，她也好理直气壮地不睬他了。

　　一个执意说要还，一个执意说不要。刘凤菊乐得在一边瞧热闹，后来到底是没忍住，向着万紫琼说道："你就别争了吧，老孟说不要还，你就不要还就是了。以后见了永忆，在永忆面前多说老孟几句好话不就行了吗？而且，我们都知道的，这厂里提拔管理人选快要定下来了，你觉得心里过意不去，就多祝愿老孟能被提拔当选不也就行了吗？"万紫琼一听，表现得非常之快，她把手向一凡面前一伸，边走边说："好，孟大哥，恭敬不如从命，就让我真诚地祝愿你提拔当选，事事如意！来，小妹我要和你握个手，以表示我的诚意和我祝愿的灵验。"对方是女子，尚且如此大方，他一个男子还有什么不愿意的吗？孟一凡这就赶忙地伸出手来和对方握了一握。大家因此也就嘻嘻哈哈地笑了一回。

　　不知是不是这一握手的功效，总之，竟真的灵验了。国庆节假后，厂里关于提拔人员的名单通知终于张榜出来了。孟一凡榜上有名，荣任制鞋部油光班班长一职。看榜上，他听闻其名也知其人的有自己的老乡宋小溪，是任制鞋部一线班长；还有那个叫恽遇金的，是任技术部的裁断班班长。他看了半天，没看到宋学武和马加喜的名字，心说：这两人落选果然是不出我所料。可是，因着宋小溪当选，却是很出乎他意料的，因此也并不觉得自己有什么先见之明，反之，为宋小溪的当选心里头倒添了几分不解。榜是一上班就贴出来的，到了十点钟左右，孟一凡被卫科长通知下午一点到厂部会议室开会。这对一凡来说，又是前所未有的事。会议由关老总亲自主持，会议的内容主要围绕两点：一是公司的前景如何可观，二是望在座的各位好好努力，共打天下。孟一凡今天虽然是第一次目睹老总的风采，但关老总的一张铁嘴他是早有耳闻的，如今这亲眼看到，再加上亲耳聆听，"关铁嘴"果然是名不虚传啊！会议整整开了两个小时，孟一凡直听得热血沸腾、激动不已。其实，不光是他，与会者共计一十二人，无不个个如此，尤其是宋小溪。孟一凡注意到，宋小溪刚进会议室的时候，明显一副心事重重心神不定的样子，到散会时再一看，那脸上的颜色也就跟染了鸡血一样的，红光满面，神情焕发。

散会后，大家第一件事就是上厕所。在苏州时，全厂的厕所只有一处，到了这边，厂里的厕所是有两处：一处在东南角，一处在西北角。从会议室里出来，好多人图近，就去了东南角那里，孟一凡没怎么憋得慌，想了想，就去了西北角的厕所。他倒不是舍近求远。所谓远近，其实是相对而言的，西北角的厕所离会议室远，但它离孟一凡工作的地方很近呀。孟一凡先在洗手台处洗了下手，进厕所前，厕所门口的那条水泥路上什么也没有，几分钟后出来，却见水泥路上停了辆铁架子板车。这板车很大，车轱辘都是汽车型上的轱辘，一看就是专门拉笨重物的车子，这拉车子的人也非得是个有点大力气的不可。

　　看到了车子，跟着就看到了洗手台处有个人正在洗手。孟一凡不看则已，一看顿时心头一凛：这不是宋学武吗？斜方向能看到对方阴沉着的半边脸，不由得想他一定是因为榜上无名，心里不平衡。这时候，自己真有些进退两难了，走过去好还是不走过去好呢？正犹豫间，对方恰是抬起头来，一眼瞥到了他，两个人斜方向的相距还有七八步远，要是这就同他打招呼，那又非得大点声不可的。对于心情不好的人大声招呼，不就要引起误会，认为我在他面前是小人得志、趾高气扬，认为我是幸灾乐祸地在笑话他吧？于是，不躲避，也不立马打招呼，而是来到了洗手台前，把那另一只水龙头拧开了，水哗哗地淌着，他一边洗手，一边方才轻轻地叫了一声"二叔"。他原以为宋学武再怎么心情不好，自己喊一声"二叔"，对方总不至于不理不睬吧？可是这一声"二叔"喊过，耳朵中听到的还只是水龙头的哗哗流水声。宋学武并没回应。此时幸亏无第三者在场，不然这情形可就有点尴尬了。看来自己猜想得真不错，他真是因为榜上无名心理不平衡了。这样的话，我倒要向他说两句宽心话，安慰安慰他才对。于是，又吞吞吐吐地轻声说："二叔，其实这、这也没什么大不了的，你不要觉得……反正、反正……"他下面打算是说"反正老总和你关系铁，他总不会亏待你的"。可是下面的这句话还没容他说出来，宋学武原本是磨磨蹭蹭洗着手，突然停住了，冲他一睁眼，发火说："你这孩子说这什么话！事不在你身上，你当然要这样说了！在你身上你试试？"说完，他手也不洗了，水龙头也不关，一转身，快步到了大铁车前，拉了大铁车就走。

真是屋漏偏逢连夜雨。这段时间怎么这么不顺呢？先是儿子调皮打架，老婆请假回家，原以为请一个礼拜假也就行了，他老婆回程的车票都买好了，就准备第二天可以回来了呢，哪想到他丈母娘摔了一跤住院。身为女儿，他老婆这时候说什么也不能走了，这一耽误，又是一个礼拜。恰巧过两天就是国庆节，厂里效益好，也就放假两天，因此又在家多陪了老母亲几天，直到昨儿个才从老家回来。说实在的，这次选拔管理人的事，他宋学武真是动了心也上了心的，自己向来对权力没什么兴趣，可是今年与往年不同，老乡来了这么多，能不能当上个一官半职，这关系到面子。为了能够心想事成，在老婆回来之前，他特意交代，从老家一定要带些土特产过来。他一说这话，他老婆陶香枝还有个不明白的吗？就把土鸡蛋带了一篮子，公婆自家喂养的大公鸡带了两只，尚嫌不够，又到镇上"刘邦家的"狗肉店买了十斤熟狗肉带上。昨晚回来，到宿舍已经九点多，实在是有点晚了，因此，两口子盘算好：明天晚上，把这些东西统统送到"小别墅"去。

以前在苏州时，每次从老家出来，所带的家乡货，都可以直接送到那时是厂长、现在是老总的关仲君家里去。现在关老总创业之初，在这里尚无私邸，是与他从苏州带过来的众位高管同住在小别墅里，他们的一日三餐皆由雇来的一女厨专门烧做。如此一来，要送的这些东西就不好指定是送给关老总的了。这倒也无妨，进了别墅里，无论第一个碰到的是谁，可以光明正大地问一声关老总是否在。只这一声，想那别墅里的人十有八九也就惊动了。这时候只说是老婆从家里带过来的家乡味，请各位领导品尝品尝。话是这么说，大家也就心照不宣，而这时候关老总在场也好，不在场也好，总有人会将此事报告给他知道，就算是没有人会报告，自己过后打个电话给他不也就行了嘛。反正他们是一锅里抹勺子，这些吃的东西，他们是人人都要沾光的。不是说"吃人的嘴软，拿人的手短"吗？即便是许正强这人，我跟他以前有点过节，可是冤家宜解不宜结，这道理谁不懂呢？只看他上一回在食堂里，当着那么多人的面派我带人去仓库整理货架，那就是个很好的兆头。当然了，自己两个月前在小别墅里和老总对着拍桌子，这事做得愚蠢透了。然而这里面有个难言之隐，是连他的老婆都不可以告诉的。后悔，真是后悔啊！后悔的同时，又寄希望于关老总对自己大人有大量，宰相肚里能撑船……自己呢，是个性情中人，有什么说什么，关仲君他也是知道的。想当初，这不也正是他肯放下厂长身份来同自己深交的重要原因嘛。现在，他总不至于因我一时冲动做了这件蠢事，就把我们以前交往的感情全抹杀了吧。

这样想着，宋学武的一颗心又自然是踏实了下来。然而，他想东想西地想了那么多，却是万万没有想到，还没容他晚上把"礼"送到小别墅去，选拔管理人员的名单就公布出来了。一看名单上没有自己的名字，当时就傻了眼了。先傻眼，后生气，再后是感到颜面扫地。因而这大半天来，一直是阴沉着一张脸，闷闷不乐。哪又想到，洗个手也能洗一肚子火出来。这不是屋漏偏逢连夜雨是什么？真个是人倒霉，喝水也能塞牙缝，放屁也打脚后跟。连孟一凡这小子都要来笑话我。哼，你算个什么东西？当初要不是我，要依着我老婆的意思不带你出来，你又哪能有今天？吃水不忘挖井人，说起来我就是你的挖井人，你倒好，不但不报我的恩，反倒也来笑话我！

第十四章　害人如害己

他拉着铁架车，一边走一边想，越想越生气。他一上午因为气，就没个好脸色做事，这一下午，脸色好不好，也就可想而知了。好不容易挨到下班。下班时，他和老婆一道而回，路上两口子是一句话没有，及至到了宿舍，他第一眼看到了三步开外，靠墙边躺着一只昨晚上喝的啤酒易拉罐，这就急走过去，猛地飞起一脚，把它踢得直撞到床架子上，落下来，叮叮当当地又滚到了床底去，这时嘴里边又不干不净地骂出一句："真是欺人太甚！"陶香枝看他刚才踢易拉罐来解恨，真怕他再要摔东西，来不及放下手里所提的一只袋子，就说："气归气，可不能拿东西出气啊。"又怕他真出起气来摔东砸西的，声音传出去不好听，忙用胳膊肘把门带上了。宋学武说："你不知道，现在是连孟一凡那小子都来嘲笑我了。"遂把洗手台前孟一凡说他的话学给了老婆听。陶香枝一听，便把手里的那只纸袋子往上层的铺架板上一放，拍了手说："该，该，怎么样？我当初怎么说的？我叫你……"她话不曾说完，只听得啪的一声，一只玻璃杯子掉落在水泥地上摔成了玻璃渣子。原来她所提的那只袋子里，早上是装了喝水的杯子及一点零食的，下班前，零食是吃完了，袋子里只剩下她和老公的两只空水杯。刚才因她放得急了，纸袋子并没有放稳，歪倒了，纸袋口偏巧是朝这外边歪倒，里面的两只玻璃杯子有一只就滚落了下来。水泥地那么硬，二层的铺架板又不是矮，这一滚落下来，还能有摔不碎的吗？

陶香枝这一惊非同小可。随着那啪的一声，她也就"啊哟"了一声，顿时花容失色，朝地上的碎玻璃渣子看看，又朝老公脸上看看，以为这下子非能引爆了老公窝在心里的火不可。不料宋学武只愣了愣，却向她突然一笑说："你刚才叫我什么？你叫我不要摔东西，你自己先是摔起来了。"结婚这么多年，陶香枝自以为够了解老公那火爆的脾气，现在经对方这一笑，再加上这一句话，她倒有点迷糊了，不知道老公是真不以为意呢，还是暴风雨来临之前的片刻宁静。她不敢接腔，又不能不予以理会，于是，她的脸上先挤出一个浅浅的、无奈的笑来，继而是轻轻地叹了一口气。宋学武望着她，却是心平气和地说："你叹什么气呢？不就是一只杯子吗？我倒要看看，摔碎的是你的杯子还是我的杯子。"说着，他的目光就投向了落在地上还嵌着杯口的盖子，一看，是他自己的。在这时候，只听得他老婆说："怎么？你的我的，这里还有什么说法吗？"宋学武说："哪有什么说法，我只是想：假如摔碎的是你的杯子，咱俩不管怎样，有面子也好，没面子也好，厚着脸皮就这样一天天干下去吧；假如摔碎的是我的杯子，咱俩就将就着干到元旦不干了，你看怎样？"陶香枝没有去从地上的那个杯子来判断是谁的，而是把那只纸袋子扶起，提下来，垂眼向里一望，说："是你的。"又把它放上去，这一次是小了心，一放上去，就先把那纸袋子口朝里面歪倒了。宋学武已然知道摔碎的是他的杯子，却说："你说这话跟没说一样。是袋子里的是我的，还是地上摔碎的是我的？"陶香枝说："我是说地上的是你的。"宋学武一笑说："那就干到元旦不干了吧。"陶香枝看他虽然是笑了一下，但这句话说得一本正经，不像是开玩笑，就说："干到元旦就干到元旦，你说怎样就怎样。只是，一想到人都是我们带来的，我们不干了，带来的人还留下来，继续干，我这心里……唉，尤其是孟一凡那小子，不是我们把他带来，他哪又能有今天？他倒好，不但不感恩，反是第一个来公开嘲笑你！我这心里就更不平衡了。"

宋学武压在心里不曾说出来的话被老婆说出来了，他听了自然是大有感同。不过，自刚才他向老婆说了出来，心里的憋气可就一点点慢慢地在消化。到了这时，虽不能说消化得一点没有，但也足以令他冷静下来，心平气和地问一句："那又怎样呢？"说着，走到床前，向铺上仰身一倒，两眼望向老婆，又接着说："运气去了，喝凉水都塞牙缝，运气来了，大山都挡不住。"陶香枝恨恨地连哼了两声，说："那又怎样？瞧我的吧！我非叫他自在不起来不可。现在，什么话也别说了，先得做饭吃。"宋学武说："现在你还有心情做饭啊，等会儿你到外面去买点锅贴来凑合一顿得了呗。"陶香枝说："你说这话，那家里现成的狗肉不吃，难道你还想着去送给小别墅里不成？"宋学武腾的一下从床上坐了起来，说："你不说，我倒给气得忘了。被你这一说，我倒真想还送去，让他们瞧一瞧、想一想，我宋学武送东西送礼送给他们吃，不是为了提拔当官，而是真正发自内心的一片心意。"陶香枝说："得了吧。要送你一个人去送，我可不陪着你去。"宋学武哈哈一笑说："我话还没说完，你就拦了去，不过呢，要我舍下这张脸，那是比登天还难！你说得对，现成的狗肉不吃，还买什么锅贴凑合不凑合的？你今晚就切上二斤，我们来吃个痛快，喝个痛快。"说完，他又躺了下去，没脱鞋子的脚在床沿上连连顿了两下，发出"咚咚"的声响。陶香枝说："行行行，但先得说好，你吃饱喝足了，不能翻脸不认人来找我的麻烦。"宋学武躺在床上，瞅着老婆把放狗肉的那个盆子上的纱布揭去，嘿嘿笑了说："我要找你麻烦，刚才杯子碎了我就找你麻烦了，还要等到吃饱喝足了？你也不替我想想，一个男人在外面受了气，若是回到家里只有拿老婆当出气筒子，那叫一个什么本事呢。"

那狗肉是熟的，比不得鸡蛋那样耐放，就是十天半月不吃，也不会放坏，更比不得那两只大公鸡活蹦乱跳的，拴在阳台那里喂养着，还不是哪天想吃哪天可以杀嘛。现在时节，虽说是过了十月一了，白天的气温还是有点热的，也是担心那一块十多斤重的熟狗肉不耐放。昨晚上带过来后，就把它从塑料袋里拿出来，放进一只不锈钢的盆里，盆口用纱布盖着，能透气又能防苍蝇，再把这盆置入一个盛了水的更大的盆子里面去，能降温。陶香枝这时正把放狗肉的盆子端起来，躬着身，脸凑上去，鼻子闻了一闻，狗肉的香味儿依然，她不由得咧嘴笑了一笑，老公所说的话又是如此中听，她放下盆子，转过脸看了老公说："好好好，我就切上二斤，今晚让你吃个痛快！"宋学武驳她说："怎么，就我一个人吃吗？我吃个痛快，你不也吃个痛快？哦，对了，你刚才说瞧你的，非叫一凡那小子快活不起来不可。我现在忽然想起来了，你有什么好的法子吗？说出来，也让我预先听听。"陶香枝笑了说："你吃饱了饭，就睡你的大觉。我现在不说给你，保准明天你就会知道了。明天你要是还不知道，那我再告诉你也不晚。"宋学武见她不肯说，也就不予勉强，嘴里却是说道："你看怎样，我说运气去了，喝凉水都塞牙缝，现在连老婆都对我保守秘密了。看来那话我说得不错吧？"陶香枝又笑了说："我哪是要对你保守秘密，我是怕你阻拦我，不给我去那样做呢。"宋学武说："事到如今，我还管得了你吗？你不说就不说吧，你我结婚这么多年，我还不知道你有多大的本事？现在我倒要看看你的本事有多大！"陶香枝听了，也不答话，眉头皱着，眼睛望着别处。只一会儿，便像是暗下决心，又像是胸有成竹般地似笑非笑了一下，然后自去洗手开始张罗晚饭了。

果然，晚饭吃喝过后，宋学武酒足饭饱，往床上一歪一靠，呈吃饭前的那般架势，待陶香枝把锅碗瓢盆洗好了，他已是呼噜呼噜地睡着了。陶香枝今晚陪着老公也是喝了两罐啤酒的，依她的酒量，就是白酒她也能喝上半斤不醉，这两罐啤酒又算得了什么？不过是刚好可以盖盖脸色，壮壮胆子去实施她的行动罢了。她带好宿舍的门，往楼下来，到了外面，但见夜幕已在张开，正是华灯初上之时。不远处的前面有几个人在小声地议论着什么，议论的内容虽不能听得明了，但"孟一凡"这三个字，作为一个人的名字，已是传入她的耳鼓。不仅听出了是自己老乡的声音，而且连老乡是谁都已听了出来。她不失时机地叫一声："张梅，是你吗？"可是，她这一声叫了不要紧，那边的议论声立刻戛然而止了，就是她所叫的那个张梅，也是过了许久，才回应她一声"是的陶姐"。当然，这"许久"之说，其实也不过几秒钟的时间，可陶香枝感觉就跟过了许久似的。有感觉就要有想法。她心想：她们一定是在议论今天选拔结果的事，一定是都在为那孟一凡感到高兴。反过来，那她们的内心里，也一定是在暗暗地嘲笑我那口子，耍大牌，耍威风，到头来白带人白空忙了一场。哼，待我来直接问问，看她们怎样来回答。

　　这样想着，人已是走到了近前，她就站定了问："谈什么呢？大概是今天选拔人员的事吧？"张梅答非所问地说："陶姐，你吃过了吗？"陶香枝说："我吃过了，吃得太饱了，就想出来走走。刚才你们是在议论今天选拔结果的事吧？"张梅声音很轻地回答说："是的陶姐。"陶香枝则大了声说："这又不是什么保密的事，厂里都宣布出来了的，我们沂新人有两个被选上去的，不就是一个是我侄子，一个是孟一凡吗？不过呢，有的人这就正应了一句话，那句话是怎么说的？'情场得意，赌场失意。'我也说不好，大概要叫作'外面得意，家里失意'才对。想想吧，一个男人在外面再怎么得意，要是他家的后院起火了，那脸上又能光彩到哪里去呢？"她这一番话说到后来，可谓是话中有话。钱英也在场，到底是结了婚的人，没有了姑娘家那股害羞，再加上她又是个心直口快的人，一听什么后院不后院，起火不起火的，她忍不住笑说："这是什么意思呢？老陶有话请讲，我们保准都洗耳恭听就是了。"陶香枝就看向钱英，也笑说："这可不能乱讲，而且你瞧瞧这里是说话的地方吗？大家真要听，我们就一边走一边聊，可好？"她说了这话，自己先是把脚步迈动了。她的话已是引起了大家的好奇心，这时候哪还有不跟着她走的道理？不但是跟着她走，走着走着，简直是花团锦簇般地围着她，以便于能够听她说话听得更为清楚呢。

陶香枝所说的，便是根据她前些日请假在家，看到孟一凡老婆和陆三洲两口子玉米地里帮忙的那一幕，编造了一番。她把三个人说成两个人，把陆三洲的那口子隐去了，说她一开始从地头走过去的时候，看到两个人有说有笑地在玉米地里，一个砍玉米棵子，一个掰玉米棒子。二回头再走过，两个就都不见了，自己也是好奇心太重，蹑手蹑脚地绕过去，偏想看个究竟。这一绕，人还没走到近前，离着没砍倒的玉米棵子还有七八步远呢，就听到玉米棵子里有人说话，是一女的声音，两人在窃窃私语，靠得很近，不知在干什么。她这样子说到这里，就有人嗤嗤地掩面而笑。听的人之中，除了一个钱英，其余的都还是姑娘，这就显出了她们的不好意思来了。陶香枝又继续说道："我一听，不得了，什么事也都全明白了，这时候我也是怕了，怕他们发现我，那多尴尬；还因为我听说，撞破人家这种好事是要有大晦气的。我也不敢再听下去了，又蹑手蹑脚地绕回去，然后就赶紧跑走了。你们说说，这，唉……我说有的人外面得意，家里失意，总算是没有说错吧？"刚才几个姑娘已被她绘声绘色的表述说得有些不好意思，现在她以督问的方式来结束自己的话题，自然是想知道她这些话所引起效应如何。可是几个姑娘除了掩面而笑还是掩面而笑。她自己也咯咯咯地笑了起来。待她笑罢，有个姑娘就开了口说："陶姐当我们是小孩子呢，我们虽然是姑娘家，可不是小孩子呀。那还有什么不知道的？不就是说他老婆在家出轨了呗。"
陶香枝笑着看向她说："那——这个'他'是谁呢？"那姑娘犹
豫一下，还是直说了出来："不就是那个孟一凡嘛。"陶香枝连
连拍了两个响巴掌，看似是怪，其实心里是很高兴地嚷道："你
看看，你看看，我故意这样来试问一下，你就一下子把人家的名
字说出来了。我刚才是怎么说的？不能乱讲就不能乱讲，咱们可
都说好了，就咱们这几个人知道，哪说哪了。这事要传开来，可
不得了的！"吓得那姑娘一伸舌头，做了一个滑稽的表情，却是
不敢接话了。这时，只听得钱英漫不经心地问了一句："他老婆
一定长得不丑吧？"陶香枝答说："丑是当然不丑。那个头也有
你这么高。脸膛嘛，要是你俩比起来的话，那也可以说是不相上
下。"钱英听了，感到脸上直发热，脸色肯定是绯红了的。好在
是夜晚，马路上虽有路灯照明，毕竟不同于白天，她们又是一边
走一边说话，因此倒没有引起别人的注意。

别看陶香枝口口声声要大家别乱讲，她那居心用意，大家又
不是傻子，哪个能不明白？通常，按人的天性来说，越是不让说
的事情，越是叫人守不住嘴。只不过大家之中，除了一个钱英，
她们因为还是姑娘的身份，这种事是羞于开口的。而钱英因为对
孟一凡有着好感，也就压在心里不说。可是，大家不说归不说，
眼睛是心灵的窗口，她们第二天再要看到孟一凡的时候，那眼神
就有点怪怪的，说不上是讥笑还是同情。由此可见，那陶香枝的
居心用意在她们几个人中，虽未有达到她预期的效果，毕竟是有
了这点异常。而她本人呢，要别人别乱讲，自己却是第二天一上
班，差不多又以昨晚同样的方式向她岗位临边的人传播起来。她

岗位身边的人，有本地的，也有外地的，有知道孟一凡是哪一个，也有不知道孟一凡是哪一个的。不管是本地的也好，外地的也好；不管是知道的也好，不知道的也好。这些人可没有什么好顾忌的。她岗位临边的人再向岗位临边的人传播，于是，不知道孟一凡是哪一个的，也就知道了孟一凡是哪一个。这些人不仅守不住嘴，也更要拿怪怪的眼神去看孟一凡。孟一凡初时并不觉得。他这几天，接二连三地好事一桩又一桩。先是刘科长通知他不住一楼集体宿舍了，而是搬到三楼的一个单间房住去了。说是为了他夜间能休息好，白天才能更好地工作。三楼本是夫妻房，他一个人能享受到这样的待遇，自然是因为升了管理人。这就难怪世人都想往上爬，都想当官了；二是刘科长还偷偷地告诉他，上面考虑到他所带的这个班具有一定的特殊性，因此他的工资要比别的班长高两百块钱。一个月多两百块钱。一年呢？可就多了两千四百块。若还是做一个普通工人的话，光这多出来的钱，就是将近三个月的工资呢。说别人看他怪怪的眼神，他初时不觉得，这也就能够完全理解了。可是三天一过，总还是感觉到了。怎么回事？是羡慕我吗？不像；是妒忌我吗？也不像；是我脸上没洗干净，有灰吗？还是有鼻屎蹭到脸上来了？赶紧跑到有玻璃的窗子前照照，又赶紧跑到洗手池那里洗了把脸。没有哇。

别人是眼神怪，他自己是心头怪。而且不得其解，又不好去问别人。虽也曾想过钱英是可以问的，可是说来也奇怪，自从被提拔了班长后，他平时上班下班，竟是一次都没有和钱英碰头过。若是为这事特意去找她问她，想自己那时和陈永忆他们在楼梯间说话，总觉得是被她撞见了，到现在还不能确定她在心里一点芥蒂没有。不找不问则罢，一找一问，她倒不要旧事重提，再浮想联翩，即便嘴上不说出来，于她的心里也一定会怀疑我是做了亏心事，这是心里有了鬼了。而自己呢，自认为坦坦荡荡，行事光明磊落，哪来的亏心事，会心里有鬼呢？想想还是难得糊涂最好。因此也就把这一疑问埋在了心底。

却说这一天刚上班不久，按惯例，他到硫化缸上巡视了一番，和杨德贤提醒了几句注意事项后，转身已迈开了两步去，只听得杨德贤在他背后小声叫说："老孟等一下，我有句话问你。"他便站住了，回过头来，看着对方静等其问话。对方也看着他，却又一副举步不前、欲言又止的动作神情。孟一凡猜他是有话不便大声说出来，自己所处的地方离缸前来来往往的人近些，越近自然是说话声音越容易被别人听到，这就不由得走回来，微笑了说："怎么，你会有什么秘密、不可告人的话对我说吗？"杨德贤笑了一下说："我是突然地想到了一个问题。老孟你说，一个男人活在世上，到底是事业重要，还是家庭重要呢？"孟一凡心里"咯噔"一下：他问这话必有缘故。可一时又想不出这缘故何在，又不好问的。因对方已有言在先，是突然地想到了这一问题。因此，孟一凡迟疑了一下，说："当然是事业重要啦。"杨德贤又问为什么呢？孟一凡笑说："这还用问吗？一个男人若是事业有成，还愁没有家庭吗？"杨德贤笑说："若是一个男人为了事业长年在外打拼，结果后院起火，把家庭失去了，那老孟你会怎么看待这事呢？"孟一凡听了，只觉得他话里有话，联想到这几日有许多人看自己的眼神怪怪的，莫非……这念头刚起，又只觉得心头由上而下一股儿凉气直往外冒，脸上却是顿感发红发烧起来，正要开口问个究竟，这时一个油光工人跑来汇报：油光的链条机卡住了。只得作罢，急匆匆地随那人而去。

是的，杨德贤的确是话里有话。他的话是他老婆刘凤菊说的，刘凤菊又是听万紫琼说的，万紫琼是听她临边的同事讲的，她临边的同事又是听其二叔叔家的小妹讲的，其二叔叔家的小妹是制鞋部工人，万紫琼是技术部工人，刘凤菊是包装部工人，都不在一个部门。可想而知，陶香枝散布的谣言在短短不到一周的时间内，范围之大，影响之大。她那晚对她老公宋学武说："我现在不说给你，保险你明天也就会知道了。"果然，宋学武第二天真个就知道了。不过，他对老婆的这一做法是极不赞成的。当晚，他向老婆发火说："你呀你呀，这种事你也能做得出来？！我真想把你暴揍一顿，可是我这个时候真把你暴揍了一顿，人家知道了，还以为我班长没当上，在拿老婆来出气的呢。罢罢罢，我原打算是干到元旦不干的，给你这一弄，我看就干到这月月底吧。明天我就把辞职报告交上去。"陶香枝说："为什么呢？话还不许人说的了？我看哪个敢站出来，指名道姓地说这话是我说的呢。"宋学武说："你当别人是傻子啊！这还要人家指名道姓来说是你说的吗？收秋农忙的时候，你正好请假在家。这件事不是从你嘴里说出来，难道它自己能长了翅膀，从老家飞了过来不成？漫说没有这事，就是真有这事，你也不能说的啊！"陶香枝不服气说："你怎么就能一口咬定没有这事，我亲眼看见的，那还有假？"宋学武瞪大了眼睛说："你亲眼看见的？你亲眼看见了什么？你给我说清楚！"陶香枝见势不妙，心想：你刚才说不会揍我的，别一翻眼就把说过的话忘了。这样一想，就不由得服软了三分说："我看见他们一边干活，一边眉来眼去、有说有笑的怪热乎，这就让人觉得很不对劲，很不正常。"宋学武听了，仍是朝她瞪大了眼睛说："就这？就凭这你就说人家老婆不正派？大忙季节帮个忙能有什么！你知道不？你这样做，让一凡知道了，虽是心里难受不安，可我的面子也让你这一下子给丢完了。人家会说是我宋学武要你这样做的。那我宋学武成了什么人啦？得得得，还是那样子说，我们就干到这个月底吧。趁早不干，人家还能以为我们有几两骨气！"

到了次日，他果然把辞职报告交了上去。在他想来：没选拔上班长一职已经是够丢人的了，若再背上个因心理不平衡，无端地抹黑自己当选的老乡。这一黑锅还不令自己颜面丢尽？反正早走是走，晚走也是走。固然早走在钱财上是划不来的，那也顾不得了。陶香枝有苦难言，丈夫这么做，她只能听之任之。这对她来说，真可谓是害人害己了。害自己提前离职，害人家孟一凡心神不安，差点工作出错。别看孟一凡先前对别人看自己怪怪的眼神并不怎么上心在意，及至听了杨德贤向他所问的话后，他心里可就不安了起来。要不是那个工人有事来喊他，他真要强作镇静地非问个明白心安不可。既是把时机错过了，二回头再要专意去问这事，那他不要想我是心里有鬼，整个此地无银三百两了吗？这样一想，就没有去问。可是这样一来，心里面多了个疙瘩，不但是不舒服，时不时地还蹦出来，还要令他思想不集中，以至于下午叫一个工人配油，那工人当着他面把甲苯错倒成了汽油，他竟没能及时发现。好在只倒进去一点点，那工人就奇怪说："班长，这光油怎么成了棉絮了？"他一看，"哦哟"了一声，这才惊觉倒的是汽油，不是甲苯。在他"哦哟"一声的同时，也就悔恨交加，告诫自己：不能再分心了。我今晚下班后，就主动去找钱英，她一定是知道的。

上班时这一想法很坚决，下班后，真的要去向钱英打听了，他又犹豫了起来，为什么呢？还不是因为陈永忆临走前和他在楼梯间的那次晤面吗？的确，他一直觉得钱英把他俩的谈话全听了去。虽然他俩的谈话内容并无什么不雅，而且也并非只有他俩在一处谈话，但男女间的交往，给人的感觉多少总有点瓜田李下之嫌。我现在若是去主动找她打听事情，她就是知道，又肯告诉我吗？说不定借此机会，说一番为人不做亏心事，半夜敲门心不惊的话，来讽刺我心里有鬼。我岂不又是个此地无银三百两吗？不找钱英问又能找谁问呢？思虑许久，最后总算打定主意：不去找钱英，自己只管到管委会门口的小广场去走走，若是恰巧能碰到了，那就是天意，说什么我也得问问她；若是碰不到，那也是天意，我不必找谁来问了，自己一个人走走，全当是散心了不也成吗？于是他没去找钱英，一个人不紧不慢地就向小广场走去。

夜幕正在徐徐地降下，小广场上的灯这时还没有亮。其入口处的喷泉池边站了几对男女，在小声地说话。孟一凡路经喷泉池，没好意思作停留，走过去了。跟着上了三步台阶，眼前呈现出小广场的开阔与平坦。这里他不是第一次来，但像今晚这样子带着郁闷的心情来，他还是第一次。看到前面广场边缘的围台上坐着一个人，也看不清是男是女，大概是在等什么人吧？那断然不会是钱英的，自己原以为侥幸可以碰到她，看来是天方夜谭，不可能的了。这小广场是呈饺子状的，左右较长些。他顿了一顿，想了一想，就没再往前走，一转身，向左边走去。他一直把左边走到了尽头，这又返回来，把那右边也走到了尽头。他觉得右边的尽头比左边的尽头还要静些，还要隐蔽些。他就不愿再往回走了，就在那右边的尽头前后来回地走起来。他先前并没有把手背在身后，走着走着，手就背起来了。而且，头部较比先前低了许多，脚步更是愈走愈缓了。看他这情形，他所苦恼的那事，仍是百思不得其解了。就在这个时候，围台上坐着那一个人悄悄地起身，朝他这边走过来，他实在是半点不曾留意到。当他一来一回，也不知是多少个来回地再走到前边，猛不丁地这里突然站了一个人，可真把他吓了一跳！正要责问对方走路没声音，是要把人吓死啊！定睛一看：哦哟，这不是马加喜的老婆张冬梅吗？立刻把涌到舌头尖责问的话咽了回去，却仍是心有余悸且不敢相信地说："是你？"张冬梅说："是我。怎么——不行吗？"张冬梅说话的口气有点冲。孟一凡眉头一皱，心说：怪不得马加喜不愿回去，像她这种脾气对人，哪个会喜欢？想当初，我在苏州那公园里第一次看到她，看她傲是傲了点，但和老公撒娇卖萌、旁若无人的那样，还以为是个很懂浪漫温柔的小女人。看来，看人真不能从现象看本质的。

　　一凡只顾着这样想了，对于张冬梅所问的问题就未予以理会。张冬梅又问说："想什么呢？是不是觉得我说话冲，听了心里不舒服？你们男人，都是喜欢女人温柔的，对不对？"这话比之刚才语气可就缓和了许多，再加上人家已是把他心里所想的话说了出来。因此他微微一笑，不无友好地反问她说："你学过心理学吗？我心里怎么想的，你都能知道呀。你老公呢？怎么就你一个人？"不料，张冬梅说话的口气又变冲了起来："别提他！你不也是一个人吗？"虽感意外，孟一凡却不再恼她，反觉得她个性鲜明，真有几分小可爱呢。自己恰又是有心事的人，这时候与他人多说两句话，可以暂时地忘却苦恼，也是件难得的好事。他就又笑了说："我与你不同。我老婆在千里之外的老家，你老公却是在这里的。"张冬梅说："人在这里，心不在这里，又有什么用？"语气仍是很冲。说罢，却是轻轻一声叹息。孟一凡听到她这一声叹息，想必是那次打架，夫妻之间留下了阴影，心里不由得很想说一句安慰的话，可一时又不知道说什么才好，又怕时间耽搁久了会冷场，把彼此谈话的兴趣影响了。因此，他随口说出一句："叹什么气呢？还能有什么想不开的呢。"张冬梅并没有马上接他的话。夜色朦胧中，他想看清楚她脸上的表情，却是不太可能的，除非是自己再向前迈一步。再向前迈一步？这念头使得他一颗心怦怦乱跳起来。正在这时，只听得张冬梅又是一声叹息，扬声道："你说我，你不也是为自家老婆的事，一个人出来散心的吗？"孟一凡一惊，刚才那点浪漫的想法顿时化为乌有。

第十五章 以借书之由

　　自家老婆的事？这是什么意思呢？他眉头一皱，如入梦境般，口中不知不觉地喃喃地说："我老婆的事？"张冬梅冷笑说："怎么，你还不承认吗？我那位吃里爬外，你那位红杏出墙。我和你是流泪眼对流泪眼，张三秃子别说李四光头，你还怕我会笑话你吗？不瞒你说，我刚才坐在那里，远远地看着像你，我就想：你心里也一定是太憋得慌了，才会一个人出来走走。我以为你也看到了我，会走过来……"她话还不曾说完，就被孟一凡打断了："对不起，我真被你说糊涂了。你说你那位吃里爬外，我那位红杏出墙，我真不明白你的意思，你这是听谁说的？"他口里说着不明白，心里暗说：怪不得这几天有人看我的眼神怪怪的，也怪不得杨德贤那样话里有话地问我是家庭重要还是事业重要了。在他问"你这是听谁说的"时候，他的脑海中已是浮出了陶香枝来。这时，只听得张冬梅说："听谁说的并不重要，重要的是你我两个同病相怜，不正是流泪眼对流泪眼吗？"也是巧了，她这话刚落音，眼前骤然一亮，把两人都吓得惊了一惊，但立刻又都明白过来，不禁各自一笑：原来是来了电。广场上的灯全亮了。两人所站的地方有一壁看墙，那看墙上有一大灯，灯头稍稍伸出来，恰在二人的头顶上方，这就把昏暗不明的夜色照得如同白昼一般。

先前在夜色的遮掩下，二人这样于一处说话，并不觉得有什么不好，现在灯亮了，各自一笑后，看看彼此距离得这么近，就觉得有点不好意思起来。可是谁又都不愿意先行示弱，迈开退一步。尤其是孟一凡，听了对方的话，自己这几日堵在胸口的疑团解开了。按常理，一个男人听了有关他妻子的这种坏话，是应当恼羞成怒才对。然而，因他一是很相信自己的老婆不是那种人，二是他已猜到这谣言必是陶香枝所为。其目的无非是要搅乱他心绪，要他无法安心工作，让他工作出问题而已。古人云："知己知彼，百战百胜。"他既是知道姓陶香枝的意图，那就愈发地明白自己对待这件事上万万不可动怒。因此，当这件事被张冬梅说破，他不但丝毫没有羞恼，反想着：我何不趁此机会，当着张冬梅的面，好好表现表现，让她预先知道我是很相信我妻子的，也让她知道这不过是别人用心不良的一个谣言，说不定我今晚的表现，能通过她的口，像这谣言一样传开来，到时候这谣言不也就不攻自破了吗？孟一凡有这一番心理活动，现在看到张冬梅并没有先行避开他一点的意思，他觉得自己更是不能示弱，仿佛自己一主动示弱，那就证明自己没有底气，那就跟自己头上真戴了顶绿帽子似的。她不是说流泪眼对流泪眼吗？正好灯又亮了，真是心有灵犀一点通啊！孟一凡于是笑说："我的眼里可没有泪啊，莫非你的眼里有泪吗？那就让我来给你擦一擦吧。"

他虽是笑着说，脸上却是一本正经的。他虽是说"让我来给你擦一擦吧"，却是站在那里纹丝不动。张冬梅笑说："你这个人，我真没想到，这时候，你还有这心情开玩笑。"孟一凡说："我这个人也并没有什么与众不同之处，只不过我很信任我老婆的人品而已。别人家要造谣，那就让别人造谣去好了。说实在的，你没把这事说破之前，我确实是心事重重，一肚子疑问，又百思不得其解。现在好了，知道原来是这么一回事，我倒心安了。话要是说回来呢，我还得谢谢你呢。"张冬梅说："真的吗？你真的就这么信任你老婆？"孟一凡说："那当然。我们俩是打苦日子过来的。这一点自信我还是有的。你再想一想，为什么早没有谣言晚没有谣言，偏是这个时候就有谣言了呢？还不是有人看我当上个班长，心里不舒服，故意来造谣生事的吗？"说到这里，孟一凡停了一停，见张冬梅不语，猜她必是因为自己提到了当班长一事，让她联想到她老公身上去了。谁不知道，马加喜原本也是很有希望的一位候选人呢。于是又歉然地说："说实在的，我也真是替你老公抱亏。"这一次，张冬梅接话倒是接得很快："别提他！他不长进，那有什么法子！"孟一凡忙赔笑说："不提他提谁呢？提你？提我？"这一句话可就把张冬梅逗得扑哧一笑，说："行啊，就提你吧。你刚才不是说你跟你老婆是打苦日子过来的吗？有多苦呢？我倒想听你说一说。"孟一凡说："真想听？"张冬梅说："真想听。"孟一凡见推脱不得，想一想，说出来这也不是什么丢人的事，就把结婚时只有两间瓦房，结婚后夫妻俩白手起家，又怎样盖起了新房的事说与她听。说到最后，他半唱半念起来："他说风雨中这点痛算什么，擦干泪，不要怕，至少我们还有梦。"接着又感慨说，"人生是不可能一帆风顺的。

因为不能一帆风顺，所以才多姿多彩，所以才有意义，所以才要努力奋斗，做生活的强者。像《钢铁是怎样炼成的》一书中的保尔那样坚强。他说人最宝贵的东西是生命，生命属于人只有一次。人的一生应当这样度过：当他回首往事的时候，他不因虚度年华而悔恨，也不因碌碌无为而羞愧。也要像俄国大诗人普希金那样不屈不挠：假如生活欺骗了你，不要忧伤，也不要心急，忧郁的日子里需要镇静；相信吧，那快乐的日子就会来临。"

孟一凡这样引经据典、口若悬河地感慨出来，直叫张冬梅听得瞠目结舌，心中暗暗钦佩不已，半晌，长长地叹了一口气，说："他要有你一半的上进心也就好了。"孟一凡不好意思地笑笑，正要说句谦逊的话，她突然问道："你很喜欢看书吧？"孟一凡说："是的。我的梦想是成为一名作家，可现实容不得我静下心来写我自己的书，我就只能先看看别人写的书了。"张冬梅说："我记得在苏州的那个小亭子里见你时，你好像胳肘里就夹了本书的。"孟一凡没想到她竟然对他们的初遇也记得这么细致，不禁大为兴奋，正要说一句被感动的话来，张冬梅又饶有兴趣地问："你都喜欢看什么书呢？"孟一凡便答说："什么书我都喜欢看。不过，小说是我的最爱。"张冬梅又问："是哪一类型的小说呢？"孟一凡说："言情的、励志的，中国的、外国的，古代的、现代的，我都看。因为只有阅读得愈广泛，才能愈提高自己的知识面。我是这样想的。"张冬梅说："哪天我去到你那里借两本看看。"说了这话，又长长地叹了一口气。孟一凡就笑了说："我真没用。我们俩聊了这么多，可还是阻止不了你要叹气。我真没用。"不知怎的，张冬梅听了这话，一颗心竟是莫名地一动，紧跟着就觉得有一股暖流沁入了心田，很滋润，很舒服。这使她转瞬间快乐了起来，竟扑哧一笑说："你可别这么说。恰恰相反，我觉得跟你聊天挺好的，真的，挺好的。要不，我怎么会说，他要有你一半的上进心就好了呢。"孟一凡微笑了说："你也可别这么说。你知道吗？我现在脑子里正在回想起我第一次见你时的情形呢。"张冬梅又惊又喜道："第一次见我时的情形？"孟一凡仍旧微笑了说："是啊，你刚才不也还说见我时，我胳肘里夹了本书吗？你和你老公在亭子里，我记得当时你上身是穿着一件紫色的小风衣，下身是一条黑色的紧腿裤，脚上是一双黑色的小马靴。真是好看极了。"张冬梅一边连连点头，一边满心喜悦地朝他笑着。孟一凡又说："你那时对你老公小鸟依人样的，我到现在还能记得清清楚楚呢。"这话一出口，他顿觉有点不妥，忙又自己给自己打圆场，"哦，我这么说，可不要又引起你的不愉快来。要是这样子，你不如就打我两个嘴巴。谁叫我说着说着就忘乎所以了呢。"张冬梅："就是引起我不愉快，我也不能打你两个嘴巴呀。人心换人心，四两换半斤。"孟一凡听了她前面的话，心说：不能打我两个嘴巴，那就吻我两个嘴巴吧？再听了她后面的话，可就不敢开这玩笑了。他一本正经道："你千万不能这样说，更不能这样去做。要知道，一个家庭，夫妻之间，和睦相处是最最重要的。要是一个出轨了，另一个也跟着出轨，那这个家庭不也就完了吗？你要想，老马不过是一时鬼迷心窍，早晚有一天，他是会醒悟过来的。"说着，他抬眼看看天，又转脸左右望望说："天不早了，我们回去吧。等会儿老马找过来，看到咱俩在一块，不要误会了呢。"张冬梅哼了一声说："他会找我？"又哼了一声说，"他现在还不知在哪里，回没回来呢。"
孟一凡说："走吧，别纠结了。天真不早了。我陪你一起走。"
张冬梅这就把脚步抬起来了，她一边走一边说："你陪我一起走？
这你不怕被那姓马的撞见了？"孟一凡说："那怎么办？要不，
你先走，我在后面跟着？"张冬梅说："你胆子真这么小哇？"
孟一凡听她这话音，分明有点笑话他的意思，就说："我胆子小
吗？我不过是为你着想罢了。万一引起误会，吃亏的总是女人，
不是男人呀。"张冬梅笑说："原来是这样，那我还应该谢谢你
了？"一凡笑说："谢什么呢？你不说咱俩是同病相怜，流泪眼
对流泪眼吗？"张冬梅忍不住扑哧一笑，说："你的记性倒是不
差。走吧。我不怕，你还怕什么呢？"孟一凡不好再说什么，就
和她一起往回走，好在一路上竟也没碰到一个熟人。进了宿舍楼，
开始上楼梯了，张冬梅上，孟一凡跟着上。张冬梅不知道他已住
在三楼，就有点奇怪了，小声说："你这是干吗？还要一直把我
送到三楼呀？"孟一凡也小着声说："我也住在三楼呀。"张冬
梅瞪大了眼睛："你也住在三楼？你不是住在一楼吗？几时搬上
来的？我怎么不知道？"孟一凡看她脸上的神情，又听她这样连
珠炮似的发问，一点不像是假装出来的不知道，就随口开了个玩
笑："你不关心我嘛。"张冬梅听了他这句话，虽没有说什么，
却是笑眯眯地狠剜了他一眼。

　　进入三楼的过道，孟一凡住在 301 房间，张冬梅住在 323 房
间，一个要往左走，一个要往右走。两个人反方向分别之际，孟
一凡因刚才产生了暧昧的感觉，这时候就不敢再多说话。可是又
不能一点表示没有，只见他指指左边斜对过的 301 房门，又指指

自己。嘴巴张张合合，无声地笑了一下。张冬梅会意，笑着点一点头，往右边的方向凭空一指，又点一点头，也是不说话地转身向前去了。孟一凡走到自己的房门前开门，门锁开了，正要推门的那一刹那，他突然萌生了一个念头：想看看张冬梅会不会回头来看他。他这样想着，也就转一下脸去看张冬梅。这一看不要紧，真个就看到了张冬梅正回过脸来看他。两下一相看，都不由得抿嘴一笑，又都不约而同地竖起手来，摆了两摆。孟一凡推开门，一头扎进屋里，也顾不得关门，激动得竟是手舞足蹈起来。假若这时候有人突然闯进来看见，不但会把人家吓一大跳，恐怕还会误以为他原来是个疯子。好在他也是意识到了这样危险，因此不过半分钟而已，那门也就被关闭了。关了门，他又跳了几跳，脸也不洗，脚也不洗，急急地向床上一倒。不用说，他先前因不明白别人为什么用怪怪的眼神看他的那种郁闷，到了现在，早已是消散得一干二净了。他想：所谓心有灵犀，不就是这种意境嘛。

正想到这里，只听得"嘚嘚"两声，好似有人敲门。他这一惊，非同小可，立刻屏住呼吸，眼珠子在眼眶里转了两转，一个念头油然而生：不会是马加喜吧？这念头刚起，又一念头蹦了出来：该不是今晚我和他老婆在一起被他看到了，他找我麻烦来了吧？这两个念头蜂拥而至，吓得他过了好大一会儿，才小心翼翼地问了一声："谁呀？"门外无人应答，他支棱着耳朵，仔细听了半天，听不到有任何动静。到了这时，他是既有点害怕，又有点好奇心。最后是好奇心占了上风，他就下床去，把门猛地一放开，放得敞敞的，人却站在门里，并不朝门口去，又支棱起耳朵来，听了一会儿，仍没听出任何的动静。他手扶门框，这才慢慢地向门外探出了脑袋，左右一瞧，灯光昏黄的过道里，却是一个人影也没有。缩回脑袋，他吁了一口气，又把门销上，总算是放下心来了。再次回到床上，不由得心想：我怎么这样子胆小起来了？看来，"为人不做亏心事，半夜敲门心不惊"。这句话真不是白说的。陈永忆走了，我这才安分了几天？我还是兢兢业业干我的工作，稳稳当当挣我的钱吧。不说别的，就看我一人住一个房间多么惬意吧！我要不当上个班长，哪会有这样的待遇？我要是不好好地干，假如把这位子弄丢了，丢人现眼、身败名裂不说，就连这个待遇也保不住了。而且，只怕到了那时，张冬梅也不是现在的张冬梅了。想到这里，越想越觉后怕，自然而然地就有了与她断绝交往之意。然而，要他一下子与她断绝，不睬她，他又觉得于情于理都不大好。说不定她会走极端，反目成仇也未可知。思虑再三，最后拿定主意：无论她怎样，我都不为所动。她有心，我无意。久而久之，她知道我其实是个正人君子，不过是嘴上爱说两句玩笑话罢了。她知难而退，不但不会怨我，也许打内心里还要敬重我三分呢！

拿不定主意的时候，愁烦得焦头烂额、百爪挠心。主意一拿定，但觉精神为之一振，这又让他不由得心生感慨：做人还是要做君子好啊！坦坦荡荡，一身正气，多么好啊！这一夜，不用说，他是睡了一个极踏实的觉了。翌日上班，因昨晚已把那疑团解开，任何人再怎么眼神怪怪地看他，他也无所谓。下班回到宿舍后，洗洗刷刷完毕，想想今晚是再不要出去浪费时间了，难得的一份轻松好空闲，坐在被窝里看几页书，那是何等的惬意！于是，这样想也就这样来做。不料，一页书还没看完，门又像昨晚那样"嘚嘚"响了两声。昨晚听到门响把他吓得不行，现在倒是一点不怕了，张口就问："谁呀？"同样是无人应答，门却是再次"嘚嘚"响了两声。他只好口里说着"等一下"，起身下床，急急地把衣服套上，趿着拖鞋，上前去开门。门开了，只见门外的人一副笑盈盈的表情正在望着他，他一时不知所措，竟是愣住了。对方见他这样，就压低了声音，温柔地说："怎么？我不可以进去吗？"一凡这才想到把身子往边上让让，嘴里当然也连说了"可以可以"。对方进得门来，就站住了，把房间里打量了一下，转过脸来问身后的孟一凡："你不会是准备要休息了吧？"孟一凡说："没有。我刚才是在看书呢。"对方转回脸来说："那我打搅你了。"孟一凡说："谈何打搅呢。你来——"他本想说你来满屋生辉，我高兴还来不及呢，后面的话没有说出来，却变成了"老马呢"。对方说："别提他！他不管我，我也不管他！你再要是提他，那就是不欢迎我来了。"来人正是张冬梅。

孟一凡昨晚打定了主意，无论她怎样都不为所动的，现在听了她这话，有点于心不忍，只得屈意敷衍说："欢迎欢迎。"张冬梅转过脸来，看了他一眼，轻声说："真的吗？你不怕老马啦？"边说边抬起脚往里走，他无意中瞥见她脚上穿着一双墨绿色高跟鞋，那鞋跟至少有八厘米高，走动时，却是听不到一点嘚嘚的声音。心想：原来你也是提心吊胆怕被别人察觉的。再一想：她穿着绿色的鞋子来，莫非又是在暗示我，要为她老公戴一顶绿帽子不成？这就不由得又笑说："我怕他干吗？我几时说过怕他的？"张冬梅走到床前，转过身来，背倚着一根床柱子，看向他，也笑了说："你虽没说过怕他的话，可是你刚才一提他，我就想，你是不是有点怕他。"孟一凡笑说："为人不做亏心事，半夜敲门心不惊。"张冬梅说："真的吗？那怎么昨晚上有人吓得不敢开门的呢？"孟一凡一听，明白了，原来昨晚敲门的是她。就略略不好意思地强辩说："我就知道是你，我才不开门的。"这话一出口，他就后悔了，刚才还说欢迎人家的，这又这样子说，不是信口雌黄、满嘴跑火车嘛。果然，张冬梅揭他短说："你刚才怎么说的？看来你说的都是假话。"当然，她话是这样说，脸上却是并无恼意。孟一凡看在眼里，就又来强辩说："昨晚是昨晚，现在是现在。昨晚上那么晚了，我不开门，也是为你好啊，这你还会不明白吗？"张冬梅笑了说："你真要是为我好，现在不该去把门关上一点吗？"话是话撵的，这话又说得多么俏皮。本来呢，孟一凡在张冬梅一进屋的时候，就曾想过要关上门的，因为又觉得有点不妥，怕人家误会他居心不正、图谋不轨，所以就没关。现在，既是人家主动发话要他去关，那就不必怕误会了。

走过去把门关上，再转过身来，但见张冬梅已在他的床沿上坐下，半侧着身子，不知为何，低着头，正用两手来抚弄着床单。孟一凡见此情景，一颗心"咚咚"连跳了两下：乖乖，她倒真不客气。他走了过去，离对方有两步远，站住了。这时张冬梅正了身子，抬起头来看向他说："怎么？你不坐吗？"孟一凡笑说："怪了，到我这里来，你是客人，我是主人，你倒反客为主了。"近旁有一个小板凳，他顺手拿过来坐下。张冬梅说："想不到你一个大男人，竟是这样子胆小。"说罢，掩着嘴哧哧地笑了起来。孟一凡涨红脸说："我胆子小吗？我倒没觉得呢。"张冬梅说："昨晚上，我一到房里，看他还没有回来，我真是又气又无聊，

就想到你这找本小说看。你不是说你爱好看小说的吗？"孟一凡
伸手向床头里侧一指，说："那不是嘛。除了我正在看的那本——
余华的《活着》，其余的你都可以随意挑。"张冬梅转脸向床头
里侧瞧了一眼，却并没有去挑书，又转回脸来，低着眉眼，笑一
笑说："我早看到了，这还用你说？等会儿吧。"她这一所谓的
等会儿，可就直等到一个多小时后，她走了，也没有去动它。

在这一个多小时里，两人说着话，你有来言，我有去语，倒
是一刻也没有停止过。孟一凡昨晚上虽拿定主意如此那般，那般
如此，到了实际要行动时，多少有点碍于面子。还是那句话：人
是感情的动物，聊着聊着，话题不知不觉又多了起来。既是话题
多起来，那又何谈冷落呢？不过，有一点他的确是做到了，那就
是：从始至终，他没有和她说一句玩笑话。张冬梅走时，孟一凡
见她不再提要书看一事，猜得她不过是以此为由，来找他说说话
罢了，加上他对自己的书，有着同马克·吐温一样的钟爱，因此
也不去提醒她。这样一来，可就使得她仍可以以此为由。到了第
二天晚上，她真又来了，一进门，就嚷道："瞧我这记性！昨晚
说拿本书看，走时竟然忘了拿了。你也不提醒提醒我！"孟一凡
笑笑，没有接她的话。她说："怎么，你今晚不欢迎我了吗？"
孟一凡笑说："欢迎欢迎，热烈欢迎。"她说："是吗？那你不
是又要满壁生辉了吗？"孟一凡听她两句话说了三个"吗"字，
不知她下面是否还要说出个"吗"字来，觉得有点好笑，就随口
附和说："当然当然。"她说："那么，那门不是也要关上一点
了吗？"说时，朝孟一凡莞尔一笑。孟一凡因她这句话又说了个
"吗"字，正中了自己刚才的心思，有点得意，"嗯"了一声，

笑呵呵地就把门关上了。张冬梅仍去那床沿上坐下，孟一凡仍把那小板凳来坐在她对面。不用说，两个人自然而然地又你一言我一语地闲聊了起来。这天晚上，张冬梅走的时候小说又忘记了拿。

对方接连两个晚上这样，孟一凡心里更清醒了。决心自己今晚再不能和她那样，再那样下去非得出事不可。当晚，下了班，他在外面把晚饭吃了，没有直接回宿舍，到小广场遛了遛，也不敢多作停留，怕张冬梅老等不到自己回宿舍，也要到小广场上来，于是，又遛到了马路上。马路上人真不少，大多是三个一群，两个一起，像他这样子一个人的，还真是少见。为着这个，他认真想了想：我一个人这是要往哪里遛呢？不如就往镇上遛吧。万没想到，他这一遛，竟是碰到了钱英。钱英也是一个人，她走的是反道，两个人正好碰了头。几乎是同时看到，同时站住了。孟一凡心说：前两天我想碰到你，就是碰不到，现在我没想，你却是自个儿冒出来了。钱英则是一张口就开他玩笑说："哟，这不是孟大领导吗？今晚怎么一个人逛呀？"引得近旁的路人纷纷回头。孟一凡不免有点难为情，心说：你喊我领导，我偏要喊你一声表妹，别人大概就不会再这样注意我了。于是他微微一笑说："表妹尽开我的玩笑。"钱英听他喊自己表妹，颇觉奇怪，继而一想，明白了：这是故意喊给别人听的，好叫别人不这样来注意他。好你个孟一凡，你倒会揣测别人的心理呢。于是将他一军，说："不是吗？你能说你不是领导吗？"一凡笑说："上班时是领导，下班后还不是小老百姓一个。何况，我这领导还不是你的领导！"钱英笑说："那我也得喊你领导。"孟一凡说："行啦，表妹，你这是从哪里来？不像是在散步嘛。"钱英说："算你猜对了。今晚有个同事请我到她家去吃饭，她就是这镇上的。我这是吃好了刚回来。你呢，这是要到哪里去？"孟一凡说："我这是乱逛闲逛。要不，你要是不急着回去的话，就陪我逛逛呗。"钱英笑说："行。这不好说嘛，一句话的事。巴结领导，哪个不乐意呀？"孟一凡说："你听你，又来损我了。"他口里这么说，心里已在想：我总怀疑与永忆楼梯间的那次会谈被她撞见偷听了去。是真是假，何不趁此机会，今晚套套她的话，不也就可以完全定下心来了嘛。

钱英听他说自己又来损他，无声地笑了笑，跟着就把身子转了回去。孟一凡让她一步，从她背后斜过来，走在了她的左边。这样，他原本是在她里侧的，她就在他里侧了。钱英已然是明白他的好意，笑说："你这是要保护我吗？"孟一凡笑着反问她说："我不该保护你吗？"钱英说："那我不是要谢谢你啦？"孟一凡说："那你要怎么谢我呢？"钱英说："你想要我怎么谢你呢？"一凡说："我想的可就多啦！什么都想呢。"钱英故意嗔他一句："你想得美！"孟一凡灵机一动，便望着钱英说："当然要想得美！可是，我却一直清楚地记得有一幕，就是五一放假的那天下午，我俩在楼梯间遇见了，你知道吗？我总忘不了那一幕的，也总想不通。"说到这里，他住了嘴，眼睛仍是望着钱英，眨也不眨。钱英就说："什么样的一幕？我怎么就给忘了呢。"孟一凡说："那一幕——你先是朝我呵呵地笑，然后说一句'我以为是哪个，原来是孟老弟'，然后又朝我呵呵地笑。"钱英说："是吗？你不提起来，我早都忘到脑勺后了。怎么？朝你笑还不好吗？"一凡说："问题是——你那笑让我觉得你好像变了一个人似的，还好像你是在嘲笑着我似的。"钱英说："我会嘲笑你？这怎么可能！让我想想，我先朝你笑，然后说一句'我以为是哪个，原来是孟老弟'，然后又朝你笑……哦，我想起来了，当时不是说放一个月假嘛，我因着、我因着……"说到这里，她竟嘻嘻地笑了起来，分明是不好意思说下去了。孟一凡却是兴趣大增，而且为着他的目的，就不能不催促道："因着什么？"钱英止住笑，有所顾忌说："你真想听啊？我说了，你可不许笑我。"孟一凡说："那当然喽，"我要笑你，不是等于笑我自己嘛。"钱英就低了声说："想想也是的，五一放假一个月，我当然是要回家去。可是你不知道，我那口子又不在家，回去不回去又有什么意思呢，可是又不能不回去。想起来一定是因为这个，才让你觉得我神情反常的吧。我哪会是嘲笑你，要说是嘲笑我自己倒差不多。"孟一凡听她这一番话，不像是临时杜撰的假话。自己一直以为的事，原来是自己多想了。现在一经明了，心里顿时是无比轻松痛快！两人一边走一边说笑。前面有一岔路口，是通向西面漳河大堤的。孟一凡下巴颏朝那里扬了一下，建议说："咱俩往那逛吧？"钱英说："你往哪里，我就往哪里。反正有你保护我！"

　　拐进那条岔路，立觉幽静多了。路道本身就不宽，两边又有成排的香樟树，路灯较之大马路上也是稀疏得多。不要说这是夜晚，就是白天，恐怕这里也是个幽静所在。没走几步，只听得孟一凡问道："对喽，你刚才说同事请你吃饭，那同事是男的是女的？"钱英转脸看他一眼，又转回脸去，像是忍不住似的扑哧一笑，笑罢，又转脸看向他说："你心里在想什么呢？竟会突然问起这个问题来？"孟一凡也转过脸来，看向她说："你是要听真话，还是要听假话呢？"钱英说："废话。我当然要听真话喽。难道你跟我还说过假话？"孟一凡说："不是，我是怕我说了真话，你会打我。"钱英笑说："你说真话我干吗打你呢？你不说真话我才要打你。"孟一凡说："那好。我刚才一拐进这条路，我就想：不知道这条路叫什么，它，应该叫爱情路才最好。你看这里，是多么幽静，多么幽暗，多么适合恋人们喃喃情语，乃至拥抱亲吻啊！我这样一想，不由得又想到现在我俩走在一起，假如对面来了个人，人家真要认为咱俩是一对恋人呢。"孟一凡滔滔不绝，一口气说了这么多，说到这里，边走边向钱英歪过头去。钱英边走边赶紧把上身往外一躲，但立马又像弹簧那样地弹了回来，她咯咯地笑说："别闹了。话都被你全说了。你这张嘴，当小伙时也不知哄倒过多少姑娘。告诉你吧，当然是女同事，要是男同事的话，我哪里敢去呢。"孟一凡说："那有什么不敢去的呢？下回要是有男同事请你吃饭，你就把我带上，他要问，我是你什么人？你就说是你表哥，什么问题都解决了。"钱英一听，扬起左手，就要打他。见孟一凡并不躲闪，就又放下了，害了羞说："别闹了。"正了语气又说，"好了好了，我们别尽说笑话了，说点正事吧。你知道不？宋学武两口子辞职不干了。"

孟一凡因从未听说过这事，可就吃了一惊道："你说什么？他们两口子不干了？"钱英说："你是真不知道呀？刚才我跟那同事吃饭时还提到这事，她跟陶香枝是临边岗位，陶香枝中午对她说，她做到晚上下班就到期了，说她孩爷今天中午把手续都办好了，钱也结清了。还说老板特意叫财务上多给了他们两千块钱。"顿了一下，钱英又说："今天是星期六，明天是星期天。想来他们不是今天走，就是明天走了。"孟一凡嘴里"嗯嗯"着表示认同，心里头却是极不敢相信这是真的。

然而，无论他相信也好，不相信也好，这都是一个事实。也就是这个时候，宋学武两口子在宿舍里已把行李收拾好了——满满的两大皮箱子，还有两个鼓囊囊的背包。宋学武坐在一个马上要被遗弃的小板凳上，皱着眉，抽着烟，在他眼皮子底下的地面上已堆积了七八个烟头。可想而知，他这烟抽得是有一阵子了。陶香枝站在一皮箱子旁，催促说："还不起来走吗？这都快八点了，你当还早呀！"这屋子里还有一个人，就是他俩的侄子宋小溪。他原本坐在宋学武对面的干铺板沿上，这就马上站了起来。宋学武说："忙什么呢，不早也不会晚，再等一会儿吧。"陶香枝冷笑一声说："再等一会儿？等谁呀？等那个刘科长来为你送行吗？有用时，当你是爷，没用时，巴不得你走得越快越好。你还不知道他这种人！"宋学武听了，也冷笑一声说："我会等他？"他说这句话的时候，脑海中可就浮现出一个女人来——这才是他要等的人。

他今晚走，她是知道的。三天前，他就向她说过。他任谁没说，就先向她说了。今天上午上班时，他遇见她，又向她说了。她当时看上去很难过，一副无奈、无助，又依依不舍的神情。他这一走，是的，也许两个人永远再不会见面了。他心想她今晚一定会携同她老公来为他送行的。他多想在临走的时候能有她来送行，能和她再见上一面，哪怕一句话不说。可是，等啊等，从一下班回到宿舍，他心里就存着这个念想，就一直等到现在，还不见她来。不妨说，随着时间一分一秒地流逝，他的内心深处也在悄然地变化：想自己混混出身，行走江湖数十载，何曾这样过！不由觉得自己此时的行为真是可悲又可笑！又等一会儿——说是一会儿，其实是又等了近半小时，他的手机突然响了。接通电话，只听得他说："你已到管委会门口了？好，好，我们马上就到。"手机挂断，他一下子站了起来，眉头紧皱着，眼睛死死地盯着一个地方看，那地方却啥都没有。这就给人感觉他是在想着什么重要事情。足足半分钟之久，但见他嘴一咧，竟是无声地笑了，跟着把脚一跺，你不催他，他催你："快，出租车到了管委会门口了，还不快走？"自己抓了一只大皮箱子在手，又抓了一只背包在手，向他老婆一笑说："这你该明白了，我预先联系好了的车，我这是在等的车的电话呢。"陶香枝说："你不讲，哪个又知道呢。我还以为你舍不得走了呢。"宋学武没再说什么。宋小溪过来把另一大皮箱抓在手，对正要去拎另一只背包的陶香枝说："二娘，那背包也给我。你负责关门。"陶香枝说："我还给它关门？我还怎么了！"她话是这样说出来了，人也已走出两步去了，不知怎的，却又回身来把门给关上了。

到了管委会门口，那里果然是停了一辆的车。这时候，管委会门口出出进进的人不多，尤其是往外出的人少之又少。因此，这一行三人从里面出来，引得往里进的人都不免要瞧上他们一眼。顾不得了，谁爱瞧谁瞧。车里的司机迎了出来。宋学武走上前和他一点头，也不说什么。司机打开了后备厢，然后大家一起动手把行李安放好，接着夫妻两个上车，就留下了宋小溪一个人立在车旁。这一幕，恰被逛了回来的孟一凡和钱英看见。他俩正好走到门卫室对直的地方，有墙壁影响着，近旁的路灯直照不过来，人在这里可以把门口的人看得清清楚楚，门口人要把这里的人看清楚却是不大好看。孟一凡和钱英并排而行，因为就要到门口，两人都有意识地闭了嘴，不再说话。都说低头的婆娘仰脸的汉，这一幕却是被钱英抢先发现。她赶紧停住步，同时一拽孟一凡的胳膊。猛不丁地被她这一拽，不知何故，孟一凡站住了，回过脸来，待要问个明白，却见钱英已背了身子对他，这就意识到不妙，也不敢问了，也立即把身子整个地转过来。就在这时，耳中传来汽车"嗒嗒"发动的声音，紧跟着"呼"的一声响，几秒钟后，一切又归于平静。钱英站着不动，孟一凡也就不敢乱动。约莫过了一分钟之久，就见钱英慢慢地转脸，转到不再转时，说声"好了"，先自转回身去。孟一凡相跟着转回，吁出一口气，问："碰到谁啦？是不是宋学武二叔他们？"钱英开始往前慢走，一边走一边答说："是的哟。想不到他们现在才走。看到了不难为情嘛。"孟一凡紧走两步，赶上来，和她并肩走着，转脸看向她说："早知道他们现在才走，我那时一听你说，就应该赶回来送送多好。"钱英转脸看他之先，已是"呋"了一声，而转脸来看时，正好是走到了大门边口，这就顺便看到了院里正往前走的宋小溪的背影，她忙身子一缩，站住了，同时往那方向努一努嘴，小着声说："别忙走吧。要不，别忙进去，再往前直走。"孟一凡点一点头，两人就没进管委会大门。走过去了，钱英说："有些话，人不走，我还不能说。人走了，我这才说的。你可知道，前一段时间，那陶香枝是怎么背后造你谣，说你瞎话的吗？"孟一凡微笑了说："我知道的。是不是说我老婆坏话的事？"钱英不胜惊讶地说："原来你知道呀！我还当你不知道呢。是哪个对你说的？"孟一凡撒了个谎："大路上说话，草稞里有人听。我是无意中听两个妇女拉呱时说的。"钱英转脸看他一眼说："我不相信。"孟一凡说："真的，我骗你干吗？你不知道，那几天我看人家老看我的眼神不对，我好几次都想找你打听打听，就是找你不到。"钱英哈哈笑说："还说不骗我，这不明显是说假话吗？我又没出国旅游，我不就天天在厂里吗？"孟一凡说："不是的。你没明白我的意思，我的意思是说，男女毕竟有别。我要是去你宿舍叫你出来，保准你前脚一走，后面就会议论咱俩的闲话。别看你什么七仙女八仙女的，那都是假的。为了你好，我还是注意点吧。我就想着在路上碰到你再问，就像今天晚上一样。我这样说，你总明白我的意思了？"钱英又嘻嘻笑说："明白明白。别提什么七仙女了，现在只剩下六仙女了，就是这六仙女，也是给分在了两个房间里住。算我冤枉你了行吧？那我问你，你刚才说早知道他们现在才走，就回来送他们那话，可是真的？"孟一凡说："是真的呀。这有什么好说谎的。"钱英说："真服了你了。肚量真大。换作是我，我早气得不行了。"孟一凡说："不看僧面看佛面。你想想，我们都是宋学武带来的人，这一次选拔，他没被选拔上，他带来的人倒有被选拔上的，他俩那心里的滋味能好受吗？这我们都应该能理解的。唉，不说了。"钱英说："不说就不说吧，天确实也不早了，那宋小溪也该早到宿舍了。我们往回走吧。"她这样说时，可就站住了。孟一凡也随即止步，向她转过身来说："行。你是公主，我听你的。"钱英推了他一把，两人就笑嘻嘻地往回走。没走几步，孟一凡低了声说：

"你刚才不是提到了宋小溪吗？咱俩来打个赌。你干不干？"钱英被他这一说，朦朦胧胧中，又见他一副神神秘秘的样子，就感兴趣地说："什么赌呢？你先说出来听听，我才好决定干不干呀。"孟一凡听了她最后面这一句话，心说：我要同她开玩笑，这倒大可借题发挥的。再一想：不行，这都走到管委会院里来了，我还是不开她玩笑吧。玩笑没同她开，自己可是忍不住笑说："赌什么？我就赌他叔叔不干了，他最多也就干到年底，明年他肯定不会干的了。"钱英说："不会吧？他要是不当班长嘛，还差不多。当了班长，他会不珍惜？"孟一凡说："珍惜是对我们这些结过婚的人来说的。像他一个毛头小伙子，是根本体会不到的。"钱英说："行。君子……"她一句话还没说完，孟一凡说："那你要输了怎么办？"钱英说："那我请你吃大排档。"孟一凡说："行。君子一言——"钱英接上说："驷马难追。"两人还击了一下掌，这就欢欢喜喜地各自回了宿舍了。

第十六章　福祸两相依

一凡因着要避开张冬梅，而不敢一下班就待在宿舍里。却不承想马路上会和钱英不期而遇，相谈又欢，也可谓是一个意外的收获了。回到宿舍，他料着今晚张冬梅扑了个空，她应该有所觉悟，以后断然不会再来的了。殊不知他按着自己的思路这样想，是大错特错。事实上，今晚张冬梅并没来敲他的门，今晚她老公在家，她想来也来不了，倒是第二天晚上——她老公昨晚上不出去疯，今晚倒又出去疯了。她一上来有点想不通：按说，昨晚出去疯，疯得再晚，反正明天休息；今晚出去疯，又不能太晚，明天还得上班呢。想到后来，自以为想通想对了。因此，老公一开溜，她也就放心、自然地又来敲门了。而且，一进屋，第一句话就是："昨晚上没来打扰你，一夜睡得特别香吧？"孟一凡这才知道自己昨晚的测想错了。他怔了一怔，笑答："香哩。当然香喽。"对方丢给他一个白眼，假装是生气了，说："那好吧，我拿了书就走，不打扰你就是了。"说着，眼睛就朝放在床头里侧的那一摞书本望去。孟一凡这时心里倒巴不得她真能拿了书就走，可是在面子上总要让人家过得去。于是忙赔笑说："我说错话了，我应该说睡得不香才对。"对方一边往床前去，一边说："那又是为什么呢？明明是自己睡得香，却说自己睡得不香。"孟一凡想说：这不是为了讨好你嘛。话到嘴边，又咽了回去。怕这玩笑话一说，她今晚又要忘记拿书了。又不能不予以理会，就"嘿嘿"笑了两声。张冬梅在床沿上坐下，见他只笑不说话，也就不再言语，转过半边身去动手翻书。那里大概有七八本书，她翻书只看书名，当翻到一本名叫《查泰莱夫人的情人》一书时，她眼睛一亮，转回身来，把手里的书向孟一凡一罩，问道："这本书是写什么的？"孟一凡一瞟眼，正色说道："是写一个贵族妻子同她猎场看守人的婚外情的。"张冬梅脸上一下子泛起了红晕，眼睛却逮住孟一凡的眼睛不放，笑着又问："好不好看呢？"孟一凡不说好看，也不说不好看，他说："这是一本名著。你可以看的。"张冬梅说："好，那就这本吧。不打搅你了。看完了再来换。"说着，人就站了起来。孟一凡原本与她对直站着，相距不过一步之地，这就赶忙往边上一让，口里说："行，你拿去吧。"张冬梅见他对自己并无丝毫挽留之意，一个女子家，还能再怎样露骨地去主动吗？心里失落，脸上仍勉强一笑说："谢谢你啦。"说罢，拔腿就走，才走出四五步去，只听得孟一凡在她身后一声急叫："等一下。"

这一声叫得虽急，声音却是压得很低。她不由得心头一喜，以为对方是后悔了，要挽留自己。于是站住了，却并不回头，且看他有何作为。孟一凡冲上来，一绕弯，挡住了她的去路。手一伸，红着脸说："书给我。"张冬梅这才明白：原来是向我要书的啊。一经明白，马上又意识到：这书里必是有着他不可示人的秘密。你愈要，我就愈不给，非破解你的秘密不可。那本书原是被她两手相抱，紧贴于胸口的，这就赶紧两手一背，把书背到了身后，脸上呈一副已发现对方秘密似的神情，笑嘻嘻地拿眼盯着孟一凡。孟一凡也是因她把书抱在胸口，不能好意思动手蛮夺，才被她有机可乘，得以背到了身后。如此一来，再要转向她身后来夺，考虑到她若一反手，书又回到胸前来，或是他转她也转呢，岂不是徒劳无功，白忙活了嘛。于是站着不动，央求说："好妹妹，求求你，把书给我吧，求求你啦。"张冬梅站在那里，把上半个身子左右摆一摆，撒娇般地笑说："要我给你也可以，你先告诉我，这书里是不是藏了你不可告人的秘密？"孟一凡真有点哭笑不得，继续说软话："人家既然是秘密，好妹妹，你就不要知道了吧。算我求你了。"张冬梅哪里肯依，仍笑说："你求我也没用。你还不知道吗？好奇心是能害死猫的。"孟一凡见她执意不给，只得苦笑着，斜转身，向她的背后张手来夺。果然，他转她也转。张冬梅身子一转，她可就转到了他的前面，而且，身子一个斜冲，大有夺门而去的架势。说时迟，那时快，孟一凡一个箭步冲过去，将门猛地一带，只听得嘭的一声，门被关上了。他还嫌不够保险，又将门把手下面的暗锁键一扭，回过身来说："这回看你往哪里跑。"并恶作剧般地向她做欲扑欲抱状。张冬梅被他逗引得咯咯直笑，明知他不会，却也是假装害怕似的往后直退。他能逗引她，她就不能逗引他吗？这情景真是使人容易冲动。她一步步往后退，他一步步逼上来，两人脸上都在笑着。张冬梅退到屋子中央，一拐方向，直退到右面墙边。她两手握着书，背在身后，那手和书就紧紧抵贴了墙面。孟一凡跟着逼上来，离她只有半步，站住了。张冬梅闭上眼，又猛地睁开，莞尔一笑问："你想干什么？"

在她问这话的时候，刚好那扇门把手咔咔响动了两下，两人却是谁都没有留意听到。而后，就听嘭的一声巨响，房门陡然被人踹开，吓得孟一凡身子一跳，闪电般跳了开来。这时又听得咣当一声，来不及细看，只见马加喜凶神恶煞般地闯进来，嘴里骂着："我就知道你在这里。"直冲到他老婆面前，"啪啪"就是两个巴掌。张冬梅一开始没反应过来，大概也是被这突如其来的变故吓住了，一动不动地挨了两巴掌后，将仍背在身后的手中书向地上一摔，先是跳脚骂道："你看到我做了什么错事了，你来打我？"跟着两手一举，向前一扑，就同她老公扭打了起来。这个时候，孟一凡站在一旁，心有余悸，也不知道如何是好。好在他们夫妻两个打着打着，就打出了门外。到了过道里，有没有再打，孟一凡不知道了，也听不到骂声，耳朵里只听得几下时轻时重、时急时缓的脚步声，和一个炸雷似的关门声。

一切好像是平静了下来。孟一凡站在原地，足足待了五六分钟。在这五六分钟里，可以说，他脑子里除了反反复复的一句"这可怎么办呢"，已经是失去了正常的思维能力，身子也像是被掏空了，止不住地发抖、发冷，最后是看到了那本摔落在地上的《查泰莱夫人的情人》，他这才慢慢有了意识，强打起精神走过去，想把书捡起来。腰都弯下了，又不捡了。浑身还是发抖，还是发冷，一屁股坐到床沿上，脑子里开始回忆刚才的一幕，边忆边想：多危险啊！想到这里，他站了起来，打算先去把门关上，躲一躲风头，怕马加喜突然来找他。可是……他已经站起来了，转念又一想：我这样子做也太懦弱了吧？这岂是一个男子汉大丈夫所为？男子汉大丈夫应该是胸怀坦荡、光明磊落、敢作敢当！这件事原本就不怪我，我与张冬梅什么都没有，我又怕他何来？而且，不管是怪谁不怪谁，这事既已出了，我作为一个男子汉，就应该敢于面对才是。现在，我若不声不响地就将这事算了，那马加喜也不知要对我误会多深。我是身正不怕影子斜，对！我怕他做什么？我现在就必须得去他们那里一趟，当面解释清楚，事到如今，我也不隐瞒了，实话实说，就说他老婆是来借书看的，快走出门了，自己突然想起了那本书里夹有老婆孩子的照片，自己曾答应过老婆不给任何人看到的……对，事情就因这而起，我就这么说。而且，张冬梅把书摔在地上，马加喜也是看到了，这他就不会不相信。而且，我这样子来做，那张冬梅嘴里不说，心里也一定是十分地感激我、佩服我。想到这里，孟一凡顿觉勇气大增。忽然又想到他们住在几号房间这一问题，咦？也真是多亏了那晚他别有心机地回眸一望，不然，连他们住几号房间都不知道呢。其实，两个多月前马加喜和张冬梅打架的那天晚上，他和一些人站在楼梯口瞧热闹，对他们房间的方位多少该有点印象，不知是历时已久的缘故，还是受了惊吓的缘故，他倒竟然给忘了。又一想：不对，假如我那晚不别有心机地去望她，她也许过后就不会好意思主动上我宿舍里来。她不上我宿舍里来，又怎会今晚有这误会呢？老天爷啊，你就保佑我这一次吧，让我顺顺当当地把这件事解释清楚了，我下次再也不敢这样了。

孟一凡出房门，门也无心去关，在门口时，把那晚回眸一望的情形又回想了一下，确定他们是住在自己这一边，应该是从那头数第三个门。这便走过去先望了望门上的牌号：323。然后吁一口气，小心翼翼地举起手来，扁屈着一根食指，在门上轻轻地敲了三下。屋里先前能听到一点点嘈杂音，这时候就戛然而止，却迟迟没有人来开门。孟一凡等了一会儿，只得又敲。这一次门开了，却只开了个巴掌宽。孟一凡一看开门的人正是张冬梅。他正要张口说话，那门竟嘭的一声关上，差点碰着了他的鼻子。他恼得暗骂了一句，却实在是不甘心，又敲，门又开了。这一次是大敞开的，而且开门的人，显然是用了很大的劲，那门猛地到了极限，竟弹回来一尺有许，颤了两颤，又慢悠悠地大敞开。比之刚才的巴掌宽，真个是从南极到了北极了。开门的人仍是张冬梅。孟一凡站在门外看到她开了门后，便转身急往回走，走到离她老公有三步远的地方站住了，转过身来，面无表情地看了自己一眼，就昂着头转脸去看一边的墙壁。那造型颇有点像那个作家张爱玲的经典表情。马加喜站在床边儿，如果说他是面有表情的话，那就是冷若冰霜、余怒未消的一副模样。孟一凡到了这时，也顾不得许多了，走进屋里几步，与他俩遥遥相对着，眼睛却只看向马加喜一人，急促地说："我来，是想解释一下，刚才因为你老婆去向我借书看，她拿的那本书里，刚好夹着一张照片。这张照片我不想被任何人看到，所以就被她要，她不给，我就跟她争夺了起来……"孟一凡本还要说"在争夺的时候，我怕被她跑脱了，就把门关上了，非要拿回那本书不可"。他觉得这几句解释也是非常有必要的。可是张冬梅没容他说出这几句话，插了句嘴向她老公说："我说错了吗？我没说错吧？"马加喜没理会她，却是向孟一凡突然咆哮了起来："你也不是个好东西！你给我滚！我不想看到你！"

孟一凡平素是最忌人家骂他这句话的，脸上有点挂不住，想发作又不能发作，一忍之下，不由得双唇紧闭，牙关紧咬，一双眼睛不卑不亢，定定地盯着对方。他这一副神情大概是更加激怒了马加喜，只见姓马的一转身，扑到窗口的案板前，再转身来，手上已多了一把菜刀，他扬起来叫道："你走不走？"就要奔着孟一凡面前来。张冬梅一看势头不对，赶忙来推挡她老公，推挡了老公了，又赶忙跑来推孟一凡，几乎是哀求了说："你赶紧走吧。这里没你的事了。"孟一凡顺势向后退了两步，站住，对着姓马的不畏不惧地说："我解释清楚了。我问心无愧。"说完，一转身，大踏步地走了出去。他刚出去，那门在他身后也立即"咔嚓"了一声关上。

孟一凡回到房间，气归气，心里的一块石头总算落了地。想想，自己还是挺可以的，勇气可嘉，大有关二爷单刀赴会的范儿。只是，那个姓马的真不是个东西，张口就骂人，还拿刀要砍人。自己当初还以为他马大哈脾气，好相处。这样看来，简直是一个翻脸不认人的赖皮。这样一想，刚刚放下的心突然又被提了起来：还有两个多月就到年底了，不知道他两口子明年还干不干。要继续干呢，那倒无所谓；要是不干了的话，自己可真要多留个心眼，像他这样的赖皮，说不定真能在临走时给自己背后来一下子。到时候，你到哪里去找人？你找谁？你又有何证据？这样一想，不由得身上打了个冷战。与此同时，感觉到房间里有一丝丝冷风吹进来。左右一瞧，哦呀，门不曾关，窗户也是半开着的。原来，他是一进屋，就倚了床柱子在那里左思右想。这就先过去关门。不关不知道，一关才晓得门锁离了位：四根螺丝固定的门锁，有两根螺丝不知蹦到哪里去了，门锁支张着半拉，门框边裂开了一个大口子。好在门还能关上。这时候了，要修也得明天修了。他关了门，又把吃饭的小桌子搬过来抵住，好歹这样是有点安全感了。又过去关了窗户，再回身，可就看到了那本被摔在地上无辜的《查泰莱夫人的情人》。他忙捡起来，拍了拍，到床沿上坐下，把书一翻，里面的两张照片都在。他拿出来一张，放在书面上，抚摸着、端详着，自言自语着说："老婆啊老婆，你可知道，为了你，我今晚差点被人要了小命。可见，你们女人实在是不可随便亲近的。我这样说，你不要以为我是和哪个女人有什么，其实我是连她的一根手指头都没有碰的。我心里只有老婆一个人。

照片上的丁凤娟侧着身子坐在草坪上，一双眼睛似乎是怜爱地看着他，他心中一动，又自言自语说："哦，是了，老婆，我明白了：为什么她哪本书不拿，偏偏拿了有你照片的这本书？为什么我早不想起来，偏偏在她拿走的时候，才想了起来？这完全是你爱的力量呀！与其说你是因爱而吃醋了，在从中作梗，不如说你是不忍心看我一步步地堕落下去。哦，老婆，谢谢你！谢谢你对我的爱！从今以后，我保证再不拈花惹草……事实上，我也并没拈花惹草呀。哦，我保证再不多看她们一眼，再不和她们说一句玩笑话！对，我要堂堂正正地做人，认认真真地做事。好不容易才有了这份稳定的工作，而且，前景看好。我都三十岁的人了，三十而立，现在不珍惜，还要等到什么时候再珍惜？老婆呀老婆，你就等着瞧吧，我一定要对得起你对我的这一份爱。我们以前是打穷日子苦日子、被人看不起的日子里过来的呢……"有一句成语叫"痛定思痛"，孟一凡对着丁凤娟的照片，这一番自言自语正可谓是如此了。

第二天上班，孟一凡和张冬梅不期遇上了。两人走的是脸对脸，孟一凡"痛定思痛"没有忘，看到了她，心想：出了这事，她也怪难为情的。我身为男人，这一次不妨主动一点，也算是给她个心灵的安慰吧，也再没有下次了。正要朝她点一点头，打个无声的招呼，对方脸一转，转到了一边，看也不看他一眼。孟一凡见了，只得作罢，心想：也好，从此我和她形同陌路就形同陌路吧。昨天晚上，出事过后，孟一凡就自言自语说他再不会多看女人一眼，这才只看了一眼，不知道算不算多看，就让他吃了个伤自尊的亏。这倒罢了，更没想到的是：半个月后，也真因为多看了一眼女人，又出事了。这女人不是别人，乃是杨德贤的老婆刘凤菊。

原来，孟一凡自从当了班长之后，除了管理自家的油光班之外，常常还要到下游单位包装部看看，以便能够早知道产品质量如何。这天上午，十点钟左右，他在包装部看了一番之后，往回走，走到中途，因为有了尿意，要上趟厕所，就没有走来时走的南大门，而是走那离厕所近一点路的西大门。西大门这边属于包装部的机工区。孟一凡一路走来。也真不曾举目乱望，任凭那踩电机接领口的嗒嗒声满耳朵地响去。然而，快走到门口的时候，孟一凡就觉得背后有人在看他。一回头，可不是吗？刘凤菊正满眼期待地看着他呢。四目相碰，那刘凤菊的脸上立时就笑出一朵花来，她也不说话，下巴颏朝着那半开半合的两扇门扬了两扬。

一凡尚有点不大明白，这时，一小股冷风飕飕地钻进来。他立即明白了，朝着刘凤菊淡淡地一笑，点了点头。走到门外时，回身便将那门轻轻地关上。

老天爷做证，他真是轻轻地来关门的，可哪想到，就在这时，只觉头顶有什么东西落下来，"哗啦"一声响。孟一凡这时的第一反应是：闭上眼，不能仰脸去看。第二反应是：原地立定，不要乱动。有了这两个反应，他站在原地，足足是待了一分钟之久。一分钟之后，他慢慢地睁开眼，机械性地朝后退了一大步，这才向地上一看，地上一地的碎玻璃渣子。再一瞧自己身上，啊呀，左胸前的衣服染红了一片，有几滴血滴到衣襟上，顺着衣襟，又滴到了左边的裤腿上，不用说，左脚的鞋面上也滴了几滴血了。他这一惊，非同小可，登时也就明白了，这是门上的玻璃掉下来把自己的头部划伤了。至于所伤的具体部位及伤得怎样，一概不知，现在还感觉不到伤口的疼痛。所幸眼睛没事就好。有了这一份万幸之心，又猜得所伤的大概是左眼边上部位，见血还在不断地往下滴，也就不敢再迟疑，左手捂了左脸，也不管有没有捂对伤口，开始急急地往制鞋部的办公室跑。他的意思是先得让卫科长知道，让卫科长来联系上面，才好迅速去医院看呀。

他一路小跑着，行为异常，跑到制鞋部车间里，工人们一看，都不知是怎么回事，又不敢擅自离岗，只能纷纷相互打听：怎么回事？怎么回事？好多工人只顾着打听，忘了手底下该干的活。流水线作业哪容你这样一心二用呀。因此，前道工序还没做，淌到了下道工序的位置，下道工序的人就急得直嚷："淌下来了淌下来了！"一时间，可谓喧声连连，有点乱了。卫科长此时正在准备台巡视，一听这边声音怎么不对呀，一转脸正看见孟一凡捂着半面脸在跑，晓得是出了事，就急忙迎头向他跑去，跑到近前，口中连连问道："你怎么了？流了这么多血？"脚下却也并不作停留，一转身，不妨说是带着孟一凡跑起来。孟一凡一边跑，一边回卫科长话："我是给门上的玻璃掉下来碰着了。"卫科长又问："眼睛有没有碰着？"孟一凡说："感觉眼睛没事。"卫科长说："那就好。"两人一直跑到厂办公室门前才停下来。卫科长说："你在这儿等我一下。"说着人已跑了进去。不过一分钟，又跑了出来。与她一同跑出来的还有三个人：一个是厂长许正强，一个是劳资科的刘科长，还有一个是关老总的外甥——也就是孟一凡在苏州时的房东，老张的儿子小张，小张现时是厂里的物资科科长，兼关老总的半个司机。当务之急，张科长开着关老总的宝马车，和刘科长一起，把孟一凡送往镇上的一家医院。孟一凡长这么大，还是第一次坐这么好的车子呢。到了医院，张科长因为有事回去了，刘科长留下来陪他。所幸伤口是在眼角边，差半韭菜叶子宽，没触及眼睛。伤口很深，皮肉翻卷了，漂亮的女医生在为他一遍一遍、认真仔细地清洗消毒后，又为他认真仔细地缝上了十三针。缝针的时候，关老总也赶来了。

　　不知道这事若发生在别人身上，别人会是何等的心情，只知道孟一凡受了这个意外之伤，于他想来，倒是因祸得了福了。第一是他觉得马加喜到了放假时，不管是来年干与不干，人心都是肉长的，已知他伤成这样，他总不会再来找他的麻烦了；第二是他属下的工人无一不抽着下班的时间赶到宿舍来看他，来就来了，都买了东西来，把架子床的顶层铺板上堆得满满的——孟一凡长这么大，哪曾得过别人送他的东西，又哪曾一下子有过这么多好吃好喝的东西呢；第三是厂部决定，先让他休养一个星期，在这一个星期里，一日三餐去小别墅吃饭，小别墅特意为他炖黑鱼汤喝，而且特意给他做不放酱油的菜吃；第四就是钱英自当晚看望他之后，一个星期里是每晚必到。用她的话来说："平时想上来找你聊天儿拍马屁，总不好意思来，这回我光明正大地来，保准别人看了也不会说什么的。"

如果说这第一得福是让他一直不放心的事情，放了心，那么第二第三则是让他真正体会到了当领导的好处。假如自己不是当个班长，工人会有这样的热情，厂部会给这样悉心的照顾吗？他在这休养的日子里，正好是有大把大把的时间来想这些问题。越想越觉得对！他还是一个小小的班长，要是科长部长厂长呢，那好处不是更大更多了吗？越想越觉得对，越觉得对，越是给他很大的鼓舞：今后要更加珍惜更加努力地对待自己的这一份工作。而第四个得福，因为他不去厂里上班，厂里发生的什么事要是没人跟他说，他当然就不会知道。钱英每天晚上来看望他，既排遣了他一时的寂寞，又可以得知厂里有什么新闻。像宋小溪和刘文章在厂里打架的事，像苏州那边的刘班长被调过来的事，都是钱英说与他的。他头天晚上听说，第二天晚上去小别墅吃饭时，果然就看到了那个刘班长。这两件事结合在一起，孟一凡就隐隐觉得有点对宋小溪不利。

宋小溪和刘文章打架是因为李昆明的表姐张梅。不知道是不是受李昆明和邓小丽的影响，自从这两人成双成对把家还，宋小溪和张梅也谈起了恋爱。刘文章呢，这段时间不知又怎么想的，三天两头有意无意地爱和张梅套近乎。张梅看不惯他，嫌他烦，又阻止不了他，就告诉宋小溪，宋小溪就想伺机给他点颜色看看。那天中午吃饭时间，张梅吃好了饭，在食堂外等宋小溪。原本两个人是一道往外来的，只因这时候线上的一个工人找宋小溪请假，所以张梅就先出来了。恰巧刘文章经过，上前来嬉皮笑脸地说："哟，这是不是在等我啊？我来了。"张梅没好气地骂一声："滚！"这时宋小溪已从食堂门出来，听到了，也看到了。就这样，两个小伙子在食堂门口就打了起来。这要不是在厂里打，是在厂外或管委会打的话，那倒也罢了，又何况还是管理人跟员工打架呢，影响多不好哇。唉，小伙子到底是小伙子，思想还不够成熟啊。

　　孟一凡虽觉得事情对宋小溪不利，可自己受了伤，已是四天过去，宋小溪一次也没过来看他。想想，担心他干吗呢？他眼里没有我，我这不是瞎操心嘛？又一想：不对，毕竟是老乡，我又是他二爷带过来的，不看僧面看佛面，人不能忘了本了。再说，我比他大，他比我小，他还是个毛头小伙子，我又何必在这个事上和他计较呢。又想到自己曾在管委会门口和钱英打过赌，赌他宋小溪干到年底是不会再干的，这就更不必和他去计较了。他不来看我，我以后看到了他，有当无地提醒他一下，也算是尽老乡之谊了。他这样想着，心里面真也就海阔天空了起来。不承想，到了他休养的第五天——他是星期三受伤的，也就是星期日的晚上，宋小溪却来了。今天厂里是休息的，他白天不来，晚上来，这又是小伙子不懂世故人情的一个表现。不过，孟一凡哪能在这点上与他计较恁多呢？他能来看他，虽是空着手来，他也是感到十二分的欣慰了。老乡之中，到目前为止，没有来看他的不也是大有人在嘛。只是，他因着与对方几天不曾谋面，乍一看，极容易看出宋小溪的心事很重，这一副备受煎熬、痛苦不堪的神情模样，让孟一凡心中不由得感叹：人啊，看来活的就是一个精神劲儿！看他年初在苏州老张家的那种表现，跟现在比，可真是天壤之别啊……当下很是热情地招呼对方坐了，当时他是正坐在被窝里看小说，这就要起身下床。宋小溪上前一把将他的肩膀按住，说："表哥你不要起来。这么多天了，我这才来看你。你一起来，倒叫我怪不好意思的——你千万别起来。我就坐床沿，正好说话。"孟一凡听他这么说，就欠了欠身子，说："你忙嘛。"又指了指床沿，说，"好好好，你坐你坐。"

　　宋小溪坐下后，不错，先问了问孟一凡的伤口情况，可是，不多一会儿，他便向一凡诉苦说："表哥，你这几天不在厂里，你是不知道——唉，我气死了。把我提上来，又不信任我，叫我怎么搞得好？"孟一凡听得一头雾水，小心翼翼地连连问："怎么回事？怎么不信任你？谁不信任你？"宋小溪沉吟了一会儿，像是终于下定了一个决心似的，气愤愤地说："这还用说吗？表哥你想想，我跟你同样是班长，能要你一个人住一间宿舍，为什么不能要我一个人住一间宿舍？表哥，我这可不是咬你的，你别介意，我是说这个事就是不公平，就是对我的不信任——这倒罢了。我干得好好的，凭什么又把苏州那个姓刘的调过来安到我线上来？说什么为了我好，给我减轻压力——屁！"孟一凡听他前面所言，脸已是由不得地红了，听他后面的话更是口无遮拦，就不敢轻易接他的话，也是沉吟了一会儿，才又小心翼翼地陪着笑说："表弟，不知表哥说话你爱不爱听。我觉得，任何事情都有它的正负两面。一件事，往往我们当它是好事的时候，说不定它是坏事；当它是坏事的时候，说不定它却是好事。你比如刚才你说的，一个人不一个人宿舍的事，也许上面的领导想道：你一个小伙子，正是大谈恋爱的年龄，尤其是你当了班长之后，不要说你追求人家姑娘了，恐怕是姑娘要排队来追求你了。要是让你一个人住，你有了这个条件，一时冲动起来，和人家姑娘做了不该做的事情……当然啦，要是只和人家一个姑娘好，那也正常不过，怕就怕你经不住诱惑，来者不拒，那不是害了你了吗？"他笑眯眯地说到这里，微微正了正色，又道："再比如你说的刘班长调来一事，你可能认为是来顶你位子的。那你有没有想过：刘班长她干了那么多年，在做鞋子上肯定是有很多的经验，我正好可以多多跟她学习，多多跟她请教呢？你要是能这样想，那就不是什么坏事，而是好事了。"宋小溪说："表哥，我不瞒你说，我也不知道你听说了没有，我跟刘文章打架，说起来是因为我对象的事，其实多半个原因是给这事闹的。我心里烦，想想都烦。"孟一凡避重就轻，有心想岔开话题不谈工作上的事，就含糊其词地笑了说："怎么样？你有对象了吧。是哪个？我怎么不知道？没人跟我说。"宋小溪说："就是那个张梅。"说着，叹了一口气。孟一凡仍笑说："谈对象了，多么高兴的事啊，你还叹气？"宋小溪说："不是这事，表哥。我自从当了班长以来，就一天没有高兴过，反正我也是干到……"正说到这里，有人"咚咚"地敲门，于是，他后面要说的话就被打断了。

孟一凡叫一声"进来"，门开了，只见一窝蜂地以钱英为首，嘻嘻哈哈地涌进来三个女子，还有一个女子立在门外，因为过道里的灯并不怎么亮，再加上有些被这三人的身子遮挡，孟一凡也就不曾留意到。这涌进来的三个女子除了钱英，一个是胡娟，一个就是宋小溪的女朋友张梅。不用说，这三人孟一凡都是认识的。钱英这时和宋小溪点了一下头，就回头招呼说："小姑娘，你进来呀，看是不是你说的那个人。"立在门外的人就进来了，而且是直走到前面来，和钱英并肩着站了。孟一凡先前是不曾留意到，这时定睛一看，却是不认识的，但又看上去好像有点面熟。这时钱英又已转向了孟一凡，哈哈笑说："领导你看看，这小姑娘你认不认识呢？"孟一凡就索性细看了对方几眼，的确是面熟，可就是、就是想不起来了呢。那小姑娘也不说话，只望着他腼腼腆腆地笑着。钱英看看小姑娘，又看看孟一凡，这就忍不住对孟一凡说："你看看你，你看看你，贵人多忘事了不？你请人家吃过一餐饭没有？你想一想。"

这一句话算是把孟一凡提醒了过来，他"哦哟"了一声，一拍胸口前的被子，说："这可怎么得了！我还坐在床上，你看你看……"说着说着，脸上已现出一副怪难为情的样子来。钱英开玩笑说："这有什么！谁叫你是从前线下来的呢。你就大大方方地坐着，没人会说你什么的。"转脸看了一眼小姑娘，又说，"小姑娘，我说得对吧？"那小姑娘哧哧地笑了两声，看向孟一凡说："没想到真的是你呢。大哥哥。"孟一凡就接了她话音说："我也没想到是你呢。小妹妹。"大家齐声笑了。笑过，孟一凡就问她们怎么会认识走到一起来了。钱英嘴快，张口就说："缘分呗。"大家又齐声笑了一回。接着，钱英就把她们在小吃摊上吃饭，闲聊时聊到了孟一凡受伤这事。聊着聊着，旁边也正在吃饭的小姑娘就多了一句嘴："我怎么听你们的口音，跟我一个多月前遇到的那个人口音差不多呢。"双方一搭话，再三问两问，小姑娘越听越觉得有点像那个人，说到后来，三个人都怂恿她来看看，会不会真是的。小姑娘大概也不觉得会有什么危险，就随着一起来了。这真是意想不到的事啊！孟一凡看着小姑娘一副天真可爱的小模样，再看看早已离了床沿，站着来让女朋友张梅依偎着的宋小溪，心中暗暗想道：可惜了，那刘文章要是个正主的话，我倒可以从中牵线，做个月下老。可惜他不是个正主，可惜了可惜了……由此可见，一个人还是走正道的好，走正道的人，别人有机会能帮助你时，就会很愿意、很主动帮助你的。

　　当天晚上，大家直聊到了九点多钟，方才散去。临散时，孟一凡叮嘱着他们四人把小姑娘要送到她本人的住处才行。他一边叮嘱着，一边自己也掀了被子，跳下床来。他下身是穿着保暖裤的，脚上还套了一双袜子，没有什么见不得人的。小姑娘连声说："不用的不用的，我就住在管委会东南角的那一栋楼里，都是在这管委会里，不怕的不怕的。"钱英说："那也得往前送送。"她见一凡从床上跳了下来，又说："你这是干什么？你也要送送吗？你不想好啦？外面可是有点冷呢。"孟一凡笑说："这有什么，我还想明天就去上班了呢。"孟一凡当时说的这话也不过是随口说说而已，等他把大家送到楼梯口，一个人再返回到房间里后，他心里可就真想开了：我说我还想明天去上班了呢，难道我不能去上班吗？我是伤在脸上，又不是腿上脚上，没有什么行动不便的。医生虽然交代了不能受风，一星期后拆线针，我注意着不让受风，到一星期后去拆线针也就是了。刘科长通知我休养一个星期，我是星期三受的伤，按说是要到下周星期三再去上班。可是这个星期过去了，谁又知道他说的休养一个星期指的是七天还是指这个星期呢？得得得，我干脆明天就去上班，反正我这个样子也不能干什么，也不过是这里转转那里看看，但这样一来，上面领导都知道了我来上班，那不要更加地对我有好感吗？尤其是传到了老板的耳里，那一定是好事，绝不会是坏事的。

于是，第二天，孟一凡真到厂里上班来了。他先去制鞋部的办公室向卫科长报到，卫科长一见他，先是吃了一惊，继而笑了说："你怎么来了？不是说要你休养一个星期的吗？"孟一凡现出不好意思的样子来，说："我觉得我这是伤在脸上，又不是在腿脚上，虽然目前不能干些什么，但转转看看总还是行的。"卫科长看着他说："你不会不知道吧，你这是属于工伤，别说你休养一个星期，就是休养一个月，那也是不会少你一分钱工资的。"孟一凡更加不好意思，红了脸唯唯诺诺地说："科长，这我知道的。不过，厂里愈是这样对我，我愈是要来上班才对。"卫科长见他这样子难为情，说得很真诚，不由得点了点头，又笑说："好吧，厂里难得有你这样的人。这一种爱岗敬业的精神实在是不错。你自己的伤口你自己一定要多加注意了。说实在的，你能来上班，我对你们油光那块也就可以少操一份心了。"孟一凡点头说："好的，科长。谢谢科长！那我上班去了。"说罢，就迈着轻快的步子走了出来。

果然，上面领导很快都知道了孟一凡提前来上班的事，可以说是个个称赞不已。然而，对工人来说，乃至和孟一凡同等级别的几个班长来说，都认为他是个孬子，有的干脆是假借开玩笑之名说在他当面。他听了也不说什么，只笑笑，心里却在说：你会不懂？吃亏是福嘛。后来，关老总在一次集大小管理人员的会议上，特别地提到了这件事，给予了孟一凡高度的赞扬。孟一凡也算是如其所愿，从此就更有了自信心与上进心了。先前说孟一凡是孬子的那几个小班长听到老总都在表扬孟一凡，过后对孟一凡的态度也来了个一百八十度大转弯，个个对他谦恭了起来。一传十、十传百，传到工人的耳朵里来，许多认识的、不认识的工人好像也觉得他将来是前途无量，现在套套近乎，留个好印象，以后也能沾点光，见着孟一凡，不是主动献上一笑，就是热情问候一声。一时间，孟一凡名声大噪，竟成了厂里的大红人了。孟一凡不过是个新提拔上来的小班长，现时又没有什么特别的本领，他所做的也不过是一个老黄牛不怕吃亏的事而已。可见，人是人捧的：有人捧，你没大本事也能红；没人捧，你再有本事也不见得能红。

人在得意的时候，时间是最感容易过得快的。因此，很快元旦到了，又很快元旦过了。元旦一过，就还有一个月零九天到春节了。厂里春节假是定在腊月二十四至正月初八。离放春节假还有两个星期时，厂里的合同书发了下来，工人有续签的有没签的。铁打的营盘流水的兵，这实属正常。续签的占多数，没签的人少。马加喜夫妇及宋小溪未来的小两口，皆在没签的人里。孟一凡因为成了红人，马加喜的姨父恽遇金曾请过他吃饭，马加喜两口子作陪。当时明不明暗不暗的，那点所谓的误会也都化解在酒杯里了。孟一凡不想欠人的，后来他回请了恽遇金，把马加喜两口子也请上，两口子如约而至，那点误会当然更是不复存在了，因此，也就不必再担心被他报复了。至于宋小溪没签，孟一凡少不得是要劝留几句的，劝留不下，那也没办法。还是那句话：尽了老乡之谊了。不过，因为宋小溪来年不干，钱英和孟一凡打赌一事，自然是钱英输了。钱英也不食言，孟一凡也不客气，两人真去镇上一大排档饱吃了一顿，只是买单的时候他哪能让她付钱呢？二人走着上镇，又走着回来，回来时路过那"爱情之路"的路口，索性又旧地重游了一回。可以说，这一请吃始末，两人所说的话可就多啦！说的可都是正经话呀！不正经的话孟一凡想说，但是不敢说。自己曾对着老婆照片保证过，再不多看其他女人一眼，再不和其他女人说一句玩笑话的。自己脸被玻璃划了，不就是因为看刘凤菊看的嘛。虽然那一眼不能算作是"多看"，但终究是逃不开"看"字一说啊。我要是再和这个女人开玩笑的话，没准儿真又能开出什么幺蛾子来呢。而正经话说到后来，就成了两个约定好：一是明年他把老婆带来，她把老公带来；二是春节放假回家，坐火车，火车票下个星期天去买，到时候一块儿去买。到时候两人真就一块儿去买了。

第十七章　把酒话得失

放假的前一天，只上了半天班。中午食堂没有饭。食堂里一上午都在张罗着预备出售二等品的雨靴。孟一凡正愁不知买点什么有意义的东西送给家人，这就心想：我在鞋厂里上班，买几双靴子送家人不是再好不过的事嘛。他买了一双厚海绵里子的雨靴送给父亲，父亲是喜欢捏纸牌的，遇上雨雪天出去玩，正好是可以防水又不冷；他给母亲买了一双保温棉的小拖鞋，这小拖鞋可不是我们穿在脚上呱唧呱唧的那种拖鞋，它是有后脚帮的，很浅，很轻，但也防水保暖，母亲平时劳作穿着它，应是很不错的；他给哥哥嫂子也一人买了一双；又想到陆三洲，年初不是他上门来找，自己还不知道报名进厂呢，再加上秋收时帮忙，这人情总得要还的，于是给陆三洲两口子也一人买了一双。他不知道陆三洲两口子穿多大的鞋码也不要紧，买靴子不是买鞋，大一码两码都能穿，往大码里买就是了。本来也打算给老婆买一双的，想想，过年就要把她带过来了，还买什么买？已经买得够多的了，多了也不好往家带哇。得了吧，她要怪我，我就说：我就是你最好的礼物。她还能不乐吗？自以为所想所做的很是不错，哪料到下午和钱英在管委会的超市门口遇见了，钱英问他买靴子没有。他一高兴，把所做的所想的全说与她听。钱英听后竟笑说："你看看你们男人多没良心，丈母娘丈母爷疼女婿那都白疼了？你能想到你爷娘，你怎么没想到你老婆的爷娘？"

一语惊醒了孟一凡，他这才恍悟：自己竟是犯了这样一个严重的错误。想二回头去买也是不可能的，都下午这个点了，食堂里卖靴子的还不早收摊了呀。钱英给他出主意说："你听我的话没错，到家后，你把你买给爷娘的靴子，就说是买给丈母娘丈母爷的，保准你老婆会高兴得不得了。你说你不给她买礼物，你就是她最好的礼物。这话她当然是爱听，真会比买了礼物给她还要管用。但你要是给你爷娘买了，不给她爷娘买，那可不是你甜言蜜语能哄转好了的。"孟一凡感激她说："老妹，谢谢你！有你真好啊！"钱英也不客气："那当然啦！"她说这话时，脸一扬，眉尖儿一挑，嘴角眯眯笑，那眼眸里秋波一转，真是说多妩媚就有多妩媚。这时两人已从超市门口，走到了楼与楼之间的巷道里来，前后左右是一个人没有。孟一凡情不自禁地说："老妹，你真美。我真想抱抱你。"说过，又马上后悔了。想起自己对着老婆的照片保证过不和女人开玩笑的。这不是开玩笑的话，却比开玩笑的话更煽情。只见钱英脸一红，忙前后左右瞅了瞅，又忙低了头，嘻嘻一笑说："那你来抱啊。"孟一凡如实说："我又不敢。"钱英一下子把头抬了起来，看向他，哈哈笑说："我就知道你不敢！"孟一凡回她说："还是不敢的好啊。"两人就一起哈哈地笑了起来。

　　不用说，一放春节假，这一年也就即将过去了。这一年下来，孟一凡算了算：五一放假没有回，过后是请假回的；十一只放了两天假，尤其那时竞选职位的气氛非常浓，好多能回家的人都没有回，孟一凡也担心别因不能随叫随到而错失良机，因此也就没回；元旦呢，又只放了两天假，想想一来一去，时间都要花在坐车的路上了，而且元旦过后，再有三十多天也就到了年底了，因此也又没回。这真应了当初陆三洲说的——这去厂里上班和在工地上是不一样的。果然是不一样。不算不知道，一算吓一跳：太对不起老婆大人啦！

　　回到家里，两口子久别胜新婚那是不必说。靴子礼物一事依了钱英的话，把买给父母亲的靴子说成是买给岳父岳母的，丁凤娟听了果然是满心欢喜。又听说有两双是送给陆三洲夫妇的，有两双是送给他哥嫂的，她也很赞同。虽说秋忙时节，他哥嫂不曾伸手，可说句良心话，他哥哥是医生，农活不怎么干，他嫂子在街上卖豆腐脑，平时可没少送自己豆腐脑吃。可是听到最后，竟是没有公公婆婆的，这就不免要问一句。孟一凡说是买太多了不好带。反正是自己爷娘，怎么都好讲的。丁凤娟觉得不妥，哥嫂都有，公婆俩没有，那怎么行呢？干脆是把自己爷娘的这两双送给公婆吧。如此一来，把孟一凡感动得眼泪差点下来了。原先还担心没有老婆的礼物老婆会不高兴，现在看来，自己的担心实属多余。

　　然而接下来有一事又着实令他心潮澎湃，那就是靴子给爷娘送去，爷看纸牌去了——不在家，娘第一眼就发现了他脸上的不对，说："我儿，你那眼角边是怎么了？"只这一句，孟一凡顿感心头一热，一股热流迅速上涌，竟是过喉咙过口鼻，一路飙升直达眼眶，眼睛一下子湿润了。可是这时候母子久别乍见，哪能一见面就掉眼泪呢？不也晦气嘛。于是他一凡强颜欢笑，故作无所谓说："两个月前被门上的玻璃掉下来划的，早已经好了。"娘听了，却是忍不住掉下泪来，哽咽了说："我的儿，你出娘胎，从小到大，浑身皮肉没磕过碰过，想不到如今搁外边……"孟一凡忙笑说："娘，这有什么！你不知道，我上学的时候，有一篇文章说'天降大任于斯人也，必先苦其心志劳其筋骨'，我这样说你当然不懂，它的意思就是老天爷想要叫谁有出息，就得先要叫他经点挫折，受点皮肉之苦。娘，你难道还不希望你的儿子有出息吗？"娘听了他这话，又心疼又无奈，半晌方才苦笑了一下说："你这孩子，都这样了还跟娘说笑话。"

这只因儿行千里母担忧，所以儿到跟前眼细瞅。孟一凡得了母爱的这一番感动，回到自己的小家里时，眼睛还是红红的，丁凤娟看出了他这一异样，不由得就多注意了两眼。于是，自然而然地也发现了他那眼角边的不对。想当初，孟一凡因怕家人担心，所以一直是瞒着此事。现如今一个个都要瞒不过去，只能是一个个都要实话实说。娘听了伤心落泪，妻听了唏嘘不已，自己呢，一律强颜欢笑，一律装作无所谓。然后，继续送靴子。靴子都送出去后，两口子接下来汇总了今年一年的收入支出及结余，商量着把建房时借亲戚的钱怎样来还了。这些也都做圆满后，孟一凡隐隐觉得还有一件事没办。想来想去，原来又是一个人情在作祟：自己能有今天这份工作，不能不说是宋学武招工之功，他后来对我态度虽是偏激不对，但要换位思考的话，也就可以完全理解。

吃水不忘挖井人。无论我当初报名时他一个子儿不少也好，还是他后来对我有成见也罢，总是欠了他这一份人情的。于是说与丁凤娟听，丁凤娟就说："你要觉得这是欠他人情的话，那你就抱一箱一百多块钱的酒给他也行。"

　　得了老婆这句话，孟一凡第二天就到街上去买酒。正是上午十点多钟的光景，他一个人骑着自行车，还未到街口，远远地就见路边一户人家的大门口围了一窝子人。孟一凡以为是出了车祸了，到了跟前，才知不是那么回事。人窝里，一个穿着蓝色休闲式棉袄棉裤、三十多岁的女人坐在水泥地上，正吧嗒吧嗒地掉眼泪。她身旁有一个和她差不多年龄的女人，也是穿着休闲式棉袄棉裤，不过那颜色是红色的，把她往起拽，拽了几下没拽动，就说："狗蛋妈你咋这么犟的呢？起来吧，地上那么冷，你这样坐着不行的。听我劝，起来吧。"坐在地上的女人说："表嫂，我这活着还有什么意思呢？当初我不嫌他穷，嫁给他，现在日子刚好过点了，他就外面有人了，你说他还有良心吗？"说罢，竟呜呜地哭了起来。那红色袄裤的女人又劝她说："那你也不能想不开啊，只要他顾家，不少你钱花，这日子总也要过下去啊。"那蓝色袄裤的女人就止住了哭声，说："可我这心里憋屈啊。凭什么他一有了俩钱了，就嫌我这嫌我那的，我又不比那个女人丑！"她大概是憋屈得太厉害了，说到这里时，竟是身子一挺，把袄子的领口往两边一扒，那袄子上面的两颗纽子原先就没扣的，不过，她不扒，人家看不到里面去，她一扒，加之那一挺，人家可就看到了。她这动作不要紧，围观的人群里可就引发了一阵爆笑。跟着，响起了一个男人调笑的声音："这不简单吗？他能在外面找，你也能在外面找嘛。"大家又是一阵爆笑。那坐在地上的女人，又呜呜地哭了起来。劝她的女人先是皱了皱眉，后又忍不住笑了，她转过脸来面向大家，半气半笑地说："这是哪个王八蛋说的？你要是劝你姐劝你妹，也是这样说吗？"人群里稀稀落落地又起了笑声，她这时又来一句："你们男人没几个好东西！"人群里又有人调笑说："家花没有野花香嘛。"她正要转回脸去，听了这一句话，就又半气半笑说："香、香，真香假香你都分不清，你还好意思说！"那人真就闭了口，她转回脸去，继续地劝那坐在地上的女人："起来吧。你看都有王八蛋在笑话我们呢。起来吧，你不能老这样坐在地上啊，把身子冰透了，吃亏的还是你自己。你想想我说得对不对？"说着说着，就又来拽人。这一次倒是很容易地拽了起来。一推一走，慢慢地就朝那大门口里去了。

孟一凡看了这一幕，心里哪还有不明白是怎么一回事的。众人散去，他也就骑上车子往街里去，没骑几步远，不能骑了，人太多。刚好边上有一看车处，就把车子推到那里去存了，再徒步往街里去。街里的人实在是多，摩肩接踵，你拥我挤。也难怪，年底了嘛，外出打工的人都回来了，大家的腰包都有点鼓，就是年货买齐了的人，也想手插裤兜里来凑个热闹。孟一凡随着人流慢慢地往前走，走到邮政所直对过，万万没想到，他竟是在这里碰见宋学武了。宋学武穿的还是年初的那件黑色风衣，头发还是往后梳，不过没有上油。这真是巧娘打巧爷，巧到一起来了。他喊一声"二叔"，喊之前，还真有点担心对方会不理他。宋学武这次倒是没有不理，只是态度冷淡了点，他说："你回来了？"孟一凡做出毕恭毕敬状说："我回来了，二叔。"看他是一个人，手上也是空空的，脸上一副不急不躁的样子，料他也属闲逛而已。自己原是特意上街来买酒送他的，这就快中午了，不由得心想：我何不请他到小饭馆去喝一顿，边喝边聊，什么话不好说？也不用我抱箱酒去他家了，这不是比抱箱酒给他还要自然、还要大方些吗？于是干脆了说："二叔，这快到中午了。走，我请你喝酒去！"宋学武一愣，又一喜，这就笑了说："什么？你请你二叔我喝酒？"孟一凡又赶紧做出一副诚恳的表情说："是的，二叔。我请你喝酒，还不是应当的嘛。走，二叔，你说去哪家就去哪家，咱爷俩今天非喝个痛痛快快不可！"好喝酒的人哪经得住这一说，宋学武高兴了说："行！算你这孩子有良心，我今天就扰你一顿，带你去尝尝那家的鱼头火锅！"

两人在人流中又一阵子冲冲撞撞、闪闪躲躲，最后是到了一家名为"家常菜"的饭馆子门前。这家饭馆子只有一间门面，是夹在卖锅碗瓢盆的杂货店和一家烟酒百货店的中间。左右两边都是把货物摆在了门口来卖。孟一凡见宋学武把他往这种品相的饭馆子领，一路上悬着的心这才算放下。原来，他今天身上只装了三百块钱，自己刚才说了大话——你说去哪家就去哪家——万一宋学武真把他带到高档的酒店里去，一瓶酒恐怕都要一百多，那这三百块钱就有不大够的危险。现在当然是放了心了。进得店来，只见六张桌位靠墙分成两排摆放，当中留出一条过道。过道的尽头是一个酒柜子，左边是楼梯间，右边是收银台，收银台与酒柜子之间形成一条通道，是通往大厨间的。店里已有一年轻妈妈带一孩子正在吃饭。收银台处坐着一个俊俏的姑娘，见有客人进来，赶忙站起招呼说："两位吃饭啊。是楼上坐，还是——"宋学武不等她说完，抢着道：“就坐这里吧，这里一边喝酒，一边还能瞧着街上的热闹，多好。”两人选了左边最里面的座位坐下。姑娘笑嘻嘻说声“是的哟”，这就走过来把菜簿子送上。宋学武也不客气，接过菜簿子，首先是点了一个鱼头火锅，又点了一个羊肉火锅，然后把菜簿子朝孟一凡面前一放，说：“其余的就你来点吧。”孟一凡推辞说：“不吧，二叔，菜你来点，单我来买，多好啊。”宋学武哈哈一笑说：“行，那就再来一碟花生米，再外加一个素菜，随便你是什么素菜都行。”姑娘回应说：“好嘞，那就来一个西蓝花吧。”宋学武说：“行，随便你，西蓝花就西蓝花吧。”姑娘又问说：“两位喝什么酒呢？”宋学武看向孟一凡说：“菜都是我点的，这喝什么酒要你发话才对。你说吧，你说喝什么酒？”孟一凡笑了一下，望了望酒柜上，见有迎驾贡酒，自己是知道它价格的，不算贵，也不能说便宜，尤其是带了一个“驾”字，可以因此再说句好听的，对，就是它了。于是一指酒柜子说道：“就喝迎驾贡酒吧。我今天请俺二叔喝酒，俺二叔不正是大驾光临嘛。”姑娘一笑走了，喜得宋学武又哈哈笑说：“你这孩子说这话，不怪你在厂里能混得好！”孟一凡原本认为，在宋学武面前最好是不要提厂里的事，但现在对方先提起来了，总不能装作没听到，于是轻描淡写说道：“什么好不好的，要不是当初二叔带我去，我又怎么会好呢？”

这时，姑娘端了两副餐具和茶壶送上来。餐具都是塑封好的，里面一个碗，一个碟子，一只瓷杯子，一只玻璃杯子，还有一只小汤勺、一双筷子呢，是另外包装的。她送上来了，正要转身走，宋学武盯着她说：“美女，你不给我们打开吗？”姑娘迟疑了一下，笑说："可以呀，顾客是上帝嘛。"说着，就将宋学武面前的餐具打开了，再要来打开孟一凡面前的餐具，孟一凡伸手拦了说："我自己来。你去叫我们的菜上快一点就行了。"姑娘也不勉强，微微一笑人就去了。宋学武一直斜盯着人家走到大厨间里，方才正过脸来，撇了撇嘴，低声说："老子要是有钱，别说要你打开这个，就是要你打开——"说到这里，哈哈大笑起来。他后面的话虽不曾说出来，孟一凡也能猜得到，这就陪着他一起笑了。那正在吃饭的母子二人，做妈妈的没以为意，倒是那熊孩子不住地在往这边看。做妈妈的就嚷嚷说："好好吃饭，你怎么的？一会儿饭凉了。"

孟一凡闻声不由得回头望了一望，又立即转回来，手持了茶壶，先向宋学武的玻璃杯子倒了多半杯，然后给自己也倒了多半杯，倒完他端起杯子说："来，二叔，趁着酒菜还未上来，小侄我以茶代酒，先敬二叔一杯。"宋学武一笑说："你这孩子，别这么礼多好不好？你一礼多，等会儿我想问你一句话，都要不好意思问了。"孟一凡说："二叔有什么话尽管问，有什么不好意思的？又何须等会儿，现在就问好了。"宋学武说："不行！等会儿喝了酒，有酒盖着脸，才好问的。"孟一凡心说：你这种人，问什么话还要喝酒盖脸？真是天大的笑话了！心里说，嘴里可不敢这么说的。事实上，宋学武果真是如此，酒喝到二八盅时，那母子二人已经吃好走了，店里的吃客现在只有他俩。宋学武红着一张脸，身子前倾，胸口抵着桌子，向孟一凡说道："我问你，夏群芳你认识不？"孟一凡哪里知道夏群芳就是恽遇金的老婆呢，他想了一想，没听过这个名字呀，就说："夏群芳？我不……"

他原要说"我不认识"，后面两个字还没有说出来，宋学武又急急说："就是恽遇金的老婆！"孟一凡"哦"了一声，说："是她，她叫夏群芳，那我认识的。二叔先前说要问我话，原来就是问这个的呀。"宋学武说："你这孩子，我问你的可就多啦。你觉得她这人怎么样？"孟一凡笑说："什么怎么样？是指她人品长相呢，还是指她为人处世？二叔你不会跟她有一腿吧？"宋学武身子往后一仰，哈哈大笑几声，又身子前倾，胸口抵着了桌子，压低声音问："你看她跟你二婶比起来，哪个漂亮些？"孟一凡笑说："当然是二婶漂亮。"宋学武脸一拉，身子挺直了说："二叔掏心掏肺跟你说话，你这孩子跟我不说真话。"说着，端起面前的酒杯，自顾自地呷了一口，又"咚"的一声放下，继而长长地叹出一口气来。孟一凡这时候也不辩白，也不好说别的，只望着他微微地笑着，呈一副等待下文、洗耳恭听的神情。

宋学武望了他一眼，又仰首望了望头顶的天花板，又望着他说："女人对你好，是没有无缘无故的。有句话说'天下最毒妇人心'，我算是领教过了。你这孩子，别看你二叔大字不识几个，其实什么道理不懂？不瞒你说，我不是因为这个女人，也不会落得今天这样。你不知道吧？自打出了厂，我就到工地上扎钢筋去了。当然喽，在工地上，那不是吹，谁也不敢对你二叔龇牙！我要说的是：我其实是被这个女人给坑了。你知道不？我带人到小别墅里闹事，就因她说了一句话才把我杠起来的。"孟一凡听到这里时，为了表示自己认真在听，就点了点头。宋学武见他点头，可就疑惑了说："怎么，你也知道的了？"孟一凡说："你带人到小别墅里闹事，我是后来听别人讲的。当时我可能正在外面吃饭吧。不过，你说她说了一句话，是什么话我并不知道。"宋学武嘴角一咧，一笑，不失自嘲地说："什么话？激将我的话呗。她说他们滁州人要是有沂新这么多人，早就跟苏州人闹开了，说他们滁州人就不怕事。我一听，这不就等于是说我们沂新人怕事了？我头脑一发热，就把关老总以前对我的好处全忘了。"孟一凡听了他后面这一句话，不由得想起在苏州时，硫化缸上的老关曾对自己说过宋学武要和许正强动武一事，不知真假，何不就此问问呢？于是他也把身子向前一倾，探了头说："哎，二叔，我问你个事，听说你曾当众差点和那个许部长——也就是现在的许厂长干架，可有此事？"宋学武一愣，又立刻笑了，说："差点，是差点，那还是在苏州时的事。你怎么会知道？你听谁说的？"孟一凡多少有点顾忌，缩回身子说："我就问一下，看是不是真的。"宋学武听他这样子说，也就没有再追问，自顾自地把酒杯端起来，深吮了一口，随着这一口酒下肚，他嘴巴里"哈"了一声，继而是龇了龇牙，又咧了咧嘴，方才说道："想想也真是的，我那时怎么会要去和他干架的呢？还有那个董威刚，我那时总看人家不顺眼。现在想来，我凭什么看人家不顺眼的呢？人家和领导走得近，那也叫巴结吗？就算是巴结，也是一种本事。你的意思是，我班长没当上，跟这个也有关系？"孟一凡听他说到后来，反是向自己发起了提问，自己喝酒本来就脸红，脸就更红了，他笑了笑，没有吱声。宋学武见他不吱声，也不再追问，只是端起酒杯来，将杯里的酒一饮而尽，又拿起筷子来，叨了一块羊肉在嘴里大咬大嚼。

孟一凡这里赶紧把酒来给他满上。酒满上了，他嘴里的羊肉也咽下去了。他又说道："我觉得，最主要的还是闹小别墅这事。要是没有这事的话，我就是当不当班长，别人都是知道我跟关老总的交情的，谁又能把我怎么样呢？说到底，越说越是了，我是被那个女人坑了的呀。"孟一凡听了，仍不吱声，只是一个劲地笑。宋学武又说："你不要笑，你不知道，那时候我对她也不知是怎么回事，神差鬼使啊，比对你二婶还要在乎，就是我临走的那天晚上，我还等她直等到八点多，以为她会来送我，和我见最后一面呢，哪知道等来等去等了一个空。我也就是从那时候起，我才感觉到是被她坑了的。当然，我现在也不能去怪她，要怪就怪我自己，命不好，遇到了她这个人。"这段话，孟一凡一上来听了，又听他说到了命运，心里不由得"咯噔"了一下，二次身子前倾，探头说："二叔，你看我脸上，能看出什么来吧？"宋学武说："你脸上怎么啦？"边说边凑近了看，一边看一边又说："没什么吗？怎么啦？"孟一凡说："你再仔细看看。"宋学武只得又凑近了一点，装模作样地看了几眼，最后是直起腰来说："噢，你是说你鼻孔下面长的那颗黑痣是吧？"孟一凡嘴一咧，笑了说："不是。你真看不出来吗？那就好！我还以为这回是破了相呢。你看这里，是不是有点疤痕？"说时手指头指了指自己的左眼角处，让对方看。

宋学武吃人的嘴软，又再次凑近了来看，只看了一眼，就惊呼说："你不说我还真看不出来。这是怎么搞的？"孟一凡说："在厂里，门上的玻璃掉下来划的。你刚才说到了命运，我就想：我这回是有点破了相了，我的命运会不会因它而发生改变呢？当然……"他说到这里，见宋学武一双原本看着他的眼睛，突然就抬起来，越过他头顶，投向了外面去。紧接着听到吱的一声，好像是有人推门进来，这就终止了他往下说的话，也回头去看。真是有人进来了。只见一男一女，都在三十六七岁的年龄，衣着很讲究，很漂亮。尤其是那女的，上身红呢子大衣，下面是肉色的紧身裤，足蹬一双红色的细高跟马靴，人长得也不丑，细高挑个儿，一头波浪式长发。孟一凡看了眼睛为之一亮，也难怪宋学武正听他说话会分神不顾了呢。

　　这二人进来，也不等店里的姑娘招呼，那男的首先是问一句："有包厢吗？"姑娘忙笑答说："有、有，二位楼上请。202房间，好得很。"那男的没再说什么，目光躲躲闪闪，急急地往里走，走到楼梯口那里，身子一让，紧跟在他后面的女子低着头微微一笑，也不客气，二人这就紧挨着咯噔咯噔地上楼去了。孟一凡不用转脸，把这一幕看在眼里倒也罢了。偏是那宋学武，迎面看了没看够，还要斜了半个身子向后看，直看得人家快到转身台了，这才回过身来，瞧着孟一凡说："我敢打赌的——"他说这话的声音很高，下面的话可就压低了声说，"这是一对野鸳鸯。你信不信呢？"孟一凡不敢回答这话，怕他会越说越离谱，于是抿嘴一笑，端起酒杯说："来，二叔。管他呢！咱爷俩喝酒。"爷俩一碰杯，各喝了一口。这时，那姑娘端了个托盘，托盘里放着两副餐具及一把茶壶，从他俩的桌旁经过。不用说，这是送往楼上那两位的。宋学武就笑问："美女，要不要我代你送上去？"姑娘大概是看出他别有意思，嘻嘻一笑说："大叔，我哪敢劳你大驾呀！"宋学武说："那你小心点，一上楼你就要提前咳一声，免得你一个姑娘家看到了不该看到的，那有多难为情！"姑娘的脸微微一红，没有说话，也并不停留脚步，人就噔噔地上楼去。

宋学武朝着孟一凡一挤眼睛，笑眯眯地说："可不得了！这也不是一盏省油的灯。"孟一凡回他一个微笑，他又接着说："明摆的事儿，两口子吃饭，还能要什么包厢吗？一看就是一对野鸳鸯。"一凡听他话又说回来了，就敷衍说："那不一定吧，也许人家喜欢包厢里的那一份清静呢。"他嘴上虽是这样说着，其实心里却也是早已认同的。如今因被宋学武二次说起，这时不由得心想：看那男的一表人才，真像个能干出一番事业来的人物，假如他真是这样，可以说，他那事业心也就要玩得没有了。唉，不要说他，想想自己，事业当然是谈不上，但总能谈得上是一份职业吧。假使自己毅力不够坚强的话，张冬梅就不去说了，只怕那个陈永忆和钱英，早与自己脱不了干系，而一旦犯这种错，自己还能专心工作吗？不能专心工作，又谈何努力，谈何奋斗，谈何得到领导的赏识呢？如此看来，一个人要想好，要想干事业的话，岂不是身子要正心要正吗？万恶淫为首。上帝都是这么说的。有的人天天把"上帝保佑"挂在嘴上，岂不知只有身心正了上帝才会保佑他。

这时候，宋学武还在大谈特谈他对女人的经验。孟一凡因偶听得一两句入耳，便又不由得感慨着：他是吃了这方面的亏的，听他先前说的话，大有后悔之意。可是一看到漂亮的女人，他还是忍不住要品头论足调笑一番。可见，若说起世间的大道理，没有人不懂的，但真正能做到循规蹈矩的人，却是寥寥无几，也难怪老祖宗会留下那句"浪子回头金不换"的话来。罢罢罢，各人洗脸各人光，我又……正在这时，偏是街上骤然响起了噼噼啪啪的爆竹声，让他一下子回过了神来。这是卖爆竹的人为招揽生意，而向众人展现自己的爆竹是如何的响亮。一个能这样展现，当然另一个也能这样展现。于是，街面上接二连三地响起了好一阵子爆竹声。

年味儿确是越来越浓了。是啊，今年即将过去，新年就要到来了。新年，哦，新年新气象，万物更新啊！对于那凡是热爱生活、积极向上的人，谁不是满怀着期盼，满怀着憧憬呢！！